＃2

흔해빠진 직업으로 세계최강 제로

ARIFURETA SHOKUGYOU DE SEKAISAIKYOU ZERO

시라코메 료
shirakome ryo

illust.**타카야Ki**
Takayaki

CONTENTS

메일

밀
레
디

라
이
센

흔해빠진 직업으로 세계최강 零

ARIFURETA SHOKUGYOU DE SEKAISAIKYOU ZERO

#2

시라코메 료 지음
타카야Ki 일러스트
김장준 옮김

"오 군. 돈 빌려주세요."

이게 무슨 상황이지? 『오 군』이라고 불린 청년, 오스카는 생각했다.

일단 트레이드마크인 검은 테 안경을 조심스럽게 벗고 손수건으로 닦아 보았다. 음, 먼지 하나 없이 투명하다.

만족하고 다시 안경을 썼다. 그리고 눈을 깜빡이길 세 번……

자, 현실을 보자!

"오 군! 돈! 빌려주셋여!"

잘못 본 게 아니었다. 오히려 더욱 선명해진 현실만이 기다리고 있었다.

동료이자 자신이 속한 조직의 리더인 소녀가 자기 앞에서 이마를 땅에 박으며 애원하는 현실이……

뭔지는 모르겠지만 여간 필사적이지 않았다. 하도 힘을 줘서 말끝에 혀를 깨물 정도였다. 부들부들 떠는 이유는 분명 혀에 퍼지는 고통을 참기 때문이리라.

오스카는 자기 앞에서 엎드려 비는 소녀— 밀레디에게서 슬쩍 시선을 돌려 주변을 돌아봤다.

안경 너머로 펼쳐진 것은 호화로운 세계였다.

무수하게 빛나는 샹들리에. 드레스와 보석으로 치장한 귀부인들. 기분을 고양하는 음악에 짤랑짤랑 돈이 부딪히는 소리. 환성과 탄식이 울려 퍼지고 그 사이로 웨이터들이 물 흐르듯 오갔다. 그들이 손에 든 샴페인이 샹들리에의 빛을 받아 아름답게 빛났다.

정말 눈부시게 호화롭다. 눈이 따가울 지경이다.

그리고 밀레디 뒤에서 팔짱을 끼고 선 험상궂은 검은 정장 경비들의 눈길도 따갑다.

"……어쩌다 일이 이렇게 됐지?"

검은 정장 집단의 「너를 죽이겠다」 내지는 「가진 거 다 내놔」 라는 의미를 내포한 듯한 눈빛과 현실에서 한 번 더 눈을 돌린 오스카는, 천장을 올려다보고 살짝 식은땀을 흘리며 한숨 쉬었다.

그리고 이곳까지 오게 된 경위를 되짚었다.

제1장 ◆ 서쪽 바다의 성녀를 찾아서

사박사박 시원한 소리가 들려왔다.

장소는 【붉은 대사막】 서쪽에 있는 작은 오아시스. 자그마한 샘과 몇 안 되는 나무, 그리고 부드러운 잡초로 둘러싸인 곳이었다.

얼핏 보면 어떤 저택의 아름다운 정원 같기도 한 오아시스 옆에 밀레디 일행의 모습이 있었다.

"설마 사막에서 빙수를 먹게 될 줄이야……."

나이즈는 수북이 쌓인 얼음을 스푼으로 사박사박 뜨면서 감탄조로 중얼거렸다.

그 말대로 세 사람은 지금 휴식 겸 들른 오아시스에서 빙수를 먹으며 더위를 피하고 있었다.

참고로 얼음은 밀레디가 마법으로 만들었다. 하지만 그녀에겐 얼음을 부드럽게 부술 방법이 없으므로 오스카가 연성으로 만든 『빙수기』를 사용했다.

"으으응~, 윽! 크으!"

"넌 아까부터 뭐 하는 거야?"

오스카는 조금 전부터 자기 옆에서 뒹굴대는 밀레디를 보고 기가 찬 표정을 지었다.

"띵해! 머리가 띠이이잉해!"

"한 번에 많이 먹으니까 그렇지. 조금씩 먹으면 되잖아."

밀레디는 눈물을 글썽거리면서도 과장되게 어깨를 으쓱였다. 「뭘 모르네」라는 말이 들릴 것 같은, 정말로 화를 돋우는 몸짓이었다.

오스카의 눈가가 살짝 움찔거렸다.

"뭘 모르는구나, 오 군. 이 띵한 느낌이 좋은 거라구! 달콤한 과일 시럽과 함께 폭신한 얼음을 입에 가득 넣고 행복을 만끽한 뒤 찾아오는 이 느낌! 이것까지 즐겨야 빙수 좀 먹어봤다고 할 수 있지. 오 군, 알겠어?"

밀레디가 스푼을 까딱까딱 움직이며 말했다. 마치 저명한 교수가 고견이라도 펼치는 듯한 태도였다.

상관없는 이야기지만 스푼을 흔들 때마다 침인지 녹은 얼음인지 모를 물방울이 튀니까 그만두면 좋겠다. 안경에 물은 천적이다. 밀레디만큼 짜증 난다.

오스카가 이마에 우물 정 자를 만들고 안경을 닦는데 지금까지 말이 없던 나이즈가 갑자기 끼어들었다.

"오스카. 네 과일 시럽, 아직 남았나?"

"리몬 시럽 말이야? 미안. 지금 내가 쓴 게 마지막이었어. 그쪽은 입에 안 맞아?"

오스카의 빙수에는 연노란색 과일 시럽이 듬뿍 들어가 있었다. 리몬이란 귤류 과일로, 산뜻한 산미 속에 은은한 단맛을 낸다.

나이즈는 오스카의 빙수를 조금 부럽게 보면서 고개를 저었다.

"아니, 맛있어. 맛은 있지만…… 입이 찝찝해서 말이야. 조금 신맛이 당겨."

나이즈의 빙수에는 오렌지색 과일 시럽이 듬뿍 뿌려져 있었다. 사막을 대표하는 망구라는 과일로 입이 끈적거릴 정도로 당도가 높다. 그것을 조금 과하게 넣었는지 단맛을 싫어하지 않는 나이즈도 물리는 모양이었다.

"그게 단맛이 강하긴 하지. 자, 나이즈. 괜찮으면 내 걸 나눠줄 테니까 먹어."

"음? 그래도 괜찮나?"

"괜찮아. 반대로 나는 조금 더 단 걸 먹고 싶던 참이야. 조금 교환하자."

"고맙군."

두 사람은 웃으며 서로의 빙수로 손을 뻗었다. 그리고 교환한 빙수를 기쁘게 입안에 머금었다.

상황이 그렇다 보니 보다 못한 밀레디가 한마디 했다.

"여자냐!"

오스카와 나이즈는 함께 스푼을 문 채로 고개를 까딱 기울였다. 놀라운 싱크로였다.

"여자냐고!"

밀레디의 두 번째 태클이 작렬했다.

왜 갑자기 소리치고 저래……? 라고 말하듯 잠깐 얼굴을 마주 본 오스카와 나이즈는 「뭐, 밀레디니까……」라는 동일한 결론에 도달했는지 아무 일도 없었다는 양 시선을 돌렸다.

역시 완벽한 싱크로였다.

그런 두 사람을 본 밀레디가 발끈해 소리쳤다.

"전부터 생각했는데! 오 군이랑 나즈, 왜 그렇게 사이가 좋아?! 호흡도 척척 맞고 말이야! 요즘 밀레디는 제법 소외감을 느껴! 따돌림 나빠! 차별 반대!"

양손으로 크게 엑스를 그리고 자신과의 관계 개선을 주장하는 어리광쟁이 밀레디.

밀레디가 친해지고 싶은 눈길로 이쪽을 보고 있다#1!

오스카는 한숨 쉬면서 안경을 올려 쓰고 입을 열었다.

"밀레디."

"응! 왜 불러, 오 군?"

관심을 줘서 기뻐 보이는 밀레디에게 오스카가 말했다.

"모래 날리니까 가만히 있으면 안 될까?"

"모래를 날린 건 미안해! 하지만 오 군! 그게 아니야!"

이걸 바란 게 아니라신다. 밀레디는 다정한 말 한마디라도 해주길 바랐는지도 모른다.

오 군은 틀렸다고 생각한 밀레디가 일말의 희망을 걸고 나이즈를 봤다.

닿아라, 이 마음!

나이즈는 꽤 오랜 갈등 끝에―.

"……먹을래?"

#1 밀레디가 ~ 보고 있다 게임 「드래곤 퀘스트」 시리즈에 나오는 메시지. 「ㅇㅇㅇ(가) 몸을 일으켜 동료가 되고 싶은 눈길로 이쪽을 보고 있다」를 패러디한 것.

마지막 한 숟갈을 떠서 살며시 내밀었다.

"누가 먹고 싶대!"

그래도 먹을래! 밀레디는 개처럼 스푼을 덥석 물었다.

오스카도 마지못해 마지막 한 숟갈을 떠서 내밀었다.

당연히도 강아지 밀레디는 그걸 덥석 물었다.

"우물우물…… 정말 너흰 여자 마음을 몰라. 야물야물…… 너희 둘 다 나를 요즘 너무 건성으로 대한다고 생각하거든? 냠냠…… 뭐, 딱히 공주님처럼 떠받들란 소리는 아니야. 와구와구. 그래도 그렇지. 둘이서만 밤늦도록 이야기하고 오 군이 만든 게임으로 놀거나 하잖아? 꿀꺽…… 그런 거 안 좋다고 봐. 우린 세 명이야. 그러면 응당 『밀레디, 같이 이야기하지 않을래?』라고 묻거나 『같이 놀자!』라고 말이라도 걸어야 한다고 생각해."

밀레디는 자기 빙수를 퍼먹으면서 장황한 잔소리를 늘어놓았다. 아무래도 최근 오스카와 나이즈에게 불만이 많이 쌓였던 모양이었다.

쉽게 말해서 더 관심 가져줘! 더 이야기에 끼워줘! 더 놀아줘! 라는 말이 하고 싶나 보다. 빙수에 시선을 고정하고 오스카와 나이즈를 돌아보지 않는 이유는 속마음을 털어놓아 쑥스럽기 때문일까?

밀레디는 몹시 내숭스러운 눈망울로 두 사람을 힐끔 쳐다봤다.

"E-4에 기사. 나이즈의 해적을 공격. 돌격.^{차지}"

"어설프군. 필드 효과 발동. 이 효과로 해적은 즉시 한 마스를 이동한다. E-4의 해적을 D-4로. 돌격을 회피."

"아니……? 신기능인 『필드 효과』를 바로 사용했군……. 나이즈, 제법이잖아."

"훗. 칭찬해도 안 봐줄 거다."

두 사람은 사이좋게 오스카 자작 보드게임을 즐기고 있었다. 체스와 유사한 모의 전쟁 게임이며, 차이는 말을 성장시킬 수 있다는 점과 필드 효과가 있다는 점이었다.

예를 들면 병사 말이라도 능력치를 잘 성장시키거나 유리한 필드로 가져가거나 아군 마법사의 지원을 받거나 하면 상위 말인 기사에게 이길 수 있었다.

현실성을 추구한 오스카의 야심작이었다.

그들은 밀레디의 이야기가 길어질 것 같다는 이유로 놀고 있었다.

밀레디는 소리도 없이 슥 일어났다. 앞머리가 내려와 표정은 보이지 않았다. 어쩐지 분위기가 심상찮았다.

심상찮은 밀레디는 곧—.

"날아가! ―『붕진(崩陳)』!!"

중력의 속박을 풀어 대상을 푸른 하늘 저 멀리 날려 버리는 신대 마법을 발동했다!

"우와아악?!"

"으윽?!"

오스카와 나이즈가 놀라 자빠졌다. 잡초와 모래, 그리고 오스카의 야심작인 보드게임이 바람에 날리고 전사와 마법사들이 하늘 멀리 날아간다…….

"밀레디, 이게 무슨 짓이야! 내 게임이 날아갔잖아!"

"시끄러워, 시끄러워, 시끄러워어~! 오 군은 안경을 잃어버려서 「내 안경~, 내 안경~」 하면서 언데드처럼 방황이나 해! 이 안경!"

"내 안경을 나쁘게 말하지 마! 앗, 야, 그만해! 안경에 중력마법 걸지 마! 기술은 또 쓸데없이 좋아!"

밀레디는 오스카가 사수하는 안경을 하늘로 날려 버리려고 했다.

무시당한 밀레디의 슬픔은 깊다!

"이, 이봐, 밀레디. 우리가 잘못했으니까 이제 그만—."

나이즈가 조금 미안하게 생각했는지 달래려고 해 봤지만—.

"바보, 얼간이! 나즈는 로리콤이래요! 어린 미소녀 자매 사진을 항상 끼고 다니는 변태 신사!"

"그 말 취소해! 나는 로리콤이 아니야!"

사진을 끼고 다닌다는 점은 부정하지 않았다.

하지만 이 또한 부득이한 일이었다. 나이즈에게 무한한 경애심을 품고 나이즈와 결혼하는 것이 인생의 목표인 자매—수샤와 윤파는 무슨 원리인지 알아차린다.

나이즈가 사진을 가지고 다니는지 아닌지를…….

그리고 묻는다.

조직 『해방자』의 연락원이 가져오는 묘하게 검은 오라를 풍기는 편지로……

―왜 짐 밑바닥에 깔아두죠? 라고.

그날 나이즈가 하루 종일 공포에 떨었다는 것은 굳이 설명할 필요도 없으리라.

하여튼 이런 사정이 있어서 그런 거지, 나이즈라고 좋아서 어린 자매 사진을 품속에 품고 다니는 것은 아니었다.

설령 그것이 아찔한 메이드복을 입고 아찔한 포즈로 찍은 사진이라고 해도 결코 자의로 소중히 품고 다니는 것은 아니다!

"시끄러워~! 밀레디를 방치하는 나즈는 수한테 혼이나 나라지! 다 일러바칠 거야! 나즈가 밀레디 언니한테 빙수 떠먹여줬지롱~♪ 이라고!"

"멍청아, 그만둬!"

"할 거네요! 수의 분노를 받아―."

"받는 건 너라고! 목숨이 아깝지 않나?!"

확실히 수의 질투와 원한은, 자신을 빼놓고 나이즈의 빙수를 얻어먹은 밀레디에게 향할 것 같았다.

한때 밀레디가 수시로 나이즈와 만난다는 사실을 들었을 때의 수샤의 반응이 뇌리에 떠올랐다. 완전히 빛을 잃어 단색으로 변한 눈동자와 신의 사도 뺨 때리는 무기질적인 표정…….

"……봐, 봐줄게! 일러바치진 않아! 그 대신 있는 얘기, 없는 얘기, 아니, 이 경우에는 없는 얘기, 없는 얘기를 다 말해줄 거야!"

"너한테는 양심도 없나!"

어린 사랑의 헌터, 수샤에게 겁먹은 나이즈가 밀레디의 입을 막고자 달려들었다.

공간 전이로 등 뒤로 이동! 하지만 밀레디는 위쪽으로 **떨어져 회피!**

그 와중에 오스카를 향해 빠르게 중력 반전을 걸었다.

"으악?! 아차, 내 안경!"

균형을 잃은 오스카가 기어코 그의 정체성을 **빼앗기고** 말았다.

"후하하하! 오 군의 안경은 나, 도적 밀레딩이 접수했다! 소중한 것을 빼앗기고 나의 슬픔을 알아라!"

"밀레디이이이이! 렌즈에 지문 묻히지 마아아아아!"

빼앗긴 것보다 그 부분이 중요한가 보다. 하늘을 나는 밀레디에게 무수한 『연쇄』— 원격 연성과 전기 공격을 가진 아티팩트 사슬이 쇄도했다.

"안경 없는 오 군은 이빨 빠진 호랑이! 아하핫, 아하하하핫! 오 군! 지금 기분이 어때? 무시하던 밀레디 씨에게 안경을 빼앗긴 오 군은 어떤 기분일까~? 자자, 여기 보세요~, 렌즈에 지문을 꾹꾹~."

"너 인마, 밀레디! 어떻게 그런 잔인한 짓을!"

밀레디는 곡예처럼 공중을 날아다니며 여유 만만한 얼굴로 폭풍처럼 휘몰아치는 『연쇄』를 피했다. 그리고 오스카를 내려다본 뒤 훗, 하고 웃더니 검지를 안경 렌즈에 꾸욱 눌렀다.

오스카에게서 무언가가 뚝 끊어지는 소리가 났다.

"나이즈."

"알았어."

안경을 인질로 잡힌 오스카.

무시무시한 사랑의 헌터에게 있지도 않은 혐의로 고발당할 위기에 놓인 나이즈.

서로 좌시할 수 없는 사태이기에 『희대의 연성사』와 『사막의 수호신』이 손을 잡았다!

그리고 밀레디는 그게 또 마음에 들지 않았다.

"이것들이 또 보란 듯이! 나한테 더 관심을 가지라고오오오!"

"일단 렌즈에서 손 떼에에에!"

"수샤에게 그런 농담은 안 통해. 확실하게 입을 막아 놓겠다."

초중력이 대지를 함몰시키고 공간에 격진이 일며 쇠사슬이나 마검이 하늘에서 춤췄다.

작은 오아시스에 신대 마법 사용자가 세 명…….

아마 역사상 전례를 찾을 수 없을 수준 낮은 싸움이 발발했다.

그로부터 잠시 후.

""".......""""

끝없이 펼쳐진 적갈색 모래 대지를 묵묵히 걷는 삼인조가 있었다.

밀레디 일행이었다. 그들은 전체적으로 축축하게 젖어 있었다.

"……우리 뭘 한 걸까?"

"그 오아시스, 이제 수습이 안 돼……."

"일단 물이나 식량을 많이 두고 오긴 했다만…… 쉬기 위해 그 오아시스를 찾은 사람들은 경악하겠지."

그리고 범인을 생각하며 길길이 날뛸 것이다. 사막의 오아시스는 휴식 장소임과 동시에 여행자의 생명선이기도 했다. 그런 곳을 반쯤 날려 먹었으니 보통 큰 죄가 아니었다.

자신들이 저지른 참상을 보고 이성이 돌아온 세 사람은 가능한 한 오아시스를 복원했으나…… 파괴당한 자연은 돌아오지 않는 법이다.

자신의 어리석음에 한탄한 오스카는 밀레디에게 말했다.

"미안, 밀레디. 너랑 안 놀아줘서."

"사람을 왕따처럼 말하지 마! ……그렇지만, 나도 오 군의 본체에 동물성 기름을 발라서 미안."

"이봐, 밀레디. 분명히 말하겠지만 본체는 나야. 안경이 아니라고. 너 사실 미안하다고 생각 안 하지?"

검은 안경의 기능 중 하나 『전자동 세척』을 사용해도 기름때는 좀처럼 지지 않았다. 밀레디의 죄는 컸다.

"나즈도. 미안해."

"아니, 나는 실질적인 피해가 없었으니까—."

"지금까지 수랑 윤한테 있는 얘기, 없는 얘기 다 까발려서 미안."

"이미 실행했다고?! 역시 네가 범인이었나!"

참고로 영특한 수는 있는 얘기, 없는 얘기 중 어째선지 『있는 얘기』만 간파해 나이즈에게 편지를 썼다.

밀레디의 무서운 만행들 앞에 오스카와 나이즈의 눈이 실룩실룩 경련했다.

두 사람이 친해져 가는 원인은 거의 밀레디 탓이었지만 정작 본인은 그 사실을 알지 못했다.

밀레디가 짜증나면 짜증날수록 오스카와 나이즈는 의기투합하지만, 짜증나지 않는 밀레디는 그냥 초절정 미소녀 천재 마법사에 불과하므로 짜증난다는 정체성을 잃을 수도 없었다. 그 결과, 밀레디의 고립화는 개선되지 않았다.

누가 한 명 동료가 되어 사이에 낀다면 『밀레디 고립 문제』도 어느 정도 해소되련만…….

"서쪽 바다의 성녀라……."

오스카의 혼잣말에 나이즈가 고개를 갸웃거렸다.

"우리가 찾으러 갈 소문 속 인물이군. 그 성녀가 왜?"

"아니, 성녀라고 불릴 정도니까 만약 실존한다면 분명히 마음이 바다처럼 넓고 아름다운 여성이겠구나 싶어서."

"응? 오 군. 그럼 밀레디 씨가 성녀가 되는데?"

헛소리는 넘어가고 오스카는 하던 이야기를 마저 했다.

"그런 사람이 동료가 되어주면 분명 밀레디를 잘 상대해줄 거라고 생각해."

"그렇군. 말 그대로 성녀라면 분명히 심성이 고운 여성일 테지. 밀레디를 제어할 좋은 인재겠어."

"그렇지? 성녀…… 실존했으면 좋겠어."

"절실하게 동감한다."

"저기, 오 군, 나즈. 싸우고 싶으면 싸울까? 바다처럼 넓은 마음으로 받아줄게. 지금 나라면 사막에 라이센 대협곡도 만들 수 있을 거 같아."

밀레디 씨는 제법 진심으로 열 받았다. 눈이 착 가라앉았고 손에 검은 중력 역장이 소용돌이쳤다. 뻔뻔한 밀레디도 상대하기 피곤한 맹수 취급을 받자 비위가 상한 듯했다.

무지막지한 압박감 앞에서 오스카와 나이즈는 함께 식은땀을 흘리고 서둘러 화제 전환을 시도했다.

"항구 도시에서 소문의 진위를 확인할 수 있어야 할 텐데……."

지금 가는 곳은 사막 서쪽 해안에 위치한【항구 도시 에포나】였다.

『서쪽 바다의 성녀』에 관한 소문은 서쪽 항구 도시에서 온 상인이 한 이야기를 수샤 자매가 우연히 들어서 알게 됐다. 내용도『대륙 서해에는 해적에게 습격받거나 조난당한 사람을 치료하고 무사히 돌려보내는 사람이 있다』는 정보뿐이었다. 소문의 진위 조사란 여전히 뜬구름을 잡는 듯한 작업이었다.

"에포나에서 확인하지 못해도 안디카까지 가면 분명 뭔가 정보가 있을 거야."

"그 무법 도시 말인가?"

밀레디의 대답에 나이즈의 표정이 은근히 굳었다.

—무법 도시 안디카.

정식 명칭은 해상 도시지만 그 특수한 환경 때문에 그런 속칭이 붙어 버린 섬. 먼 서해에 있는 부유섬이었다.

거대한 섬이 바다에 떠 있는 원리는 밝혀지지 않았다. 그 섬에는 대륙에서 살아갈 수 없는 자들이 살고 있으며 직설적으로 말하면 이단자나 범죄자들이 모이는 곳이었다.

혹자가 말하길 모든 이가 탐욕에 빠져 강탈과 살인이 횡행하고, 인정과 의리가 자취를 감추었으며, 인간성을 잃어 짐승으로 전락한 자들이 고통에 신음하면서 죽기만을 기다리는 곳.

혹은 이 세상의 쓰레기장.

혹은 신에게 버림받은 지옥.

혹은 신앙 없는 자들의 유배지.

대륙에서는 일반적으로 그렇게 인식되었다.

그런 곳이 성광 교회의 이단자 사냥에서 벗어난 이유는 두 가지였다.

하나는 그들을 타산지석으로 하기 위함. 봐라, 신앙심이 없으면 저렇게 된다, 라며 경각심을 불러일으키려는 목적이었다.

그리고 또 하나는 감옥으로 이용하기 위함. 온 대륙에 있는 이단자를 일일이 사냥하러 다니기란 어렵다. 하지만 그들에게 도망칠 곳이 있다면? 가만히 있어도 그들은 알아서 한 장소로 모인다.

그리고 섬 안에서 자기들끼리 죽고 죽여준다면 더할 나위 없다.

그런 이유로 나이즈와 오스카도 어릴 적에 한 번은 「나쁜 짓을 하면 안디카에 잡혀간다!」라는 훈육을 받은 적이 있어

안디카에 가자니 거부감부터 앞섰다.

그런 두 사람에게 밀레디는 조용히 웃으며 어떤 이야기를 들려줬다.

"『해방자』 멤버 중에 안디카 출신이 있었어."

말은 과거형으로 맺어져 그 인물이 어떻게 되었는지 대충 예상할 수 있었다. 밀레디의 눈동자 안쪽으로 희미한 쓸쓸함이 보여 각별한 사람이었으리라는 것도 알았다.

"그 사람은 안디카를 자유의 도시라고 말했어! 동료들에게 즐겁게 들려줬대. 모든 사람이 자기 일을 스스로 정하고, 책임도 스스로 지고, 방심할 수 없지만 즐겁고, 타고난 악인도 많지만 싹싹한 사람도 많은 도시― 모두 자유로운 의사를 가지고 살아갔다고 해."

"그건……."

그가 『해방자』에 있었던 시기는 6년 전이었다. 그 날 어린아이를 감싸느라 신관을 폭행해 체포당한 후 혹독한 심문을 받고 라이센으로 이송되었다.

그의 이름은 데이비 컨스먼.

옛날, 어린 밀레디의 마음에 작은 가시를 심어준 사람. 만신창이인 몸으로 「어린아이가 웃지 못하는 세계에 무슨 가치가 있느냐」고 물었던 죄인. 모든 일의 시발점.

라이센 백작가와 결별하고 『해방자』에 들어간 밀레디에게 동료들은 데이비의 이야기를 들려줬다. 언젠가 안디카 같은 곳이 대륙에도 생기면 좋겠다고 소망하며 찾아온 사람도 있다고 했다.

"언젠가 가 보고 싶었어. 마지막에 그렇게 웃으면서 죽는 사람이 자랑한 곳이니까. 분명히, 틀림없이! 멋진 장소일 거야!"

그러니까 함께 보러 가자! 활짝 웃음 짓는 밀레디에게 오스카와 나이즈는 쓴웃음을 짓고 고개를 끄덕였다.

"무엇보다! 카지노가 있대! 별칭 카지노 도시 안디카! 한탕 벌어 보자구~, 밀레디의 승부사 기질이 근질근질해~! 오 군, 나즈! 도박판이 우리를 기다려!"

"좋은 분위기 다 망쳤군."

"……밀레디는 결국 밀레디였나."

오스카와 나이즈의 표정에서 맥이 쭉 빠진 것은 말할 것도 없었다.

그 후 몇 개의 모래 언덕을 넘고 마물과 몇 차례 싸우기도 하며 휘영청한 달빛 아래에서 야영하기를 사흘. 이글이글 자기 어필에 안달 난 태양이 하늘 꼭대기를 조금 지났을 무렵, 밀레디 일행은 【항구 도시 에포나】에 도착했다.

바람에 실려 온 바다 내음이 코를 간지럽히고 사막과는 다른 습기가 살을 어루만진다.

사실 세 사람 모두 처음 보는 바다였다. 그래서 파도 소리가 들린 순간 세 사람은 참지 못하고 눈망울을 빛내며 일제히 달려갔다.

거리를 달리고 창고 단지를 지나, 마침내―.

"바다다아아―!"

"오, 오오! 저게……!"

"……."

시야로 확 들어온 광경 앞에서 밀레디는 만세하며 소리쳤고 오스카는 표정을 활짝 폈으며, 나이즈는 감탄한 것처럼 말을 잃은 채 눈을 동그랗게 뜨고 있었다.

지평선이 아닌 수평선. 햇빛을 반사해 보석처럼 빛나는 대해.

크고 작은 배가 바다에 떠 있고 부두들이 바다를 향해 돌출됐다. 하늘에는 바닷새가 날아다니며 그 울음소리와 합창이라도 하는 것처럼 뱃사람들의 우렁찬 소리가 울려 퍼졌다.

고양되는 마음을 달래는 것도 잊고 세 사람은 그 광대하고 장엄한 광경을 우두커니 바라봤다.

잠시 후 선박이 정박하지 않은 부두 끝에서 몇몇 아이들을 발견했다. 이곳에 사는 아이들일까? 아이들은 바다로 뛰어들며 신나게 떠들고 놀고 있었다.

밀레디의 눈망울이 더욱 초롱초롱해졌다. 즐거운 곳을 그냥 지나칠 밀레디가 아니었다.

"얘들아, 가자! 나를 따르라!"

밀레디가 함성을 지르고 부두로 달려갔다. 오스카와 나이즈가 아차 했을 때는 이미 뛰면서 로브와 니 삭스, 그리고 신발을 벗어 던지고 있었다. 정말이지 재주도 좋았다.

"이얏호오오~♪"

그렇게 환성을 지른 밀레디가 눈을 휘둥그렇게 뜬 아이들 정중앙에 다이빙했다.

"아, 정말, 남들 보는 앞에서 방정맞게……."

오스카는 밀레디가 어질러 둔 옷가지와 던져 버린 짐을 주섬주섬 챙긴 뒤 못 말린다는 듯 웃었다. 나이즈도 밀레디가 맨다리를 드러냈을 때 불순한 눈길을 보낸 뱃사람들을 가볍게 째려본 후 뒤를 쫓았다.

하지만 두 남자의 심정은 아는지 모르는지, 정작 밀레디는—.

"와하하하하! 어떠냐, 바다의 아이들아! 이 누나가 더 수영을 잘하는 것 같은데~? 어디 쫓아올 수 있으면 쫓아와 봐~!"

"가, 갑자기 나타나서 뭐 하는 거야, 너! 거기 서! 내가 잡고 만다!"

"어, 언니 누구야?!"

"어림없어! 외지인한테 수영으로 질 것 같아?"

눈 깜짝할 새 아이들 사이에 녹아들어 있었다.

동시에 아이들은 뜬금없이 나타난 밀레디에게 정체 모를 기품 같은 것을 느꼈는지, 아니면 단순히 이 근방에 없는 유형의 아름다운 소녀가 등장해 마음을 빼앗겼는지 남녀를 불문하고 얼굴을 조금씩 붉히고 있었다.

"정말로 얼굴 하나는 쓸데없이 예뻐."

"크큭. 예쁘다는 건 인정하나 보군."

나이즈의 지적에 오스카는 대답 대신 안경을 꾹 올려 쓰고 모른 체했다.

"앗, 밀레디 저 녀석, 또 중력 마법을 쓴 거 아니야?"

"그렇게 애들한테 지기 싫을까……."

범상치 않은 속도로 바다 멀리 헤엄쳐 가는 밀레디를 보고 오스카와 나이즈는 어이없는 표정을 지었다.

개구쟁이 같은 소년이 「못 따라잡겠어! 저 녀석, 왜 저렇게 빨라!」라고 경악하거나, 가장 몸집 작은 소녀가 「언니! 팬티 다 보여!」라며 양손으로 얼굴을 가리고 충고하거나, 다른 아이들도 저마다 「사실 저 사람, 해인족 아니야?」, 「외지인, 무서워」라고 말하며 멈춰 선 가운데 아이들을 따돌렸다고 확신한 밀레디는 바다 멀리서 겨우 멈췄다.

제자리에서 몸을 세우고 양팔을 휘휘 흔들어 자기 존재를 어필한 뒤 빛나는 웃음을 지으며 검지를 하늘로 척 들었다. 내가 1등이다! 라는 승리 선언 같았다.

"알았으니까 그만 돌아와~!"

오스카가 양손을 입가에 대고 소리쳤다.

밀레디는 즉석에서 양팔로 엑스를 만들었다. 단호히 거절하겠다는 의사 표명일까? 이어서 그녀는 양손으로 오라고 손짓했다. 아무래도 리더는 동료들이 함께하길 바라시는 모양이다.

오스카와 나이즈는 얼굴을 마주 보고는 저걸 어떻게 말리겠냐며 어깨를 으쓱이고 밀레디의 바람에 응하고자 옷에 손을 댔다.

밀레디가 기대해 마지않는 듯 얼굴 가득 웃음을 퍼뜨리며 목청껏 소리쳤고—.

"오~ 군~! 나~즈~! 빨~리~ 와악?!"

먹혔다.

바닷속에서 튀어나온 상어 비슷한 어류한테 꿀꺽하고…….

길이가 10미터는 넘어 보였다. 더불어 희미한 검붉은 색으로 흉흉하게 발광하던 것을 보아 아마 마력을 가졌다. 즉, 마물이란 뜻이었다.

""……""

옷에 손을 대던 오스카와 나이즈는 그 손을 멈추고 멍하니 서 있었다. 아이들도 멍하게 굳었다. 사람이 한입에 잡아먹히고 그대로 바닷속으로 사라진 광경은 가히 충격적이었다.

그래서 아무도 움직이지 못한 채, 상어 지느러미가 물을 가르는 궤적이 북쪽을 향해 맹속력으로 흘러가는 모습을 그저 바라만 보고 있었다.

그로부터 10분 후.

항구 북쪽에 있는 모래사장에 한 소녀가 엎어진 채로 떠밀려 왔다. 밀레디였다.

"……참혹하군."

나이즈의 말대로 파도에 떠밀려 올라온 밀레디는 평소에 묶고 다니던 머리가 해초처럼 풀어 헤쳐졌고 옷도 여기저기 찢어진 데다가 해파리 같은 투명한 점액이 덕지덕지 붙어 무참하기 짝이 없었다.

"미, 밀레디, 괜찮아?"

오스카는 조금 표정을 일그러뜨리고 밀레디를 살며시 돌아 눕혔다.

그 순간, 반쯤 열렸지만 감정이 담기지 않은 눈이 나타났다.

"세상에, 이런 법이 어딨어?"

"어, 음, 운이 안 좋았어. 그보다 일어서 봐. 꼴이 말이 아니야. 간이 샤워 부스를 만들어줄 테니까 옷이라도 갈아입어."

"오 군, 고마워. 그렇지만 여자에게는 물러날 수 없을 때가 있어."

"그건 또 무슨 뚱딴지같은 소리야?"

"밀레디 씨는! 바다에서! 마음껏! 수영하고 싶어!"

마물 따위가 내 길을 막을쏘냐. 밀레디는 그렇게 말하고 싶은 듯했다.

"나는 밀레디 라이센! 자유로운 의사의 체현자! 모든 불합리함에 저항하는 자!"

"확실히 넌 자유롭게 살지. 다양한 의미로."

"바다여, 마물들이여, 설욕전이다! 밀레디를 막을 수 있으면 막아 봐라! 으랴아아아아!"

밀레디가 포효하며 다시 바다로 돌격했다. 행색이 조난자나 다름없는 미소녀(?) 밀레디는 아름다운 크롤을 선보이며 해안에서 멀어져 갔다.

"—앗?!"

결과는 말하지 않아도 뻔한 것. 바다 마물 한정으로 인기 폭발 중인 밀레디는 그 후 오스카와 나이즈가 지켜보는 가운데 대략 열 번 더 해변으로 떠밀려 왔다.

그로부터 약 일주일 후.

정보 수집에 매진하던 밀레디 일행은 오늘도 아침부터 해산물 요리를 배 터지게 먹고 북쪽 모래사장에 나와 있었다.

오스카는 금속제 중형 선박을 정비하고 나이즈는 무슨 편지를 쓰는 중이었다.

나이즈의 어깨에는 크림색 매가 앉아 있었다. 그 매는 『해방자』 중 한 명이자 연락 요원인 팀 로켓이라는 청년의 파트너였다. 이름은 크림. 이소니얼 종이라고 하며 대륙에서 전서구로 활용되는 새였다.

팀은 『조수(鳥獸) 애호』라는 고유 마법을 보유해 평범한 새와 짐승을 마물 수준으로 강화할 수 있었다.

이 마법을 사용하면 크림도 평균 시속 120킬로미터, 사나흘을 쉬지 않고 비행하는 상식 밖의 능력을 발휘한다. 그 결과 『해방자』 간의 고속 연락 수단으로 선택된 것이다.

이번에도 크림은 밀레디에게 보고 서신을 운반하는 겸 수샤와 루스의 편지를 함께 가져와 줬다. 나이즈는 그 답장을 쓰는 중이었다.

참고로 오스카와 밀레디는 이미 답장을 써서 크림의 목에 걸린 작은 포셰트에 넣었다. 나이즈가 아직 편지 앞에 매달려 골머리를 썩는 이유는 그만큼 신중을 기하기 때문이었다.

그 무섭게 예리한 자매에게 이상한 오해를 사지 않도록…….

그런 오스카와 나이즈를, 밀레디는 홀로 바다에서 떨어진 곳에서 무릎을 모으고 앉아 바라보고 있었다. 바다에 다가가지 않는 이유는 트라우마가 단단히 박힌 탓이었다.

기억을 떠올리면 「바다 무서워…… 훌쩍, 흑」이라며 울어 대는 밀레디를 달래느라 오스카와 나이즈 두 사람도 꽤나 애를 먹었다.

작업 중인 두 사람을 바라보면서 밀레디는 한숨 섞어 홀로 중얼거렸다.

"최근에 오 군이랑 나즈를 연속으로 만나서 성녀도 바로 발견할 수 있을 것 같았는데…… 그렇게 쉽게 풀리지는 않구나."

그 혼잣말을 다 듣고 있었는지 오스카가 피식 웃고 대답했다.

"그야 그렇지. 그게 정상이야."

"오스카 말이 맞아. 그래서 이렇게 안디카로 갈 준비를 하는 거고."

나이즈가 편지에서 시선을 들고 말했다.

최근 일주일 동안 여기저기서 수소문하고 다녔지만 결국 아무런 수확도 거두지 못했다.

그렇다면 안디카로 가는 것이 최선책. 그러나 그러기에도 문제가 하나 있었다.

안디카행 정기 운항선이 존재하지 않는다는 것이었다. 심지어 상선조차 없었다. 당연하다면 당연했다. 누가 자발적으로 『저는 이단자의 도시와 연루되어 있습니다』라고 당당하게 떠벌리겠는가? 안디카는 공공연히 묵인될 뿐이지 결코 공인된 장소는 아니었다.

"안디카로 도망친 사람들은 어떻게 건너갔을까?"

밀레디가 고개를 갸웃거렸다. 하지만 직접적으로 묻고 다닐 수도 없었다. 그랬다가는 우리가 이단자라고 선언하는 것이나 마찬가지였다.

"비밀 루트가 있는지, 아니면 상인이 몰래 보내는 건지…….
우리처럼 직접 배를 마련할 수 있는 사람은 많지 않을 테니까 무슨 방법이 있을 것 같은데."

"문제는 항해의 항 자도 모르는 우리가 조난당하지 않고 안디카에 도착할 수 있느냐 없느냐지."

안디카의 정확한 위치는 세 사람 모두 몰랐다. 일단 대략적인 해도는 얻었지만 섬은 상당히 먼 바다에 있었다. 어림잡아도 500킬로미터는 떨어진 곳. 보통 최소 3~5일은 걸릴 거리였다.

게다가 밀레디 일행 중에 항해술을 가진 사람은 없었다. 그런데 탐색까지 하려면…….

오스카는 안경을 올려 쓰고 그런 걱정을 불식했다.

"별의 위치로 방위는 알 수 있고 항구에 발신기를 세팅해 둘 거야. 은반을 쓰면 적어도 육지로는 돌아올 수 있어. 게다가…….''

오스카의 오른손에 끼어진 붉은 보석이 박힌 반지가 빛을 발했다.

그 순간 허공에 광물이 출현했다. 오스카는 그것을 낚아채 연성했다.

"너와 함께 만든 『보물고』도 아직 문제없이 작동해. 식량과 물이라면 최소 수개월은 걱정 없어."

—아티팩트 보물고.

나이즈의 협력을 얻어 특수한 보석에 공간 마법을 부여하여 『보석 속 공간』을 창조하고 물건을 수납할 수 있게 한 반지였다.

나이즈가 그건 그렇다며 표정을 조금 누그러뜨리는데 그 뒤에서 나지막한 혼잣말이 날아와 꽂혔다.

"이제는 해산물들이 날 가만히 놔두느냐가 관건이겠네."

""…….""

그것만은 어떻게 할 도리가 없었다. 오스카와 나이즈는 어째선지 눈을 아련하게 뜬 밀레디를 보고 뭐라고 말해야 할지 모른 표정이 되었다.

"아, 아무튼! 여기에는 신대 마법 사용자가 세 명이나 있어! 괜찮아!"

"그래. 우리라면 할 수 있어!"

"으, 응! 그렇지! 분명히 괜찮을 거야!"

오스카와 나이즈가 애써 밝은 척하자 밀레디도 어색한 웃음을 짓고 맞장구쳤다.

그리하여 세 사람은 그날 중으로 편지를 써서 크림에게 전해주고 기타 준비도 마친 뒤 의기양양하게 바다로 나갔다.

그로부터 열흘 후.

모래사장으로 세 남녀가 떠밀려 왔다. 말할 필요도 없겠지만, 밀레디 일행이었다.

사이좋게 나란히 엎드려 손가락 하나 까딱하지 않았다. 흡사 시체였다.

파도가 밀려왔다 빠졌다 하며 세 사람을 놀리듯이 흔들었다.

얼마 지나지 않아 모래사장에 작은 신음소리가 흘렀다.

"으…… 사, 살아 있어?"

처음으로 눈을 뜬 사람은 밀레디였다. 한 손으로 머리를 누르고 지독하게 무거운 몸을 억지로 일으켜 안짱다리로 앉았다.

그대로 잠시 멍하게 있던 밀레디는 이내 퍼뜩 정신이 돌아왔다.

"아 참, 오 군! 나즈!"

황급히 주위를 돌아보자 바로 옆에 소중한 동료들이 쓰러져 있었다.

"오 군! 나즈! 괜찮아?! 정신 차려!"

네발로 기어 두 사람에게 다가가 몸을 잡고 흔들었다. 그리고 몸을 밀착해 가슴에 귀를 대 봤다.

"……다행이다. 두 사람 다 살아 있어."

진심으로 안심한 것처럼 다시 풀썩 주저앉은 밀레디는 그제야 자신에게 감긴 연쇄를 발견했다.

"아하하…… 그러고 보니 정신을 잃기 전에 오 군이 나랑 나즈를 불렀었지. 그때 연쇄를 감았구나."

피할 수 없는 거대한 파도에 삼켜진 것이 정신을 잃기 전에 본 마지막 기억이었다.

오스카가 서로를 묶지 않았다면 지금쯤 모두 흩어져 버렸을 것이다.

기절한 상태에서도 연쇄를 꽉 움켜쥔 오스카의 손을 보고 밀레디는 평소 그다지 보이지 않는 차분하고 다정한 미소를 지었다.

그리고 그 손에 살며시 자신의 손을 포갰다.

"고마워, 오 군."

그것은 연쇄로 묶어준 것만이 아닌, 더 깊은 뜻을 품은 말 같았다.

"아차, 우선은 회복약부터 먹여야지. 나도 마력이 바닥났으니까."

이상하게 몸이 찌뿌둥한 것은 마력이 거의 남지 않았다는 증거였다. 이 상태로는 회복 마법을 쓸 수 없었다.

밀레디는 어질어질한 머리를 질타하며 보물고에 조심스럽게 마력을 불어넣었다.

그것만으로도 정신이 아찔해졌지만 가까스로 기동에 성공했다. 마력 회복약을 머릿속에 떠올리자 빛과 함께 허공에 시험관 형태의 용기가 출현했다.

"다행이야. 아직 남아 있어. 그래도 딱 세 개가 전부야……."

아무튼 이게 있으면 당장은 괜찮다. 밀레디는 바로 하나를 마시고 남은 두 개를 각각 오스카와 나이즈의 입안으로 흘려보냈다.

두 사람은 작게 기침하고는 잠시 후 신음하며 몸을 뒤척였다.

"윽…… 여긴…… 밀레디?"

"맞아. 일어나자마자 보는 프리티 밀레디는 어때? 오 군, 잘

잤어?"

오스카는 왠지 일어나지 않고 가만히 밀레디를 바라봤다.

밀레디는 고개를 갸웃거렸지만 곧 히죽 웃었다.

"뭐야, 뭐야? 오 군, 눈 뜨고 처음 본 게 밀레디 씨라서 반했어? 아, 그게 아니면 이야기처럼 입으로 회복약을 먹여주길 바랐어? 오 군도 엉큼하긴! 밀레디 씨는 그런 경박한 여자가 아니네요!"

밀레디는 히죽히죽 오스카의 뺨을 검지로 꾹꾹 찌르고 깐죽댔다. 그러나 그녀를 보는 오스카의 표정은 무척 부드러웠다.

"아, 다행이야. 진짜 밀레디야. 비몽사몽할 때 네가 마치 천사처럼 미소 짓는 모습을 본 것 같았거든. 이 녀석 혹시 밀레디의 가죽을 뒤집어쓴 악마가 아닌가 해서 진심으로 겁먹었어. 역시 너는 깐죽대야 해. 밀레디, 너는 정말로 끝내주게 깐죽대는 여자야."

"물고기 밥으로 만들어줄까?"

밀레디가 라이센 모드가 되어 있었다. 처형인 일족다운 완벽한 무표정이다.

"일어나자마자 꼭 그런 애정행각을 보여줘야 하나?"

조금 전부터 일어나 있던 나이즈가 두통을 참는 표정으로 말했다.

과연 그것은 마력 고갈 때문일까, 아니면 구사일생으로 살아나도 변함없는 오스카와 밀레디 때문일까?

"나이즈, 무사해?"

"나즈, 괜찮아? 그리고 오 군이 나한테 뭐라고 했는지 알아?"

밀레디의 호소를 무시하고 나이즈는 자기 몸을 간단히 확인했다. 아무래도 마력이 부족한 것 외에는 딱히 문제가 없는 것 같았다.

문득 침묵이 깔리고 함께 숨을 내쉬었다. 그리고 서로 얼굴을 마주 보더니―.

""""죽는 줄 알았어…….""""

그렇게 입을 모아 심경을 토로했다.

항해에 나선 후 그들에게 무슨 일이 있었는가.

한마디로 설명하자면 해산물들의 밀레디 사랑이 끝나지 않았었다.

꼬리에 꼬리를 물고 덤벼드는 강력한 바다 마물. 꽤 먼 바다로 나간 뒤에는 국소적이고 돌발적인 거센 파도를 만나기도 했다.

밀레디가 대체 몇 번 삼켜지고 촉수에 뒤엉키고 바닷속에서 허우적댔던가.

오스카와 나이즈에게도 그 인기가 전염됐는지 두 사람도 함께 사투를 벌였다.

대미를 장식한 것은 『바다의 괴물』이었다. 마물과는 궤를 달리하고 마석조차 가지지 않은 반투명한 젤리 형태의 거대 괴물. 바다 자체를 조종하고 끝없이 재생하며 닿은 것을 녹이는 특수 능력까지 갖췄다. 참고로 그 능력에 밀레디의 옷이 홀랑 녹아 버렸다.

그런 몬스터 퍼레이드와 거센 파도의 연속에 시달린 밀레디가 「나 역시 바다에게 미움받나 봐!」라고 한탄하길 아흐레.

마침내 배까지 잃고 즉석 널판에 매달려 표류하던 세 사람은 회복약과 체력, 기력도 모두 잃어 가던 탓에 한 번 대륙으로 돌아가기로 결단했지만⋯⋯.

마지막 순간에 기대를 저버리지 않고 찾아왔다. 바로 『바다의 괴물』이⋯⋯.

그에 맞춰 서쪽 바다는 기어코 사람을 잡을 작정인지 확인 사살처럼 폭풍우까지 일으켰다.

그 결과 폭풍이 불러온 거대한 파도에 휩쓸린 세 사람은 피로가 한계에 달해 속수무책으로 떠내려간 것이었다.

"바다 무서워, 바다 무서워, 바다 무서워."

"오스카. 밀레디가 기억을 떠올리고 이상해졌는데."

"나도 같은 기분인데 뭘."

밀레디는 양손으로 머리를 감싸고 무릎에 얼굴을 파묻었다. 바다에 완전히 트라우마가 생긴 모양이었다.

"그나저나⋯⋯ 여긴 대체 어디지?"

오스카가 일어나서 주위를 돌아봤다. 그리고 멀리 지나가는 사람을 발견하고 잠깐 물어보고 오겠다며 가 버렸다.

그동안 밀레디와 나이즈는 옷을 갈아입고 몸단장을 다시 했다. 얼마 가지 않아 돌아온 오스카는 죽을 고비를 넘긴 가치가 있었다며 웃으면서 말했다.

"밀레디, 나이즈. 여기가— 안디카야."

—해상도시 안디카.

삐뚤삐뚤한 칠각형의 거대한 부유섬은 외곽구, 중구, 중앙구로 나뉘고 이름 그대로 세 겹의 원으로 이루어졌다.

중앙으로 갈수록 부유층이 살며 외곽구는 가장 치안이 나쁜 빈민층 거주구다.

그 외곽구는 또 일곱 구역으로 세분된다. 북쪽에서부터 시계 방향으로 【아비드 지구】, 【그라드 지구】, 【아케디아 지구】, 【나이트 지구】, 【가다프 지구】, 【아로건 지구】, 【루스리아 지구】라고 불리며 저마다 특색이 있다. 그중 가장 동쪽— 대륙 쪽에 위치한 【그라드 지구】는 얕고 긴 해안가가 특징이며 술집과 음식점이 많기로 유명하다. 밀레디 일행이 도착한 곳은 이 지역이었다.

원래는 【그라드 지구】 북쪽에 인접한 【아비드 지구】가 주요 항만으로 이용되어 이곳으로 배가 오간다.

그런 기본 정보를 모으며 밀레디 일행은 현재 【그라드 지구】의 거리를 따라 중앙구를 목표로 걸어갔다.

"와! 듣던 거보다 훨씬 무질서해!"

술집이 많은 구역이라서 그런지 곳곳에서 취객이 돌아다녔다. 술병으로 나발을 불며 몽유병 환자처럼 갈지자걸음을 놓는 사람이 한두 명이 아니었다.

그 술병으로 쌈박질을 하는 사람이 있는가 하면 싸움을 부추기며 환성을 지르는 사람, 딱히 이유도 없이 분위기에 휩쓸려 싸움에 끼어드는 사람까지 있었다.

초조해하거나 비명을 지르는 사람이 아무도 없는 것을 보면 이런 패싸움이 일상다반사란 것을 잘 알 수 있었다.

길을 따라 늘어선 가게는 대개 어딘가가 파손되어 있었다. 창이 모두 성하게 붙은 가게를 아직 하나도 보지 못했다. 지금도 웬 아저씨가 가게 유리창을 깨고 굴러 나온 참이었다.

아저씨는 배꼽을 쥐며 웃어젖히고 아무렇지도 않게 달려가 버렸다. 가게에서 튀어나온 주인이 「외상값 좀 갚아!」라고 고함치면서 불 속성 중급 마법 『비창』을 난발했다. 아저씨는 무사히 도망쳤지만 빗나간 화염 창이 다른 가게에 직격해 화재를 일으켰다.

그 직후 어디선가 쏟아진 물이 불길을 순식간에 진화했다. 다만, 그 가게 주인은 노발대발하며 『비창』을 쏜 가게 주인에게 보복으로 『염탄』 10연발을 날렸다.

이러다가 전쟁이라도 나지 않을까 싶을 만큼 격렬한 마법 공방이 펼쳐졌지만 각 가게에서 나온 드세어 보이는 아주머니의 프라이팬 공격으로 상황은 싱겁게 종료됐다.

아마 가게 주인들의 부인인지, 강타당해 기절한 남편의 목덜미를 잡고 질질 끌고 들어갔다.

그 야단법석에도 역시 신경 쓰는 사람은 아무도 없었다. 일상 속의 사소한 사건이라는 양 무시하고 가게와 노점들은 호객에 힘쓰고 있었다. 그들을 때로 다른 가게를 욕하고 수상하기 짝이 없는 상품을 비보나 세상에 둘도 없는 진미라도 되는 것처럼 과장해 선전해 댔다.

난잡하고 혼잡하고 번잡한, 무질서하기 이를 데 없는 분위기. 그야말로 혼돈의 도가니였다.

그런 광경을 본 오스카가 조금 어이없는 표정으로 소감을 입에 담았다.

"그래도, 뭐랄까…… 음침한 느낌은 없네?"

"그래. 방심하면 큰코다칠 것 같지만, 싫은 분위기는 아니군."

나이즈가 그렇게 대답하자 왠지 밀레디가 으흐흐, 하고 기쁜 듯이 웃었다. 한때 데이비가 동료에게 들려준 안티카의 이야기가 진실임을 확인해 기쁜가 보다.

"좋든 나쁘든 약육강식의 세계 같아."

확실히 행동도 분위기도 무질서했다. 그렇지만 이곳이 소문으로 들리는 지옥이냐고 묻는다면…… 그렇게 단언하기에는 주민들에게 너무 활기가 넘쳤다.

그런 그때, 주정뱅이 집단이 술을 들이켜며 유쾌하게 노래 부르는 소리가 들렸다.

마음 가는 대로 살아보세.

이곳은 절해고도. 자유의 도시 안디카라네.

속았어? 실패했어? 봉변당했어?

누굴 탓하랴. 약한 게 잘못이지. 방심한 게 멍청이야.

무슨 일이 있어도 네 똥은 네 손으로 치워라.

이기든 지든, 성공하든 실패하든 네가 정한 결과 아니냐.

하지만 이것만은 잊지 말아라.

이곳은 안디카! 신이 버린 도시!

이보다 나은 인생이 어디 있을쏘냐!

실로 흥겨운 노래지만 대륙이었다면 즉석에서 이단 취급받고 신고당할 무시무시한 내용이었다.

밀레디는 신기하다는 표정으로 주정뱅이 집단을 보며 말했다.

"역시 대륙에서 살아갈 수 없는 사람들이 많아 보여. 그냥 범죄를 저질러서 도망쳐 온 사람들도 있겠지만⋯⋯. 이곳은 이단자들의 마지막 안식처구나."

눈앞에 있는 사람들은 대륙에서는 찾기 힘든 신앙을 부정하는 이들이었다.

자세히 보면 그 주정뱅이 집단 속에는 인간족뿐 아니라 수인족이나 마인족도 섞여 있었다. 지금 근처 음식점에서 나온 사람은 친밀하게 어깨를 맞댄 인간족 남성과 호인족(狐人族) 여성이었다. 그밖에도 다양한 종족의 사람들이 종족과 관계없이 일상을 보내고 있었다.

그래, 분명히 데이비 컨스먼이 말한 대로다.

이곳에는 자유로운 의사가 살아 숨 쉬고 있다.

일행 앞으로 마인족 소녀와 삼인족, 인간족 소년 삼인조가 뛰어 지나갔다. 점심을 먹으러 돌아가는 길인지, 그들은 함께 점심 이야기를 나누며 즐겁게 웃고 있었다.

"⋯⋯『아이가 웃을 수 없는 세계에 무슨 가치가 있는가』⋯⋯.

후후, 정말로 그래."

"밀레디……."

"괜찮아?"

감회에 잠긴 눈으로 투명하게 미소 짓는 모습에 오스카와 나이즈가 조금 걱정스러운 눈길을 보냈다. 그런 두 사람에게 밀레디는 더없이 환한 웃음을 돌려줬다. 그러고는 깜짝 놀라는 두 사람 앞쪽으로 몇 걸음 달려 나가 춤추듯 빙글 돌았다.

치마가 가볍게 펄럭이고 금발 포니테일이 살랑 흔들렸다.

즐겁고 활기찬 밀레디는 무척이나 귀여웠다. 주변 행인들까지도 무심결에 고개를 돌려 시선을 주고 있었다.

"오 군! 나즈! 밀레디 씨는 배고파졌다! 뭐라도 사 먹자! 그리고 사진도 찍자! 어디서든 상관없어! 가벼운 마음으로! 자유롭게!"

오스카는 얼떨떨해한 뒤 이내 눈이 부신 것처럼 눈매를 가늘게 떴고 나이즈는 입에 호를 그렸다.

밀레디는 말을 끝내기 무섭게 정말로 자유롭게 뛰어가며 적당히 눈에 띄는 노점으로 돌격했다. 오스카와 나이즈는 어깨를 으쓱이고 그 뒤를 쫓았다.

"아저씨! 꼬치구이 맛있어 보이네! 무슨 고기야?"

"어, 그래, 고맙다. 이건 락스라는 고기야. 요즘엔 통 잡히지 않아서 가격은 좀 비싸지만 맛은 보장하마."

"오, 그럼 좋아! 세 개 주세요!"

그렇게 꼬치구이를 사면서 밀레디는 의문을 던졌다.

"잘 안 잡힌다면 귀한·생선이겠네?"

"아니, 그럭저럭 잡히는 고기인데…… 아가씨, 사정을 전혀 모르는 것을 보니 외지인이구만?"

"응! 오늘 해변으로 떠밀려 온 파릇파릇한 이단자란 말씀!"

"그, 그러냐……? 고생이 많구만."

보통은 이단자도 배로 건너온다. 사실 안디카와 에포나 사이를 잇는 위장 선박이 버젓이 존재했다.

다양한 점에서 이단의 면모를 자랑하는 소녀에게 가게 주인은 반은 어이없고 반은 불쌍하다는 투로 여러 사실을 알려줬다.

그에 따르면 최근 바다 마물의 활동이 활발해지거나 지진, 갑작스러운 격랑 등 이상 현상이 발생해 어획량이 감소했다는 모양이었다.

안디카는 본래 섬의 농작물과 식물 생장 속도가 대단히 빠르고, 또한 이곳으로 이끌리듯 다양한 물고기가 모여든다. 그래서 아직 생활에는 지장이 없지만 물가는 올랐다고 한다.

"왠지 수십 년 동안 목격되지 않았던 『바다를 조종하는 괴물』이란 놈도 어슬렁대나 봐. 배를 잃고 목숨만 부지해서 돌아오는 인간도 있다고 해. 먹고살 길이 막막해 스스로 구멍을 파러 가는 인간도 있다고 하고."

밀레디 일행은 동시에 생각했다. 그 괴물은 분명 그 자식이라고. 젤리 같은 반투명한 몸으로 끈질기게 쫓아오던 가증스러운 그놈이라고…….

"으, 응? 왜 그래? 괜찮아? 썩은 생선 같은 눈인데……."

"응, 괜찮아. 그냥 바다는 무섭구나 싶어서. 그보다 구멍을 판다는 게 무슨 뜻이야?"

주인의 설명에 의하면 이 안디카는 바다 위에 떠 있는 섬이지만, 수심 수백 미터까지 암반이 이어지며 면적도 상당히 넓어 지하자원을 캐기 위한 채굴일이 있는 듯했다.

안디카를 주름잡는 데볼트 패밀리의 감시하에서 이루어지는 꽤나 혹독한 작업이라서 보통은 사기나 강도 등 문제를 일으켜 전락한 자들이나 데볼트 패밀리에게 거슬렀다가 패배한 자들이 하게 되는 일…… 대륙에서 범죄자에게 지우는 강제노동 같은 것이라고 한다.

참고로 안디카의 지하는 지나친 채굴로 인해 반쯤 미궁으로 변했다. 실수로 바다로 통하는 곳을 뚫어도 왠지 바닷물이 침입하지 않고 물 벽이 생길 뿐이다.

암벽에 붙은 조개 따위를 캐는 사람이 간혹 내부로 통하는 구멍을 발견한다는 이야기도 있었다. 물론 튼튼한 창살 따위로 막혀 있지만…….

"와~. 안디카는 상상 이상으로 신기한 섬이구나."

"나는 이 섬에서 나고 자랐으니까 딱히 신기하다는 생각은 안 들어."

껄껄 웃는 주인에게 인사하고 일행은 가게를 뒤로했다.

그리고 당분간 입수한 정보를 의논해 정리하고 또 군것질을 하며 안디카 외곽구를 돌아봤다. 그렇게 슬슬 해가 저물 무렵, 가게 상품을 체크하던 오스카가 입을 열었다.

"역시 외곽구에서 중앙으로 갈수록 상품 질이 좋아져. 잃은 물자가 많으니까 빨리 보충하고 싶은데……."

"특히 마력 회복약이 급하지."

"응. 하지만 질이 나쁘면 안 되니까 중앙구로 가서—."

"카지노구나!"

좋은 상품을 파는 가게를 찾자고 말하려고 했으나 밀레디의 상기된 목소리가 그것을 끊었다.

오스카는 한숨 쉬고 기대에 찬 눈망울을 빛내는 밀레디를 봤다.

"우선 소모품 보충부터. 그 후에 숙소를—."

"카지노구나!"

반짝반짝! 반짝반짝! 밀레디의 푸른 하늘 같은 눈동자가 더 없이 초롱초롱하게 빛났다.

이 여자, 도박을 못 해 죽은 귀신이 붙었나……. 오스카의 어이없는 시선이 날아오지만 신경 쓰는 내색조차 없었다.

오스카의 의견을 옹호하고자 나이즈가 미간을 주무르며 말했다.

"밀레디. 죽다 살아난 거 잊었어? 언제 무슨 일이 있을지 모르는—."

"카~지~노~! 구나!"

더 따졌다가는 길 한복판에 드러누워 생떼라도 부리겠다는 확고한 결의가 초롱초롱한 눈동자에서 엿보였다.

오스카와 나이즈는 서로를 돌아본 후 땅이 꺼지도록 한숨을 쉬고 어깨를 으쓱였다. 「괜찮지? 괜찮지? 가자!」라고 주장하는 밀레디의 눈빛에 두 사람은 결국 백기를 들었다.

"역시 오 군이랑 나즈야! 말이 잘 통해! 자, 출발하자! 어서 출발하자! 카지노가 우리를 부른다! 욕망을 『해방』하라고 외치고 있어! 전군! 캠블러 밀레디를 따르라!"

밀레디는 소리치기가 무섭게 달려가 버렸다.

"언제부터 우리가 욕망의 『해방자』가 됐지?"

"상식이나 겸손 같은 것에서부터 『해방된 자』라는 뜻이라면 정확하다고 생각한다만."

그것 말고도 많은 것에서 해방된 듯한 기운찬 리더를 쫓아 오스카와 나이즈는 씁쓸히 웃으며 걸어갔다.

중앙구는 별칭 카지노 도시라고 불리기에 부족함이 없는 호화로운 장소였다.

무엇보다 가장 눈길을 끄는 것은 중심부에 위풍당당하게 자리 잡은 장엄한 궁전이었다. 【베르카 왕국】이나 【그랜더트 제국】 등 대국의 왕성과 비견해도 전혀 손색이 없었다.

궁전 중앙 부근에는 300미터 가까이 되는 세 갈래 첨탑이 섰는데, 마치 섬 전체를 내려다보는 모양새였다. 대단한 위용이었다. 거리 하나, 건물 하나를 봐도 대륙 각국의 수도에 버금가는 아름다움이 있었다.

기본은 목조 건축이며 석재나 금속은 별로 사용되지 않았다. 섬이기에 그런 재료가 부족해 대륙에서 운송해 올 수밖에 없기 때문이었다.

또한 메인 스트리트에 한해 흰 돌로 포장되고 건물도 도료를 칠해 아름다운 백색을 자랑했다. 중앙구 주민의 『우리는 상류계급이다』라는 의식이 강하게 엿보이는 부분이었다.

행인들의 복장도 외곽구 사람들과는 아예 다른 세계에 사는 것처럼 호사스러웠다. 장식품도 가치나 수를 경쟁하듯 몸에 주렁주렁 달고 다녔다.

"……보편적으로 상상하는 『상류 계급』의 이미지긴 하군."

오스카가 남들에게 들리지 않을 목소리로 중얼거렸다.

오스카의 복장도 중앙구의 분위기에 맞춰 고급스럽게 바뀌어 있었다.

그래도 장식품을 치렁치렁 달거나 요란한 외투를 걸치지는 않았다. 심플한 턱시도 차림이었다.

다만 입을 다물고 있으면 귀족 청년으로 보일 만큼 말쑥한 오스카가 입으니 충분히 『상류 계층』처럼 보였다.

"말에 뼈가 있군?"

오스카의 혼잣말에 반응한 사람은 바로 옆에 있던 나이즈였다.

이쪽도 오스카와 같은 심플하며 고급스러운 턱시도 차림이었다.

인생 첫 턱시도…… 정확히는 사막의 민족의상 말고는 입을 기회가 없던 나이즈는 어색함을 감추기 어려워했다.

그러나 절대로 어울리지 않는 것은 아니었다. 키가 크고 날카로운 인상을 주는 나이즈가 그런 세련된 검은 옷을 차려입으니 이렇게 어울릴 수 없었다.

오스카와 달리 귀족 청년처럼 보인다기보다 마피아의 보스 같다는 의미지만……. 그저 서 있기만 해도 위압감이 대단했다.

두 사람이 그런 옷을 입은 이유는 중앙구가 자랑하는 안디카 최대 규모의 카지노에 드레스코드가 존재하기 때문이었다.

당연히 정장 따위 갖고 있지 않았지만 다행히 궁전 내에 의상 대여점이 있어서 옷을 빌릴 수 있었다.

그런 고로 먼저 갈아입고 나온 오스카와 나이즈는 대여점 앞 홀에서 밀레디를 기다리고 있었다.

호화롭고 널찍한 홀에서 숙녀들이 오스카와 나이즈를 힐끔힐끔 곁눈질하는 가운데, 오스카는 그런 시선을 무시하며 나이즈에게 물었다.

"뼈까지는 아니고, 그냥 왕국에도 저런 복장을 한 사람이 꽤 있었거든. 예를 들면 졸부 상인이라거나……."

"보통 상류 계급은 복장이 다른가?"

"음, 글쎄. 크게 다르다고 할 정도는 아니고 나라에 따라서도 다르겠지만…… 적어도 베르카 왕국 귀족은 화려함을 기피하는 경향이 있었어."

"……그렇군. 화려함은 천박하고 간소함은 고상하다. 그런 사고방식인가?"

"그렇지. 그래서 간소함 속에 엄청 비싼 물건을 은근히 덧붙이는 게 상류 계급의 양식이었어. 선대 오르크스인 커그 씨는 자주 왕궁이나 귀족 저택으로 불려갔지만, 절대로 화려하게 차려입지는 않았어. 뭐, 본인이 사치를 싫어하는 탓이기도 하지만."

"귀족에게 속으로 무시당하지 않으려고 단순하지만 고급스러움을 의식했단 말이군."

복장 하나에서도 문화가 드러난다며 나이즈는 고개를 주억거렸다.

아무리 추파를 흘리고 눈치를 주며 어필해도 반응조차 하지 않고 이야기에 빠진 두 사람에게 안디카의 숙녀들은 인내심이 한계에 달했는지 슬슬 돌격해서라도 어필할까 벼르던 바로 그때—.

"오 군, 나즈. 기다렸지?"

"밀레디. 꽤 오래 걸렸—."

"……."

밀레디의 목소리가 들려 돌아본 오스카는 돌연 돌처럼 굳었다. 나이즈도 눈을 크게 뜬 채로 입을 떼지 못했다.

이유는 단순했다.

넋을 잃어서였다.

평소 방정맞은 분위기는 어디로 갔을까. 허리를 곧게 편 아름다운 자세. 양손은 평소처럼 휘두르지 않고 품위 있게 몸 앞에 가지런히 모으고 있었다. 발소리도 내지 않으며 사뿐사뿐 걷는 모습에선 기품이 넘쳤다.

트레이드마크인 포니테일을 풀어 풍성하고 가는 금실 같은 머리카락이 하늘하늘 흔들리는 모습은 환상적이기까지 했다.

그런 그녀를 장식하는 것은 순백의 드레스였다. 심플하면서도 소매의 프릴과 허리 뒤에 포인트를 주는 리본이 무척이나 귀여웠다. 귀에는 진주 같은 새하얀 보석이 달린 귀걸이, 목에는 그녀의 눈동자와 같은 쪽빛 보석이 달린 목걸이를 찼다. 어느 쪽이건 크기는 작지만 그것이 오히려 그녀의 빛나는 매력을 돋보이게 해줬다.

그리고 무엇보다 숨을 멎게 만드는 것은 밀레디 본인이었다. 히죽거리지도 않고 때때로 보이는 라이센의 무표정도 아니며, 기운차고 천진난만한 표정도 아니었다.

긴 속눈썹을 떨면서 눈을 살포시 내리깔고 우아하고 옅은 미소를 머금었다.

행동거지, 자세, 분위기, 표정…….

어느 모로 보나 상류 계급. 이것이야말로 귀족.

그중에서도 차원이 다른 숙녀. 아니, 이미 공주님이라고 해도 과언이 아닌 청순함과 고귀함이 있었다.

넋이 나간 사람은 오스카와 나이즈만이 아니었다. 홀에 있는 모든 사람이 그곳에 나타난 기품 흐르는 미모의 소녀에게 눈길을 빼앗겨 있었다.

본능으로 깨달았겠지. 자신들과 명백히 다르다.

그 소녀야말로 『진짜』다.

밀레디는 청초하게 오스카와 나이즈 앞에 섰다.

""…….""

아무 말도 하지 않고 눈을 휘둥그렇게 뜬 채 경직한 두 사람에게 밀레디는 절대로 품위를 잃지 않고 고개를 들어 왜 그러냐는 식으로 고개를 살짝 꼬았다.

그 몸짓에 두 사람은 자기도 모르게 고동이 빨라졌고—.

"우홋."

그러나 그 직후, 밀레디의 표정이 무너졌다. 기품 넘치던 표정은 사람의 신경을 긁는 능글맞은 얼굴로, 고귀한 분위기는 방탕아처럼 경박하게……

"으응~? 오 군, 나즈, 왜 그렇게 얼이 빠졌어!"

"아, 아니, 딱히……."

"으, 음. 아무것도 아니다."

그 극과 극을 달리는 변모에 오스카와 나이즈도 얼른 말이 나오지 않았다.

점점 더 능글맞은 웃음이 깊어지는 밀레디는 척 보기에도 한 방 먹였다고 말하듯 화나는 표정으로 통통 뛰었다.

"다 알아. 밀레디 씨는 다 알아. 눈길을 빼앗겼지? 밀레디 씨가 너무 미소녀라서 심장이 쿵했지? 우후후훗."

"마, 말도 안 되는 소리 하지 마. 분위기가 달라서 조금 놀랐을 뿐—."

"거짓말하지 마~. 부끄러워하지 마~. 오 군, 밀레디 씨에게 러브러브 게이지가 한계 돌파지~? 응? 응? 오 군! 동요해서 어쩔 줄 모르는 오 군! 솔직한 마음을 말해 봐~. 어서어서~!"

팔꿈치로 쿡쿡 찔러 대는 밀레디는 역시나 엄청나게 짜증

났다. 냉정함을 완전히 되찾는 것을 넘어 순식간에 분노 게이지가 한계 돌파할 정도로…….

"……지금 솔직한 기분으로는 널 수평선 너머로 던져 버리고 싶어."

"꺄~!"

주먹을 쥔 오스카에게서 도망치며 밀레디는 즐겁게 비명을 질렀다. 그리고 곧장 나이즈 뒤로 돌아가 방패로 삼고 이번에는 나이즈를 목표로 바꿨다.

"나즈, 나즈. 수랑 윤한테 편지 써도 돼~?"

"……! 뭐라고 쓸 작정이지?"

나이즈는 무서운 대답을 예상하고 굳은 표정으로 물었다.

밀레디의 입이 귀에 걸렸다!

"나즈가 드레스 입은 밀레디 씨에게 넋이 나가 굳어 버렸어! 이쯤 되면 바람이지! 라고 쓸 거야!"

"그만둬. 안 그러면 수평선 너머로 날려 버리겠어."

"꺄~!"

이마에 핏대를 세우고 손을 뻗는 나이즈에게서 밀레디는 이번에도 엄청나게 즐거운 비명을 지르며 도망쳐 다녔다.

그리고 곧장 궁전으로 통하는 복도로 달려가더니 빙글 돌아섰다. 풀어 내린 금발과 드레스 스커트가 꿈결처럼 하늘거렸다.

"오 군! 나즈! 가자!"

무척 기분이 좋아 보이는 밀레디의 모습에 오스카와 나이즈의 분노도 가라앉아 버렸다. 두 사람은 한숨을 푹 쉬고 그녀를 따랐다. 하지만 이번에는 밀레디에게 기습이 날아들었다.

"밀레디."

"응~? 왜 그래, 오 군?"

"방금 넌 흠잡을 데 없는 숙녀였어. 드레스도, 잘 어울렸고."

"··········그, 그랬어? 고마워."

고개만 돌려 돌아보던 밀레디는 곧바로 정면을 돌아봤다.

놀리던 대로 칭찬받았는데 왠지 대답은 짧았다. 그 이유는 절대로 돌아보려고 하지 않는 밀레디의 붉어진 귀 끝을 보면 어련히 짐작할 수 있었다.

밀레디도 드레스가 어울린다는 말은 물론 기뻤지만······ 무엇보다 『흠잡을 데 없는 숙녀였다』라는 칭찬이 가슴을 흔들었다. 크게 동요해 버릴 정도로······.

결국 사교장에 나갈 기회는 없었지만 언제 나가도 부끄럽지 않도록 가르쳐준 것은 밀레디의 소중한 사람— 언니나 마찬가지인 벨타였으니까.

마치 벨타도 함께 칭찬받은 것 같아 올라가는 입꼬리를 막을 수 없었다.

"제법이군, 오스카."

"계속 당하기만 할 순 없지. 게다가 거짓말도 아니야. 나이즈는 어때?"

"훗. 이의는 없어. 오히려 백작가의 딸이었다는 이야기를 지금 실감했어."

그런 두 사람의 대화도 다 들렸다. 밀레디는 더욱더 돌아볼 수 없게 됐다.

"남자들끼리 뭘 그렇게 속닥거려! 어서 가자!"

그래서 조금 화난 척 언성을 높였지만, 역시 돌아보지는 못하고 들뜬 마음을 경쾌한 스텝으로 바꾸어 조금 빠르게 걸어 나갔다.

그 후 밀레디 일행은 험상궂은 검은 정장들에게 체크받아 무사히 카지노 홀에 발을 들였다.

천장에서 샹들리에들이 빛나고 악단이 연주하는 경쾌한 음악이 홀 안에 울렸다.

여기저기서 환성과 비명이 일었다. 살 떨리는 도박으로 대단히 고조된 분위기였다.

"한잔 어떠십니까?"

"와~, 고마워!"

웨이터가 다가와 깨끗하게 닦인 은쟁반 위에 있는 샴페인을 살짝 들어 보였다.

밀레디가 희색을 내비치며 받아들고 품위…… 없이 허리에 손을 대고 단숨에 잔을 비워 버렸다. 기합이라도 넣으려는 걸까?

잔을 돌려놓은 밀레디는 빙글 돌아보고 오스카에게 웃으며 손을 내밀었다.

"오 군, 용돈 줘~!"

"말을 꼭 그렇게 해야 해?"

주위에서 「청년, 능력을 보여줘야겠군」이라는 뜻이 담긴 시선이 날아들었다.

오스카는 볼을 실룩거린 뒤 몰래 보물고에서 주머니 속으로 돈을 전송했다.

노점에서 군것질할 정도의 돈은 각자 가지고 있지만 대부분은 보물고에 넣고 다녔다.

참고로 용돈이라고 말해도 오스카 개인의 돈이 아니라 명목상 그룹의 활동 자금이었다. 대부분 오스카가 여행지에서 마법 도구를 만들어 판 돈이므로 아주 틀린 말도 아니지만……

"오스카. 용돈을 줘."

나이즈가 밀레디 옆에 나란히 서서 손을 뻗었다. 오스카는 어리둥절했다.

"……나이즈. 너, 사실 꽤 들떴지?"

여전히 딱딱한 표정이지만 나이즈는 은근히 볼을 붉혔다. 나이즈는 처음으로 호사스러운 놀이를 할 생각에 들뜬 마음을 억누를 수 없는 모양이었다.

"뭐, 사실 나도 제법 기대돼."

쓴웃음을 지으며 오스카가 두 사람에게 자금을 건넸다.

"미리 말해 두지만, 너무 함부로 쓰지는 마. 앞으로 사야 할 게 많아—."

"우와~! 바로 놀아 보자~! 뭘 해 볼까!"

"사람이 말을 하면 들어."

밀레디는 이미 달려가 버렸다. 그리고 이제 보니 나이즈도 밀레디를 따르고 있었다.

"두, 두고 가지 마!"

오스카도 서둘러 뒤를 쫓았다.

그 후 세 사람은 함께 가볍게 룰렛을 해 보기도 하고, 주사위 게임에 참가하고, 생쥐 마물을 쓴 미니 레이스에 돈을 걸기도 하며 정신없이 즐긴 결과—

"후하, 후하하하하! 웃음이 멈추질 않아! 내 재능이 무서워!"

양손에 돈이 든 커다란 주머니를 들고 쾌소를 터뜨리는 밀레디가 있었다.

그 옆에는 나이즈가 똑같이 돈이 빵빵하게 든 주머니를 끌어안고 미세하게 몸을 떨고 있었다. 난생처음 만진 거금에 지레 겁먹은 모양이었다.

보아하니 어지간히 딴 것 같았다.

"초보자의 행운인가? 아니면 바다에서 실컷 고생한 반동?"

오스카도 대승에 대승이 이어져 식은땀을 흘리면서도 입가에는 숨길 수 없는 웃음이 걸렸다. 솔직히 엄청 즐겁다! 오스카의 마음속에는 여태껏 경험한 적 없는 흥분이 용솟음쳤다.

"오 군! 밀레디 씨는 결심했어! 이곳 게임을 전부 제패해주겠어! 우리 경쟁하는 거야! 누가 가장 많이 땄는지 이따가 보고회를 열자! 뭐, 보나 마나 미소녀 갬블러 밀레디에게는 아무도 못 이기겠지만! 후하, 후하하하하하!"

"앗, 야, 밀레디!"

오스카의 제지에도 아랑곳하지 않고 제 말만 끝낸 밀레디는 흥분도 MAX로 웃으며 달려갔다. 아무래도 지금부터는 세 사람 간의 승부인가 보다.

"나이즈, 어떻게 할래?"

"물론 받아줘야지."

"그, 그래? 웬일로 호전적인걸……."

"언제나 수샤와 윤파를 빌미로 놀려 대는 저 녀석을 돈으로 닥치게 만들겠어."

"……나이즈, 냉정해져. 너 성격 변했어."

"안 변했어. 그리고 밀레디의 입을 다물게 한 후 남은 돈은 수샤에게 보낼 생각이야. 이걸로 사진이나 무시무시한 편지를 보내지 말아 달라고 협상해 봐야지."

"……돈을 받고 떨어지라는 뜻으로 착각하고 더 무서운 짓을 할 것 같은 예감이 풀풀 드는데?"

"문제없어. 도박이든 그 아이들이든, 나는 두렵지 않다!"

전의로 불타는 나이즈도 승부의 세계로 뛰어들었다.

"저 두 사람 괜찮을까……? 모르겠다. 나는 나대로 즐기자."

두 사람의 지나친 흥분 상태에 도리어 냉정해졌다. 사람이 모인 테이블로 뛰어드는 밀레디와 나이즈에게 걱정스러운 눈길을 보낸 오스카는 자신도 다른 게임을 하러 이동했다.

그로부터 한 시간 후.

"오 군. 돈 빌려주세요."

눈앞에서 아름답게 큰절하는 밀레디가 있었다.

"어이."

현실도피에 가까운 기나긴 회상을 한 기분이 들지만, 검은 정장 집단의 노기 섞인 목소리에 퍼뜩 정신이 돌아왔다.

"손님. 손님이 이 숙녀분의 일행이십니까?"

당장에라도 죽이러 들 것 같은 흉악한 시선과 험악한 분위기였지만 일단 아직은 손님으로 취급해주려는 듯했다.

오스카는 잠깐 뜸을 들이고—.

"……?"

뒤를 돌아봤다. 대체 누구에게 말하는 거냐고 말하듯이. 이 사람들이 내 뒤에 있는 사람에게 말을 걸었나, 하고 진심으로 의아하다는 식으로…….

우연히 지나치던 웨이터가 움찔했다. 당신 부르는데요? 아뇨, 전 아닙니다! 오스카와 웨이터의 작은 공방이 오간다.

"잠깐, 오 군?! 남인 척하지 마!"

"……?"

"회심의 연기?! 너무해, 오 군! 지옥 밑바닥이라도 함께 가겠다고 말한 주제에!"

"쳇."

"지금 혀 찼어?!"

분명히 밀레디가 마지막 권유라며 손을 내밀었을 때 오스카는 그렇게 대답했다. 그 후 너무 부담스럽다면서 바로 딴청을 피운 주제에 왜 똑똑히 기억하고 난리냐며 오스카는 속으로 다른 사람이 된 것처럼 악담을 퍼부었다.

그런 오스카의 태도를 보고 밀레디는 설마 자신을 버리려는가 싶어 초조한 표정으로 관계성을 강화하려 들었다. 오스카의 퇴로를 차단하는 형태로—.

"너무해, 오 군! 내 창피한 모습까지 다 봐 놓고! 내 물건도 전부 자기가 관리하고 말하지 않으면 속옷조차 꺼내주지 않는 주제에!"

"뭐?!"

자기도 모르게 말이 튀어나온 오스카 이상으로 군중이 경악해 웅성거렸다. 「어머, 구속이 심한가 봐요」라는 둥 「호오, 저 소녀를 노예 취급…… 흐흐흐, 취미 한번 고상하구먼」이라는 둥…….

오스카의 표정이 심하게 굳었다.

창피한 모습이란 처음 오아시스에 도착했을 때 간이 샤워 부스가 부서져 밀레디의 알몸이 드러났을 때일 것이다.

분명히 짚고 넘어가겠는데 오스카가 씻는 모습을 훔쳐보려고 한 밀레디의 자업자득이었다. 그리고 개인용품이나 속옷은 보물고에 보관한 물건을 말하는 것이리라.

밀레디의 말투로는 옷을 입을지 말지도 오스카가 결정하는 것처럼 들렸다. 주종관계로 오해할 소지가 다분했다.

"밀레디, 너 이 자식! 오해 살 말은 삼가! 죽여 버린다!"

"히익, 주인님! 폭력은 안 돼요!"

주위의 인식은 확고해졌다. 도박에 진 소녀의 주인님— 즉, 책임을 져야 할 사람은 저 안경 청년이라고…….

참고로 카지노 곳곳에서 「인간의 탈을 쓰고 어떻게 저럴 수가」, 「완전히 범죄자잖아!」, 「무서운 세상이야……」라는 소리도 들려오고 있었다.

오스카는 있는 힘껏 따지고 싶었다. 「너희 전부 무법자잖아!」라고……

뺨을 실룩거리는 오스카에게 검은 정장들이 슬금슬금 다가왔다.

어쩔 수 없이 오스카는 밀레디의 관계자임을 시인했다.

"후…… 밀레디. 나중에 실컷 반성하게 해주마."

"우……."

"그래서 얼마나 잃은 거야? 나는 그럭저럭 벌었으니까 충당할 수 있을 거야."

오스카의 시선이 밀레디를 향했다. 밀레디는 식은땀을 뻘뻘 흘리면서 눈길을 슥 피했다.

오스카의 시선이 검은 정장들을 향했다. 엄청나게 안 좋은 예감에 식은땀을 뻘뻘 흘리면서…….

"이 만큼입니다."

그들이 살며시 내민 것은 청구서였다.

오스카의 눈알이 튀어나왔다. 전 재산의 가볍게 열 배. 서민이라면 사치를 부리지 않는 한 3, 4년은 생활할 수 있는 금액이었다.

"잠깐 기다려! 무슨 짓을 하면 이런 금액이 돼?! 아, 아니, 있어 봐. 잘 생각해 보면 원금을 잃는다고 돈을 받으러 올 리가 없어……."

오스카의 안광이 밀레디에게 꽂혔다! 밀레디는 고개가 180도 돌아갈 기세로 눈을 돌렸다.

그런 밀레디에게 오스카는 차게 식은 목소리로 확인했다.

"밀레디. 너, 마음대로 빚까지 얻어서 도박했지?"

"……면목이 없습니다."

밀레디의 이마가 바닥을 찍었다.

듣자 하니 도발을 해서 견디다 못해 다른 손님과 승부했다고 한다. 카드 게임이었는데, 원금에 상관없이 판돈이 올라가고 게임 후 정산되는 규칙이었다. 자신의 도박운을 믿어 의심치 않던 밀레디는 승리를 확신하고 승부에 나섰고, 그 결과 패배했다나 뭐라나.

검은 정장이 주위를 둘러싸고 서서히 포위망을 좁혀왔다.

낼 거냐 말 거냐, 라고 무언으로 묻고 있었다.

오스카는 홀을 쭉 훑어봤다. 나이즈라면 원금을 늘리지 않았을까? 자신과 함께 돈을 보태면 빚을 갚을 수 있을지도 모른다. 오스카는 일말의 희망을 품었다. 그러나—.

"글쎄, 더는 돈이 없다니까!"

귀에 익은 소리가 들렸다. 나이즈였다. 갈색 피부의 미녀 군단에게 둘러싸인 나이즈였다.

돈을 죄다 뜯긴 듯했다. 오히려 나이즈 쪽에서 오스카에게 도움을 청하는 눈길을 보내고 있었다.

오스카는 천장을 올려다봤다. 내 동료는 전부 글렀는지도 모른다…….

"저기요, 손님?"

높임법이 한 단계 내려갔다. 슬슬 시간이 된 모양이다.

오스카는 밀레디가 했다는 게임을 봤다. 밀레디에게 승부를 건 것으로 보이는 중년 남성이 실실 웃으며 음흉한 눈길로 밀레디를 훑고 있었다.

오스카는 문득 어떤 생각이 들어 은근슬쩍 안경을 만졌다. 그리고 뭔가를 깨달은 것처럼 고개를 끄덕이고는 크게 한숨 쉬었다.

"정말이지, 밀레디 넌 왜 그렇게 생각이 없어?"

"으~, 미안해, 오 군."

눈물을 머금은 밀레디를 보고 오스카는 싱긋 웃었다.

"그래, 사과는 이따가 받기로 하고— 눈 감아."

"어?"

어리둥절해하던 밀레디는 그 직후 비명을 질렀다.

"여러분~! 주목!"

오스카가 소리쳐 모두 얼결에 주목한 순간, 안경 빔이 작렬했다!

"끄아악?! 뭐야?!"

"내 눈, 내 눈?!"

특히 가까운 거리에서 섬광을 직시한 검은 정장들은 너 나 할 것 없이 눈을 누르고 바닥을 뒹굴었다.

"밀레디! 가자!"

"눈이, 눈이~! 밀레디 씨 눈이~!"

밀레디도 정통으로 당했는지 바닥을 뒹굴고 있었다.

"너는 왜 이렇게 사람을 귀찮게 해!"

오스카는 밀레디를 옆구리에 끼고 아비규환인 카지노 홀의 출구를 향해 달렸다.

"나이즈! 도망가자!"

큰 소리로 외치자 나이즈는 살았다는 표정으로 합류해 왔다.

"이런 짓을 하고 그냥 넘어갈 수 있을 것 같아?!"

뒤에서 검은 정장이 고함쳤지만 그에 대한 오스카의 대답은─.

"빚은 떼먹기 위해 존재한다! 라는 말을 들은 적이 있어!"

"""이 무법자 자식!"""

무법자들에게 무법자라고 욕먹는 오스카.

그 후 연락을 받고 출동한 다른 검은 정장들이 그들을 붙잡으려고 쫓아왔지만…….

지나치는 숙녀를 방패로 삼고, 벽에 거대한 구멍을 뚫어 강제로 도주로를 확보하고, 검은 정장들의 옷을 금속 실로 갈가리 조각내 알몸으로 만들고…….

아무튼 갖가지 수단으로, 더 정확히 말하면 수단과 방법을 가리지 않고 도망친 결과, 오스카 일행은 무사히 도주에 성공했다.

후에 궁전에서 『범죄자보다 범죄자 같은 남자』, 『무법자 중의 무법자』, 『괴도 신사 귀축 안경』 따위의 별명이 붙어 입방

아에 오른 것은 말할 것도 없었다.

난개발에 가까운 채굴로 반쯤 미궁으로 변한 안디카의 지하 최심부.

궁전 거의 수직 아래에 위치한 곳에 그것이 존재했다.

한마디로 표현하면 『파괴된 유적』일까. 원형 돔 모양의 방은 새하얀 돌로 만들어졌으며 바닥에는 거대하고 정밀한 마법진이 새겨져 있었다.

그 중앙에는 계단식 원형 제단이 있고 오벨리스크 같은 것이 서 있었다.

그리고 그 주위에 새끼손가락 마디만 한 돌이 하늘의 별만큼 흩뿌려져 있었다. 그것이 『파괴된 유적』이라고 표현한 이유다. 돌멩이는 모두 벽과 천장을 수놓은 벽화의 파편이었다.

그런 유적 제단 위에 한 소녀가 있었다.

나이는 열 살을 조금 넘겼을까. 풍성하고 찰랑거리는 에메랄드그린 머리카락과 아메지스트색 눈동자를 가진 그녀는 청초하고 어른스러운 분위기가 흘렀다. 펑퍼짐한 흰색 원피스 차림이 가련하고도 아름다웠다. 무엇보다 특징적인 것은 부채꼴 귀. 소녀는 해인족이었다.

명상하는 것처럼 눈을 감고 집중하던 소녀는 천천히 양손을 들었다. 그리고 나지막하게 중얼거렸다.

그 순간 방안은 눈부신 빛으로 가득 찼다. 이어서 바닥에 떨어져 있던 돌멩이 일부가 천장으로 빨려 들어가듯 떠올랐다.

돌멩이는 그대로 천장에 붙어 벽화의 원래 모습을 되찾아 갔다.

어른이 양손으로 덮을 수 있을 크기였지만 벽화는 분명히 복원되었다.

"……후우."

소녀는 크게 숨을 토했다. 이마에선 땀이 나고 안색은 창백했다. 지금 행위로 꽤 피로해진 모양이었다.

알 만한 사람이 본다면 경악으로 턱이 빠질지도 모를 현상이었다. 일반적으로 『사물을 복원하는 마법』 따위 존재하지 않는다. 수리할 수 있는 『연성 마법』은 직접 손으로 만질 필요가 있다. 따라서 지금 소녀가 한 행위는 본질적으로 불가능한 일이었다.

소녀는 가만히 복원된 벽화를 바라보더니 이내 고개를 저었다.

그러던 그때 유적 입구에서 쿵쿵거리는 시끄러운 발소리가 들렸다.

"이봐, 어때? 뭔가 알아냈나?"

듣는 이의 등을 오싹하게 만드는 위압감 서린 목소리와 함께 들어온 자는 50대 중반의 남성이었다. 올백으로 넘긴 검은 머리는 몇 가닥만 앞으로 내려왔다. 입가에는 담배를 물었고 대륙 귀족 같은 격식 있는 옷을 가볍게 풀어 입었다.

소녀와 같은 아메지스트색 눈을 짐승처럼 빛내는 이 남자가 바로 이 안디카를 좌지우지하는 데볼트 패밀리의 두목— 바하르 데볼트였다.

바하르 뒤에는 심복인 부하들도 함께였다. 험상궂은 사내들에게 둘러싸인 소녀— 바하르의 친딸인 디네는 눈썹을 팔자로 뜨고 대답했다.

"……아버지. ……죄송합니다."

"쯧. 진전이 없었나."

바하르가 못마땅하게 혀를 차는 소리에 디네가 흠칫했다.

그것을 흘겨본 바하르는 더욱 불쾌하게 혀를 찼다.

모녀지간이라고 하기에는 도무지 가족의 정이 느껴지지 않았다. 마치 조직의 보스와 산하의 마법사…… 그렇게 생각하게 되는 분위기였다.

바하르는 고개 숙인 디네에게서 눈을 돌려 천장을 봤다.

"……저런 게 이 섬 아래에 있을지도 모른다니, 골 아프군."

그가 바라본 곳에는 거대한 뱀 같은 괴물의 형상이 있었다. 깊은 바닷속에서 똬리를 틀고 잠든 괴물 위에는 안디카로 여겨지는 섬이 있었다.

대략 2년 전. 이 유적이 발견되어 디네의 힘— 고유 마법 『복원』으로 벽화가 수복됨과 함께 그것의 해독이 진행됐다.

벽화에는 문자도 새겨져 있었다. 머나먼 신대의 문자였고 조사하는 사이에 무시무시한 사실이 판명됐다.

"『안디카의 재앙』— 신수(神獸) 리바이어던……. 설마 안디카 자체가 신대의 괴물을 봉인하는 아티팩트였을 줄이야."

벽화에는 먼 옛날 신이 인간들의 기도를 듣고 이 섬으로

『안디카의 재앙』을 봉인했다고 기록되어 있었다.

"저기, 아버지. 최근 바다의 상태가 점점 이상해지고 있다는 이야기를 들었어요. 역시 벽화를 고치는 것과 관계있는 게……."

디네의 쭈뼛쭈뼛한 태도에서 더는 복원하고 싶지 않다는 마음이 전해졌다. 바하르의 매서운 눈총이 디네에게 꽂혔다.

"……무관하진 않겠지. 이만큼 거대한 섬이 떠 있는 것도, 섬 식물의 생장이 이상하게 빠른 것도 신수에게서 흘러나오는 마력이 원인이라고 하니까."

벽화에서 해독한 안디카의 비밀. 그리고 복원이 진행될수록 빈발하는 바다의 이상 사태.

부자연스럽도록 자잘하게 깨진 벽화에서 추측할 수 있는 것은 파손된 상태 그 자체가 봉인이며 복원이 봉인의 해제란 것이었다.

디네는 두려움에 몸을 떨었다.

"제어 방법만 알면……."

바하르가 이를 빠득 갈았다.

실은 벽화를 해독한 결과 『안디카의 재앙』에는 두 가지 의미가 있다고 판명됐다. 하나는 물론 안디카를 멸망시킬지 모르는 괴물. 다른 하나는 외부의 적에게서 안디카를 지키는 수호 동물. 즉, 적에게 있어서의 『재앙』이었다.

먼 신대에는 신수를 제어하는 방법이 있었을 수도 있다는 뜻이었다. 물론 최종적으로 봉인당했으니 완벽하지는 않겠지만…….

만약 그 방법이 발견되면 안디카를 지키면서 동시에 외적—교회에 대항하는 유효한 수단이 될 수 있으리라.

그렇지만 당장 현재에 악영향이 나오는 것도 사실이었다.

바하르는 주눅 든 디네를 흘기고 또 혀를 찼다.

"일단 중지야. 벽화를 다시 부숴. 상황을 보면서 아직 해독되지 않은 부분을 다시 조금씩 복원하겠다. 디네, 알아들었겠지?"

"아, 네……."

디네가 끄덕끄덕 고갯짓했다. 희망이 이루어진 그녀의 표정은 밝았다.

"하지만 보스, 괜찮습니까? 최근 기승을 부리는 해적을 소탕하는 데 쓸 수 있을지 검토하시지 않았습니까."

그렇게 말한 사람은 바하르를 따라온 부하 중 한 명, 에이스였다. 옅은 흑발에 특징이 없는 점이 특징인 평범한 얼굴의 남자였다. 그는 데볼트 패밀리 안에서는 타의 추종을 불허하는 두뇌파였다. 바하르와는 어릴 적부터 함께한 친구고 조직의 참모를 맡은 측근 중의 측근이었다.

"아, 그것들 말이군. 확실히 신경 쓰이긴 하지."

적의를 표출하는 바하르의 말에 디네가 몸을 떨어 반응했다. 그것은 방금의 떨림과는 조금 다른 떨림 같았다.

"어쩔 수 없잖아? 제어도 못 하는 괴물을 깨워서 뒤지면 그건 그냥 등신이지. 그것들은…… 슬슬 교회가 나설 가능성도 있으니까 빨리 처리하고 싶군……."

"이것 봐, 보스. 이제 그만 날 보내줘. 선단을 빌려주면 해적 따위는 내가 다 쓸어버리고 온다니깐?"

앞으로 나온 것은 또 다른 측근이었다. 이쪽은 완전히 육체파 필두였다. 이름은 켈빈. 군청색 옆머리에 세 가닥 상처 자국이 난 거한이었다.

그의 고유 마법 『백조(白爪)』는 자신의 두 팔을, 손톱으로 풍인을 쓸 수 있는 거대한 흰 곰의 앞다리로 변화시키는 것이었다. 원래대로라면 신의 권속이 되었을 테지만 그 능력의 성질상 이단으로 취급받아 안디카로 도망쳐 온 자였다.

아직 소년이었을 때 그는 바하르에게 주워져 절대적인 충성을 맹세했다.

"……켈빈. 허가할 수 없다."

"이유가 뭐야, 보스."

불만스러워하는 켈빈에게 에이스가 어깨를 으쓱이며 대신 답했다.

"보세요, 켈빈. 지금까지 얼마나 많은 사병이 당했고, 고용한 해적들이 돌아오지 않는지 몰라서 그럽니까? 화는 나지만, 우습게 볼 상대는 아닙니다. 십중팔구 켈빈과 같은 고유 마법 사용자가 있겠죠. 정보도 없이 덤벼 봤자 좋은 꼴은 못 봅니다. 특히 당신은 머리까지 근육으로 되어 있으니까요."

"너 지금 뭐랬어, 인마."

켈빈이 발끈해 돌아봤다. 하지만 분노를 산 에이스의 얼굴은 태연하기만 했다.

함께 따라온 다른 부하들도 낄낄 웃기만 할 뿐 긴장감은 없었다.

에이스와 켈빈의 대화는 늘 이 모양이라서 패밀리에게는 일상이었다. 친하니까 싸운다는 것이다.

바하르는 그런 두 사람에게 한숨 쉬고 더는 볼일이 없다며 발길을 돌렸다.

그리고 문득 깨달았다. 디네의 안색이 상당히 안 좋다는 것을…….

"어이, 디네. 너 오늘 고유 마법 몇 번 썼냐?"

복원 능력은 마력 소비가 막심했다. 마력량이 평균보다 다소 높은 수준에 불과한 디네에게는 부담이 커서 하루에 쓸 수 있는 횟수는 세 번이 고작이었다.

더군다나 이 유적의 역할이 봉인인 탓인지 복원도 잘 되지 않았다. 한 번 사용해도 극히 일부밖에 복원되지 않는 것은 그 때문이었다.

그러나 이번 복원 범위를 보면 디네가 마력 고갈을 일으켜 안색이 나빠질 정도는 아니었다.

"세, 세 번이에요. 아버지가 시키신 대로 한도는 넘지 않았어요."

디네가 살짝 말문이 막혀 변명하듯 말했지만, 대신 켈빈이 컨디션 불량의 원인을 껄끄럽게 보고하고 말았다.

"아, 보스. 그게 저, 지하 채굴장에서 부상자가 나왔거든. 그래서 아가씨가 회복 마법을 써줬는데……."

그 때문에 마력 잔량이 적지 않았을까, 라고 말하려던 켈빈의 입은 그 직후 짝, 하고 울려 퍼진 메마른 소리에 닫혔다.

"아, 으."

디네가 뺨을 잡고 신음했다. 바하르에게 뺨을 맞은 것이었다.

"야, 이걸로 몇 번째야! 내 허락 없이 회복 마법을 쓰지 말라고 했을 텐데?"

"죄, 죄송합니다…… 아버지……."

바하르의 역정에 디네는 겁먹은 것처럼 뒤로 물러났다. 빨갛게 부은 뺨이 애처로웠다.

"첫. ……네 재능에 자각을 가져. 또 『성녀』소문을 퍼뜨리려고 작정했어? 알려지면 교회가 가만히 안 있을 거다."

바하르의 엄격한 눈이 디네를 쏘아봤다. 디네가 더 어릴 적 조직간 항쟁으로 중상을 입은 데볼트 패밀리를 복원의 힘으로 치료한 일이 있었다. 그때 누가 꺼낸 소리인지는 모르나, 『성녀』라는 호칭이 일시적으로 세간에 퍼졌다.

척 듣기에도 교회가 좋아할 것 같은 단어였다. 바하르는 즉각 함구령을 내렸지만 아직도 당시 사건을 아는 자들 사이에서는 성녀라는 말이 오가기도 했다.

"넌 신앙심을 주입받아 자기 의지도 잃고 살아가는, 그런 인생을 바라나?"

"아니에요…… 죄송, 합니다……."

위축되는 디네를 보고 바하르는 못마땅하게 혀를 찬 후 바로 출구 쪽으로 가 버렸다. 그러나 나가기 직전 멈춰 선 그는 주머니에서 손바닥 크기의 플레이트를 꺼냈다. 수정처럼 투명한 광석으로 만든 플레이트였다.

바하르가 그것을 디네에게 대충 던졌다. 디네는 당황하며 받았다.

"오늘 몫이다. 카지노에서 사건이 있어서 평소보다 재밌을 거다. 얼른 방으로 돌아가."

그 말을 끝으로 바하르는 방을 나갔다.

그는 지하 통로를 걸으며 더욱 기분 나쁘게 혀를 찼다.

"보스…… 너무 엄하지 않아? 아가씨가 울기 직전이던데."

"그래서 뭐?"

"아니, 그냥 그렇다고."

켈빈이 주저하면서 물었지만 바하르의 위압적인 목소리와 안광 앞에 금방 꼬리를 내렸다. 에이스가 어깨를 으쓱이고 한숨 쉬었다.

"정말로 미움받습니다, 보스."

"그러든가 말든가."

알게 모르게 빨라진 걸음에 켈빈과 에이스, 다른 부하들도 쓸쓸하게 웃었다.

바하르는 그런 부하들의 시선을 무시한 채 문득 머릿속으로 떠올렸다.

'리쥬……'

해인족 여성. 디네의 모친.

힘도 없으면서 강한 눈을 가진 여자였다. 아무리 비싼 선물을 보내도, 아무리 사치를 부리게 해도 다른 여자처럼 아양

떨지 않았고 눈에서 의지의 빛이 사라지지 않았다.

언제부터일까. 그녀의 마음을 빼앗으려고 기를 썼던 것은. 무슨 비밀이 있다고 눈치챈 것은. 그것을 제 입으로 말하게 하고 싶다고 생각한 것은……

언제부터일까. 단호한 눈길을 보내던 그녀가 자신을 못 말린다는 눈으로 보게 된 것. 희미한 미소를 보이게 된 것은……

'나에게서 도망치지 않고 받아들인 주제에…… 결국 마지막까지 말하지 않았지……'

그리운 감정이 입가에 호를 그렸다. 그녀는 디네를 낳고 건강을 해쳐 몇 년 가지 못하고 세상을 떴다.

사랑했느냐고 묻는다면, 모른다고 대답할 수밖에 없었다. 바하르는 사랑하고 사랑받는다는 것을 이해하지 못했다. 힘을 통한 지배만이 세계의 이치. 죽고 죽이고, 굴복하고 굴복시키는 것만이 바하르가 살아온 세계였으니까.

리쥬의 모습이 디네에게 겹쳐졌다. 울먹이는 표정이 눈에 아른거렸다.

"……쳇. 그 녀석 딸이면 쉽게 울지 말라고. 반항이라도 하란 말이야."

그렇게 내씹고 바하르는 고개를 저었다.

부하들의 말로 하기 힘든 시선을 더 강하게 느낀 바하르는 재차 혀를 찼다.

한편, 지하 미궁 한쪽에 있는 방으로 돌아온 디네는 침울한 표정으로 소파에 털썩 앉았다.

화가 난 바하르의 얼굴이 머리에 떠올라 침울함을 더했다.

평범한 부녀 관계까지는 바라지 않는다. 세상을 떠난 어머니는 아버지에게 하고 싶은 말이 있으면 확실히 하라고 말했지만—.

디네에게 바하르는 공포의 상징이었다.

"교회의 신과 아버지. 뭐가 다른 걸까?"

힘없는 혼잣말은 금방 허공으로 사라졌다. 디네에게 이 폐쇄된 세계의 신은 바하르고 자유를 속박한다는 점에서는 교회와 차이가 없었다.

바라는 물건이 있으면 최상급으로 준비해준다. 식사, 의복, 장식품 등…… 무엇이든 최고급품뿐이었다.

그러나 그곳에 자유는 없었다. 이 지하 세계와 종종 방문하는 궁전만이 디네에게 허락된 세계였다.

그 외에는…… 그래, 바하르가 가지고 오는 수정 플레이트.

디네는 거기에 약간의 마력을 부여했다. 그러자 플레이트에 영상이 투영되었다. 이것은 원영석(遠映石)이라는 특수한 광석인데, 마력을 불어넣으면 깨진 뒤에도 모든 광석이 비춘 광경을 기억해 공유하는 성질을 가졌다. 대륙에서도 감시용으로 사용되곤 했다.

"어머!"

투영된 영상을 보고 디네는 자기도 모르게 소리쳤다.

아버지의 부하가 안경 쓴 청년에게 옷이 벗겨지고 있었으니까.

청년은 소녀를 옆구리에 끼고 난동을 피웠다. 때로는 주먹을 날리고, 때로는 옷을 벗기고, 때로는 안경을 빛내고, 또 옷을 벗겼다. 점점 고간을 붙잡고 다리를 오므린 거한들이 양산되어 갔다.

"이, 이 안경 낀 사람! 나쁜 사람이에요! 아주 나쁜 사람이에요!"

디네는 영상이 끝난 뒤에도 양손으로 새빨개진 얼굴을 가리고 소파 위를 뒹굴었다.

"허억허억…… 그나저나 요즘 안경과 우산은 희한하네요. 빛이 나질 않나, 불을 뿜질 않나……."

절대로 평범한 것은 아니었다. 디네의 상식이 어디 있는 안경 때문에 무너져 가고 있었다.

심신 양면으로 피곤해진 디네는 침대에 몸을 던졌다.

똑바로 돌아누워 홀로 방 안에서 천장을 올려다봤다.

디네는 잠들기 전의 이 시간이 싫었다.

쥐죽은 듯 고요한 방은 디네에게 고독을 들이밀었다. 마법 도구이기도 한 램프의 빛은 켜 둔 채로 뒀다. 그래도 눈을 감으면 어둠이 펼쳐진다. 그러면 거기에 삼켜질 것 같아 더욱 사람이 그리워졌다.

"어머니……."

강하고 상냥한 어머니. 하지만 이제는 없다…….

어머니가 말해준 비밀. 6년 전 모습을 드러낸 디네의 희망이 눈을 감으면 자연스럽게 떠올랐다.

디네는 가뜩이나 작은 몸을 더 작게 웅크렸다.

그리고 단 하나의 희망에 매달리듯 조그맣게 중얼거렸다.

"언니……."

사방이 암벽에 둘러싸인 거대한 방에 침대가 줄지어 놓여 있었다.

천장이나 벽에 직접 묻은 발광 광석이 청결한 흰 시트와 많은 약품이 보관된 수납장을 비추었다.

그 침대 대부분에는 사람들이 조용히 잠들어 있었다. 죽은 게 아닌가 싶을 정도로 그들은 조용하고 움직임이 없었다.

그중 구석진 곳에 있는 두 침대 사이에 작은 소녀가 있었다.

그녀는 물 담긴 통에 수건을 적시고 조그만 손으로 힘껏 짰다. 그리고 침대에 누운 사람— 딜런의 몸을 닦고 다시 옷을 입혀주며 열심히 간병했다.

옆 침대에서 자는 케티도 이미 청결한 옷으로 갈아입었다. 빗긴 머리에서는 아름다운 광택마저 흘렀다.

간병인은 같은 고아원의 콜린이었다.

교회의『신병 창조 계획』에 희생되어 혼수상태에 빠진 소중한 가족을, 콜린은 매일 자발적으로 돌보고 있었다.

아직 일곱 살인 콜린에게는 같은 아이라고는 해도 근육이 이완된 인간을 돌보는 것은 중노동이었다. 심지어 콜린은 이『의무실』에 잠든 다른 사람뿐 아니라 단순한 상처나 병으로 요양 중인 사람들도 돌보았다. 평범한 일곱 살 아이라면 더는 하기 싫다고 어리광을 피웠어도 이상할 것이 없지만……

나고 자란 왕도의 빈민가를 떠나 이 『해방자』의 은신처에 온 지 약 넉 달이 지났다.

콜린은 불만 한마디도 없이 사랑하는 오빠를 흉내 내어 목 뒤로 묶은 짤따란 붉은 머리를 흔들며 오늘도 열심히 자신이 할 수 있는 일에 매진했다.

"디 오빠, 케티…… 괜찮아. 오빠가 분명 고쳐줄 거야."

콜린은 고사리 같은 손으로 딜런과 케티의 머리를 쓰다듬었다.

그 날【녹색 대갱도】에서 벌어진 충격적인 경험과 이 은신처 생활을 겪으면서 콜린은 어른스러운 표정을 짓게 됐다.

"콜린, 딜런과 케티는 어때?"

"아, 루 오빠."

말을 건 사람은 삐죽삐죽 선 흑발이 특징인 루스. 콜린과 같은 고아원 아이였다.

"딱히 변화는 없어. 다른 사람들도."

"뭐, 그야 그렇겠지."

루스는 어깨를 으쓱하고 잠든 아이들을 봤다. 그러나 잠시 후 시선을 떨치듯 눈을 돌리고 방 가장 안쪽 침대로 갔다. 아무도 쓰지 않고 살짝 기울어진 침대였다.

콜린이 별생각 없이 그쪽을 보고 있자니 루스는 천천히 바지 뒷주머니에서 검은 장갑을 꺼내 끼고는 침대 옆에 쭈그려 앉았다.

아마 침대 다리 하나가 부러진 것 같았다. 루스는 장갑을 낀 오른손을 파손 부위에 대고 조용히 눈을 감았다.

집중한다. 상상하는 것은 최고의 연성사의 기술. 세상 누구보다 경애하는 형의 모습.

"—『연성』."

은은한 오렌지색 마력광이 빛났다. 그러자 파손된 금속 다리가 흠집 하나 없는 본래 상태로 돌아왔다.

"와, 루 오빠! 대단해! 실력이 더 좋아졌어!"

"헤헷."

콜린의 순수한 칭찬에 루스는 쑥스러운지 코를 문질렀다.

콜린이 의무실에서 잡무를 맡는 것처럼 루스 또한 은신처나 무기, 방어구 따위를 수리, 정비하는 역할을 맡고 있었다.

참고로 이곳은【라이센 대협곡】에 있는 동굴이라서 원래는 협곡의 마력을 분산시키는 성질 때문에 마법을 쓸 수 없었다.

그것을 가능하게 하는 것이 오스카가 헤어질 때 루스에게 선물한 아티팩트, 검은 장갑이었다. 연성 마법진이 들어간 장갑은 마력의 결합을 강화하는 능력을 가졌다.

반경 2미터 내라는 한정된 공간에서만 사용 가능하지만 마력 무산 효과를 무효화할 수 있었다.

오스카와 같은 천직『연성사』를 가진 데다가, 조금이라도 빨리 형과 어깨를 나란히 하는 연성사가 되길 원하는 루스의 부단한 노력도 한몫해, 최근 수개월 사이 루스의 실력은 부쩍 좋아졌다. 이제는『해방자』에서도 그 능력을 높이 살 정도였다.

"루 오빠는 좋겠다……. 나는 이런 것밖에 못 하는데……."

콜린은 루스를 칭찬하는가 싶더니 대뜸 풀이 죽었다. 그 손에는 물통이 있었다. 환자 수발을 들거나 잡무밖에 못 하는 자신을 한심하게 생각한 모양이었다.

루스는 조금 난감한 표정을 짓고는 콜린의 머리를 벅벅 쓰다듬었다.

"네가 하는 일이 어때서? 가족들 간병을 잘하고 있잖아."

"그건 그렇지만……."

"나도 아직 『이런 일』밖에 못 해. ……해방자들은 다들 대단해. 도움이 되려면 조금씩이라도 할 수 있는 일을 늘려 나가야지. 안 그래?"

"……응."

루스의 말에 콜린은 잠시 생각하는 것 같더니 표정을 바꾸고 힘차게 고개를 끄덕였다.

최근 『해방자』에 들어온 또래 자매가 워낙 일을 잘해서 콜린은 내심 초조했다. 나는 이래도 괜찮을 걸까, 하고…….

그 사건 이후 성장한 사람은 콜린뿐 아니라 루스도 마찬가지였나 보다. 부쩍 믿음직해진 오빠의 말에 콜린은 초조함보다 의욕을 느꼈다.

"후후. 루스도 오빠 구실을 하네요."

"헉."

루스가 마치 전쟁터에서 절대로 이기지 못할 적 장수와 만난 것 같은 소리를 냈다.

그가 돌아본 곳에는 쟁반을 가진 소녀가 있었다. 가운데머

리를 가른 금발에 초콜릿 같은 피부, 비취색 눈동자. 열두 살에 묘한 요염함을 가진 사막의 소녀— 수샤였다.

"콜린~. 점심 가져왔어~."

"아, 윤!"

다른 한 사람, 수샤 뒤에서 얼굴을 빼꼼 내민 사람은 수샤와 닮았으나 더 어린 소녀였다. 같은 색 머리와 피부, 눈동자를 지니고 머리를 양 갈래로 내려 묶은 소녀— 동생 윤파였다.

참고로 수샤는 머리를 길러 원래는 세미 롱이었던 것이 지금은 견갑골 아래까지 내려와 있었다. 머리가 길어진 탓인지 요염한 느낌이 더 늘었다.

루스는 한 살 차이인데도 불구하고 묘하게 어른스러운 이 이국 소녀가 왠지 껄끄러웠다.

"어머, 루스. 그렇게 반응하면 제가 서운하죠."

"마음에도 없는 소리는. 나이즈 형 말고는 딱히 관심도 없으면서."

루스가 미심쩍다는 눈으로 말하자 수샤는 그렇진 않은데, 라는 식으로 난감하게 눈썹을 내리깔았다.

그래도 일단 용건부터 전하기로 했다.

"모린 아주머니가 점심으로 샌드위치를 만들어주셨어요. 함께 먹어요."

쟁반 위에는 샌드위치가 담겨 있었다. 그것을 본 순간 루스의 배가 시끄럽게 꼬르륵거렸다.

수샤만이 아니라 윤파, 그리고 콜린도 깜짝 놀란 것처럼 눈을 동그랗게 뜨더니 금방 소리 죽여 키득거렸다.

"우, 웃지 마! 오늘은 아침부터 수리할 게 많아서 배가 고프다고!"

얼굴을 붉히고 잡아채다시피 수샤에게서 쟁반을 빼앗았다. 그러나 그것은 점심을 독차지하기 위해서가 아니라 의무실을 나가 바로 앞에 있는 휴게실 테이블로 옮기기 위함이었다.

누구보다 존경하는 오스카 형의 위대한 등을 바라보며 자란 루스는 자연스럽게 신사적인 행동을 취하는 것이었다.

『해방자』의 누님들은 그런 루스의 장래를 조금 걱정하고 있었다. 퉁명스럽고 쑥스러움을 많이 타지만 본성은 성실하고 여성에게 신사적…….

무자각한 바람둥이가 되는 건 아닐까, 라는 생각이 들어서였다.

물론 이곳에는 동생 콜린과 나이즈 광신— 이 아니라 나이즈 신자인 자매밖에 없으므로 아무도 특별히 반응하지 않았지만…….

휴게실에서 베이컨이 가득 든 샌드위치를 베어 물었다. 여자끼리 동성 특유의 대화를 하는 공간에 남자 홀로 있는 거북함을 견디며 루스는 기품 있게 샌드위치를 먹는 수샤를 관찰하듯 바라봤다.

수샤와 윤파 자매가 연락원인 팀을 따라서 은신처로 온 것은 약 한 달 전이었다. 상당히 서둘렀는지 도착했을 당시 자매는 몹시 초췌해져 있었다.

그렇게 서두른 이유는 단순했다. 한시라도 빨리『해방자』에 합류해 힘을 키워 나이즈의 도움이 되고 싶었기 때문이었다. 그러기 위해 그녀들은 본래 넉 달은 걸리는 거리를 불과 한 달여 만에 주파해 버렸다.

팀의 고유 마법『조수 애호』로 말이 지칠 줄 모르고 속력이 몇 배나 빨랐다고는 해도 본인들은 아직 어린 소녀에 불과했다. 그 점을 생각하면 경이로울 정도로 강한 의지였다.

그러나 도움이 되고 싶다, 혹은 나란히 서고 싶다고 생각하는 상대가 있는 것은 루스도 마찬가지였다.

처음에는 제법 뚝심이 있다며 기쁜 마음으로 동지를 맞이했지만…… 불과 며칠도 되지 않아 루스는 깨달았다.

아, 이것들 위험한 인간이다, 라고……

우선 두 사람의 천직을 조사했는데 아니나 다를까 두 사람 모두 천직을 보유했다.

수샤는『창작사』. 시나 이야기 창작에 천부적 재능을 가졌고 파생적으로 지식 습득이나 창작물을 퍼뜨리는 행위에도 재능이 있었다.

『사막의 요정』이라는 소문을 고작 열 살에 창작하고 2년 만에 대륙 동쪽에 전해지도록 공작한 것은 나면서부터 이 분야에 관한 천성이 있었기 때문이었다.

윤파는『악법사(樂法士)』. 악기 연주에 선천적 재능이 있을 뿐 아니라 지원 계열 마법에도 재능을 가진 천직이었다. 연주로 지원 마법 효과를 강화하는 것도 가능했다.

지금까지 악기를 만질 기회가 없어서 전혀 알 수 없었던 재능이지만, 상대의 미묘한 감정 변화를 파악하는 능력이 뛰어나고 강한 인상을 남기는 말을 선택하는 재주가 있는 점 등 전조는 분명히 있었다.

언니의 행동을 뒷받침하고 밀레디가 나타났을 때 은근슬쩍 견제, 그리고 좋은 인상을 남긴다…… 그런 언동을 보인 게 그 예였다.

그런 고로 좋은 천직을 가졌다고 자각한 두 사람은 지금은 자신의 재능을 갈고닦기 위해 탐욕스럽게 지식과 기술을 갈구했다.

그 모습은 뭔가에 씐 것만 같았다. 교육 담당인 『해방자』 멤버가 식겁할 정도였다.

무리하지 말라고 걱정해도 두 사람은 싱긋 웃으면서 이렇게 말했다.

─전부 나이즈 님을 위해서예요.

루스뿐 아니라 다른 사람들도 「아, 이 애들 진짜로 위험한 인간이다」라고 생각한 것은 두말할 필요도 없다.

"아, 루스가 수 언니 쳐다본다~."

"뭐?!"

뜬금없는 지적에 루스는 해괴한 소리를 냈다. 윤파가 몰래 관찰했었는지 시선을 들켰다. 역시 이 꼬마의 눈치는 무시할 수 없다.

루스가 반론과 동시에 연장자 이름을 함부로 부르지 말라고 주의시키려고 했지만 그 전에 수샤가 곤란한 표정으로 말을 꺼냈다.

"미안해요, 루스. 나한테는 나이즈 님밖에 없어요."

"그런 식으로 말하지 마. 고백해서 차인 것 같잖아! 나는 그럴 생각 전혀 없어! 공부가 얼마나 진행됐는지 궁금했을 뿐이야!"

"후후, 미안해요."

수샤는 장난기를 가득 담아 웃었다. 이거다. 한 살 차이밖에 안 나는데 묘하게 여유로운 이 태도. 그리고 자기 입으로 나이즈 님뿐이라고 말하며 스스로 황홀해 하는 요염한 분위기.

동년배치고는 너무나도…… 그래, 너무 『여자』였다.

따라서 루스는 수샤가 유난히 거북했다. 이미 『해방자』의 정보 분석이나 그를 토대로 한 홍보 담당을 맡기 시작한 점을 질투한다는 것도 사실이지만……

"수 언니랑 윤은 정말로 나이즈 오빠를 좋아하는구나~."

콜린이 순수하게 감상을 입에 담았다. 루스의 마음에 청량한 바람이 불었다.

역시 또래 여자애는 이런 귀여운 면이 있어야지.

—안녕하십니까, 형님. 우리 동생은 오늘도 천사 같습니다.

"그러는 콜린은 어떻게 생각하나요? 오스카 오빠를."

"응?"

수샤의 대답에 콜린은 어리둥절했다. 그러나 곧 말뜻을 이해했는지 뺨이 화 붉어졌다. 루스의 말문이 막혔다.

콜린은 머뭇거리며 입을 열었다.

"오빠한테는, 밀레디 언니가 있는데?"

"음~, 그 두 사람은 실제로는 어떤 관계일까요?"

"전에 애인이냐고 물었을 때는 오스카 오빠가 아니라고 했지?"

강한 인연으로 맺어진 것은 틀림없었다. 그러나 적어도 현 시점에서 연인 관계는 아니며 그런 감정이 있는지도 확실치 않았다.

아이들은 친구 이상 연인 미만이라는 결론을 내렸다.

그래서 윤파는 주먹을 불끈 쥐고 역설했다.

"콜린! 여자는 돌격해야 해! 오스카 오빠를 차지하고 싶으면 밀레디 언니를 날려 버릴 정도의 기개는 있어야지! 일단 밀레디 언니에게 『오빠는 콜린 거니까 손대지 마!』라고 편지로 적어 보내자!"

"으에에에엑, 난 못 해. 그리고 난 밀레디 언니도 좋아해."

루스는 생각했다. 이 자매는 정말 어디로 가 버리면 안 될까? 우리 집 천사한테 악영향이 생기면 어떻게 책임질 거냐, 라고. 아무튼 그건 그렇다 치고…….

—안녕하십니까, 형님. 열 살 이상 어린, 게다가 자기 동생에게 손대는 변태 자식은 아니라고 믿습니다. 만에 하나 그런 생각을 품으면…… 나는 악마가 될 수밖에 없어.

루스가 머나먼 땅에 있는 형을 그리는 눈으로 그런 생각을 하는데 휴게실에 새로운 인물이 들어왔다.

"꼬맹이들, 잘 먹고 있냐? 안 먹으면 키 안 큰다."

커다란 목소리를 내며 커다란 몸을 밀어 넣다시피 들어온 사람은 『해방자』 멤버— 마셜 다이아몬드. 백발성성한 짧은 흑발, 45살에 험상궂은 얼굴이면서 익살스러운 성격의 남성이었다. 【베르카 왕국】 군대의 천인 대장이었지만 교회의 교의에 따라 많은 부하를 버려야 하는 상황에 빠져 나라를 버린 경력이 있었다.

"어머, 마셜 씨. 여자한테 무작정 많이 먹으라고 권하는 건 좀 아니라고 봐요."

함께 들어온 사람은 20대 중반에 흰색 로브를 입은 백발 여성이었다. 이름은 미카엘라 아이필드. 북쪽 산맥지대에 사는 소수 부족의 한 사람이었다. 교회가 어김없이 그 부족의 자연 신앙을 이단으로 지정해 목숨만 건지고 도망쳤다가 『해방자』에게 주워졌다.

특징은 항상 눈을 감고 다닌다는 점이었다. 맹인이기 때문이지만 그녀는 그것을 전혀 불편해하지 않았다. 미카엘라의 고유 마법 『영혼의 눈』이 그녀에게 남보다 넓은 인식 범위를 주기 때문이었다.

"아니, 미카엘라. 네가 그런 소리를 하면 안 되지."

"저는 많이 안 먹어요."

미카엘라는 많이 먹는다. 호리호리한 몸으로 전직 군인인 거한 마셜의 세 배는 먹는다. 돌아보면 뭔가 먹고 있다. 지금도 로브 주머니로 빵이 튀어나와 있었다.

"저기, 내장이랑 미카엘라 누나. 무슨 볼일 있어?"

루스가 조금 당황하며 물었다. 참고로 은신처에 있는 사람은 대개 마셜을 대장이라고 불렀다. 이 은신처에서 전투원을 감독하는 대장이기 때문이었다.

루스의 질문에 미카엘라가 답했다.

"아, 미안해요. 마셜 씨가 툭하면 여자의 마음을 후벼 파서 말이죠. 이걸 건네러 왔어요."

마셜이 항의하는 눈길을 보냈으나 미카엘라는 무시하고 로브 안에서 과자를— 잘못 꺼냈나 보다. 바로 돌려놓고 다른 곳에서 편지를 꺼냈다.

"그건!"

수샤가 재빠르게 반응했다. 기대로 눈을 빛내고 탁자에서 몸을 앞으로 내밀었다.

미카엘라는 흐뭇하게 웃으며 말했다.

"네. 나이즈 씨가 보낸 편지예요. 방금 크림이 가져왔어요."

"고, 고마워요, 미카엘라 선생님."

"나이즈 님이 편지를!"

수샤는 볼이 상기되어 들뜬 발걸음으로 달려갔다. 윤파도 뛰어들 것처럼 달려갔다.

미카엘라는 그 능력 덕분에 『해방자』에서 정보 담당을 맡고 있었다. 그래서 필연적으로 수샤는 미카엘라에 배울 것이 많아 자연스럽게 『선생님』이라고 경칭을 붙이게 됐다. 그런 수샤가 귀여운지 미카엘라의 웃음은 더욱 깊어졌다.

"편지…… 팀 형은 여전히 대단해. 아니, 크림이 대단하다고 해야 하나?"

"크림은 그렇게 귀여운데 일도 잘해."

루스와 콜린이 감탄하며 말했다. 저번 편지에서 밀레디 일행은 제법 먼 서쪽으로 간다고 했다. 어쩌면 이미 서쪽 바다에 도착했을지도 몰랐다.

그렇다면 서쪽 끝에서 이 대륙 중앙까지 얼마나 빠른 속도로 편지를 배달했을까…… 너무 빠른 답장에 경악을 금하기 어려웠다.

물론 『해방자』 간부급 인물이나 고유 마법 사용자는 대개 상상을 초월하는 사람뿐이었기에 이제는 루스와 콜린도 익숙해졌다.

"그러고 보니 대장은 왜 왔어?"

루스가 문득 의문이 들어 물었다.

"당연히 호기심 때문이지."

"어이구, 그러세요?"

『해방자』에서는 새로운 신대 마법 사용자와 어린 자매의 장래에 큰 관심이 있었다. 아울러 리더와 안경잡이 신대 마법 사용자가 어떤 좌충우돌 모험을 겪었을까, 하는 호기심도 있었다.

밀레디가 근황을 보고하는 편지를 보내지만 역시 제삼자 입장인 나이즈 시점에서 말하는 이야기도 들어보고 싶었다. 나이즈는 성실한 성격 때문인지, 아니면 수샤와 윤파에게 보내기 때문인지 일상의 사소한 이야기까지 꼼꼼하게 써서 보냈다.

"후후, 수샤. 나이즈 씨가 뭐라고―"

미카엘라가 싱글벙글 웃으며 편지를 읽는 수샤에게 말을 걸려고 했다. 그러나—.

"나이즈 님도 참…… 몹쓸 사람……."

소름이 쫙 끼쳐 말을 멈추고 말았다.

수샤가 웃고 있었다. 요염하게 엄지를 볼에 대고 이걸 어쩔까 고민하듯이. 눈에서 빛이 사라진 채로…….

윤파가 「아, 수 언니가 다크 사이드에 빠지고 있어. 돌려놓을 준비 해야지……」라고 중얼거리는 게 괜히 더 공포감을 조성했다.

"왜, 왜왜왜, 왜 그러나요? 수샤?"

미카엘라 선생님이 간혹 보이는 학생의 위험한 분위기에 한 발짝 물러서며 물어봤다.

"보세요……."

수샤가 편지를 내밀었다.

미카엘라, 마셜, 그리고 루스와 콜린이 얼굴을 모으고 읽어봤다.

특별히 이상한 부분은 없어 보였다. 사막에서 여행, 오스카와 밀레디가 평소처럼 놀았다는 것, 도중에 들른 마을에서 무엇이 맛있었는가, 무엇이 눈에 띄었는가.

밀레디가 얼마나 짜증나는가, 오스카의 발명품이 얼마나 대단한가.

그리고 어떻게 이쪽 상황, 특히 자신이 여성과 관련되었을 때의 자세한 사정을 파악하는가, 제발 알려달라. 설마 그런 고유 마법이 각성한 건가…… 등등 지극히 평범한 일상을 알리는 내용이었다. 마지막 문단에서는 절실한 공포가 전해지듯 글자가 떨리고 있었지만…….

"딱히 이상한 부분은 없잖아?"

"으, 응. 나도 못 찾겠어. 오빠도 밀레디 언니도 잘 지내나 봐."

루스와 콜린이 머뭇거리며 하는 말에 수샤는 말없이 고개를 젓고 가느다란 손가락으로 한 문단을 살며시 가리켰다. 마셜이 의아하게 생각하며 소리 내어 읽어 봤다.

"어디 보자…… 오아시스 옆에서 빙수를 먹었다? 여러 가지 과일 시럽을 뿌려 먹었다. 모두 아주 맛있었다. 오호, 사막에서 먹는다는 게 멋지군. ……딱히 이상한 내용은 아닌 것 같은데?"

"네. 언젠가 수샤와 윤파에게도 먹게 해주고 싶다고 마음까지 써주고 있어요."

사람들의 시선이 난감하다는 듯 수샤에게 몰렸다.

수샤는 빙긋 웃으면서, 그러나 웃지 않는 것을 넘어 밀레디가 조종하는 중력구처럼 검게 소용돌이치는 눈동자로 의문을 입에 담았다.

"후후, 어떻게 나이즈 님은 다른 과일 시럽의 맛을 아시는 걸까요?"

"응? 그야 나이즈 형이 다른 것도 먹어서겠지."

"혼자서 세 가지나요? 나이즈 님 성격으로 그건 아니겠죠. 즉, 오스카 씨와 밀레디 씨 걸 나눠 먹은 게 분명해요."

"어…… 나눠먹으면 안 돼? 나도 자주 나눠먹는데?"

"네. 그냥 나눠먹었다면 괜찮겠지만…… 십중팔구 밀레디 씨와 『아~, 해 봐』를 했을 거예요."

"왜, 그렇게 생각하죠?"

미카엘라 선생님이 살짝 몸을 떨며 물었다. 편지에는 그런 내용은 한마디도 적혀 있지 않았다.

"먹었을 때의 묘사가 부자연스러울 만큼 적잖아요. 다른 이 야기에는 무슨 일이 있을 때마다 밀레디 언니가 이랬다느니 오스카 오빠가 이랬다느니 자세하게 적어주시는데 이 부분만 이상하게 간결하다고 생각하지 않으시나요?"

그 말을 듣고 다시 보자 분명히 그랬다. 오히려 교과서의 예 문처럼 보이기도 했다. 어쩐지 작성자의 긴장이 전해지는 느 낌이…….

"즉, 찔리는 구석이 있다는 거죠."

이 상황에서 나이즈가 적길 꺼리는 내용…….

『아~, 해 봐』밖에 없다. 그런 추론 같았다.

"답장을, 써야겠네요? 곤란한 사람들이에요. 나이즈 님 도…… 그리고 밀레디 언니도…….'"

수샤는 굳어 버린 사람들을 두고 억양 없이 중얼거리며 데 스크로 갔다.

분명히 편지 첫 문장은 이럴 것이다.

—나이즈 님? 왜 『아~, 해 봐』를 하셨죠?

나이즈가 「어디서 봤지?! 아니, 설마 지금도?! 지금도 보고 있나?!」라며 미니 발광을 일으키는 미래가 보였다.

"수 언니. 편지 쓰면서라도 괜찮으니까 내 연주 들어줘."

"그래, 알았어. 윤파, 나이즈 님을 떠올리게 하는 용맹한 음악으로 부탁해."

"알았어~."

분명히 윤파는 언니를 다크 사이드에서 건져 올리기 위해 연주하는 것이겠지.

악기를 만지기 전까지 말만으로 언니의 타락을 막아온 동생이었다.

검은 오라를 발산하는 수샤는 윤파에게 맡기면 문제없을 것이다.

"최, 최근 드는 생각인데…… 제가 정보 분석이나 조작으로 수샤에게 더 가르칠 건 없지 않을까요?"

미카엘라가 떨리는 목소리로 말했다.

뭐라고 대답해야 할까.

대답이 궁해진 마셜과 루스, 그리고 콜린은 얼굴을 마주 봤다.

그리고 동시에 생각했다.

어떻게 이런 인재를 스카우트해 왔을까……라고.

"헉?! 어디야?! 어디서 보고 있지?!"

"나이즈?! 갑자기 무슨 일이야?! 추격자야?!"

슬럼처럼 을씨년스러운 분위기가 흐르는 거리의 뒷골목에

서 난데없이 나이즈가 버럭 소리쳤다.

오스카가 흠칫하며 허둥지둥 주위를 둘러봤다.

카지노에서 대도주극을 펼친 일행은 외곽구 끝까지 도망쳐 오고 나서야 겨우 검은 정장들을 따돌리고, 눈에 띄지 않는 뒷골목에서 숨을 돌린 참이었지만······.

"음, 아니, 미안하다. 아무것도 아니야. 갑자기 오한이 들어서. 피로가 쌓였나?"

"그래······? 생각해 보면 표류한 후 바로 카지노로 가서 이 상황에 빠졌지. 그렇게 생각하니까 나도 갑자기 피로가 몰려와."

스스로 생각해도 체력이 좋다 싶어 쓴웃음과 함께 한숨이 나왔다.

"일단 그 녀석들은 뿌리친 것 같은데······."

나이즈가 뭐라고 표현하기 힘든 표정으로 오스카의 옆구리에 들려 있는 것을 봤다.

"······."

드레스를 입은 밀레디였다. 최선을 다해 없는 사람인 척 애쓰는 모습이 보였다.

물론 추격자 때문······은 아니었다. 아마, 분명히 무조건 오스카 때문이겠지. 옆구리에 들려 있는 시점에서 헛수고겠지만······.

"아, 밀레디. 내릴게."

오스카는 의외로 덤덤하게 배려하는 목소리로 말하고 밀레디를 다정하게 내려다봤다.

눈을 깜빡거린 밀레디는 눈동자만 위로 들어 올려다보며 조심스럽게 물었다.

"저…… 오 군? 화 안 났어?"

"났는데?"

"앗, 네."

안 났을 리가 있냐는 무언의 압박이 듬뿍 담긴 오스카 스마일.

밀레디는 급격히 식은땀을 흘리고 눈길을 돌렸다.

당분간 오스카에게서 무언의 압박이 이어졌다. 웃는 얼굴로 빤히 바라보지만 안경에 달빛이 반사되어 눈이 잘 보이지 않아 괜히 더 무서웠다.

"오, 오스카. 미안하다. 나도 이제 빈털터리야."

나이즈는 스스로 말한 『빈털터리』란 말에 충격을 받았는지, 표정에 자괴감이 번졌다. 성인이 되고 말하는 「빈털터리입니다」라는 말은 상당히 마음을 후벼 파는 모양이었다.

"아니, 그건 원래 잃어도 상관없는 유흥비였어. 그 정도라면 내가 뭐라고 할 일이 아니야. 네가 즐겼다면 그걸로 됐어."

"음…… 그래?"

엄청나게 따다가 도중부터 갈색 미녀 군단에게 둘러싸이고 어느샌가 빈털터리가 됐지만, 나이즈 딴에는 처음으로 경험한 카지노를 그럭저럭 재밌게 즐긴 모양이었다.

"그렇지만 빚을 지면서까지 놀면 안 되겠지?"

"죽을죄를 졌습니다!"

밀레디, 혼신의 큰절!

아름다운 드레스 차림이면서 참으로 보기 딱한 광경이었다.

팔짱을 끼고 떡하니 버티고 선 오스카는 밀레디를 반쯤 찌푸린 눈으로 내려다봤다.

밀레디는 종종 살며시 고개를 들고는 오스카의 찌푸린 눈을 보고 헐레벌떡 다시 고개를 숙이길 반복했다.

"밀레디. 잘못했어, 안 했어?"

"잘못했슴다!"

급한 마음에 말투가 이상해졌지만 일단 반성했다는 것은 잘 전해졌다.

오스카는 한숨을 한 번 내쉬고 밀레디에게 손을 뻗었다.

"오 군?"

"응. 조금 지나쳤지만, 반성한 것 같으니까 이제 됐어."

"오 군!"

무심코 와락 안기려는 밀레디의 얼굴을 한손으로 움켜쥐어 막고 오스카는 어깨를 으쓱했다.

"게다가 이번에는 밀레디에게만 잘못이 있진 않아."

"응?"

"……? 오스카, 그게 무슨 뜻이지?"

고개를 갸웃거리는 밀레디와 나이즈에게 오스카는 어색하게 웃으며 답했다.

"밀레디. 아마 너, 사기 당한 거야."

"뭐?! 어떻게?!"

오스카는 밀레디가 플레이하던 테이블에서 미량이지만 잔

류 마력이 보였다고 한다. 마력 반응이 대전 상대인 남자와 딜러의 위치에 있는 것을 보아 아마도 대전 상대는 원하는 카드를 얻을 수 있는 구조이지 않았을까?

"으~! 내가 사기를 당하다니, 치욕이야!"

바닥을 쿵쿵 밟는 밀레디 옆에서 나이즈가 잠시 생각에 빠지더니 오스카에게 물었다.

"……흠. 설마, 그것 때문이었나?"

"뭐가?"

"탈출할 때 네가 평소보다 훨씬 과격했던 것 같아서. 밀레디가 이용당해서 화가 났나?"

"응? 오 군, 그랬어?"

오스카는 안경을 올려 썼다. 그리고 밀레디를 보며 히죽거리던 남자를 떠올리고 분노 어린 목소리로 답했다.

"내 동료에게 손을 대려고 했어. 당연한 보복 아니야?"

검다. 오스카가 뿜는 오라가 새까맣다.

빚? 동료에게 사기를 쳤으니까 당연히 떼먹어야지.

기물 파손? 안타까운 사고였어.

인적 피해? 착각하면 곤란하지. 우리는 피해자. 저쪽이 가해자.

정당방위다. 과잉 방어? 그런 개념은 존재하지 않는다.

"오, 오 군? 진정해. 다, 다들 무사하잖아? 그치, 나즈!"

"어, 아, 그래. 좋은 공부가 됐다고도 할 수 있지."

본인은 부정하겠지만 이 무법자의 도시에 가장 빨리 익숙해질 사람은 오스카가 아닐까…… 밀레디와 나이즈는 그렇게 생각하고 필사적으로 검은 오스카를 달랬다.

오스카는 한 번 헛기침했다.

"뭐, 아무튼 당분간 중앙에는 접근하지 않는 편이 좋겠어. 일단 오늘은 이 근처에서 숙소를 찾을까?"

오스카의 분위기가 원래대로 돌아오고 밀레디와 나이즈는 안도의 한숨을 푹 쉬었다.

"열심히 뛰어다닌 탓인지 배가 고픈걸. 숙소를 찾기 전에 식사라도 하지 않을래?"

뒷골목에서 나온 오스카가 음식점이나 숙소가 있을 만한 곳을 생각하며 제안했다.

밀레디가 찬성한 뒤 뒤를 따르면서 말을 꺼냈다.

"오 군, 오 군."

"응?"

"고마워♪"

끌어안고 도망쳐줘서. 화내줘서.

오스카는 멈춰 서서 고개만 돌려 뒤를 봤다.

그곳에는 해죽이 풀어진 얼굴로 웃는 밀레디가 있었다.

오스카는 퍼뜩 얼굴을 돌리고 다시 걸음을 옮겼다.

"별말씀을."

쿠후후, 즐겁고 기쁜 웃음소리가 들렸다.

오스카는 들리지 않은 척하고 약간 걸음을 빨리했다.

"정말이지…… 너희와 있으면 지루할 새가 없군."

나이즈의 소리 없는 웃음과 온기가 담긴 말도 못 들은 척하고…….

외곽이라서 그런지 가게는 하나같이 지저분했지만 활기가 넘쳤다.

아무래도 밀레디 일행이 중앙 카지노에서 도망쳐 온 장소는 가장 서쪽에 있는【아로건 지구】같았다. 이곳은 이른바 공방 거리였다. 보이는 사람도 다른 지역에 비해 기술공 같은 진지하고 호쾌한 분위기의 사람이 많았다.

항구에 늘어선 부두와 선박의 수도 주요 항만이 있는【아비드 지구】에 버금갔다. 다만 한 가지 차이가 있다면 독(dock)이 많다는 점이었다. 수리, 해체 중인 선박 외에도 지금 한창 건조 중인 선박도 많이 보여 그 모습이 제법 장관이었다.

이미 밤인데도 여기저기서 철을 두드리는 시끄러운 소리와 술집의 소음과는 다른 고함이 들려 오스카는 마음이 설레는 듯했다.

작업 소리도 고함 소리도, 오스카가 오랜만에 듣는 기술자들의 연주였다. 분명히 기한에 맞추려고 기술자들이 땀 흘리고 있으리라.

"오 군, 오 군! 호기심으로 초롱초롱해지지 말고 가게에 들어가자! 밀레디 씨는 이미 못 참겠어. 맛있는 냄새가 나서 배가 밥 달라고 난리야."

그러면서 오스카의 팔을 당기는 밀레디의 모습은 이미 평상시 여행복으로 돌아와 있었다. 오스카와 나이즈도 그랬다. 드레스와 턱시도는 위자료로 받아가자는 생각으로 오스카가 보물고에 넣어 버렸다.

아직 언뜻 엿보이는 오스카의 검은 내면에 밀레디와 나이즈는 아무 말도 하지 못했다.

배가 꼬르륵거리는 밀레디는 오스카의 팔을 당기며 근처 가게로 들어갔다.

『완다 여관』이라는 간판이 걸린 곳이었다. 식당을 겸하는지 먹음직한 냄새는 그곳에서 나오고 있었다. 그리고 외관이 가장 멀쩡하다는 점이 그 가게로 들어간 결정적 이유였다.

"어서 오세요! 앉고 싶은 곳에 앉으세요!"

햇볕에 잘 탄, 밀레디와 엇비슷한 나이의 소녀가 기운차게 일행을 반겼다.

군청색 세미 롱 헤어에 토끼 귀가 쫑긋 솟아 있었다.

손에 몇 개씩 든 술잔을 빙글빙글 춤추듯 나르며 그때마다 토끼 꼬리도 춤추는 것처럼 덩실거렸다. 무척 귀엽고 활발한 인상을 주는 소녀였다.

가게 안쪽은 카운터처럼 된 주방이라서 요리하는 모습이 한눈에 보였다. 그곳에서는 안대에 수염 북슬북슬한 근육질 남성, 흡사 해적을 닮은 주인이 호쾌하게 생선 토막을 굽고 있었다. 그 옆에는 술을 샤워 물처럼 술잔에 대충 따르는 호쾌한 여성도 있었다. 그녀에게도 토끼 귀와 꼬리가 있었다.

아마 가족이 경영하는 가게 같은데 주인은 평범한 인간이었다. 토인족 여성과 인간족 남성 부부인가 보다.

"와아…….."

밀레디는 기쁘게 웃은 뒤 소녀가 말한 대로 대충 자리를 골라 앉았다.

그리고 적당히 마음에 드는 메뉴를 주문하자 빠르게 요리와 마실 것이 나왔다. 공방 거리라 성질 급한 손님이 많은 탓인지도 모르겠다.

밀레디 일행이 김이 모락모락 나는 먹음직스러운 요리들을 긁어먹다시피 우걱우걱 먹어치우는데 토끼 귀 소녀가 생글생글 웃으며 다가왔다.

"오빠, 다른 곳에서 온 사람이지? 묵을 곳은 정했어?"

"아니, 아직이야. 지금부터 찾으려고."

오스카가 대답하자 소녀는 눈을 더욱 빛냈다.

"그럼 우리 집에 묵어! 요즘 쭉 머물던 사람이 꼴까닥했거든. 다른 손님은 거의 다 근처에 사는 사람이라서 숙박을 안 하지 뭐야. 그러니까 묵고 가! 괜찮지? 부탁할게!"

소녀는 윙크하며 그렇게 부탁했다.

"키아라, 아저씨랑 자주면 묵고 갈게~!"

아저씨 손님들이 놀림조로 소리쳤다. 그러자 소녀는 오스카의 술잔을 낚아채더니 서슴없이 집어던졌고, 벌겋게 달아오른 얼굴에 술잔이 직격한 아저씨는 의자에서 벌러덩 뒤집어졌다.

쏟아지는 환호성과 갈채 박수. 여기서는 이게 일상다반사인가 보다.

본래 토인족이라고 하면 소심하고 싸움을 싫어하는 자가 많건만…… 무법자의 도시에서 태어난 점원 아가씨는 참 억세고 강하게 자란 모양이었다.

"오 군, 괜찮지 않을까? 지금부터 숙소를 찾기도 귀찮아. 여기 분위기도 나쁘지 않고."

"오, 지원 사격 나이스! 역시 멋진 남자를 두 명이나 끼고 다니는 여자야!"

"에이, 쑥스럽게~."

밀레디는 딱히 부인하지 않았다. 오히려 우쭐한 표정이었다.

그런 밀레디의 태도가 키아라에게는 호감을 준 것 같았다.

"난 키아라야. 타지에서 또래 여자애가 오는 일은 드무니까 묵고 가면 서비스할게! 우리 집 음식도 맛있지?"

키아라는 넉살 좋게 밀레디의 어깨를 주무르며 묵고 가라고 권유했다. 밀레디 또한 그런 그녀가 마음에 든 것 같았다.

"으흐흐. 서비스에 그 토끼 귀를 탐닉할 권리도 포함해주나?! 그럼 밀레디 씨는 이 숙소의 유혹에 못 이길 것 같은데!"

"어? 내 귀? 으, 조금 부끄럽지만…… 에잇, 어차피 여자애잖아! 숙박객을 확보할 수 있다면! 내가 오늘 인심 쓴다!"

키아라는 밀레디를 뒤에서 끌어안고 얼굴 앞으로 토끼 귀를 쑥 내밀었다.

밀레디는 헉헉 변태스러운 거친 콧바람을 뿜으며 복슬복슬한 토끼 귀에 얼굴을 파묻었다. 문질문질, 폭신폭신. 「해님과 바다 냄새가 나~」라고 말하며 바람이 빠지듯 녹아내렸다.

단골손님들이 「초면에 키아라의 토끼 귀를 만져?」라는 전율에 찬 눈빛으로 바라보았다. 아무래도 아무나 받을 수 없는 상당히 귀한 서비스인가 보다.

"오 군~. 대단해애. 폭신폭신해애. 나 여기 묵을래애."

"표정 참 칠칠맞다……. 키아라 씨라고 하면 될까? 숙박비는 얼마야? 한 번에 몇 박까지 가능해?"

"그냥 키아라라고 불러, 오빠. 씨라고 하면 토끼 귀가 간질간질해서 못 참겠어!"

그렇게 말하고 들은 금액은 제법 합리적이었다. 문제없다고 판단하고 나이즈에게도 시선을 보내자, 나이즈도 음식을 우물거리며 강하게 고개를 끄덕였다.

그때 키아라가 살짝 뺨을 붉히고 물었다.

"이, 일단 방 두 개가 비어 있는데…… 어떡할래?"

"응? 하나면 돼. 아, 혹시 세 명이 쓰기 좋아?"

밀레디는 여행하며 노숙할 때도 두 사람 옆에 딱 붙어 자므로 딱히 신경 쓰지 않았다.

그러나 어린 키아라는 역시 그런 부분에 관심이 많은 모양이었다.

부끄러움에 못 이겨 토끼 귀를 휘휘 젓더니…….

"미, 밀레디는 역시 능력 있구나. 정말로 두 사람 다 너의 남자였다니……."

"응?"

밀레디는 굳어버렸고 키아라는 자신의 볼에 양손을 대고

고개를 도리도리 저었다.

"어쩐지 중앙 쪽 사람 같더라. 아니, 그보다 더 세련된 것 같기도 하고…… 역시 나 같은 촌사람과는 다른 느낌……?"

"저, 저기, 키아라?"

"알아! 나도 알아, 밀레디! 괜찮아! 빈방 하나는 원래 3인실이니까! 격렬해도 괜찮아!"

"잠깐, 뭔가 오해를—."

"아, 그렇지만 목소리는 조용히…… 앗, 아니야, 미안! 그냥 못 들은 걸로 해줘! 눈치 볼 거 없어, 마음껏 즐겨!"

"분명히 오해하고 있어! 앗, 야, 잠깐—."

꺅 소리치면서 키아라는 2층으로 달려가 버렸다.

아마 침대 정리나 청소 등 방을 준비하러 갔겠지.

"아가씨…… 절도는 지키자고."

그 소리에 퍼뜩 돌아보자 가게 안주인이 히죽히죽 웃으며 숙박 기록장에 내용을 기입하고 있었다. 그리고 이상하게 조용해진 가게를 돌아보자 아저씨들도 다 같이 히죽대고 있었다.

밀레디의 얼굴이 점점 빨갛게 물들어 갔다. 수치심이 극도에 달해 말도 나오지 않았다.

밀레디는 입만 뻐끔뻐끔하며 도움을 청하듯 오스카와 나이즈를 봤다.

오스카와 나이즈는 얼굴을 마주 보고 잠시 뜸을 들이더니…… 웬일로 궁지에 몰린 밀레디에게 싱긋 웃었다.

"밀레디. 오늘 정도는 푹 쉬게 해주면 안 될까?"

"일주일 동안 너무 힘들었어. 내 몸도 이제는 못 버텨……."

"뭐?"

예상치 못한 배신. 물론 두 사람은 표류에 관해 이야기하고 있었다.

그러나 사정을 모르는 가게 아저씨들은 밀레디에게 오오, 하고 탄사를 흘렸다. 그들 사이에서 밀레디는 이미 요부로 낙인찍혔다.

밀레디는 익은 사과처럼 새빨간 얼굴로 부들부들 떨면서 소리쳤다.

"방은, 2개로 부탁합니다아아아아아!"

요부 밀레디(오해) 사건으로부터 대략 열흘이 지났을 무렵.

현재 밀레디 일행은 완다 여관을 거점으로 방방곡곡에서 정보 수집에 힘썼다. 첫날에 너무 놀았던 터라 조금 진지하게 임하고 있었다.

지금은 남쪽【나이트 지구】에 있었다. 숙소가 있는【아로건 지구】와 남서쪽【가다프 지구】— 도박 투기장이 있는 가장 기질이 거친 곳 — 를 끼고 있으며 소규모 카지노가 난립한 지역이었다.

"해가 완전히 기울었네~. 또 이상한 사람에게 잡히기 전에 후딱 키아네 가게로 돌아가자. 오늘도 토끼 귀 만지게 해달라고 해야지."

밤의 해안가.

밀레디가 방파제 위에서 양손을 수평으로 뻗어 균형을 잡으며 걷고 있었다.

왠지 밀레디는 흑백 삼각모에 안대, 콧수염 장식, 가운데를 끈으로 조이는 흑백 프릴 셔츠, 투박한 벨트, 오른쪽만 길게 늘어진 치마, 무릎까지 오는 부츠, 그리고 아름다운 너클 가드가 달린 커틀러스를 장비하고 있었다.

밀레디가 말하길 오늘 그녀는 해적 밀레디 씨라고 했다. 외곽구에서 정보를 수집하려면 자신도 조금 위협적으로 차려입을 필요가 있다는 이유에서였다.

양손을 붕붕 흔들며 「헤이헤이, 성녀 소문 좀 알려줘~」라고 기운차게 달려오는 해적 밀레디 씨는 외곽구 사람들에게는 귀여운 코스프레처럼 보여 저도 모르게 입이 가벼워지는 모양이었다. 의도와는 다르지만 분명히 효과는 있었다.

오스카와 나이즈가 굳이 높은 곳에 올라서 쫄래쫄래 걷는 해적 의상 밀레디에게 어이없는 얼굴로 대답했다.

"그새 친해졌더라?"

"밀레디는 특이한 인간을 끌어들이는 재주가 있어."

"나즈! 그게 무슨 뜻이야!"

말 그대로였다.

밀레디는 방파제 위에서 중력을 무시하고 사뿐히 몸을 돌린 후 「키아는 싹싹하고 착하고 토끼 귀도 폭신폭신한 그냥 친구야!」라고 주장했다.

그러나 오스카와 나이즈는 한숨 쉬며 반론했다.

"밀레디. 키아라가 대체 몇 번이나 우리 방을 엿본 줄 알아?"

"지붕 위에서 밧줄 하나로 라펠까지 해서 엿보러 온 아이야. 거꾸로 뒤집어진 여자애가 창문으로 얼굴을 내밀었을 때의 공포를 알아?"

"으……."

"그게 다가 아니야. 침대 아래에 숨어 있을 때도 있었어."

"벽과 같은 색 천을 써서 벽인 척 숨어 있던 적도 있었지."

심지어 키아라는 인기척을 없애는 능력이 뛰어났다.

보통은 거칠어진 콧바람이나 망상의 결과가 코로 분출되어 들켰지만, 바꿔 말해 그게 아니었다면 밀레디 일행조차 눈치채지 못했을 정도로 신출귀몰했다.

충분히 특이하고 이상한 여자애였다. 밀레디처럼 유유상종이란 말이 틀리진 않은 것 같다.

"어, 어험. 그보다 그 소문, 어떻게 생각해?"

"말 돌리네."

"말 돌리는군."

"그 소문! 어떻게 생각해!"

밀레디가 말을 돌리려고 목청을 높여 묻자 오스카와 나이즈는 피식 웃었다. 그러나 오스카는 곧 최근 열흘 동안 얻은 정보를 정리하듯 허공에서 시선을 굴렸다.

"섬에서, 혹은 바다에서 해적에게 습격받은 사람들. 다치고, 납치당하고, 절망한 가운데 희미하게 들리는 상냥한 목소리. 몸을 감싸는 성녀의 기적. 파도에 흔들려 잠에서 깨어나면 해적은 사라지고 상처는 아물어 섬의 햇빛이 나를 비춘다……."

"오 군, 시인이구나?"

"의외의 재능이군."

밀레디와 나이즈의 칭찬에 오스카는 조금 쑥스러워하며 안경을 올려 썼다.

"아쉽지만, 나도 들은 얘기야. 인상에 남아서 기억하고 있었을 뿐이지. 그나저나 성녀는 실존하는 것 같아. 소문을 종합하면 구체성을 띠고 있고, 무엇보다……."

"도움받은 본인에게 이야기를 들었지."

그랬다. 일행은 이곳 안디카에서 실제로 성녀에게 도움받은 사람들과 만날 수 있었다.

성녀는 실존한다. 바라마지않던 수확이었다.

그러나 기묘하게도 누구 하나 성녀의 정체는 알지 못했다. 용모조차 기억하는 이가 없었다. 성녀와 만난 사람은 대개 바다에서 해적에게 공격받았거나 섬에서 습격받아 바다로 끌려간 사람들이었고, 마찬가지로 기묘하게 그들은 공통적으로 당시 기억이 모호했다.

하지만 시의 내용처럼 여성의 목소리가 머리에 남아 있었고, 정신을 차리면 몸이 치료된 상태로 안디카에 돌아왔다는 것이었다.

오스카가 팔짱을 끼고 생각에 빠진 표정으로 말했다.

"결손 부위까지 원상태로 되돌린다……. 기억이 모호하다고 하니까 정말로 그렇게 다쳤는지도 미심쩍기는 하지만……."

"사실이라면…… 틀림없겠지."

"신대 마법 사용자일 거야."

세 사람은 얼굴을 마주하고 고갯짓했다. 소문이 단순한 낭설이 아닐 뿐 아니라 찾아 헤매던 신대 마법 사용자일 가능성이 컸다. 세 사람 모두 감정이 고양된 표정이었다.

특히 『찾아 헤매던 힘』의 소유자일지도 몰랐다. 오스카는 자꾸만 설레는 마음을 달래느라 애썼다.

"오 군. 꼭 찾자."

"반드시 찾자."

밀레디와 나이즈가 보내는 부드러운 눈빛에 오스카는 또 쑥스러운 마음을 감추듯 안경을 올려 썼다.

오스카가 기어드는 목소리로 고맙다고 말하고 말을 이었다.

"신경 쓰이는 점은 성녀 소문과 함께 비슷할 정도로 깊이 침투한 소문이야."

"—『해적 잡는 고스트 쉽』 말이지?"

몹시 불길하고 피비린내 나는 소문이었다. 밀레디의 표정도 자연스럽게 진지하게 변했다. 오스카는 고개를 끄덕이며 뒷내용을 말했다.

"이쪽은 더 모호한 소문이야. 어선이나 상선이 멀리서 목격한 게 전부였어."

"멀리 해적선이 보여서 공격당할 줄 알고 도망치면…… 어느새 그 해적선이 짙은 안개에 휩싸여 있었다는 이야기였지?"

나이즈의 보충 설명에 밀레디가 말을 더 보탰다.

"그리고 그 안개에서는 끝내 해적선이 나오지 않는다지. 심지어 두 번 다시 보이지 않는다고도……. 유명한 해적단이 몇 개나 홀연히 자취를 감췄다고 해. 나 이 이야기를 듣고 조금 소름 돋았어."

밀레디는 방파제 위에서 가볍게 스텝을 밟은 뒤 위팔을 문질렀다.

성녀 소문과 달리 이쪽은 괴담에 가까운 소문이었다.

마음은 이해한다며 오스카는 난감하게 미소 지었다.

"보통은 흔한 괴담으로 치부하겠지만…… 성녀에게 도움받은 사람들을 납치한 해적이 그 후에 사라졌다는 점을 생각하면……."

"역시 관계가 있어 보이지?"

"흠. 중앙구 사람에게 이야기를 들을 수 없다는 게 아쉽군. 두 소문의 연관성. 사라진 해적들의 자세한 정보. 중앙구라면 정리된 정보를 얻을 수 있을 것 같은데……."

부자가 모이는 곳이다. 해적 문제에 민감해 언제나 최신 정보를 모으고 있으리라.

외곽구 인간은 당장 그날의 생활에만 관심이 있거나 그럴 여유가 없는 사람뿐이었다. 소문은 어디까지나 소문. 오락 그 이상도 그 이하도 아니었다.

그런 것을 정보로 분류해 분석할 수는 없었다.

"으…… 면목 없어."

밀레디가 시무룩하게 고개를 떨어뜨렸다. 경쾌하던 스텝이

터벅터벅 힘없는 걸음으로 변했다.

아직도 중앙구의 검은 정장들이 외곽구까지 수색하러 나오곤 했다. 봐줄 생각은 없는 듯했다. 그래서 중앙구에서 소문을 조사하기는 어려웠다.

외곽구 주민은 대다수 중앙구 사람을 좋아하지 않는지, 설령 밀레디 일행이 수색 대상임을 알아도 그들을 물 먹이려고 밀고하지 않는 것이 불행 중 다행이었다.

물론 그것도 시간문제일지도 모르지만…….

오스카가 조금 어색하지만 너무 자책하지 말라는 표정을 지어 보였다.

"난동을 피운 나한테도 책임이 있어. 그러니까 그렇게 기죽지 마, 밀레디. 최악의 경우 중앙구 사람을 아무나 납치해서 심문하면 돼."

"……저기, 오 군? 요즘 들어 생각하는데, 어쩐지 생각이 과격해지지 않았어? 지금 아주 자연스럽게 『납치』니 『심문』이니 하는 낱말이 나온 거 같은데."

"……? 뭐 이상한 점이라도 있어?"

"이상하지! 오 군, 안디카식 사고방식에 물들었어! 언제나 착한 오 군으로 돌아와! 밀레디 씨는 신사다운 오 군이 좋다구!"

"……? 무슨 뜻인지 당최 모르겠어……."

"나즈! 이제 한 시도 지체할 겨를이 없어! 어서 성녀를 만나 안디카를 떠나야 해! 우리의 오 군이 안디카에 물들어 버릴 거야!"

"물들었다기보다 본래 성격이 나온 것 같기도 한데……."

백작 가문의 아가씨와 전직 영지군 전사이자 오랜 세월 숨어 지낸 은둔자.

그런 두 사람에 비해 오스카는 왕도 빈민가에서 자랐다. 인정 많은 마을 사람들과 함께 지내긴 했지만 당연히 악의 있는 인간에게도 여러 번 해코지를 당했다. 특히 고아원은 여러 이유에서 좋은 먹잇감이었기에 더더욱…….

방심하면 잡아먹힌다. 약점을 보이면 무슨 짓을 당할지 모른다.

요컨대 처음부터 태생이 달랐다.

왕왕 말투가 거칠어지는 것이 그 증거였다. 뒷골목에 있는 인간에게는 정중한 말투로 협박하기보다 단순하게 죽여 버린다고 윽박지르는 편이 효과적인 경우도 많았다.

"그, 그러고 보니 밀레디 씨한테도 자주 쳐죽여 버리겠다고 했어……."

"그건 네 자업자득이라고 봐."

나이즈의 반박은 무시하고 밀레디는 미묘한 표정을 지은 오스카에게 절실한 눈빛을 보냈다. 마치 기도하는 것처럼 양손을 가슴 앞에 모았다.

"오 군! 설사 오 군의 정체가 짐승이든 악마든 무법자든 나는 버리지 않아! 그렇지만 짝퉁 신사 같은 외면은 중요하다고 봐! 밀레디 씨는 최선을 다해 함께할 테니까 한 번 더 두꺼운 짝퉁 신사 가면을 쓸 수 있게 재활하자!"

마치 정신에 심각한 장애를 가진 사람을 상대하는 태도였다. 오스카는 안경을 꾹 밀어올리고 평소대로 말했다.

"밀레디. 너 진짜 쳐죽인다."

"꺄~."

밀레디는 장난스럽게 몸을 떨고 싱글싱글 웃으며 달려갔다. 오 군의 안경이 빛을 머금는다. 안경 빔, 스탠바~이.

그러나 그것을 쏘기 전에 밀레디의 다리가 우뚝 멈췄다.

"……있지, 오 군, 나즈. 어쩐지 이상하지 않아?"

그렇게 말하며 밀레디가 손가락으로 가리킨 방향을 봤다.

분명히 어색한 느낌이 있었다. 이상하게 밝았다. 멀리서 형형한 오렌지색 빛이 보였다.

"으, 밀레디! 써!"

오스카가 뭔가를 깨닫고 검은 안경을 벗어 밀레디에게 던졌다.

밀레디는 그것을 받아 쓰며 단숨에 상공으로 뛰어올랐다.

검은 안경의 야시, 망원 기능을 사용해 이변이 일어난 방향을 봤다.

거리, 장소…… 그곳은 【아로건 지구】의 해안. 위치는 정확히…….

"얘들아, 여관이! 키아네 집이……! 해적일지도 몰라! 해안가 일대가 불타고 있어!"

"이동하자."

밀레디가 소리침과 동시에 나이즈가 오스카를 한 손으로 잡고 공중에 출현했다.

그러고는 밀레디의 팔을 잡고 즉시 공간 이동을 발동했다.

그 직후, 세 사람은 숙소 앞에 나타났다.

여관은 불타고 있었다. 그러나 불행 중 다행으로 불은 이제 막 붙은 것 같았다.

"오 군, 부탁해! 나는 사람들을 구할게!"

"알았어!"

밀레디가 가게에 뛰어들고 그와 함께 오스카가 검은 우산을 펼쳤다.

"―검은 우산 3식 『창류(創流)』!"

호우를 뿌리는 검은 우산이 순식간에 가게의 불길을 진화해 갔다.

"오스카. 나는 다른 화재를 진압하고 오겠어. 그리고 회복약을 가능한 전부 꺼내줘."

"그래, 부탁할게! 그리고 이것도 가져가!"

보물고에서 꺼낸 대량의 회복약과 『은반』을 받은 나이즈는 고개를 끄덕여 이해를 표하고 곧 그곳에서 사라졌다.

그가 사라지는 모습을 지켜본 오스카는 주머니에서 예비 검은 안경을 꺼내 썼다. 그리고 검은 부츠로 뛰어올라 공중에 발판을 만들고 서서 주위를 돌아봤다.

"심각하군……."

도처에서 불길이 치솟고 벌써 많은 부상자가 발생해 비명과 고함으로 아비규환이 연출되고 있었다. 그러나 습격자의 모습은 이미 보이지 않았다.

그런데 그때 망원 모드인 오스카의 검은 안경이 부두로 달리는 사람들을 포착했다. 야시 모드도 추가해 확인하자 완다 여관의 단골들이었다. 다친 몸으로 바다를 향해 손가락질하거나 배를 준비하려는 것을 알 수 있었다.

그쪽으로 시선을 옮기자 시커먼 바다로 천천히 도망가는 거대한 선박이 보였다.

"알아보기 쉽군. 해적은 해골 마크를 써야 한다는 법이라도 있나?"

분노가 묻어나는 목소리였다. 오스카는 부두 쪽에서 살금살금 움직이며 소형 보트를 타려는 소수의 남자를 발견했다.

늦게 도착해 배를 놓친 해적 일당 같았다. 보트는 미법을 이용한 워터제트 방식으로 움직이는지 속도가 빨랐다. 본선(本船)을 따라잡을 확신이 있는 걸까? 그들은 당황하지도 않고 매끄럽게 배를 몰아 조용히 부두에서 멀어지고 있었다.

"……거리 200. 바람은 약한 순풍. ─가능하겠어."

오스카는 검은 우산 물미를 작은 배 쪽으로 뻗었다. 오른손으로 손잡이를 잡고 왼손을 검은 우산 중간에 대며 방향과 각도를 미세하게 수정했다. 그 후 검은 우산의 천이 부채 모양으로 펼쳐졌다. 내부에서 끼릭끼릭, 하고 현을 잡아당기는 소리가 들렸다.

"잠시 잠들어 있어야겠어."

한 호흡을 두고, 오스카는 손잡이를 비틀었다. 현이 튕기는 소리와 함께 화살 한 대가 물미에서 발사됐다. 무시무시한 속도로 허공을 가른 화살은 정확히 표적인 선미에 꽂혔다.

턱 소리에 해적들이 뭔가 싶어 돌아볼 새도 없이, 화살에서 뱀이 몸부림치는 전격이 터졌다. 해적들은 한순간 경직하더니 곧 털썩 쓰러졌다.

오스카가 사용한 것은 검은 우산에 새롭게 추가한 저격 기능이었다. 거미 마물에게서 얻은 질기고 탄성이 뛰어난 실을 이용해 마력 구동 줄 감기 기능으로 현을 당겼다.

인력과는 차원이 다른 힘으로 당겨진 현에서 발사된 화살은, 환경에도 영향을 받지만 이론상 최대 유효 사거리 200미터를 자랑하며 단순 비거리만 따지면 500미터를 넘는다.

위력은 두말할 것도 없었다. 근거리라면 방패를 든 중갑 기사를 두세 명은 관통할 수준이었다. 대신 단발식이 되고 말았지만 신의 사도를 해치우려면 그 정도 위력은 있어야 한다는 발상이었다.

무력화된 해적들을 확인하고 고개를 한 번 끄덕인 오스카는 지상으로 내려가 밀레디를 쫓아 숙소로 들어갔다.

밀레디는 바로 발견됐다.

카운터에 몸을 걸치고 쓰러진 키아라의 아버지— 마커스를 치료하고 있었다.

"……키아, 라가…… 벨라도…… 해적에게, 잡혀—."

"괜찮아! 우리가 찾아올게! 그러니까 말하지 마!"

밀레디의 회복 마법이 창궁의 빛을 발하고 있었다. 회복약도 병용했는지 상처는 빠른 속도로 아물어 갔다.

아무래도 목숨은 건진 모양이었다. 마커스는 밀레디의 올곧고 확신에 찬 눈을 보고 눈을 살짝 크게 뜨더니 약하게 고개를 끄덕였다. 그리고 딸과 아내를 생각하며 힘겹게 붙잡고 있던 의식의 끈을 놓았다.

　"밀레디. 해적선을 확인했어. 대형 선박이야. 순풍이지만 풍속은 약해. 잔당의 소형 보트도 붙잡아 뒀어. 지금이라면 쫓을 수 있어."

　"나이스, 오 군. ─그 녀석들, 박살 내자."

　돌아본 밀레디의 눈은 분노로 타오르고 있었다. 오스카도 같은 눈빛으로 고개를 끄덕였다.

　"나즈는?"

　"다른 곳에 있어. 바다가 가까우니까 마법으로 바닷물을 이용하면 빨리 진화되겠지만, 부상자는 얼마나 될지 몰라. 나이즈 실력이라면 회복 마법으로 구할 수 있는 사람도 많겠지만……."

　"그래? 그럼 그쪽에 주력하라고 하자. 우리끼리 쫓아, 오 군."

　"알았어. 나이즈에게는 회복약과 함께 은반도 건네줬어. 이쪽 일이 끝나면 바로 전이해 올 거야."

　"역시 용의주도하다니깐!"

　함께 가게에서 뛰쳐나온 두 사람은 오스카의 안내를 받아 부두로 달렸다.

　"밀레디, 저거야!"

　"OK, 날아갈게!"

　두 사람은 중력 마법으로 둥실 떠올랐다. 부두에서 배를 탄 익숙한 단골들이 어리벙벙한 눈으로 자신들을 쳐다보는 가운데, 그들 머리 위를 지나 곧장 소형 보트에 올라탔다.

배 안에는 꾀죄죄한 중년 남성 세 명이 눈이 풀린 채로 쓰러져 있었다. 시간도 없어서 그냥 바다로 차 버렸다. 첨벙 물이 튀어 오르고 해적들은 바닷속으로 사라졌다.

"어푸, 푸학?! 대체 뭐야?!"

—라고 생각했는데, 그들이 정신을 차렸다. 해적들은 아직 마비된 몸으로 죽자 살자 수면으로 얼굴을 내밀었다. 당장에라도 빠질 것 같지만 역시 뱃사람답게 수영 솜씨는 보통이 넘는 것 같았다.

"아, 이, 이 자식들, 뭐 하는 것들이야!"

배 위에 있는 오스카와 밀레디를 보고 해적 중 한 명이 고함쳤다.

밀레디와 오스카는 한순간 끝장을 낼까 생각했으나, 방금 뛰어넘은 단골들이 살벌한 눈으로 쫓아오는 것을 보고 해적들의 처우는 맡기기로 했다. 원한을 풀 기회는 그들에게 양보했다.

밀레디는 필사적으로 보트에 올라타려는 해적들을 보고 삼각모 모퉁이를 손가락으로 슥 올리며 당당하게 웃었다.

"너희 배는 내가 접수했다! 마비된 몸으로 재주껏 발버둥 쳐 봐!"

바로 오스카가 배를 발진시키자 워터제트가 해적들을 떠밀어 버렸다.

뒤쪽에서 다가오는 격노한 아저씨들과 바다 멀리 사라져 가는 자신들의 배. 그리고 그 배를 강탈한 해적 복장 밀레디.

그것을 보고 해적들은 외쳤다.

""야, 이 해적놈들아!""

밀레디와 오스카는 해적들의 절규를 뒤로하고 바다를 똑바로 전진했다.

"수평선에 가까워……. 어림잡아 4킬로미터일까? 금방 따라잡겠어."

오스카는 야시와 망원 기능으로 수평선 근처에 보이는 돛대와 해적 깃발을 통해 대략적인 거리를 추측했다. 속도 차이로 계산하면 아마 10분도 안 되서 따라잡을 것이다.

목표가 눈에 보인다고 조금 안심한 밀레디는 문득 어떤 사실을 깨달았다.

바로 오스카가 검은 안경을 썼다는 사실이었다. 밀레디는 치료 때문에 벗어서 주머니에 넣었던 검은 안경을 살며시 꺼내 떨리는 목소리로 경악적인 사실(?)을 입에 담았다.

"오, 오 군이 분열했어……."

"안경이 본체가 아니라고 몇 번을 말해야 알아먹어?"

낚아채다시피 안경을 빼앗은 오스카가 울컥한 표정으로 쏘아봤다.

"오 군, 검은 안경이 두 개나 있었어?"

"무슨 소리야?"

그렇게 말하며 오스카는 옷 속으로 손을 넣더니 물건을 꺼냈다. 그리고 그것을 재주 좋게 트럼프 카드처럼 부채꼴로 펼쳤다.

모두 검은 안경이었다. 수가 열 개는 됐다.

"내 검은 안경이 떨어질 일은 없어. 보물고가 있는 지금은 하루에 하나씩 늘어나고 있지."

"그거 무슨 의미라도 있어?"

형태가 다르지도 않거니와 수집품도 아니었다.

대체 무엇이 오스카를 그렇게 만드는 것인가…….

"아니, 그러면 하나 줘. 오 군 안경은 편리하니까."

"말도 안 되는 소리. 전 세계에서 이 검은 안경을 써도 되는 사람은 나뿐이야. 왜냐하면 내 안경이야말로 세계 최고여야만 하니까. 내 안경은 킹 오브 안경이야."

"미안. 알아들을 수 있게 말해줘."

밀레디 씨에게도 오스카를 이해할 수 없는 부분은 있었다.

안경에 대한 끝없는 정열이나 메이드복을 향한 집착처럼…….

해적들을 생각하면 끓어오르는 감정을 그런 잡담으로 누그러뜨리길 잠시…….

달은 구름 너머로 모습을 감추어 빛이 사라진 바다는 어둡다기보다 검다는 표현이 적절했다. 어쩌면 그대로 모든 것을 집어삼키는 게 아닌가 싶은 공포심을 부추겼다.

그런 검은 세계를 야시 기능에 의지해 나아가던 중이었다.

"응? ……안개?"

"오 군, 왜 그래?"

오스카의 의아한 목소리에 밀레디가 고개를 갸웃거렸다.

"아무래도 안개가 끼는 모양이야. 봐, 육안으로도 보이지?"

"응~? 아, 정말. 해적선이 잘 안 보여……. 아니, 잠깐만, 오 군! 이거 이상하지 않아?!"

"설마, 이건……."

오스카의 표정이 뻣뻣해졌다.

밀레디 말대로 갑자기 발생한 안개는 명백히 이상했다. 마치 해적선을 감싸 가리듯이 엄청난 기세로 밀도가 높아지고 있었다. 거의 눈 깜짝할 사이에 해적선이 시야에서 사라지고 말았다.

"오 군! 서둘러!"

"알아! 1분이면 도착해!"

이미 인질을 고려해 가능한 한 조용히 다가가겠다는 생각을 할 때가 아니었다.

오스카는 검은 우산을 뽑아 연성으로 즉석 고정 포대를 만들더니 6식 『대람』까지 사용해 더욱 속도를 높였다. 갑작스러운 가속에 배 앞부분이 번쩍 들리고 나뭇잎처럼 떠오를 뻔한 것을 밀레디가 중력 마법으로 억지로 찍어 눌렀다.

그렇게 해서 실제로는 채 1분도 걸리지 않아 두 사람은 안개 속으로 돌입했다.

"무슨 안개가 이렇게 짙어? 한치 앞이 안 보여."

구출하러 왔다가 그대로 대형 선박에 격돌했다는 웃음거

리도 되지 못한다.

이미 보트 앞에 있는 밀레디와 뒤에 있는 오스카조차 서로를 볼 수 없을 정도로 안개는 짙었다. 마치 이계에 빠진 기분이었다.

밀레디는 만에 하나를 대비해 오스카 옆으로 다가가 옷자락을 잡았다.

"괜찮아, 밀레디. 이미 검은 안경을 열원 감지 모드로 전환했어."

"⋯⋯또 신기능이 나왔어."

흔히 말하는 열화상 카메라였다. 열을 감지해 안경 렌즈 부분에 투영하므로 안개 속에서도 시야가 확보되었다. 해적이 시야에 들어오면 사람 형태의 열원으로 렌즈에 비칠 것이다.

밀레디는 언젠가 한번 검은 안경의 기능을 총망라해서 종이에 적어 제출해줬으면 좋겠다고 진심으로 생각했다.

"⋯⋯! 찾았다! 여러 사람이 배 위에 있고⋯⋯ 앗, 공격받고 있어?!"

"잠깐, 오 군! 안개 속에서 공격받는 해적이라고 하면⋯⋯ 그거 『해적 잡는 고스트 쉽』이잖아!"

"그게 맞을 거야. 밀레디, 네 뽑기 운은 여전한가 봐."

"성녀가 좋았는데! 왜 바다 괴물 다음은 고스트 쉽이야?! 나 정말 왜 이래!"

그렇게 한탄하는 와중에 들려온 고함과 전투 소리에 밀레디의 표정은 긴장으로 바싹 졸아들었다.

그 직후, 두 사람은 안개를 뚫고 나와 해적선 측면으로 붙었다.

이 안개는 해적선 근처에만 옅게 낀 것 같았다.

습격자에게는 이보다 더 좋을 수 없는 조건이었다. 역시 이 안개는 인위적으로 만들어졌을 가능성이 높았다.

"설마 정말로 바다의 망령은 아니지?!"

"망령이 실존하는지 직접 확인할 기회야."

아무튼 우선해야 할 사항은 납치된 사람들을 구출하는 것이었다.

성녀 소문과 고스트 쉽 소문의 관련성에 확신이 없는 이상 고스트 쉽이 해적 이외의 인간을 놓아줄지도 확신할 수 없었다.

밀레디는 중력 마법으로, 오스카는 검은 부츠의『반광벽』으로 도약해 거의 건물 3층 높이를 단숨에 뛰어올랐다.

그렇게 착지한 갑판에는 많은 해적이 쓰러지거나 지금도 격렬한 전투를 펼치고 있었다.

단 한 가지 상상과 다른 점은 습격자가 아무리 봐도 망령이 아닌 평범한 인간 해적으로만 보인다는 점이었다.

자세히 관찰하니 쫓아온 해적선 맞은편에 더 큰 해적선이 옆으로 접근해 붙어 있었다. 걸린 깃발에는 거친 파도를 배경으로 한 해골 마크가 버젓이 그려져 있었다.

"저기, 오 군. 이거 둘 다 날려 버리면 되는 거야?"

"달려드는 인간은 인정사정 볼 것 없이 해치우면 돼. 하지만 고스트 쉽 쪽의 목적이 불분명해. 대화가 가능하다면 시도

해 보자. 어쨌든 지금은 선창으로 가는 게 우선이야. 뭐가 어떻게 됐든 사람들의 안전을 먼저 확보해야지."

오스카는 우연히 눈이 맞은 해적이 온통 충치로 새카매진 이를 드러내며 달려드는 것을 검은 우산으로 구타해 바다로 떨어뜨리면서 방침을 정했다.

밀레디는 알겠다고 고개를 끄덕이고 배 안으로 이어진 문을 찾아 사방을 돌아봤다. 그러자 그 시선 끝으로 사람을 짊어진 집단이 보였다. 배와 배를 잇는 사다리 위를 족족 넘어가는 중이었다.

아무래도 고스트 쉽 쪽 해적이 자기네 배로 사람들을 옮기는 상황 같았다.

"앗!"

그때 밀레디가 눈에 익은 토끼 귀를 발견했다. 폭행당했는지 볼이 벌겋게 부었고 입가가 찢어진 키아라였다. 그녀는 의식을 잃고 축 늘어진 채로 흉악한 얼굴을 한 사내에게 들려 지금 막 사다리를 건너가려고 하고 있었다.

미동도 하지 않는 친구를 보고 밀레디의 마음속에서 무언가가 뚝 끊어졌다.

공격해 오면 맞받아친다. 고스트 쉽 쪽과는 대화를 시도해 본다.

그런 방침도 머리에서 사라져 버렸다. 단걸음에 달려간 밀레디는—

"밀~레~디이이이~!"

"엉?"

키아라를 짊어진 해적이 생뚱맞게 들린 소녀의 함성에 무심코 돌아봤다.

그리고 목격했다. 악귀 같은 얼굴로 물리 법칙을 무시한 수평 날아차기를 구사하는 소녀를…….

"키이이익~!!"

"크허억?!"

정확히 해적의 안면에 꽂힌 밀레디 킥은 그를 사다리 위에서 멀찍이 날려 버렸다.

그리고 그가 놓친 키아라를 떠오르게 해 조심스럽게 두 팔로 안아 들었다.

풍덩, 하고 해적이 바다에 떨어지는 소리가 들렸다.

그 직후 주위에서 「네드으으으!」, 「네드를 차서 떨어뜨렸어!」, 「지금 그 발차기 뭐야?!」라는 등 경악하는 소리가 울려 퍼졌다.

"이 자식이 감히 네드를!"

가까이 있던 남자가 커틀러스를 쳐들고 달려들었다.

그는 사다리 위에서 흐트러짐 없는 균형 감각을 발휘해 밀레디의 다리로 예리한 일격을 가했다.

"시끄러워, 이 미소녀의 적!"

키아라를 안아 든 채로 둥실 떠올라 공중제비를 돈다. 소녀가 사람을 한 명 끌어안고 하기에는 말이 안 되는, 물리 법칙을 완전히 무시한 동작이었다. 허공을 공격한 남자의 눈이 커졌다.

그 순간 중력을 배가해 위력을 높인 밀레디의 내려차기가 남자의 정수리에 직격했다.

남자는 비틀거리더니 눈을 뒤집고 바다 아래로 추락했다.

"또 당했어!"

"보통내기가 아니야. 둘러싸!"

고스트 쉽의 해적들이 눈빛을 달리하고 사다리 앞뒤를 포위했다.

"밀레디!"

그것을 본 오스카가 밀레디에게 달려가려고 했지만……

그 찰나, 오한을 느끼고 퍼뜩 검은 우산을 등 뒤로 돌렸다.

그러자 금속과 금속이 부딪치는 단단한 소리가 울려 퍼졌다.

"뭐야?! 우산이 왜 나이프를 튕겨내!"

"큭, 어느새?!"

상대도 놀랐나 보지만 오스카도 놀랐다. 거의 감으로 막은 것이었다. 직전까지 뒤쪽으로 누가 돌아오는 낌새를 느끼지 못했다. 경계하며 돌아보자 그곳에는―.

"묘인족인가……."

나이는 20대 초반 정도일까? 묘인족다운 날렵한 인상에 가죽 코르셋과 흰 쇼트 팬츠가 몸매를 강조했다. 아주 짧은 백발에 고양이 귀가 쫑긋 솟았고 고양이 꼬리는 타이밍을 재는 것처럼 좌우로 흔들거렸다. 와인레드 색깔 눈동자는 굉장히 드센 인상을 줬다.

"다음번엔 끝장낼 거야."

첫 공격이 막힌 것이 어지간히 못마땅했나 보다. 고양이처럼 등을 굽히는가 싶더니 그 후 엄청난 속도로 달려들었다.

"빨라?!"

"네가 느린 거지!"

정신을 차리자 묘인족 여자는 코앞에 있었다. 두 자루 나이프가 오스카의 배와 다리를 노리고 동시에 날아든다.

회피 불가. 검은 우산으로 막기에는 너무 가깝다.

그래서 검은 코트로 막기로 했다.

"응?! 뭐야, 이 코트?!"

놀랄 법도 했다. 네 갈래로 갈라진 코트 자락 중 두 개가 뱀이 머리를 쳐들듯 떠올라 나이프 두 자루를 막았으니까. 게다가 나이프를 빼앗을 생각인지 살아 있는 것처럼 나이프에 스르륵 감기려고 했다.

중력 마법을 부여한 금속 실이 들어간 탓이지만, 그런 사실을 알 리 없는 묘인족 여자의 눈에는 살아 움직이듯 꿈틀대는 정체 모를 코트였다. 그래서 무심코 소리쳤다.

"징그러."

"말이 너무 심한걸."

백 텀블링을 하며 거리를 둔 묘인족 여자의 혐오감 섞인 말에 오스카는 안경을 올려 쓰며 받아쳤다.

"하, 잘난 척은! 기껏해야 해적 주제에! 얼굴 좀 잘 생겼다고 우쭐대지 마!"

"아니, 해적은 너겠지…… 그나저나 은근히 칭찬하네?"

이야기를 주고받을 생각은 없다는 듯 묘인족 여자는 다리를 쭉 비틀었다. 그 직후, 그녀의 전신이 희미하게 펼 그레이 빛을 둘렀다.

"신속하게 처치하겠어! 내 속도에는 아무도 못 쫓아와!"

"마법?! 심지어 주문 없이?!"

오스카가 경악했다. 수인족은 보통 마법에 소질이 없는 종족이었다. 드물게 혼혈일 경우 쓸 수 있는 자도 있었지만, 그래도 소질은 대개 낮았다. 주문을 생략하는 경우라면 더 드물었다.

눈을 동그랗게 뜬 오스카의 시야에서 묘인족 여자의 모습이 불현듯 사라졌다.

탕, 하는 가벼운 발소리가 오스카 뒤에서 들렸다. 그리고 그때는 이미 그녀의 나이프가 오스카의 두 다리 아킬레스건을 노리고 들어왔다.

고유 마법 『가속』. 사고가 가속하고, 아울러 물리적인 속도도 마력에 비례해 가속한다.

그것이 묘인 여해적— 캐티 쿠건의 마법이었다.

설마 해적이, 하물며 수인족이 고유 마법을 쓰리라고는 아무도 생각하지 못한다. 보통은 인식할 틈도 없이 힘줄이 끊기고 쓰러질 상황이다.

물론, 오스카는 보통과는 거리가 멀지만…….

챙! 쇳소리가 울려 퍼졌다.

"막혀?!"

갑판 바닥에 박힌 검은 우산이 나이프 한 자루를 막고 다른 한쪽은 신발 밑창에 넣은 금속판이 막아줬다.

"미안하지만, 내 검은 안경에서는 도망칠 수 없어."

반짝 빛나는 검은 안경의 기능 중 하나— 지각 확대 능력.

오스카는 시각 반응이 쫓아가지 못할 정도의 속도라도 분명하게 보고 있었다.

그대로 나이프를 밟자 퍼뜩 정신이 돌아온 캐티가 물러서려고 했다. 그러나 그러기 직전에—.

"잠시 얌전히 있어야겠어."

소매에서 연쇄를 주르륵 꺼내 곧바로 구속했다. 그리고 돛대 상부, 깃발을 거는 가로대에 연쇄를 걸어 도르래처럼 그녀를 공중으로 끌어올렸다.

"꺄아악?! 이 변태! 멍청이! 안경! 이거 풀어!"

버둥대는 캐티를 보고 오스카는 어깨를 으쓱했다.

마지막 가속에는 오스카조차 간담이 서늘해졌다. 『신의 사도』인 에르스트의 동작을 보지 못했다면 당했을지도 모른다고 생각할 정도로……

그런데도 불구하고 무력화에 집중한 이유는 그녀 또한 처음부터 끝까지 오스카의 급소를 노리지 않았기 때문이었다. 배를 노린 일격도 치명상을 피하는 위치였다.

둘러보면 쓰러진 해적들도 대부분 치명상 없이 무력화된 상태였다.

고스트 쉽 쪽 해적과는 대화의 여지가 있다고 보고 오스카
는 시선을 돌렸다.

"어디 보자, 밀레디는—."

그런 그때, 챙그랑 쇳소리가 났다. 소리가 난 방향을 보자
오스카의『연쇄』가 깨끗하게 절단되어 있었다. 추락한 캐티가
엉덩이를 세게 찧었는지 눈에 눈물이 고였다.

"야, 크리스! 아프잖아!"

"얼씨구. 구해줬더니 말 한번 곱게 하네."

까끌까끌하게 수염이 자라고 남색 머리와 눈동자를 가진
40대 후반쯤 되어 보이는 남자였다. 다른 해적이「부선장님!」
이라고 부르는 소리가 들렸다. 태도는 능청스럽지만 아잔티움
까지 포함된『연쇄』를 장검으로 종이처럼 잘라 버린 것 하며,
눈동자 깊은 곳으로 보이는 패기하며, 과연 고스트 쉽의 2인
자다운 박력이 있었다.

"안녕하슈, 안경 쓴 샌님 형씨. 댁, 이상하게 강하구만. 겁
나는 마법 도구로 무장까지 하고 말이야. ……대체 누구야?"

아무래도 캐티와 달리 이야기할 생각이 있나 보다.

이건 요행이다 생각해 오스카가 입을 막 열려던 그때—.

"아윽?!"

고통을 참는 듯한 비명이 귀를 때리고 시야 한쪽으로 돛대
에 격돌하는 인물이 보였다.

할 말을 잃었다. 고작 해적을 상대로 말도 안 된다고 생각
했다.

그러나 잘못 본 것도 아니었다.

밀레디였다. 만신창이가 되어 쓰러진 건 틀림없는 밀레디였다.

그곳으로 쇄도하는 물줄기.

오스카의 얼굴이 새파랗게 질렸다.

시간을 조금 거슬러 오른다.

오스카가 캐티의 첫 공격을 막았을 무렵, 사다리 위에서 포위당한 밀레디에게도 검격이 날아들고 있었다. 밀레디는 키아라를 안은 채로 둥실 떠올라 공격들을 회피했다.

"젠장, 조금 전에도 그렇고 저 해괴망측한 움직임은 뭐야?!"

명백히 물리 법칙을 무시한 움직임에 해적들이 눈을 휘둥그렇게 뜨며 외쳤다.

밀레디가 자신을 포위하는 해적들에게 노성을 질렀다.

"이 더러운 해적들! 이 애 어머니는 어디 있어! 지금 말하면 봐줄 수도 있어!"

"조잘대지 마, 해적 자식이! 누가 너희한테 알려주겠냐! 그 애를 놔!"

"누구보고 해적이래!"

"누가 봐도 해적이잖아!"

그 말대로 밀레디의 복장은 해적 복장이었다. 콧수염과 안대는 진작 뺐지만…….

밀레디와 해적들은 서로를 해적이라고 욕하고 있었다.

밀레디는 키아라를 다치게 했다고 생각해서, 고스트 쉽 해적들은 동료를 공격당해서 머리에 피가 솟구친 상태였다.

참다못한 해적 한 명이 회오리치는 바람을 날리고 다른 해적이 빛의 사슬을 뻗었다.

"떨어져."

그 모든 것을 단 한마디로 찍어 눌렀다.

해적들은 경악했다. 그러나 밀레디를 앞에 두고 정신을 판다는 게 잘못이었다. 곧바로 중력의 굴레에서 풀려난 해적들이 일제히 공중으로 추방당해 그대로 포물선을 그리며 바다로 던져졌다.

조금 화가 누그러들어 머리가 냉정해진 밀레디는 그제야 고개를 갸웃거렸다.

"응? ……키아를 배려했어?"

잘 생각해 보면 해적들의 공격이 영 시원찮았다. 더 살상력 있는 공격이 있을 텐데도 그러지 않았다.

"어라? 설마 나, 뭔가 착각했나?"

밀레디는 겨우 머리가 돌아가기 시작했지만 곧 생각할 겨를도 없어졌다.

"—『범괴랑(氾塊浪)』."

차분하고 청초한 여성의 목소리가 들렸다. 그와 동시에 자타공인 천재 마법사인 밀레디가 놀랄 만한 속도와 규모로 거대한 물덩이가 머리 위에 형성되었다.

"얕보지 마아앗!"

밀레디는 낙하하는 대질량의 거대한 물덩이에 바람 속성

상급 공격 마법 『대람』으로 대항했다. 똑같이 예사롭지 않은 속도로 형성된 초압축 폭풍이 발사된다.

똑바로 비상한 『대람』은 바람이라기보다 이미 하나의 덩어리였고, 거대한 운석 같은 물덩이에 충돌하더니 푹 박혀 들어갔다. 그리고 그 폭발적인 위력을 해방했다. 거대 물덩이는 내부에서 파열돼 속절없이 터져 버렸다.

"후홋, 어때—."

"—『절상』."

거대 물덩이가 아무 일도 없었던 것처럼 머리 위에 출현했다.

"—어?"

어리둥절한 목소리가 새어 나온 직후, 대질량의 물은 이미 밀레디를 집어삼키고 있었다. 순간적으로 호흡이 차단되어 상황 판단력이 상실됐다. 복잡하고 격렬한 수류가 가차 없이 밀레디를 덮친다.

필사적으로 키아라를 끌어안으려고 했으나, 그런 밀레디를 비웃듯이 격류는 마치 살아 있는 생물처럼 키아라를 휘감아 빼앗아 가 버렸다.

밀레디는 자신을 중심으로 『성절』을 펼쳐 가까스로 안전지대를 확보했다.

"켈록, 콜록! 키아!"

밀레디가 기침을 하면서도 초조한 표정으로 키아라를 찾았다.

그러나 불필요한 초조함이었다.

키아라는 물속에 있었지만 마치 물방울에 들어간 것처럼

물이 없는 구형 공간 안에 있었다. 부드러운 수류가 키아라를 조심스럽게 이동시켰다.

"……이렇게 정밀한 마법을……."

자기도 모르게 감탄의 말이 나왔다. 그러나 이내 정신을 차린 밀레디는 물덩이 감옥을 내부에서 터뜨리고 쏟아지는 물과 함께 갑판 위에 내려섰다.

그 시선이 향한 곳에, 그녀가 있었다.

흐르는 물이 만든 아치에 걸터앉아 상냥하게 키아라를 안아 든 여성.

에메랄드그린으로 물결치는 머리에 비취색 눈동자. 살짝 처진 눈매는 다정해 보였고 분위기도 차분했다.

나이는 아마도 20대 초반일 것이다. 풍만한 가슴을 비키니 타입 수영복만으로 덮고 아래에는 미니스커트를 입고 두꺼운 벨트를 찼다. 벨트에는 너클 가드가 아름답게 장식된 사벌(sabel)을 장비했다. 그리고 특징적인 것은 부채꼴로 펼쳐진 지느러미 같은 귀.

놀랍게도 신들린 마법을 사용한 그녀는 해인족이었다.

"제법 실력이 있네? 귀여운 해적 아가씨."

생긋 미소 짓는 모습은 만인의 마음을 녹일 것처럼 따뜻했다. 「귀여운 건 오히려 언니 쪽이겠지!」라고 밀레디가 무심결에 소리칠 뻔했을 정도다.

머리를 붕붕 저어 엉뚱한 생각을 떨친 밀레디는 인상을 확바꿔 매서운 눈초리로 추궁했다.

"그 애를 어떻게 할 생각이야?"

"그걸 당신에게 알려줄 이유도, 의무도 없지~."

차분하고 태평한 분위기가 감도는 여해적은 엄지를 볼에 대고 고개를 까딱 기울였다. 무척 그림이 되는 모습이었지만 이 상황에서는 조금 화를 돋우는 몸짓이었다.

아니나 다를까 밀레디는 울컥한 표정이었다. 평소에는 사람을 짜증나게 하는 밀레디가 짜증을 느끼는 일은 무척 드물었다. ……결코 자신과 비교를 불허하는 신체 일부가 출렁 흔들려 자기 어필을 했기 때문이 아니다. 분명히, 아마도…….

밀레디가 무슨 말을 하려고 입을 열려고 했다. 하지만 그 전에 웬 남자가 끼어들었다.

"선장! 납치된 인원은 확보했어! 이제는 해적들뿐이야!"

"어머, 수고했어. 그럼 이 아이도 부탁해~."

물줄기 아치가 가지를 치듯 나뉘어 키아라를 남자에게로 흘려보냈다.

순간 밀레디가 움직이려고 했지만 섬광 같은 물 칼날에 기선 제압 당했다.

『선장』이라고 불린 것을 보아 놀랍게도 고스트 쉽의 두목은 눈앞에 있는 차분한 누님 같았다. 겉모습으로는 상상하기 어려웠으나 비범한 마법 기량을 본다면 이해하고도 남았다.

밀레디는 어떻게 행동해야 할지 고민했다. 극악무도한 해적이라면 다짜고짜 싸우면 그만이다. 『선장』의 마법 실력은 분명히 대단하지만 밀레디의 중력 마법은 『신의 사도』라도 아닌 한 전투에 있어서 무적에 가깝다. 별에 발을 붙이고 사는 이상, 중력을 조종하는 밀레디에게 대항할 방법은 거의 존재하지 않는다.

그런데도 불구하고 그러지 않는 이유는 냉정함이 돌아왔기 때문이었다. 지금은 키아라를 놀랍도록 정중하게 취급하는 그녀의 선한 인품을 못 본 척할 수 없었다.

'그러고 보니 오 군이 가능하다면 대화하자고 했지? 어떡해, 오 군한테 혼나겠다⋯⋯.'

어쩌면 오 군이 더 리더로 어울리는 게 아닐까⋯⋯ 그런 의문이 머리를 스쳤지만 밀레디는 애써 무시하고 『선장』과 대화를 시도하고자 했다.

하지만 그 전에—.

"묻고 싶은 것도 많고 놓아줄 생각도 없지만⋯⋯."

"응?"

"항복은 안 받아줘. 일단 받은 만큼 갚아줘야겠지?"

『선장』 아가씨는 생글생글 태평한 웃음을 유지한 채 물줄기 위에 올라서서 사벌을 뽑아 들었다. 그러고는 힘이 쭉 빠지는 상냥한 미소를 지으며 한다는 소리가 「넌 도망도 못 치고 항복도 못 해, 짜샤. 오늘 뒈질 줄 알아라」 같은 말이었다.

"내, 내 말 좀 들어줘!"

"들을 얘기 없어. 우리 패밀리를 다치게 한 만큼 돼지 같은 비명을 지르렴."

"그런 순박한 모습으로 웬 사디스트 발언?!"

물 아치가 생물처럼 꾸물거렸다. 그것은 마치 물뱀…… 아니, 규모로 따지면 수룡일까?

『선장』은 그 수룡의 머리에 선 채 사벌을 하늘로 뻗쳐 들었다.

그러자 마치 여러 수룡이 고개를 쳐들 듯 바닷물이 솟구쳤다.

"에잇, 그쪽이 그렇게 나오겠다면 밀레디 씨도 안 봐줘!"

중력 마법으로 모조리 찍어 누른다. 초중력이 『선장』을 머리 위에서 덮친다―.

"어, 어째서?!"

어느샌가 밀레디의 시야에는 아치에 앉아 키아라를 안은 『선장』이 있었다.

밀레디는 혼란에 빠지면서도 키아라가 초중력에 말려들지 않게 서둘러 해제했다.

그와 동시에 불길한 예감이 닥쳐와 전방위 방어 마법을 발동했다.

그러자, 깡! 역시나 예상대로 날카로운 소리가 들렸다. 돌아보자 『선장』이 사벌을 내리치고 있었다.

"어머, 반응이 빠르네?"

사람을 칼로 베려고 했으면서 『선장』은 여전히 어딘가 느슨한 분위기였다.

밀레디는 식은땀을 흘리고 의문을 던졌다.

"지금 그건 환영? 선장 언니 짓인가 봐?"

"무슨 소리인지 모르겠는걸. 후후, 꼭 백일몽이라도 꾼 것 같은 얼굴이구나? 귀엽기도 하지."

"이 사람이 정말!"

이번에야말로 중력 마법을 먹인다! 그렇게 생각했지만, 이미 그렇게 되리란 것을 알았다는 것처럼 『선장』은 이미 격류에 떠내려가듯 거리를 벌린 상태였다.

동시에 방금 나타난 수룡 다섯 마리가 달려들었다. 초고속, 대질량의 바닷물에 부딪치는 충격은 쇳덩어리에 충돌하는 것이나 다름없다. 그것이 전방위에서 닥쳐들었다.

"─『화천』!"

머리 위로 검게 소용돌이치는 검은 흥성이 생겨났다. 다섯 마리 수룡은 하늘을 오르길 갈망하는 지룡처럼 진로를 하늘로 바꿔 빨려 들어갔다.

"희한한 기술을 쓰네~?"

쉬익─ 바람 가르는 소리에 반사적으로 그곳에서 뛰어 물러나자 갑판 바닥을 뚫는 물 채찍이…… 아니, 단순한 물 채찍이 아니었다. 가늘고 기다란 물줄기 속에 날카로운 금속 파편이 무수히, 무시무시한 속도로 흐르는 게 보였다. 『물날 채찍』이라고 해야 할까? 닿기만 해도 신체가 잘려 나갈 것 같았다.

"그건 내가 할 말이야!"

밀레디가 무심결에 소리칠 만도 했다.

『선장』이 방금까지 쓰던 사벌은 자루 앞부분이 사라지고 그곳에서 물줄기 채찍이 나와 있었다. 날카로운 금속 파편의 정체는 부서진 사벌의 칼날이었다.

다시 소용돌이치는 대량의 바닷물이 밀레디를 둘러쌌다.

시야가 막혔지만 문득 물 벽에 비치는 그림자가 있었다. 밀레디는 그것을 놓치지 않고 검은 구체를 쐈다.

중력 마법 『흑옥(黑玉)』. 파성퇴에 버금가는 파괴력을 보유한, 초중력장을 압축한 포탄이었다.

그러나 분명히 명중했을 물 벽 속의 그림자는—.

"또……!"

지워지듯 사라졌다.

"그건 2초 전의 나야."

그런 목소리가 반대쪽에서 들렸다. 동시에 사벌이 날아들었다. 그렇다. 완전히 원형을 되찾은 사벌이…….

"……!"

이미 몇 번인지 모를 경악이었다. 초급 방어 마법을 급하게 속도 중시로 전개하여 어깻죽지를 노리고 들어온 일격을 가까스로 방어했다.

"……이것도 막았네? 너, 정말로 대단해. 브라에드 해적단 같지가 않아. 사전 조사에서도 너 같은 아이는 없었고 말이야. 아니, 애초에 해적 같지도 않아."

"오, 옷차림은 이렇지만, 나 해적 아니야!"

방벽과 사벌이 마찰하며 불똥을 튀겼다.

그 와중에도 『선장』은 역시나 차분했다.

불가사의한 기술의 연속에 밀레디는 식은땀을 흘렸다. 동시에 가슴 안쪽에 환희가 솟구치기 시작했다.

『선장』은 절대로 일반인이 아니었다. 그 마법들은 기존 속성 마법으로 설명할 수 있는 것이 아니었다. 그 말인즉, 고스트 쉽의『선장』이 바로—

"아름다운 머릿결, 품위 있는 얼굴, 탁월한 마법 실력⋯⋯ 마치 귀족 아가씨 같아."

"⋯⋯!"

밀레디가 무심코 눈을 크게 떴다.

속을 꿰뚫어 보듯『선장』의 눈이 서서히 가늘어졌다.

"귀족가의 공주님이 이런 곳에서 뭘 하는지는 모르겠지만⋯⋯ 아름다운 너에게는 이 정도가 적당할지도 모르겠어. 과거의 아픔을 떠올리고 울부짖으렴."

"뭐?"

문득 사벌에서 힘이 빠졌다.

밀레디가 어리둥절한 이유는 그 말 때문도, 검을 거두었기 때문도 아니었다.

『선장』이 다정하게 미소 지으며 밀레디의 손에 자신의 손을 살포시 포갰기 때문이었다.

어쩌면 그대로 포옹까지 할 것 같은 분위기였다. 밀레디는 혹시 전투를 그만두려는 건가, 하고 생각했지만—

"너는 최근 1년 동안 어떤 고생을 했을까? 보여줘 봐—『괴각(壞刻)』."

그 순간, 밀레디는 피로 물들었다.

"어?"

"어?"

얼빠진 목소리는 밀레디뿐 아니라 『선장』에게서도 흘러나왔다.

칼에 베이지도 않았건만 밀레디에게서 피가 왈칵 쏟아졌다.

가장 큰 상처는 어깨에서 가슴까지 일자로 벌어진 상처. 대검으로 힘껏 베인 증거였다.

자잘한 생채기와 타박상은 다 헤아릴 수도 없었다. 희미하게 붉어진 살갗은 화상 흔적일까?

그것들은 모두 『신의 사도』와 사투를 벌이며 생긴 상처였다.

"윽―『흑와(黑渦)』!"

몇 초 늦게 밀레디는 격통에 신음하며 중력 마법을 발동했다.

옛 상처가 되살아나는 비상식적인 현상에 혼란을 느끼면서도 좌우간 거리를 둬야 한다는 생각에 뒤를 확인하지도 않고 자유낙하 속도로 후퇴했다.

무작정 후퇴한 탓에 밀레디는 『선장』이 『브라에드 해적단』이라고 부른 이들의 해적선까지 날아가 돛대에 격돌하고서야 멈췄다.

"어, 어머! 어떡해!"

밀레디 이상으로 당황한 사람은 왠지 원흉인 『선장』 쪽이었다.

『선장』은 조금 전까지 무슨 일이 있어도 무너지지 않던 차분한 분위기에서 일변해 황급히 물줄기를 쐈다. 그것도 바닷물을 이용하지 않고 스스로 허공에 만들어 낸 대단히 투명도가 높은 물이었다.

표정으로 보아 추격타가 아니라 밀레디를 걱정해서 하는 행동처럼 느껴졌다.

그렇지만 그런 사실을 모르는 사람이 한 명 있었다.

"밀레디!"

검은 그림자가 빠른 속도로 밀레디와 물줄기 사이에 끼어들었다. 오스카였다.

오스카는 검은 우산을 펼쳐 쓰고 곧바로 10식 『성절』 장벽을 쳤다.

물줄기는 처음부터 공격성이 없었는지 맥없이 튕겨 나갔다.

"오, 오 군⋯⋯."

"걱정하지 마. 바로 고쳐줄게! ─11식 『성광』 최대 출력!"

검은 우산 안쪽에서 치유의 빛이 비처럼 쏟아졌다.

"중상이야. 조금 시간이 걸리겠어."

"으⋯⋯ 면목 없어. 오 군, 조심해. 아마 저 사람─."

밀레디가 무언가 말하려고 했지만 그 전에 『선장』이 오스카 앞으로 내려왔다.

주위를 돌아보자 어느샌가 브라에드 해적단은 모두 쓰러졌고 고스트 쉽 해적들에게 포위되어 있었다.

"어이, 메일. 조심해. 그 형씨, 보기랑 달리 위험해."

"이상한 도구를 엄청 많이 가진 이상한 녀석이야!"

크리스와 캐티가 인상을 찌푸리고 충고의 말을 던졌다.

하지만 『선장』은 상관하지 않고 빠른 걸음으로 오스카에게 다가갔다.

"비켜줄래?"

"비킬 거라고 생각해?"

오스카와 『선장』의 시선이 교차했다.

오스카는 밀레디 앞에 서서 몸을 비스듬히 틀고 검은 장갑을 깊이 끼며 안경 너머로 날카로운 시선을 주위에 뿌렸다.

"해보겠다면 각오해. 이 이상 밀레디에게 손을 대겠다면—미안하지만, 이곳에 있는 인간 전부 살려 보낼 자신은 없어."

"잠깐, 오, 오 군?"

싸늘하게 식은 음성과 절대적 의지가 느껴지는 태도였다.

해적들이 주춤하고 서로를 바라보았다. 오스카의 반응을 보고 오히려 당황한 쪽은 밀레디였다.

오 군이 진짜로 폭발하기 직전이다.

오스카도 고스트 쉽 해적들에게 의문을 품고 당장은 이성적으로 대하고 있지만, 밀레디의 상처는 자칫 잘못하면 치명상이 될 수 있을 만큼 심각했다.

언제 감정이 폭발해도 이상하지 않다……. 지금 오스카는 그런 위험한 느낌을 강렬하게 풍기고 있었다.

그런 오스카 앞에서 『선장』은 왠지 살짝 웃으며 사벌을 집어넣었다.

"그런 눈빛을 보이는 사람이 이 해적단에 있을 리 없어."

"……?"

의아해하는 오스카를 앞에 두고 『선장』은 차분한 분위기로 돌아가며 사과했다.

"미안해. 네 소중한 사람을 다치게 해서. 설마 그렇게 예쁜 아이가 고작 1년 사이에 그런 상처를 입었을 줄은 몰랐어."

"무슨 소리인지 모르겠는데?"

그렇겠지, 라고 고개를 끄덕인 『선장』은 앞으로 나왔다. 오스카가 위협하듯 검은 장갑을 내밀었다. 그러나 『선장』은 걸음을 멈추지 않고 말을 이었다.

"언제든 내 목을 칠 수 있게 준비하고 있어도 되지만, 난 그 아이에게 닿을 거야. 왜냐면 나는 그 아이를 바로 고칠 수 있으니까."

"……."

『선장』 앞을 막아선 오스카는 말이 없었다. 약간의 고심이 엿보였다.

결단을 촉구한 사람은 밀레디였다.

"오 군, 괜찮아."

"밀레디……. 그렇지만 이 해적들은 단순한 무뢰배치고는 너무 강해. 방심은……."

"괜찮아, 오 군."

밀레디는 통증으로 얼굴을 찌푸리면서도 한 번 더 오스카의 마음에 닿도록 말을 쥐어짰다.

"……알았어. 치료를 부탁해."

"그래. 믿어줘."

오스카는 잠시 입을 열지 못하다가 『선장』에게 길을 비켰다. 오스카와 해적들이 지켜보는 가운데 『선장』은 피에 젖은 밀레디의 뺨에 살며시 손을 댔다.

"귀여운 해적 아가씨. 상당히 험한 삶을 살아왔구나."

"헤헷. 밀레디 씨에게 평탄한 길은 안 어울리지! 아야야."

비지땀을 흘리면서도 씩 웃으며 강한 척하는 밀레디에게 『선장』은 피식 웃었다.

"—『절상』."

"와……."

아침노을 혹은 저녁노을 같은 강렬한 마력광이 밀레디를 감싸더니 곧 아무 일도 없었던 것처럼 밀레디가 원상태로 돌아와 있었다.

상처는 물론이거니와 핏자국도 없고, 심지어는 젖었던 옷조차 말랐다.

그것은 이미 치유라기보다는—.

"재, 재생했어?"

오스카가 멍하게 중얼거렸다. 밀레디도 자신의 몸을 더듬더듬 확인하면서 얼떨떨하게 물었다.

"정체가, 뭐야?"

조금 물러난 『선장』은 두 사람의 상태를 보고 부드럽게 미소 지었다.

그리고 팔을 한 번 휘두르자 부하 한 명이 롱코트와 삼각모를 가져왔다.

코트를 확 돌려 어깨에 걸치고 삼각모도 머리에 대충 올린 후 이름을 댔다.

"내 이름은 메일. 메르지네 해적단의— 선장이야."

해적단이라고 하기에는 꽤 자긍심 넘치는 선언이었다.

메일이라는 해적을 따르는 바다의 무법자들도 그녀의 선언에 자랑스레 웃고 있었다. 그녀와 한패라는 사실이, 그녀의 당당한 선언이, 그것이 바로 자신들의 자부심이라는 것처럼……

도저히 악당 집단으로는 보이지 않았다. 눈에 깃든 빛이 입보다 많은 사실을 말해줬다.

어쨌든 『해적 잡는 고스트 쉽』의 정체는 이 메르지네 해적단이며 기존 마법으로는 설명할 수 없는 재생의 힘은 아마도, 아니, 틀림없이……

"하나만 물을게."

밀레디가 일어나서 사실만을 말하라는 진지한 눈빛으로 물었다.

"납치된 사람들을 어떻게 할 생각이야?"

"그 전에 우리도 질문할게, 귀여운 해적 아가씨. 그쪽이야말로 어떻게 할 생각이야?"

메일이 대화에 응한 것은 밀레디와 오스카의 강한 관계나 올곧은 눈빛이 악당으로 보이지 않았기 때문이기도 하지만, 무엇보다 이 이상 전투가 계속되면 위험하다고 느낀 탓이었다.

조금 전에 본 오스카의 기백. 그가 진심으로 덤비면 자신은 몰라도 동료는 무사하지 못할 것이다. 과장이 아니라 정말로 그런 미래가 보였다. 그리고 밀레디도 방금 전투에서 전력을 다하지 않았다는 것을 메일도 모르지 않았다.

한편, 밀레디는 메일의 질문에 멋쩍은 표정으로 말을 잇지 못했다. 따지고 보면 자신이 오해를 살만한 옷을 입어서 브라에드 해적단으로 취급받은 것이었다.

"저, 헷갈리게 해서 죄송합니다. 이거 코스프레예요. 안디카에 온 김에 해적 기분 내고 싶었어요. 제가 좀 장난기가 넘쳐서……."

옆에서 오스카가 관자놀이를 누르며 두통을 참았다.

해적들도 「어, 응. 그래……」라며 뭔가 애처로운 눈길로 밀레디를 봤다. 캐티에 이르러서는 「귀, 귀여워……」라면서 볼에 홍조를 띠고 몸을 부르르 떨 정도였다.

"어험. 밀레디를 대신해 설명할게요. 우리는 완다 여관 숙박객이고 그쪽에 있는 아주머니와 딸에게 신세 진 게 많습니다. 두 사람이 잡혀가서 쫓아온 거죠."

"그랬구나. 혹시 저 토인족 여자애가 여관 딸이야?"

"아, 맞아! 키아라라고 해. 내 친구야!"

"그래. 그럼 오해해서 네드를 바다에 차 버려도 어쩔 수 없겠네."

"으."

밀레디는 격한 복통을 참는 것 같은 형용하기 힘든 표정이 되었다.

잘 보니 바다에 빠졌던 네드도 어느새 포위한 해적 사이에 끼어 있었다. 그도 여자애에게 맞아 나가떨어진 사실이 부끄러운지 형용하기 힘든 표정으로 엉뚱한 곳을 보고 있었다.

그런 밀레디와 네드의 반응을 보고 왠지 볼을 물들인 메일이 헛기침했다.

"좋아. 믿어줄게. 그리고 방금 질문 말인데, 물론 안디카로 돌려보낼 거야."

오스카가 반쯤 확신을 가지고 이어 물었다.

"상처를 치료하고?"

"후후, 그래."

메일이 조용히 웃으며 그렇게 대답하자 오스카와 밀레디는 얼굴을 마주 보고 고개를 끄덕였다.

오스카가 떨리는 목소리로 확인했다.

"당신이, 치유의 성녀군요?"

"글쎄, 무슨 소리일까?"

메일은 고개를 갸웃거리며 시치미 뗐지만 그 눈빛에서 재미있어하는 감정을 엿본 오스카와 밀레디는 확신했다.

그녀가 바로, 『해적 잡는 고스트 쉽』이라고 소문난 『메르지네 해적단』의 선장인 그녀가 바로 『치유의 성녀』 본인임을……

해적에게 납치되거나 다친 사람들을 치료하는, 아니, 재생하는 기적의 행사자! 밀레디 일행이 찾던 인물!

밀레디가 표정을 활짝 폈다.

"오 군! 해냈어—."

"쭉, 당신 같은 사람을 찾고 있었습니다!"

"엥?"

오스카는 밀레디의 하이터치를 무시하고 메일을 끌어안을 기세로 다가갔다.

한순간 해적들에게 긴장이 퍼지고 움직이려고 했지만, 오스카가 메일의 양손을 자기 양손으로 감싸 쥐는 것을 보고 이게 대체 무슨 상황인가 싶어 멈춰 섰다.

"잠깐, 너무 붙지 마—."

"메일 씨!"

퍼스널 스페이스를 거침없이 침범하는 오스카에게 메일의 표정이 살짝 굳었다. 조금씩 기가 눌려 뒷걸음쳤지만 물러난 만큼 오스카가 다가왔다.

"오 군?!"

해적들이 웅성거리고 밀레디가 경악하여 외쳤다.

그러나 정작 오스카는 메일 외에는 그 누구도 안중에 두고 있지 않았다.

심지어 감동 때문인지 볼에 홍조를 띠고 눈망울까지 촉촉했다. 오스카는 누가 봐도 알 수 있을 만큼 열정적으로 메일에게 말했다.

"제 이름은 오스카 오르크스입니다. 당신을 찾아 대륙 중앙에서 여기까지 여행해 왔습니다!"

"어? 응? 나를 찾아서……? 그렇지만 당신, 저 애는 어쩌고—."

메일이 난처한 얼굴로 밀레디에게 시선을 돌렸다.

"지금 밀레디는 아무래도 상관없어요! 그보다 제 이야기를 들어주시죠!"

밀레디에게 해적들의 동정 어린 시선이 모였다. 마치 애인에게 버림받은 여자를 보는 듯한 시선이……. 밀레디가 허둥지둥 「그런 관계 아니야!」라고 해명했으나 오히려 동정의 시선만 강해질 뿐이었다.

옆에서 그런 일이 일어나거나 말거나 오스카는 배 난간까지 내몰려 당혹감에서 벗어나지 못하는 메일에게 더없이 힘차게 고했다.

"메일 씨."

"네, 네?"

"저와 함께 대륙 중앙으로 갑시다! 제 가족을 만나주세요! 부탁합니다!"

"네, 네에에에에에?"

해저들이 「프, 프러포즈야. 저 안경잡이, 선장님한테 프러포즈했어!」라느니 「저 자식, 예쁜 애인을 두고 선장한테까지 손을 대겠다고? 이래서 잘생긴 것들은…… 확 죽여 버릴까」라느니 「엉?! 이 변태 안경이! 메일한테 무슨 수작질이야!」라느니 「재밌구만. 안경 형씨, 다시 봤어! 그대로 메일을 자빠뜨려!」 등등 시끌벅적한 소란으로 발전해 가고 있었다.

일단은—.

"밀레디 킥!"

"끄억?!"

흥분해 눈에 뵈는 게 없는 오스카에게 밀레디 킥이 작렬했다. 위치는 정수리. 킥보다는 내려차기(중력 왕창 첨가)였다.

쥐포처럼 찌부러진 오스카 위에 가볍게 내려선 밀레디에게 「오오, 여친이 폭발했다!」, 「아무렴, 그래야지! 잘생긴 놈은 죽여 버려, 아가씨!」, 「메일! 쫄지 마! 너한테 고백하는 거 보면 보통 배짱이 아냐! 이 기회 놓치면 넌 평생 노처— 크허억!」등 등 응원인지 야유인지 판단하기 어려운 아우성이 날아들었다.

"이런저런 일이 있었지만— 나는 밀레디야. 밀레디 라이센. 천재 미소녀 마법사!"

여느 때와 다름없이 한쪽 발을 까딱 들고 옆으로 눕힌 피스 사인을 눈가에 댄 채 깜찍하게 윙크하며 인사했다.

질근질근 등을 밟힌 오스카가 꾸엑, 하고 신음했지만 무시했다.

완벽한 포즈로 이름을 밝히자 메일과 해적들도 왠지 모르게 감탄사를 흘렸다.

"그리고 여기서 미소녀한테 밟히며 기뻐하는 안경이 오스카 오르크스. 통칭 오 군이야."

"누가 변태야!"

오 군 부활. 밀레디를 던져 버리고 일어났다.

밀레디는 공중을 둥실둥실 돌면서 가벼운 발걸음으로 착지했다. 물리적으로 있을 수 없는 동작에 메일은 또 감탄사를 터뜨리며 눈이 동그래졌고 해적들도 놀라움을 표출했다.

오스카가 안경을 올려 쓰고 순간 비이성적으로 굴었다는 무안함에 한발 물러났다. 리더인 밀레디에게 이 자리를 양보한 것이었다.

밀레디는 메일 앞에 서서 자신의 가슴에 손을 얹고 당당히 선언했다.

"우리는—『해방자』. 대륙에서 교회에 저항하고 신의 의지를 거스르는 이들의 모임이야."

그 말에 이번에는 성질이 다른 웅성거림이 퍼졌다.

메일도 차분한 미소는 유지한 상태지만 눈빛이 미세하게 달라졌다.

그저 안디카에 도망쳐 온 것이 아니다. 다름 아닌 교회에 맞서 싸우는 집단이다. 밀레디는 그렇게 말했다.

그런 집단이 있다는 이야기는 금시초문이고 보통은 제정신인지 의심부터 할 것이다.

밀레디는 해적들의 반응을 정면으로 받아들이고 계속해서 고백했다.

"그리고 나와 오 군은, 당신과 똑같아."

"똑같아?"

"그래. 신대 마법 사용자야."

"……."

역시 어렴풋이 눈치채고 있었는지 메일은 눈을 가늘게 뜰 뿐 큰 반응은 보이지 않았다.

"우리는 원래 『서쪽 바다의 성녀』에 관한 소문을 쫓아 안디카로 왔어. 우리와 같은 신대 마법 사용자가 서쪽 바다에 있을지도 모른다고 생각해서."

결과는 정답이었다. 먼 서쪽 바다에 성녀는 실존했다.

설마 여해적, 하물며 선장일 줄은 생각하지도 못했지만…….

"우리 목적은 두 가지야. 하나는 『성녀』를 포섭하는 것. 또 하나는…… 설령 동지가 되지 못하더라도 오 군의 동생들을 치료하는 것."

"동생들?"

의아하게 여기는 메일의 시선이 오스카를 향했다.

오스카가 고개를 끄덕였다.

"조금 전에는 너무 흥분해서 미안했어. 내 동생들이 교회의 인체 실험을 당해 지금 혼수상태야. 기존의 약과 마법으로는 무슨 수를 써도 눈을 뜨지 않아. 『서쪽 바다의 성녀』, 『치유의 성녀』라면 혹시 모른다고 생각해서 당신을 찾았던 거야."

"……그랬구나."

교회의 인체 실험이라는 말에 그들은 애처로운 분위기를 내비쳤다.

역시 메르지네 해적단의 성격은 악당과는 거리가 멀었다.

메일은 들릴락 말락 한 목소리로 「동생들……」이라고 중얼거린 뒤 잠시 생각에 빠졌다가 이내 고개를 들었다. 그리고 오스카가 기다리던 희소식을 전해줬다.

"분명히 나라면 눈을 뜨게 해줄 수 있을지도 몰라. 내 마법은 모든 것을 『재생』하는 힘. 회복이 아니라 복원이니까."

"그럼……!"

오스카의 눈이 희망으로 빛났다. 그러나―

"하지만 그건 그거고 이건 이거야. 『해방자』란 곳에는 안 들어가고 대륙에도 안 가."

메일은 빙긋 웃으며 권유도 대륙으로 가는 것도 딱 잘라 거절했다.

"대체 왜!"

"왜긴 왜겠어. 보면 몰라?"

그렇게 말한 뒤 메일은 양팔을 펼치고 부하 해적들을 돌아
봤다.

"여기에는 내 패밀리가 있어. 그리고 우리에게는 우리의 삶
이 있고."

"하지만……!"

오스카에게도 절실한 문제였다. 딜런과 케티, 그밖에도 그
사건으로 혼수상태에 빠진 사람들은 많았다. 반드시 메일의
마법이 필요했다.

또 흥분했다고 자각해 머리를 식힌 오스카는 안경을 올려
쓰고 냉정함을 유지하고자 한발 물러났다.

그리고 밀레디가 더 자세히 이야기하고 싶다고 말하려던 그
때—.

"윽! 선장님, 아래에—."

배 난간 쪽에 있던 해적 한 명이 어떤 기척을 느꼈는지 문득
바다로 시선을 돌리더니 순식간에 새하얗게 질려 소리쳤다.

하지만 그 경고는 끝까지 이어지지 못했다.

말이 나온 직후 어마어마한 충격이 거대한 두 선박을 동시
에 쳐올렸기 때문이었다.

브라에드 해적단의 해적선이 크게 기울었다. 마치 배 바닥
에 구멍이 나서 급격히 침수된 것처럼.

"이건……. 너희, 어서 마력을 집어넣어!"

무언가를 깨달은 메일이 아차, 하며 밀레디와 오스카에게 언성을 높였다.

하지만 두 사람은 그게 무슨 말인지 몰라 고개만 갸웃거렸다.

그러는 와중에도 브라에드 해적단의 배는 점점 기울었고 설상가상으로 배 주위에서 급격히 흰 연기가 올라오기 시작했다.

더불어 바닷물이 부자연스럽게 부풀어 올라 배를 휘감았다.

크리스가 안색이 굳은 채 소리쳤다.

"메일! 야단났어! 『악식』이다!"

"알아. 일반인은 다 실었지? 남은 해적도 대충 실어. 바로 출발할 거야."

"아이아이 맴!"

메르지네 해적단이 일제히 행동을 개시했다. 쓰러진 브라에드 해적단을 거칠게 자기네 배로 던져 옮기고 신속하게 출항을 준비했다.

그러나 그사이, 이번에는 메르지네 해적단의 배— 메르지네 호에서도 흰 연기가 치솟았고 똑같이 기울기 시작했다.

그 직후에 밀레디와 오스카도 사태를 이해했다.

텀벙! 요란한 물기둥이 치솟고 바다가 부풀어 올랐다. 몹시 눈에 익은 반투명 젤리 섞인 바다의 산…….

두 사람은 동시에 소리쳤다.

""또 너냐아아아아아아!""

그렇다. 밀레디 일행이 안디카에 떠밀려오게 된 원인이 거기에 있었다. 아무래도 『악식』이라고 불리는 모양인데, 밀레디 일행을 꿀꺽하지 않으면 성이 안 차는 모양이었다. 왜? 어째서? 라는 의문이 뇌리를 채우지만 그 해답을 메일이 바로 제시했다.

"너희 상식이 없구나? 그런 거대한 마력을 숨기지도 않고 바다에 나오니까 마물들에게 러브콜을 받는 거야."

"그 『상식』을 바다로 나오기 전에 알고 싶었어!"

밀레디가 머리를 감쌌다. 이제 보니 자업자득이었다. 바다 마물은 망망대해에서 먹잇감을 찾기 위해 감지 능력이 육지 마물보다 뛰어나다고 했다.

평범한 마법사의 마력이라면 문제가 없겠지만, 신대 마법 사용자 수준의 마력을 가진 사람은 의도적으로 마력을 은폐라도 하지 않는 한 멀리서도 알 수 있을 만큼 대단히 맛있는 냄새를 풍기는 미끼였다.

"젠장, 위험해, 밀레디! 저쪽 배에는 키아라랑 사람들이 있어!"

"배가, 이미 기울었어……."

오스카와 밀레디가 새파랗게 질린 사이 메일은 재빨리 자신의 배 난간으로 뛰어넘어가 아까도 한 것처럼 『재생』 마법을 사용했다. 뱃바닥이 녹아 침몰하던 배가 순식간에 복원되었다.

"밀레디, 오스카. 도망칠 시간을 벌어줄 수 있어? 위험한 건잘 알지만…… 일반인이 탄 메르지네 호 근처에서 괴물들과 전쟁을 치를 순 없어! 괜찮아! 피난을 마치면 함께 싸울게! 쫓아낼 수단이 있어!"

몇 개나 치솟았던 반투명 젤리— 악식이 섞인 바닷물이 머리 위에서 메르지네 호로 쇄도했다.

그것을 물 포탄으로 튕겨 내는 메일에게, 밀레디는 기울어가는 브라에드 해적단의 배 위에서 대답했다.

"맡겨만 두라구! 저 배는 못 건드려! —『괴겁』!"

메르지네 호와 브라에드 해적단의 배를 둘러싸는 고리 모양 초중력장이 발생했다.

사방을 에워싸려던 해산(海山)이 일제히 찌부러졌다.

뒤이어 오스카에게서 보물고의 빛이 터졌다. 그러자 마검들이 허공에 출현했다.

—아티팩트 작은 마검 빙결식.

일제히 날아든 『작은 마검』들이 메르지네 호의 진로를 제외한 주변 일대를 얼려 버렸다.

조금 전과는 규모가 다른 막대한 압력과 하나만으로도 국보가 될 수 있는 마검 대방출. 제아무리 메일이라도 눈이 커지지 않을 수 없었다.

놀라는 메일을 향해서 밀레디는 눈가에 피스 사인, 오스카는 검은 우산을 빙글 돌리며 밀레디와 등을 맞대고 자신만만하게 웃었다.

"마물이 조금 강해 봤자 우리 적수가 못 돼!"

"우리가 불러들였다면 책임도 우리가 져야지. 그래도 빠른 지원을 기대할게."

저마다 자신감을 드러내는 두 사람에게 메일은 싱긋이 웃

은 뒤 물줄기를 조작, 키를 잡고 메르지네 호를 급속 전진시
키며 답했다.

"고마워. 너희를 잊지 않을게!"

조금 이상한 대답에 밀레디와 오스카가 의아해했지만 악식이
언 바다를 녹여 튀어나오는 바람에 그쪽에 정신을 빼앗겼다.

떠나기 시작하는 메르지네 호를 공격하지 못하게 공격을 퍼
붓는 두 사람을 향해 메일은 팔을 크게 흔들면서 활짝 웃는
얼굴로 소리쳤다.

"동생들 말인데~, 나한테 데리고 오면~, 조건에 따라서 고
쳐줄게~."

"······! 조, 조건이 뭐야?!"

"그건 실제로 데리고 오면 말할게~."

『바다의 괴물』에게 습격받는다고는 생각하지 못할, 태평한
분위기의 선장이 조타하는 메르지네 호는 순식간에 멀어져
갔다. 동시에 짙은 안개도 스르륵 물러났다.

악식은 역시 밀레디와 오스카가 마음에 들었는지 그들을
쫓을 기미가 없었다.

대신 브라에드 해적단의 배는 침몰 직전이었다. 구멍 난 뱃
바닥에서 침투한 악식의 일부가 갑판을 뚫고 두 사람에게 달
려들었다.

"아, 아무튼! 지금은 메일이 멀어질 때까지 죽지 않게 싸우
자! 오 군!"

"아, 그, 그래. 이런 곳에서 죽을 순 없으니까!"

불사신 괴물을 상대로 두 사람의 사투가 시작됐다.

이번에는 도망칠 수도 없었다. 만에 하나라도 메르지네 호를 쫓으면 안 되니까.

중력 마법이 맹위를 떨쳐 계속해서 튀어나오는 악식을 다시 바닷속으로 처박았다.

검은 우산에서 뿜어져 나온 번개와 불이 악식 일부를 불태우고, 바다로 던진 『작은 마검 작열식』이 소규모 수증기 폭발을 일으켜 악식을 터뜨렸다.

그러나 역시 끝이 없었다. 악식도 마물의 일종인 이상 그 젤리 형태의 육체라고 무한일 리는 없었다. 그런데도 전혀, 털끝만큼도 끝날 기미가 안 보였다.

덤으로 배는 녹다 못해 원형을 알아보지 못할 수준이었다. 두 사람은 이미 공중에 뜨거나 장벽을 발판으로 해서 싸우는 판국이었다.

"큭, 역시 성가신 녀석이야."

"우는소리 하지 마, 밀레디! 저거 봐, 배도 꽤 멀어졌어! 슬슬 메일이 돌아올—"

오스카가 『쫓아낼 수단』은 아직인가, 하며 검은 안경의 망원 기능으로 거의 수평선 너머로 사라져 가는 메르지네 호를 봤다.

그쪽에서도 망원경으로 보고 있었다. 어쩐지 눈이 맞은 기분이 들었다.

아니, 확실히 맞았다. 메일이 눈에서 망원경을 떼고 싱긋,

근사하고 나긋나긋한 무사태평 미소로 팔을 흔들고 있었다.

팔을, 흔들고 있었다. 바이바이라고 말하는 것처럼······.

"밀레디."

"왜?! 으악, 엄마야! 내 옷을 두 번이나 벗기려고?!"

정신없이 싸우는 밀레디에게 오스카는 조용한 목소리로 확인했다.

"방금 메일이 『너희를 잊지 않을게』라고 했었지?"

"그게 왜?!"

"그리고 『실제로 데리고 오면 말할게~』라고도 했었어."

"그러니까 그게 왜?!"

치마를 공격받아 끝자락이 녹았다. 하마터면 하반신을 노출할 뻔한 밀레디가 자신의 존엄성을 지키고자 필사적으로 고군분투했다.

그런 가운데, 오스카는 안경을 올려 쓰고 말했다.

"그 말들, 잘 생각해 보면 『금방 만날 일은 없다』······ 즉, 우리는 도망갈 테니까 뒤처리 부탁한다는 뜻이 아닐까?"

"··········아?! 지금 메일은?!"

"신나게 웃으면서 팔을 흔들고 있어. 아, 키를 잡으러 돌아간다······."

돌아올 생각은 추호도 없어 보였다. 처음부터 밀레디와 오스카를 버리고 도망갈 요량이었나 보다.

짐작건대 『악식을 쫓아낼 수단』 같은 건 처음부터 존재하지 않았겠지.

쿠구구구, 하고 땅이 울리는 듯한 불길한 소리가 귀를 때렸다.

망연자실하던 밀레디와 오스카는 기름을 치지 않은 기계처럼 어색하게 고개를 돌렸다.

그곳에는 해발 300미터는 될 법한 거대한 바다의 벽이 있었다.

악식 양반은 먹잇감이 좀처럼 잡아먹히지 않자 인내심이 바닥난 것 같았다.

그리고 지금 메르지네 호가 수평선 너머로— 사라졌다.

하늘을 뒤덮을 정도의 파도에 밀레디와 오스카는 얼굴이 굳어졌고—.

""해적놈드으으으으을!""

자신들을 속인 여해적에게 한 맺힌 절규를 터뜨렸다.

해산 같은 파도가 두 사람을 집어삼키기 직전…….

"미안, 오래 걸렸지? —『진천』!"

공간이 폭발했다. 거대한 파도 중심부가 터지고 거대한 구멍이 뻥 뚫렸다. 해저 터널을 지나듯 **세 사람은** 반대쪽으로 빠져나갔다.

"나즈으으으으으!"

"나이즈으으으으!"

구세주처럼 달려온 세 번째 동료에게 밀레디와 오스카는 감격에 겨워 와락 안겨들었다. 나이즈가 당황하며 양팔에 달라붙은 동료를 돌아봤다.

"밀레디 씨를 가지고 놀았어!"

"오스카 씨는 희망을 짓밟혔어!"

"알아듣게 말해줘. 그리고 오스카 넌 제정신으로 돌아와."

두 사람을 떨어뜨려 놓은 나이즈는 다시 돌아온 거대한 파도를 지긋지긋하게 바라봤다.

"또 저 녀석인가?"

"응. 그렇지만 이제 우리가 공격받은 원인을 알았어."

밀레디가 마력을 감춰 바다 마물의 날카로운 감지 능력에서 벗어나는 방법을 알렸다.

세 사람 모두 위압 등을 목적으로 마력을 방출한 경험은 많았지만 구태여 감추려고 한 적은 거의 없었다.

그러나 그것이 불가능하다면 바다에서 활동할 수 없고 메르지네 해적단을 쫓아도 납치된 사람들이 말려들 뿐이었다.

세 사람은 고개를 한 번 끄덕이고는 공격해 오는 악식을 보면서 자기 안에 깃든 마력에 정신을 집중했다.

한편 그 무렵.

"어머~. 저 아이들 대단하네~. 정말로 악식과 맞서 싸우는데?"

신축식 망원경을 들여다보던 메일이 진심으로 감탄한 투로 말했다.

부선장인 남자— 크리스가 어이없는 표정으로 대답했다.

"메일…… 너 정말 성격 더럽다."

"적재적소야. 게다가 저 아이들도 실수로 납치된 사람들에게 피해가 가는 건 원하지 않을 거 아니야?"

"뭐, 그건 그렇지만······."

그녀의 아버지나 다름없는 크리스는 내심 「이 모양이니까 스무 살이 넘도록 남자 얘기 하나 없지」라는 생각이 절로 들었다.

"어머, 이쪽을 보고 있나?"

잠시 후 고개를 갸웃거린 메일은 천상의 미소를 짓고 손을 흔들었다.

"······한 번 더 말하는데, 너 정말 성격 더럽다!"

아마 망원경 너머로 경악하고 있을 안경잡이 청년과 해적 차림 소녀를 생각하며 크리스는 머리를 감싸 쥐었다.

그러는 사이에 악식과의 싸움도 수평선에 가려 보이지 않게 됐다.

메일은 갑판에 있는 부하들에게 아무 일도 없었던 것처럼 싱긋 웃으며 손뼉 쳤다. 짝, 하는 경쾌한 소리를 듣고 해적단이 선장에게 주목했다.

"자, 예상하지 못한 사태가 있었지만, 이번에도 성공했어. 다들 수고했어. 납치된 사람들을 계속 재워 둘 수는 없으니까 얼른 항구로 돌아가자."

"우오오!"

선원들에게서 쩌렁쩌렁한 함성이 돌아왔다.

"포획한 해적은 평소대로 조교하고♪"

"오, 오오~."

선원들에게서 애매한 함성이 돌아왔다. 이 중에도 한때 포획되어 조교당한 자가 제법 있었다.

그때, 머뭇거리며 캐티가 손을 들었다.

"저, 저기, 메일. 저 안경잡이 일행은 놔둬도 돼?"

크리스와 마찬가지로 여기에도 양심이 쿡쿡 찔리는 상식 있는 사람이 있었다.

메일은 싱긋이 웃고 이보다 더 힘찰 수 없는 목소리로 단언했다.

"저 애들이라면 괜찮아!"

"무슨 근거로?!"

이건 분명 근거 없는 단언이다 싶어 캐디의 양심이 푹푹 찔렸다. 그밖에도 같은 표정을 지은 사람이 더러 있었다.

메일은 어쩔 수 없다는 듯 어깨를 으쓱 들고 타일렀다.

"가령 저 아이들이 위기에 빠져 물고기 밥이 될 것 같다고 쳐. 그때 우리가 할 일은 하나야."

구하러 가는구나! 라는 생각에 캐티가 눈을 빛냈다.

크리스가 두통이 난다는 듯 머리를 감쌌다.

"명복을 비는 거야."

"죽으란 소리잖아! 그럼 안 되지!"

캐티는 무척 심성이 바른 사람이었다. 참고로 메일과는 어릴 적부터 친구사이였다.

평소에도 일상적으로 오가는 대화이므로 단원들은 「그래도 선장님이니까」, 「마지막엔 이러니저러니 하면서도……」라며 대수롭지 않게 여기고 자기 할 일을 하러 움직였다.

메일이 흡족하게 고개를 끄덕였다.

"자, 할 일을 끝내고 얼른 돌아가―."

돌아가자, 라고 말하려고 했겠지.

"가긴 어딜 가아아아아아아!"

"―?!"

메일의 등에 한 소녀가 덥석 안겼다.

"잡았다~!"

"힉?!"

사실 아무도 들은 적 없는 메일이 진심으로 놀란 소리였다.

그 정도로 등에 달라붙어 동공이 수축한 눈동자로 메일의 옆얼굴을 들여다보는 소녀― 밀레디는 무시무시했다. 이쯤 되면 호러다.

"후우. 저 괴물, 정말로 안 쫓아오는군. 이제야 한숨 돌리겠어."

"마력 숨기기…… 익숙해지려면 시간이 걸리겠어."

평범하게 대화하는 남자 두 명. 어느샌가 메일의 등 뒤에 서 있던 오스카와 나이즈였다. 바로 옆에 있었는데도 깨닫지 못한 크리스가 기겁하며 훌쩍 물러섰다.

"어, 어떻게 쫓아왔어?"

메일이 쿵쾅거리는 가슴을 손으로 누르고 굳어 있는 단원 전체의 심정을 대표해 질문했다.

그에 대한 밀레디의 대답은―.

"밀레디에게서는 도망칠 수 없어!"

─였다.

그 자리에 있던 모두가 생각했다. 「밀레디, 무서워……」라고……

메일은 난감한 표정으로 목을 단단히 두른 팔과 배를 꽉 잡은 다리를 찰싹찰싹 쳤다.

밀레디는 죽어도 못 놓는다고 무언으로 주장했지만 이야기가 진행되지 않으므로 오스카가 떨어뜨려 놓았다.

"어어, 그게, 저, 알지? 버리려고 한 게 아니야."

메일이 씨알도 안 먹힐 변명을 꺼냈다. 단원들이 「언제는 명복을 빌자더니……」라며 눈을 흘겼다.

"이제 그건 됐어. 원래 우리가 처리할 문제였으니까. 하지만 이야기는 들어줘! 도망쳐 봤자 소용없어! 몇 번을 도망쳐도 제2, 제3의 밀레디가 나타날 줄 알아!"

"밀레디가 여러 명 나타나면 확실히 무섭긴 하겠어."

가슴을 쭉 펴는 밀레디에게 메일은 점점 더 난감한 표정을 지었다.

나이즈가 자기소개를 겸해 설명을 보충했다.

"나는 나이즈. 이 두 사람의 동료다. 하나 말해 두겠는데, 나는 공간에 간섭하는 신대 마법 사용자다. 이곳에도 공간을 뛰어넘어 왔지."

"으, 그래……. 그러면 도망칠 자신이 없는걸……."

메일이 웬일로 식은땀을 흘렸다. 물리적인 거리에 의미가 없다는 것은 가히 사기적 능력이었다. 자신도 사기적인 마법 사용자라고 생각했지만 세상은 넓었다.

단원들도 눈을 휘둥그렇게 뜨고 술렁거리는 가운데 정말로 무시무시한 이야기가 나이즈의 입에서 튀어나왔다.

"그런 뜻이 아니야. 내가 하고 싶은 말은, 얼마 전 나도 밀레디에게서 도망쳐 다녔다는 거다. 그리고, 결국 도망치지 못했지."

시간이 멈춘 것 같은 정적. 어지간한 일에는 동요하지 않는 차분함이 기본인 메일도 이번에는 심각한 표정으로 물었다.

"당신, 공간을 뛰어넘을 수 있지?"

"그래. 그리고 반대로 밀레디를 공간 전이로 멀리 떨어진 곳에 보내기도 했지만…… 가장 무서웠을 때는 은신처에 돌아갔더니 떡하니 앉아서 「어서 와」라는 말을 들은 거지. 사실 지금도 살짝 트라우마야."

메르지네 해적단 전원이 한 번 더 생각했다. 「밀레디, 진짜 무서워……」라고.

그리고 밀레디와 오스카는 나이즈의 커밍아웃을 전력으로 모른 척했다. 설마 그게 트라우마가 되었을 줄이야…….

곰곰이 생각해 보면 확실히 무섭긴 무섭다.

나이즈는 평소 무뚝뚝한 얼굴이 어디로 갔는지 다정한 표정으로 메일을 봤다.

"메일이라고 했나? 널 위해 하는 소리야. —무의미한 저항은 그만둬."

거의 협박 같은 대사거늘 그 음성은 몹시나 다정했다.

"그, 그래. 일단 마법으로 재우는 데도 한계가 있으니까 납치된 사람들을 항구로 보내고 이야기하자."

메일의 결론은 대답 보류였다. 이제 와서 하는 생각이지만, 몹시 성가신 자들에게 찍혔다는 것을 깨닫고 상황을 정리할 시간이 필요해진 모양이었다.

그 결과, 여하튼 메르지네 호는 안디카로 가기로 했다.

해적기를 건 배가 달밤의 바다를 나아갔다. 메일의 수류 조작으로 바람과 관계없이 메르지네 호는 쾌속으로 전진했다.

한 번 선창으로 가서 잠든 사람들, 키아라와 그녀의 어머니— 벨라도 확인한 일행은 안심하고 갑판으로 나와 저마다의 시간을 보냈다.

단원들이 일을 하면서도 먼발치에서 호기심 섞인 눈길을 보내는 가운데, 오스카와 나이즈는 배 난간에 걸터앉아 상쾌한 밤바람을 쐬며 크리스와 잡담에 빠져 있었다.

그리고 키를 잡고 배를 모는 메일 주위에서는 밀레디가 끊임없이 쫄랑거렸다.

"메일, 메일. 그 물줄기에 타는 거 어떻게 해?"

"메일, 메일~. 그 물 채찍이랑 칼은 어떻게 된 거야?"

"메일, 메이일. 그거 뭐야? 나침반? 어떻게 봐?"

"메이룽, 메이룽♪ 어떻게 하면 그렇게 가슴이 커져?"

"저기, 평소에 어디에 살아? 조건이란 게 뭐야? 해적을 잡아서 어떻게 해? 응? 응? 메르메르~. 알려줘~."

메일은 생각했다. 「이 애, 짜증나네」라고…… 단원들은 어떤 때라도 동요하지 않는 선장의 표정이 있는 대로 굳어지자 대단히 희한하다는 시선이 모였다.

그러는 사이 메르지네 호는 순식간에 뭍에 도착했다.

메일이 마법으로 안개를 만들어 냈다. 이어서 메르지네 호의 선체 측면이 열리더니 로프로 묶은 목재가 줄줄이 바다 위로 흘러갔다.

메일은 코트와 삼각모를 벗고 우아한 동작으로 바다에 뛰어들었다.

그 상태에서 재생 마법을 사용하자 목재가 한 무더기씩 차례차례 쪽배로 변화했다.

아마 배의 부피를 압축해 싣기 위해 쪽배를 해체하고 필요해지면 재생 마법으로 복원하는 방법을 쓰는 듯했다.

바다에 뜬 쪽배들 위로 납치됐던 사람들을 조심스럽게 옮기는 작업이 이어졌다.

그와 함께 메일이 물을 만들어 냈다. 바닷물이 아니라 투명도가 높은 아주 맑은 물이었다. 그것이 샤워 물처럼 사람들에게 쏟아졌다. 아울러 아침노을색 마력이 그 샤워를 통해 사람들에게 쏟아졌다.

아무래도 전에 밀레디에게도 쓴 이 깨끗한 물은 원격으로 재생의 힘을 광범위하게 퍼뜨리기 위한 매개체 같았다.

중상자는 미리 치료한 모양이지만, 그 외 사람의 상처— 키아라의 구타 흔적도 순식간에 사라져 갔다.

메일은 재생의 힘으로 잠에서 깨어나 비몽사몽인 사람들을 더 짙은 안개로 감싸며 뭐라고 말을 걸었다. 그러고는 물줄기를 조종해 그들을 항구로 보냈다.

이들 또한 새로운 『치유의 성녀』 소문을 퍼뜨리는 전파자가 될 것이다.

"으음, 키아가 눈을 떴을 때 곁에 있어 주고 싶지만……."

"어머, 그럼 고민하지 말고 돌아가도 돼."

물줄기를 타고 갑판으로 돌아온 메일이 그렇게 해라, 제발 그렇게 해라, 라고 눈으로 호소했다.

"그럴 순 없어, 메르메르. 밀레디 씨는 반드시 메르메르와 더 이야기해야 하니까!"

"어느샌가 메르메르라는 호칭이 고정되었네. 일단은 내가 언니인데?"

"그럼 메르 언니!"

분명히 따지든 부정하든 무슨 반응이 돌아오리라 생각하던 밀레디는 메일을 보고 놀랐다.

메일은 왠지 눈을 크게 뜬 채로 굳어 있었다.

"어, 어라? 메일? 메르 언니는 안 돼?"

메일에게 돌아온 뜻밖의 반응에 오히려 밀레디가 동요했다.

헉하고 정신을 차린 메일이 고개를 흔들고 어색하게 웃었다.

"딱히 상관은 없지만…… 그 전에 여기서 헤어지면 메르 언니가 참 기쁘겠는데."

"단호히 거절한다!"

밀레디가 손으로 엑스를 만들어 뚜렷한 거절 의사를 밝혔다.

메일은 한숨 쉬었지만 곧 지금까지의 차분하고 태평한 분위기를 지우고 진지한 표정으로 입을 열었다.

"몇 번을 권해도 어떤 사정을 들어도 내가, 우리 메르지네 해적단이 너와 함께 갈 일은 없어. 우리에게도 우리의 삶과 목적이 있어."

밀레디도 보는 이를 놀라게 할 만큼 진지하고 투명한 눈동자로 말을 받았다.

"응. 그럼 그걸 들려줘. 더 많이, 너에 관해, 너희에 관해 알고 싶어. 아무것도 모르고, 아무것도 전하지 않고 물러날 만큼 우리도 가벼운 마음으로 여행하고 있지는 않아."

밀레디의 뒤로 오스카와 나이즈가 살며시 다가가 섰다. 두 사람 모두 올곧은 눈으로 메일을 보고 있었다.

"서쪽 바다의 성녀. 메르지네 해적단. 다시 한 번 소개할게."

밀레디는 자신의 가슴에 손을 얹고 불타는 눈동자와 짙은 안개조차 날려 버릴 듯 힘찬 목소리로 이름을 밝혔다.

"나는 『해방자』 밀레디 라이센. 신의 의지에 거스르는 자."

가벼운 마음으로 하는 소리가 아니었다.

그들의 인생을 바꿔 버린다는 것을 잘 안다.

위험에 뛰어들라는 염치도 없는 부탁을 하고 있었다.

다 알면서도 세계와 싸우는 소녀는 애원했다.

"내 손을 잡아주길 간절히 바라. 이 비뚤어지고, 어린아이조차 웃으며 살아갈 수 없는 세계를 바꾸기 위해."

해적단 멤버는 누구 한 명 말을 꺼내지 않았다.

세계를 바꾼다.

말뿐이라면 쉬웠다. 하지만 그 무게를, 대륙에서 살아갈 수 없어 이 수평선 너머에 있는 자들은 알 수 있었다.

눈앞에 있는 소녀는 헛소리도 농담도 아니라, 정말로 세계와 싸우고 있었다.

여린 소녀가 품은 어떤 거대한 것에 건장한 해적들은 말을 삼켰다.

밀레디는 갑자기 표정을 180도 바꿔 해죽이 웃고는―.

"그러니까 조금만 더 함께 있게 해줘."

한없이 정직한 기분을 전했다. 마음을 활짝 열고서……

무방비하다고도 할 수 있는 그 모습에 메일은 다시 당혹스러운 표정을 짓고 말았다.

그런 자신에게 가장 놀란 것은 메일 본인이었다. 원래 자신이라면 깨끗이 무시하고 거절하거나 능청스럽게 말을 피해 흐지부지 넘기려고 했을 것이다.

물론 물리적으로 도망칠 수 없다는 이유도 있었지만…….

방금 봤던 광경이 머리를 스쳤다. 과거에 입은 상처를 재생하는 마법을 쓰자 드러난 상처투성이인 밀레디의 모습. 신대 마법을 쓰는 사람이 대체 어떤 상대와 싸우면 그토록 다칠 수 있는가.

게다가―.

"이봐, 메일. 괜찮지 않겠어? 어차피 신대 마법 사용자 세 명이 상대라면 도망치기도 글렀어. 성격 좋은 녀석들 같으니까 그나마 다행이지. 게다가 슬슬 움직이지 않으면 안디카에 들킬걸?"

크리스가 체념한 듯 웃으며 제안하자 메일은 고민에 빠진 듯 신음했다.

그러나 시늉뿐이었다. 마음속에서는 이미 결론이 나와 있었다.

"후, 어쩔 수 없지. 좋아. 함께 데려가 줄게. 단, 알게 된 정보를 아무에게도 말하지 마. 만약 우리를 밀고하려고 한다면—."

"우와아아~! 메르 언니! 고마워! 해냈어, 오 군, 나즈! 해적과 친해졌어!"

밀고하려고 하면 가만두지 않겠다고 당부할 생각이었는데 밀레디는 이미 이야기를 듣고 있지 않았다. 그냥 환희하며 방방 뛸 뿐이었다.

어찌나 기뻐하는지 단원들까지 덩달아 웃기 시작해서 왠지 다시 말할 분위기도 아니었다.

"……이렇게 휘둘리는 건 처음이야."

"우리 리더 때문에 미안해. 물론 밀고는 하지 않겠다고 맹세할게. 증명할 방법은 없지만……."

"괜찮아. 믿을게. 이래 봬도 사람 보는 안목은 있거든."

메일은 쓴웃음을 짓고 어깨를 으쓱했다. 그리고 코트를 걸친 뒤 삼각모를 쓰더니 키를 잡아 뱃머리를 돌렸다. 메르지네 호는 미끄러지듯 밤바다를 나아갔다.

목표는 메르지네 해적단의 본거지.

갑판에서 단원들 속에 뛰어들어 시끌벅적 소란을 피우며 빠르게 녹아드는 밀레디를 보고 메일은 머릿속에 어떤 정경을 떠올렸다.

훨씬 옛날, 아직 해적단을 결성하기 전. 충동에 떠밀려 죽자 살자 침입한 지하의 방에서 창문 쇠창살을 부술 기세로 꽉 쥔 자신의 모습을……

창살 너머에는 자신과 닮은 머리를 가진 어린 소녀……

눈물에 젖은 눈동자와 자신에게 뻗은 작은 손의 감촉을, 메일은 절대로 잊지 못한다.

그때 나눈 약속 또한…….

"……메르 언니라."

소리 죽여 웃었다.

짙은 안개를 해제. 배는 쾌속으로. 메일은 키를 꺾었다.

동생이라고 부르기엔 저 애는 너무 말괄량이야.

그런 생각을 하면서…….

장엄한 기둥 회랑이 있었다.

어쩌면 영원히 계속되지는 않을까 착각이 드는, 완벽하게 규칙을 지키며 늘어선 두 줄의 기둥들. 사람 서너 명이 둘러싸도 끌어안지 못할 두꺼운 기둥은 하나하나가 경탄을 자아낼 만한 조각이 들어간 예술품이었다.

그사이에 있는 진홍색 융단 위로 한 남자가 걷고 있었다.

흰 법의(法衣)를 통해 그가 성직자, 그것도 상당히 높은 지위에 있다는 것을 알 수 있었다. 그러나 미간에 깊은 주름을 잡고 험악한 표정을 유지한 채 묵묵히 걷는 모습은 마치 수행 중인 무인 같기도 했다.

그는 머지않아 기둥 회랑 끝에 도착했다.

"라우스 번. 소환에 응하여 찾아뵈었습니다."

열 단을 넘는 새하얀 계단 아래에서 남자— 라우스는 엄숙하게 인사를 올렸다.

계단은 일종의 제단 같았다. 그 위에는 눈을 제대로 뜨기 어려울 만큼 화려한 왕좌가 있었다.

왕좌 뒤쪽 벽 상부에는 세로 10미터는 되는 거대한 그림이 걸렸다. 그림 속 인물은 남자인지 여자인지 확실치 않은 중성적 얼굴을 한 사람이었다.

아니, 사람이 아니다. 그가 바로 교회가 숭배하는 존재— 창세신 에히트였다.

왕좌를 뒤에서 굽어보는 높이에 걸린 그림은 왕좌의 주인— 【엘버드 신국】의 국왕이자 성광 교회 최고 직위인 『교황』이 단순한 대변자에 불과하다는 사실을 상징했다.

물론 인간의 세상에서 『신의 대행자』는 살아 있는 신이라고 해도 과언이 아니었다.

"라우스. 서쪽 바다가 조금 소란스럽구나."

현 교황— 루시루플 스라인 엘버드의 노쇠한 목소리에 라우스는 입을 다물고 머리를 숙였다. 살아 있는 신을 앞에 두고 어찌 감히 입을 놀릴 수 있으랴. 하물며 질문이라니, 가당

치도 않다.

그저 그 목소리를 공손하게 듣고 주어지는 역할을 성심으로 수행할 뿐.

나이 아흔을 넘긴 교황 루시루플은 무릎까지 오는 새하얀 머리카락과 가슴께까지 폭포처럼 흘러내리는 수염, 턱 끝까지 내려온 버들 같은 눈썹에 덮여 그 표정을 판별하기 어려웠다.

보이는 것이라고는 왕좌를 잡은 마른 나뭇가지 같은 손가락과 쏟아져 내린 머리카락 사이로 엿보이는 회색 눈동자뿐이었다. 그 형형한 눈이 라우스를 물끄러미 바라보고 있었다.

"안디카는 필요악이며 유용한 시스템이니라."

쉰 목소리에 조금 힘이 실렸다.

"이의를 제기함은 곧 신에 대한 반역. 용납할 수 없는 이단이다."

따라서―.

"박멸하라. 안디카를 위협하는 역적들에게 신벌을 내리거라."

"명을 받들겠나이다."

라우스는 깊이 머리를 조아렸다. 그리고 몸을 일으켜 기도를 올린 후 돌아섰다. 이제는 익숙해진 행동이다. **아무 생각을 하지 않아도** 자연스럽게 몸이 움직였다.

하지만 이번에는 명령이 하나 더 있었나 보다.

"라우스."

신속히 그 자리에서 무릎 꿇었다. 실수를 깨닫고 바닥에 이마를 찍을 기세로 머리를 숙였다.

그러나 교황 루시루플은 딱히 나무라지 않았다. 그도 지금 막 떠올린 모양이었다.

"아직도 보고가 없구나."

"……."

"안디카에는 성녀라고 불리는 자가 있다. 권속이다. 신의 아이다. 교회에서 교의를 받아 신앙을 아는 것이야말로 신의 아이에게는 행복이요, 지고한 기쁨이니라."

그런데도 불구하고—.

"보고가 없구나. 그자는 안디카를 맡긴 은혜를 잊었단 말이더냐……. 라우스. 전해라. 네가 아뢰어야 할 것이 있지 않느냐고."

"명, 받들겠습니다."

라우스는 다시 일어나 알현실을 나왔다.

해발 8,000미터를 자랑하는 세계 최고봉— 【신산】. 그곳의 암벽을 깎아 건조한 백색 왕궁은 최상부가 높이 600미터에 이른다.

내부에서는 물론 승강기로 이동하고, 외부에서는 트릭 아트처럼 몇 중으로 얽힌 공중 회랑을 통해 이동할 수 있었다.

성 아래에 펼쳐지는 신도(神都)에서도, 아득히 먼 땅에서도 신의 권위를 느끼지 않을 수 없는 웅장하며 아름다운 왕궁이다.

라우스는 공중 회랑의 동쪽을 향해 걷고 있었다. 알현실로 들어가기 전보다 미간의 주름은 더 깊어져 있었다. 복장이 법의에서 위협적인 전투 복장으로 바뀌어 그 위압감은 대단했다.

건틀릿에 철 신발, 각반에 흉갑. 그것들을 흰색 바탕의 전투용 법의 위에 장비했다.

라우스는 올해로 서른두 살이다. 태어난 곳도 자란 곳도 신국이며, 더 나아가 대대로 교회 신전 기사를 배출한 명문 중의 명문 집안 출신이었다.

그렇기에 태어났을 때부터 그의 사상은 하나로 정해져 있었다. 가치관은 확고하게 굳어져 있었다.

불행은 그 사상, 가치관에 의문을 **가지고 말았다**는 것이다.

—혼백 마법.

고유 마법을 뛰어넘는 신대 마법 중 하나. 혼백에 간섭할 수 있는 상상을 초월하는 능력.

그것은 때로 죽은 자의 목소리를 듣고, 그 힘을 자신에게 부여하거나 마음에 저항할 수 없는 영향을 주기도 한다. 그리고…… 한정된 조건에서는 죽은 자를 소생시킬 수도 있다. 그 야말로 신의 영역에 발을 들인 마법이다.

당연히 번 가문은 미친 듯이 기뻐했다. 차기 당주가 될 인물이 신에게 선택받았으니까.

교회도 반응은 마찬가지였다. 명문가에서 신대 마법 사용자가 태어났다 함은 신의 축복이나 진배없었다.

자신들의 신앙심에 신이 답해줬다는 증거. 당연히 그들의 신앙심은 한층 더 강해졌다.

그러나 라우스에게는 통하지 않았다. 사람을 광신으로 이끄는 교회의 사상 주입이……

그는 깨닫고 말았다. 말과 사상의 모순을……

의문을 품고 말았다. 교의에. 그리고 교회의 방식에……

왜냐하면 아무도, 신조차도 라우스의 혼과 의지에는 간섭할 수 없었으니까.

그러나 라우스가 교회에 이의를 제기하는 일은 없었다.

그는 총명했다.

이의를 제기한들 무의미하다. 오히려 불필요한 싸움과 치명적 불신감을 낳을 뿐이다. 가족도, 동지도, 그리고 지금은 부하까지도 라우스가 지켜야 할 것들이었다.

그렇다면 자신이 혼자 교회라는 세계에 저항해 봤자 무슨 소용인가.

그저 불행을 부를 뿐이지 않은가.

압도적 다수의 의견을 지키는 것이 최대 행복을 지키는 길이다.

그럼 소수의 비명에서는 눈을 돌려야 한다.

자신은 그저 명령을 수행하기만 하면 된다.

반항해서는 안 된다.

이의를 제기해서는 안 된다.

의문을 품어서는 안 된다.

오직 신의 말이 되어라.

감정을 버리고—

사고하길 포기하고—

"……또 하나 자유 의지를 없앤다. 그것이 최대 다수의 최대

행복이기에."

자신의 미간에 주름을 잡고 입을 일자로 악다물게 하는 원인을 돌이켜봤다.

라우스 번은 몇 번이고 자신에게 자신의 교의를 들려줬다.

미간의 주름이 더 깊어졌다.

문득 라우스는 신도를 굽어봤다. 자신도 왜 그랬는지 몰랐다. 그냥 시야 한쪽에 신도의 어둠이 보여서 자기도 모르는 사이 걸음을 멈추고 있었다.

"……."

말없이 바라본 곳은 신도 외곽의 지저분한 뒷골목이었다.

그러자 머릿속에 스친 것은 단 한 번의— 반항.

"그녀는…… 지금 뭘 하고 있을까."

신이 버린 신탁의 무녀.

—언젠가 인간이 자유로운 의사를 가지고 살아갈 수 있다면…….

우연이었다. 딱 한 번 테라스에 서서 그렇게 중얼거리는 무녀의 뒷모습을 봤다.

그래서였을까? 스스로 생각해도 알 수 없는 충동에 밀려 행동한 것은…….

정신을 차리자 심문을 버티지 못한 이단자를 처분하는 구렁텅이에서 버려진 그녀를 끌어안고 있었다. 그리고 안간힘을 다해 소생 마법을 쓰며 신도로 달렸다.

이성이 돌아왔을 때는 이제 끝이라고 생각했다.

신의 결정을 뒤집고 말았다. 그것은 의심의 여지 없이 이단, 아니, 이단을 넘어선 반역이었다.

라우스는 자신도 신에게 버림받아 처분당하리라 각오하고 왕궁으로 돌아왔다.

그러나 결과부터 말하자면 신벌은 내려오지 않았다. 아직까지 누군가가 그때 일을 언급한 적은 한 번도 없었다.

'어쩌면 신은 전지하지 않은지도 모른다……. 그게 아니라면 단순히 못 본 척하는 것인가…….'

생각해 봤자 부질없는 일이었다. 라우스는 작게 한숨 쉬고 고개를 저었다.

"라우스 님! 여기에 계셨습니까!"

그때, 부하 한 명이 거대한 메이스를 힘겹게 끌어안고 공중 회랑을 달려왔다.

"비공선 준비가 끝났습니다. 언제든지 출격 가능합니다."

그렇게 말한 부하가 공손하게 메이스를 내밀었다.

그것을 말없이 받아들고 한 손으로 휘둘렀다. 그것만으로 웅, 하며 바람을 가르고 충격이 발생했다.

"이번 임무는 대규모 이단자 집단 소탕이라고 들었습니다. 신의 의지를 보일 때군요. 몸이 근질근질합니다."

"……그러한가."

부하의 눈이 번들거렸다. 그 또한 라우스가 지켜야 할 사람 중 한 명이었다.

그러나 라우스는 눈길을 돌렸다. 지켜야 할 자들의 광기로 빛나는 눈을 도저히 직시할 수 없었다.

대신 해가 떨어지는 지평선을 봤다.

새빨갛게 타오르는 해가 서서히 힘을 잃고 밤의 빛깔이 짙어져 가는 광경은 마치 누군가의 희망이 사라져 가는 모습을 보여주는 것 같았다.

그리고 오늘 마지막 빛을 발하는 태양에 겹쳐지도록 아래쪽에서 거대한 물체가 떠올랐다.

한마디로 표현하면 배. 하늘을 나는 갤리온 급 거대 선박이었다.

교회의 위엄을 보여주는 상징 중 하나로, 이단자를 사냥하는 신전 기사들의 공중 전함이었다.

그것이 공기를 진동시키며 라우스 앞에 정지했다. 공중 회랑으로 승선용 다리가 걸렸다.

라우스는 자연스럽게 비공선에 올랐다.

갑판에서 오와 열을 맞추고 완전 무장한 신전 기사들이 단장 라우스를 맞이했다.

뱃머리에 선 라우스는 곧 사라질 저녁 햇살을 얼마간 바라봤다.

그리고 미세한 빛이 지평선 너머로 사라진 순간, 냉철한 가면을 쓰고 목청을 올렸다.

"칙명이 내려왔다! 서쪽 바다에 창궐한 이단자를 소탕하라는 명이시다! 제군, 신의 기사들이여. —신벌을 내릴 시간이다!"

우렁찬 함성이 터졌다. 신도 전체로 울려 퍼질 듯한, 광기에 찬 함성이었다. 신벌과 소탕을 복창하는 소리가 신도의 하늘을 찔렀다.

라우스가 메이스를 들었다. 그리고 서쪽을 향해 힘차게 뻗었다.

"백광 기사단, 출격!"

그 호령과 함께 교회 최강 전력 중 하나가 서쪽 바다를 향해서 진격했다.

신도에서도 백성의 성원이 날아들었다.

그런 상황에서 라우스는 똑바로 서쪽으로, 그리고 그곳에 있을 자유로운 의사를 가지고 살아가길 선택한 자들에게 시선을 둔 채 중얼거렸다.

"……저항할 수 있다면 저항해 봐라."

누구에게도 닿지 않을 그 나직한 혼잣말은 어딘지 모르게 애원과도 닮아 있었다.

사방 어디를 둘러봐도 끝없는 바다.

그 한가운데 섬이 있었다. 다만, 바위와 흙으로 된 섬은 아니었다.

목재만으로 **만들어진** 섬이었다. 갤리온 급 선박을 연결해 하나의 거대한 섬으로 만든— 배섬이었다.

배는 오래된 것부터 새로운 것까지 다양했고 배와 배는 금속 봉으로 단단히 고정됐다. 수 미터 정도 간격을 두고 걸린 사다리는 배에서 배로 이동하는 복도 역할을 했다.

배의 수는 얼핏 보아도 스무 척은 됐으며 그것이 바둑판처럼 늘어섰다.

본래 깃발이 걸려야 할 곳에 돛은 없었고 가로봉은 통로로 개량되었다.

돛대에서 돛대로 이어진 공중 통로가 있는 셈이었다.

어지럽게 걸린 밧줄에는 빨래가 널려 바람에 나부꼈다. 갑판에는 생활감 넘치는 일용품이 혼잡하게 놓여 있었다.

그런 배섬 위에는 담소하며 가사를 하는 여성들, 청소나 배 수리, 혹은 훈련하는 남자들, 감시대에서 멍하니 담뱃대를 빠는 자 등등 다양한 인종이 남녀노소를 불문하고 저마다의 생활을 영위하고 있었다.

망망대해에 뜬 이 선상 마을이 바로 메르지네 해적단의 본

거지였다.

참고로 메르지네란 『거친 파도를 넘는 자』라는 뜻이며 메일 일당이 처음 손에 넣은 배의 이름에서 따왔다. 보통은 선장의 가명(家名)을 단체 이름으로 붙이는 경우가 많지만, 해인족은 일반적으로 가명이 없어 고민하던 중 누가 「그냥 배 이름으로 하지?」라는 말을 꺼내 그대로 결정된 것이었다.

아무튼 그런 평화로운 배섬이지만, 실은 가장자리에 해당하는 곳에서는 현재진행형으로 무참한 모습의 남자들이 양산되고 있었다. 그야말로 시체의 산이었다.

"젠장. 사람을 갖고 노는군!"

호되게 당한 남자 한 명이 분노로 이글거리는 눈으로 소리쳤다. 떨어뜨린 커틀러스를 다시 줍고 살기 그득한 표정으로 돌진했다.

그 시선이 향한 곳에는 살의를 받으면서도 차분하게 미소 짓는 여자— 메일이 있었다.

"어머나, 자존심은 있나 봐?"

그 직후, 메일의 오른손이 살짝 움직였다. 그 동작만으로 순식간에 출현한 물 채찍이 남자의 볼을 강하게 후려쳤다.

"푸엑?!"

남자가 기괴한 비명을 지르고 강제 트리플 악셀을 선보였다. 참으로 아름다운 회전이었다.

갑판에 철퍼덕 쓰러진 남자는 동이 트기 전부터 쉬지 않고 이어진 고문처럼 일방적인 싸움에 마침내 좌절한 모양이었다.

애인에게 버림받은 여자처럼 다리를 모아 앉고 훌쩍대기 시작했다.

메일은 자애로운 표정으로 남자에게 말을 걸었다.

"어머, 한심해라. 아침부터 좀 맞았다고 울어? 안 부끄러워? 빽빽 우는 꼴이 꼭 돼지 같네?"

"으아아아아아아앙!"

다정하고 나긋나긋한 목소리로 신랄하기 짝이 없는 폭언을 들은 남자는 결국 큰 소리로 울음을 터뜨렸다.

"……새벽부터 여덟 시간 내내, 쓰러질 때마다 족족 회복해서 쉬지 않고 때리는데 누구라고 안 울까."

돛대 위에 있는 원형 감시대에 앉아 그 광경을 구경하던 밀레디가 살짝 무섭다는 얼굴로 중얼거렸다. 옆에 있는 오스카가 같은 표정으로 말했다.

"그냥 보면 붙잡은 해적을 고문하고 노는 악랄한 여해적이지. 메일의 생김새나 분위기와 언동이 심하게 따로 노는걸……"

"모습은 정말로 『성녀』인데 말이지……. 여자란 무섭군……."

"잠깐, 나즈. 이 『귀여움』의 화신인 밀레디를 메르 언니와 같은 부류에 넣지 말아 줄래?"

"아니, 너도 무서워. 이런저런 부분에서."

"뭐라고~?!"

나이즈가 뭐라고 표현하기 힘든 표정으로 말하자 밀레디가 분개했다.

그런 세 사람의 대화에 쓴웃음을 짓는 사람이 있었다. 메르지네 해적단 부선장, 크리스였다. 담배를 피우는 모습이 정말로 잘 어울렸다.

"부정하긴 힘들지만, 적어도 저건 필요한 일이야. 너무 무서워하진 마."

오스카가 안경을 올려 쓰고 어제 들은 사정을 떠올렸다.

"입단 시험이라…… 고스트 쉽에 습격받은 해적이 사라진 이유를 이제야 알았어."

"해적을 포획해서 메르지네 해적단 세력 확장! 이라고 했지? 저렇게 선장인 메르 언니가 직접 철저하게 상하 관계를 교육해서 동료로 끌어들인다고……."

그랬다. 지금 갑판에서 뒹구는 자들은 포획한 브리에드 해적단이었다.

포획한 그들을 메르지네 해적단에 편입하기 위해 지금 조교— 갱생(?)하는 중이라고 했다.

물론 해적 중에는 뼛속까지 썩어빠진 악당도 있었다. 그런 자는 캐치 앤 릴리즈였다. 쪽배에 태우고 바다로 돌려보내는 것이다. 운이 좋아 뭍에 도착하면 살길도 있으리라.

메일 일당은 범죄자를 단속하는 공직자도 아니거니와 자경단도 아니었다.

그렇기에 굳이 해적을 단죄하지는 않았다. 모든 운명을 바다에 맡길 뿐이었다.

"하지만 이런 수단으로 용케 동료가 되려는 사람이 있군. 겉으로만 순종하며 복수의 기회를 노리는 자도 있을 만한데."

나이즈의 지당한 지적에 크리스는 아래에서 펼쳐지는 광경을 턱짓으로 가리켰다.

"죽여, 차라리 죽이라고! 어차피 살려 보낼 생각도 없잖아! 이 개자식아!"

울던 남자가 자포자기로 소리쳤다.

메일은 난감한 표정을 짓더니 웅크려 우는 남자 곁으로 다가갔다.

그리고 상냥한 손길로 남자의 머리를 천천히 쓰다듬기 시작했다.

남자가 당황한 것처럼 고개를 들었다.

메일의 표정이 이보다 더 성녀 같을 수 없었다. 무지하게 자애로운 표정이다!

"괜찮아, 괜찮아."

그렇게 말한 후 회복 마법의 빛이 남자를 감쌌다.

"힘들었지? 열심히 했어."

"어, 어어? 응? 아니, 으응?"

메일은 한없이 상냥하게 남자를 포근히 감싸주듯 치료해줬다.

남자는 당황하면서도 드디어 지옥에서 해방되었다고 생각하니 자연스럽게 맥이 풀렸다.

"당신, 이렇게 끈기 있고 실력도 있으면서 왜 해적질을 해?"

"그, 그건…… 먹고 살려고 그러는 거지. 다들 그렇잖아?"

"무슨 일이 있었는지 얘기해 줄래? 당신들도 그래."

어느샌가 회복 마법은 바닥을 구르는 다른 해적들도 치유하고 있었다.

눈을 뜬 해적들은 메일의 다정한 분위기에 어리둥절해하면서도 한 사람씩 해적이 된 경위를 풀어놓았다.

메일은 자애로운 표정으로 그들의 사정을 들었고 가엾고 딱하게 여기는 슬픈 표정이 되어 갔다.

갑작스럽지만 메일은 미인이었다. 겉모습은 차분하고 상냥한 누님 타입에 무심코 계속 바라보고 싶어지는 아름다운 용모였다.

그런 미녀가 자신들을 생각하며 당장에라도 눈물을 흘릴 것 같았다. 단순한 사고방식의 소유자가 많은 해적들은 거기에 홀랑 넘어가 버렸다.

메일은 갑자기 처진 눈꼬리를 힘껏 끌어올리고 결연한 표정을 지었다.

"좋아. 당신들, 전부 내 패밀리가 돼!"

"뭐? 아니, 잠깐. 왜 이야기가 그렇게 돼?!"

마지막까지 싸우던 남자가 동료의 심정을 대변했다.

그에 대해 메일은 자비로운 표정으로 대답했다.

"왜냐니, 당신들 갈 곳은 있어? 마음 붙일 곳은 있어?"

"그, 그건……."

대륙에서 살아갈 수 없어 안디카로 도망쳐 왔지만 그곳에서도 역시 제대로 적응하지 못하고 바다로 나온 이들이었다. 그 바다에서 있을 곳— 해적단을 잃었는데 어디로 갈 수 있겠는가.

얼굴을 마주 보고 의기소침해진 그들에게 메일은 양팔을

벌리고 말했다.

"내가 돌봐줄게. 우리 패밀리가 돼서 함께 살면 돼. 패밀리에 들어와 보고, 그래도 이곳에 못 있겠다고 한다면 그때는 마음대로 나가도 돼. 그런다고 보복 같은 거 안 해. 안디카까지 보내줄게."

"무, 무슨 꿍꿍이야! 너한테 무슨 득이 있다고!"

"그래! 그런 소릴 믿겠냐?!"

난데없이 뻗친 구원의 손길이었다. 남의 호의가 마냥 낯설기만 한 그들은 거의 오기로 반론했다. 메일이 포근히 웃으며 답했다.

"여기는 당신들처럼 갈 곳을 잃은 사람들이 모여 만들어진 곳이야."

그러니까 이해득실은 따지지 않는다. 그러니까 동료가 되자.

메일은 한없이 달콤하고 상냥하게 말을 건넸다. 그리고 쐐기를 박듯이 말을 보탰다.

"게다가…… 혹시 알아? 만약 나한테 이기면 이 메르지네 해적단도, 그리고 나도 모두 손에 넣을 수 있을지?"

"……!"

남자들이 숨을 헉 들이켰다. 이런 규모의 해적단과 눈앞의 미녀가 손에 들어온다…….

가만히 있어도 거둬주는데 경우에 따라서는 그런 『꿈』까지 품을 수 있다.

이미 고집스럽게 거절하는 사람은 아무도 없었다.

"어머, 기뻐라! 가족이 늘었네! 그럼 어서 다 같이 식사라도 하자."

기다렸던 것처럼 차례대로 음식이 옮겨져 왔다.

배가 고팠는지 남자들은 군침을 흘렸다.

"어, 음, 미안했어. 잘해 보자고, 누님."

방금까지 얻어맞던 남자가 대표해서 고개를 숙였다.

그리고 자연스럽게 대낮부터 연회 같은 식사가 시작됐다.

"봤지?"

크리스가 그렇게 말한 순간, 밀레디 일행은 퍼뜩 정신이 돌아왔다. 그리고 전율하는 표정으로 저마다 감상을 말했다.

"저, 저기, 밀레디 씨한테는 엄청 악질적인 세뇌로 보였는데……."

"우연인걸, 밀레디. 나한테도 그렇게 보였어."

"여, 여자는 무서워……."

처음에 압도적인 힘 차이를 보여주고 더는 도망갈 곳이 없다고 생각할 만큼 밀어붙인다.

말 그대로 『채찍』과 『당근』이었다. 안심시키고, 사정을 듣고, 공감하고, 동정하고, 그리고 구원의 길을 제시한다. 은근슬쩍 「너희 여기 말고 갈 데도 없잖아?」라고 의식 유도까지 행해졌다.

거기다가 아무런 손해도 없는 구미 당기는 떡밥을 들이붓고, 공복 상태에서 배부르게 밥을 먹이고, 한솥밥을 먹어 동료 의식을 강화해 마무리. 그야말로 인심 장악술을 넘어서 이미 세뇌라고 불러 마땅한 과정이었다.

"저 녀석들은 아마 조만간 기고만장해져서 문제를 일으킬 거야. 그럴 때마다 메일이 지금 한 짓을 반복해. 한 달 뒤에는 메일이 하는 말이라면 뭐든 기꺼이 받들게 되겠지."

"""무섭다."""

"그리고 몇 개월만 있으면 지금 있는 멤버랑 다를 바 없을 정도로 신뢰하는 동료가 완성된다, 이 말씀이야."

골치 아픈 부분은 메일이 정말로 동료를 아낀다는 점이었다. 절대로 버리지 않고 상담도 들어주며 의식주로 고생하지 않도록 배려해준다.

나중에 돌이켜보고 노리고 그랬나 의심해도 실제로 이보다 안락한 곳은 없으며 메일은 배신하지 않는다. 그래서 그 행동이 계산된 것이든 아니든 아무래도 상관없어진다.

그래서 결과적으로 메일 선장을 믿고 따르는 해적이 늘어난다.

"여자는 무서워…… 여자는 무서워……."

"나, 나즈, 정신 차려! 수랑은 달라…… 그, 다른 방향으로 무서울지도 모르지만…… 에이, 왜 나즈 주변에는 제대로 된 여자가 없는 거야!"

"밀레디, 그거 누워서 침 뱉기야."

나이즈의 눈동자에서 생기가 사라졌다. 동굴에서 끌고 나온 것까지는 좋았지만 밖으로 나온 후 관련되는 여성의 개성이 너무 강했다.

화제를 전환하고자 오스카가 크리스에게 물었다.

참고로 크리스 쪽이 훨씬 나이가 많았으나 본인이 해적에게 정중하게 말할 필요는 없다고 하여 오스카는 편하게 말을 놓고 있었다.

"그렇지만 크리스, 여기에는 해적으로 안 보이는 사람도 꽤 있는데…… 심지어 어린아이도 많잖아? 그건 뭐 하는 사람들이야?"

"아, 그건 창설 당시부터 있던 인원과 안디카에서도 적응하지 못하거나 버림받은 인간들이야. 뭐, 어린아이 중에는 여기서 태어난 애도 있지만."

그의 이야기에 따르면 메일도 원래는 안디카 외곽구 출신이었다.

채 열 살도 되지 않은 어린 나이에 부모를 잃고 슬럼에서 하루하루를 죽지 않기 위해 살아갔다. 어릴 적부터 감만으로 마법을 쓸 수 있었던 메일은 그런 환경에서도 슬럼의 다치고 병든 사람들을 치료하거나 약자를 불한당으로부터 보호했다.

"그렇지만 저 녀석의 마법이 평범한 회복 마법이 아니란 게 알려지면 이런저런 문제도 딸려오는 법이지. 그때는 이미 나를 포함해 가족 같이 어울리는 패거리가 있었어. 그래서 마침, 그…… 목적도 생겼고 해서 슬럼 동료를 모아 차라리 바다로 나가자는 이야기가 나온 거지."

"목적?"

"그건 메일한테 들어."

크리스가 목적 부분에서 말을 흘려서 오스카가 물었는데

그는 어깨를 으쓱인 뒤 대답을 피했다.

크리스는 아래에 있는 메일을 봤다. 그 눈에 비치는 감정은 마치 딸을 보는 아버지와 같은 따스함이었다.

"툭 까놓고 말하면, 지금 봤다시피 메일은 성격이 고약해. 생긴 건 저런데 진성 사디스트지, 자기한테 불리하다 싶으면 입을 딱 다물고 웃어넘기려고 하지, 하는 짓은 대부분 건성건성……. 정말이지, 저 말괄량이는 감당이 안 돼."

그렇지만.

"저래 봬도 의협심을 알아. 죽은 어머니에게 배웠다고 하는데, 패밀리만은 절대로 버리지 않지. 모든 걸 걸고서라도 지켜. 아무리 개차반 같은 성격이라도 우리 같은 무법자는 마지막 순간까지 믿을 수 있는 인간에게 끌리는 법이야."

약육강식의 세계인 안디카에서 살아갈 수 없었던 자들을 보호하고, 심성까지는 삐뚤어지지 않은 해적을 포용하고…… 그렇게 하다 보니 처음에는 고작 마흔 명 정도였던 집단이 지금은 500명 가까운 대가족이 되었다. 전투원도 해적단 창설 당시에는 크리스와 캐티를 포함한 열 명 남짓이었던 것이 지금은 200명을 넘었다.

참고로 이 배섬은 해저 산맥 위에 위치해 광활한 바다 한가운데 있으면서도 해인족 및 마법을 사용할 줄 아는 자라면 누구든 해저 자원과 해산물을 캘 수 있었다. 향신료나 의복, 생활용품은 둘째 쳐도 굶어 죽을 걱정은 없는 생활 환경이었다.

또한, 수 킬로미터 떨어진 곳에는 해저 산맥의 영향으로 격렬한 소용돌이가 발생하는 곳이 있는데, 그 해역 아래는 이른바 『배 무덤』이 존재해 먼 옛날부터 엄청난 수의 선박이 잠들어 있었다. 그것들을 재생 마법으로 복원하면 배섬의 확장도 용이했다.

그런 이야기를 즐겁고 자랑스럽게, 그리고 웃으면서 들려주는 크리스를 보고 밀레디도 감동한 것처럼 미소 지었다.

"그렇구나. 이곳은 하나부터 열까지 함께 만든 장소구나. 대단해."

"헤헤, 그렇지?"

"응, 정말로 대단해. 그리고 그런 소중한 장소를 메르 언니는 지키고 있고, 그래서 다들 메르 언니를 좋아하는 거구나. 보면 알아. 『선장님』이라고 부를 때 다들 기쁘고 자랑스러워 보이니까."

밀레디의 말에 크리스는 자기가 칭찬받은 것처럼 쑥스러워했다.

"크리스, 오늘따라 유난히 말이 많네?"

"이크. 무서운 인간한테 걸렸구만."

어느새 감시대로 올라온 메일이 웃는 얼굴로 크리스를 위압했다.

크리스는 과장스럽게 부르르 떨며 냉큼 감시대에서 뛰어내려 도망가 버렸다.

"어휴, 크리스는 말이 많아 탈이야."

"으흐흐~. 이야기 많이 들었어. 크리스는 꼭 메르 언니 아버지 같은데?"

"그러게. 친아버지는 얼굴도 모르고 어릴 때부터 무슨 일만 있으면 도와주곤 했으니까 확실히 아버지 같기는 해."

놀릴 생각으로 한 말이었는데 평범하게 받아치니 밀레디는 말문이 막혔다.

그런 밀레디에게 메일은 싱긋이 웃고 대단히 자연스럽게 등 뒤로 돌아갔다. 그리고 이번에도 몹시 자연스럽게 두 손을 밀레디의 가슴으로 가져가…… 조물조물.

"흐악?! 뭐, 뭐야?! 뭐 하는 거야?!"

"밀레디의 가슴을 주물러. 어쩜, 가슴도 아담해라."

"무슨 참견이야! 앞으로 훨씬 커질 거라고! 아니, 그게 아니고 어서 놔! 그리고 오 군과 나즈는 보지 마!"

"옛!"

"알았어!"

눈물을 글썽이면서 몸부림쳐도 메일은 교묘한 구속 기술로 밀레디의 아담한 가슴을 희롱했다.

너무나 갑작스러운 사태에 멍하니 두 사람의 장난(?)을 바라보던 오스카와 나이즈는 밀레디가 소리치자 허둥지둥 뒤로 돌아섰다. 그렇지만 그러는 사이에도 조물조물. 말랑말랑.

"—앙."

밀레디 입에서 평소에는 절대로 나오지 않을 소리가 흘러나왔다. 왠지 오스카가 흠칫했다.

"그, 그만하라고!"

"어머, 위험해라."

메일이 퍼뜩 밀레디에게서 떨어진 직후, 상승 기류 같은 눈에 보이지 않는 힘이 조금 전까지 그녀가 있던 곳에 발생했다. 그렇다. 밀레디의 등 뒤. 밀착할 정도로 가까운 곳에…….

그 결과, 하늘로 치솟았다. 밀레디의 치마가.

"어머머, 밀레디는 보기랑 달리 제법 조숙한 걸 입는구나? 어른 흉내 내고 싶은 나이니?"

밀레디는 치마를 확 잡아 내리고 눈물 맺힌 눈으로 부들부들 떨었다. 오늘은 상당히 어덜트한 속옷이었나 보다.

"오스카, 오스카. 밀레디는 오늘 검정—"

"제발 입 좀 다물어!"

메일이 왠지 싱글싱글 웃으며 오스카에게 밀레디의 속옷 정보를 보고하려고 하자 마침내 밀레디의 분노가 폭발했다.

초중력이 메일을 덮쳤다. 메일은 감시대에서 뛰어내린 후 바닷물을 조종, 물줄기를 타고 바다로 피난했다. 바닷속은 부력이 있어서 밀레디의 중력 마법이 효과를 발휘하기 어려웠다.

"으아아, 속 터져!"

"어머머, 밀레디는 기운도 좋아."

메일은 바다 위로 얼굴을 빼꼼 내밀고 차분하게 싱글벙글 웃었다. 밀레디는 그럼 이쪽에도 방법이 있다며 물 속성 마법을 발동해 메일을 바다에서 끄집어내리려고 했지만…….

역시 물 속성 적성에는 압도적 차이가 있나 보다. 허무하게 주도권을 빼앗겨 되레 물 채찍 제작에 이용당해 치마를 홀렁

들춰져 버렸다.

밀레디가 치마를 확 잡고 발을 굴렀다.

"웬일로 밀레디가 농락당하는걸. ……좋아, 더 해."

"오스카……. 아니, 맞는 말이야. 메일, 더 해도 돼."

"이 상황에 배신을?!"

물줄기를 타고 종횡무진으로 밀레디를 골리는 메일에게 오스카와 나이즈는 성원을 보냈다.

"으으! 메르 언니! 왜 심술이야?!"

"응? 그야, 밀레디가 나를 언니라고 부르니까?"

"그게 왜?!"

"내 동생이라면 언니 마음대로 해도 되잖아?"

"왜 그렇게 돼?! 발상이 무서워!"

"동생 거는 언니 거. 오히려 동생 자체가 언니 거. 유명한 격언인데?"

"그런 격언이 세상천지에 어딨어!"

그 후에도 실컷 놀리고 농락하고, 상냥하게 나오는가 싶으면 손바닥 뒤집듯 또 놀려서 눈물을 뺀 밀레디는 결국 완전히 토라져서 뱃머리 끝에 웅크려 앉아 버렸다.

"어머나. 조금 심했나?"

그렇게 말하는 것치고 입에서는 우후후 소리가 나오고 있었다. 듣던 대로 성격이 고약했다. 그리고 사디스트였다.

"메일. 너, 좋아하는 애를 놀리는 버릇 좀 고쳐. 네가 애야?"

고양이 귀를 쫑긋거리면서 기가 찬 표정으로 다가온 것은 생선 요리가 잔뜩 올라간 커다란 접시를 든 캐티였다. 이 배섬으로 돌아왔기 때문인지 쇼트 팬츠에서 파레오처럼 한쪽을 묶는 스커트로 갈아입었다.

"그거 『메일은 날 좋아한다!』라고 어필하는 거야?"

"퍽이나 그렇겠다. 그보다 난 놀림받은 적 없어!"

귀와 꼬리의 털을 곤두세우고 반론하는 캐티를 보건대 지금까지 엄청 놀림받은 듯했다. 특히 두 사람은 나이가 같고 어릴 때부터 친구 사이였다고 하니까 옛날부터 피해자였을 게 틀림없었다.

흥하고 콧방귀를 뀌고 메일에게서 눈길을 뗀 캐티는 별말 없이 접시를 오스카와 나이즈 앞으로 내밀었다. 일부러 요리를 가져와 준 모양이었다.

"고마워, 캐티 씨."

"미안하군. 잘 먹겠다."

오스카는 웃으면서 감사 인사를 하고, 검은 우산을 뽑아 손잡이를 받침대로 연성한 뒤 천을 평평하게 펼쳐 즉석 테이블을 만들었다. 그 위에 건네받은 접시를 놓았다.

"안경이 쓰는 그거, 엄청 편리해 보인다?"

"안경이 아니라 오스카야."

"그, 그럼 나도 캐티 씨라고 부르지 마! 재수 없어!"

"재수 없다니…… 여성을 대뜸 이름으로 부르는 건 실례인 것 같은데."

"여, 여성…… 돼, 됐어! 그냥 편하게 불러!"

"그래. 네가 상관없다면 캐티라고 부를게."

오스카가 빙긋 웃으며 말하자 캐티는 왠지 엉뚱한 방향으로 고개를 돌렸다. 고양이 귀가 엄청난 속도로 파닥거렸다.

"어머어머, 캐티도 참. 오스카한테 마음 있구나? 우리 쪽에는 잘 없는 지적인 남자애한테 설레나 봐? 우리 고양이, 귀엽기도 하지."

"뭐, 뭐?! 그럴 리가 없잖아?! 누, 누가 이런 안경을!"

"내 대명사로 안경을 쓰지 말아 줄래?"

오스카는 안경을 올려 쓰며 안경이라고 부르지 말라고 정정을 요구했다.

그런 오스카에게서 캐티는 여전히 고개를 돌린 채 꼬리를 파닥거렸다.

아무래도 해적단에 지적인 미청년이 드물어 관심이 있는 것은 사실 같았다.

"오, 뭐야? 잘생긴 놈이 캐티한테 손댔어? 이래서 잘생긴 것들은……. 확 나가 죽으라지."

"뜬금없는 얘기지만, 나는 저 밀레디라는 아이에게 메이드 복을 입히고 싶군."

소란이 계속되자 더 소란스러운 인간들이 몰려왔다.

메일에게 같이 와달라고 했을 때도 그랬지만 이상하게 미남에게 적개심을 불태우는 그는, 처음에 밀레디 킥을 맞은 험상궂은 남자였다.

이름은 네드 피크. 검은 머리와 수염이 북슬북슬한 털보,

근육질 체격에 작은 키가 특징이었다. 사실 이제 서른세 살이 되었지만, 흉악한 노안 때문에 50대로 오해를 사는 경우도 종종 있었다. 그래서 훈훈하게 생긴 미남을 죽도록 미워했다. 입버릇은 「잘생긴 놈들 다 죽었으면」이었다.

그리고 밀레디에게 뜨거운 시선을 보내는 것은 거뭇거뭇한 피부와 붉은 눈을 가진 남자— 마인족 마니아. 본명은 아무도 모른다. 초일류 마법사지만 메이드에 환장하는 메이드복 수집가이기도 했다. 그런 연유로 마니아라고 불렸다.

캐티를 포함해 개성이 너무 강한 그들은 모두 메르지네 해적단에서 부대장을 맡는 실력자였다.

아무튼 네드의 질투를 산 오스카는 캐티가 「소, 손을 대긴 누가!」라면서 묘하게 동요하는 것을 무시하고 마니아 앞에 섰다. 그리고 안경을 올려 쓰며—.

"메이드복에, 관심이 있으신가?"

"······!"

표정근이 죽었다고 소문이 자자한 마니아가 눈을 번쩍 떴다.

순간 영혼이 떨리는 감각을 느꼈다. 오스카 또한 그랬다.

두 사람은 순식간에 이해했다. 동지다. 자신과 같은 끝없는 미(美)의 탐구자다!

오스카는 보물고에서 비보를 꺼냈다.

"이걸, 어떻게 생각하지?"

"아, 아름다워······."

오스카가 내민 것은 한 장의 사진이었다. 찍혀 있는 건 밀레디. 메이드복을 입고 포즈를 잡은 굳은 얼굴의 밀레디였다.

전에 우연히 판매 중인 메이드복을 발견한 밀레디가 장난으로 입어서 보여줬더니, 사실 메이드 애호가였던 오스카가 폭주했다.

엄청난 박력을 보이면서 「밀레디, 멋져!」라고 솔직하게 칭찬하는 오스카에게 기겁한 밀레디는 바로 옷을 벗어 던지려고 했지만, 오스카에게 저지당했다. 벗고 싶은 밀레디와 벗기를 바라지 않는 오스카의 격렬한 공방 끝에 결국 사진으로 남긴다는 조건으로 작은 전쟁은 종전을 맞이했다.

주위가 사태를 전혀 이해하지 못하는 가운데, 마니아는 마치 세계에 단 하나뿐인 동지와 겨우 만난 것 같은 표정을 지었다.

"……선실에 수집품이 있다. 나중에 보러 올 텐가?"

"꼭 가지."

짝 소리가 날 정도로 힘찬, 정말로 힘찬 악수가 오갔다.

메이드복으로 인해 새로운 우정이 탄생한 순간이었다.

"이, 이 녀석, 그냥 변태잖아……."

조금 관심을 보이던 캐티는 없던 정도 떨어졌다는 얼굴이었다. 반대로 네드의 눈빛이 너그러워졌다. 친근감이 솟았나 보다. 실은 네드도 제법 메이드 애호가 같았다.

"어이, 미남. 죽으라고 해서 미안해."

"훗. 지금 나는 아주 기분이 좋아. 모두 용서할게."

"헷. 아니꼬운 녀석이라고 생각했는데 의외로 남자답군."

"훗. 나는 그냥 탐구자일 뿐이야."

"아니, 연성사잖아?"

나이즈가 따졌지만 무시당했다.

오스카는 네드와 마니아 사이에 자연스레 녹아들어 담소를 나눴다.

역시 메이드복은 인종과 신분을 넘어 세계를 이어주는 훌륭한 문화였다.

"우리 쪽 오스카 때문에 왠지 미안하군."

상식 있는 나이즈가 여성들에게 깊숙이 머리를 숙였지만 오스카는 개의치 않았다.

왜냐하면 나이즈도 들고 있는 것을 아니까. 수샤와 윤파가 메이드복을 입고 아찔한 포즈를 취한 사진을…… . 편지와 함께 받았을 때는 버리면 큰일 날 것 같다며 잔뜩 굳은 얼굴로 전율했지만 내심 기뻐했을 것이 틀림없었다. 오스카는 나이즈를 숨은 메이드 애호가로 인식하고 있었다.

"뭐야? 밀레디를 두고 왜 그렇게 신이 났어?"

어느샌가 바로 옆에 와 있던 밀레디가 투덜거렸다. 여전히 뱃머리 쪽을 향해 웅크린 자세였다. 그 자세 그대로 위치만 옮긴 모양이었다.

"어머나, 밀레디도 참. 어리광쟁이구나?"

"어리광쟁이 아니야!"

"글쎄, 메일, 그만 놀리래도."

캐티가 나무라지만 메르 누님은 아무래도 밀레디가 상당히 마음에 든 듯했다.

토라져 입술을 삐죽 내밀고 고집스럽게 고개를 돌린 밀레디의 등 뒤로 몰래 다가가 볼을 꼬집었다.

"어쩜, 볼이 어떻게 이렇게 말랑해? 이거 얼마나 늘어날까?"

말랑말랑한 볼이 떡처럼 쭈욱 늘어났다. 밀레디는 이미 다 포기했는지 볼이 늘어나건 말건 저항하지 않았다.

너무 반응이 없자 메일은 즐거워하면서도 사과했다.

"미안, 밀레디. 언니가 잘못했어. 용서해줄래?"

"벌 꺼지브면허 사과해더 멋 믿겠는데."

볼이 쭉쭉 늘어나는 밀레디가 눈물 고인 눈을 흘겼다.

메일은 겨우 볼을 놓아줬지만 울먹이는 밀레디를 보며 왠지 황홀한 표정이었다.

"어머머, 밀레디. 그렇게 겁먹은 표정 짓지 마. 메일 언니는 착한 언니야."

"자기 입으로 착하다는 사람 중에 제대로 된 사람을 못 봤어."

"정말 그래!"

캐티가 크게 동의했다. 평소에도 메일에게 놀림받는 캐티인지라 밀레디에게 점점 친밀감을 느끼는 듯했다.

메일은 검지를 자기 볼에 대고 곰곰이 무슨 생각에 빠졌다.

"알았어, 밀레디. 뭐든 소원을 하나 들어줄 테니까 화 풀어."

"해방자에 들어와 주세요."

"싫어."

"뭐든이라며!"

1초도 안 되어 말이 바뀌었다. 밀레디는 참다못해 일어나 발을 동동 굴렀다.

"정도라는 게 있잖니? 하여간, 밀레디는 욕심도 많고 바라는 것도 많구나?"

"왜 또 내 탓이야!"

"그런 까탈스러운 앙탈쟁이 밀레디에게 착한 메일 언니가 아차상을 줄게요."

까탈스럽다느니 앙탈쟁이라느니, 못하는 말이 없었다. 밀레디가 혼이 빠진 것처럼 지쳤다.

그러나 다음으로 나온 말에 번쩍 화색이 돌았다.

"나의, 그리고 메르지네 해적단의 목적을 전격 발표할게."

"와! 정말?! 비밀 아니었어?!"

"비밀이지만, 그냥 알려줘도 될 거 같아서."

"그렇게 건성으로?!"

"괜찮아. 내가 선장인데 뭐. 선장의 결정은 신의 결정이나 마찬가지야."

이 인간, 이런 망발을 하는데요? 라는 눈빛으로 밀레디가 캐티를 돌아봤다.

캐티는 한 손으로 얼굴을 가리고 왼고개를 쳤다. 아무래도 그녀도 체념한 모양이었다.

"우리 목적. 그건 바로……."

메일이 네드 쪽으로 손가락을 탁 튕겼다. 네드가 서둘러 나무통을 가져왔다. 그리고 그것을 주먹으로 쳐서 즉석 드럼 롤을 넣었다.

두구두구두구. 중대 발표 직전 같은 효과음이 깔린다. 이어서 마니아가 어둠 속성 마법으로 태양광을 차단하고 빛 속성 마법으로 스포트라이트를 만들어 메일을 비췄다. 착하면 척이었다.

꿀꺽. 밀레디뿐 아니라 오스카와 나이즈도 주목하는 가운데, 메일은 부드럽게 웃었다.

"안디카를 점령하는 거야~."

그리고 태평하게 어처구니없는 소리를 입에 담았다.

"저, 점령해? 어? 왜? 어떻게?"

밀레디가 당황해서 묻자 메일은 저녁 찬거리라도 생각하는 양 대수롭지 않게 대답했다.

"권력이 좀 더 필요해. 내 배를 사리사욕으로 채우고 싶어."

"그런 말을 그렇게 가볍게 해?!"

"그치만 달라고 해도 안 주잖아? 안디카를 잡고 있는 남자는 속이 좁아서."

"정상이야! 달라고 한다고 도시 하나 넘겨주는 인간은 머리가 어떻게 된 거라고!"

"그래서 하는 수 없이 무력으로 점령하기로 했어."

그것이 메르지네 해적단의 목적. 해적을 포획해 세력을 확대하는 이유는 안디카를 함락하기 위한 무력 확장이었다. 그러는 김에 일반인에게는 성녀 활동을 펼쳐 거사를 이룬 날 민심 장악에 이용하는 것이다.

뭐? 안디카를 점령한 게 그때 그 성녀님?! 그래, 분명 그럴 만한 이유가 있었겠지. 그렇게 자애로운 성녀님이 한 일이니까! ……대충 이런 식으로 말이다.

어떻게 반응해야 할까. 밀레디가 말문이 막혀 있는데 메일이 손을 뻗어 왔다.

"오히려 내가 너희를 포섭하고 싶어. 밀레디, 어때? 권력과 재력을 위해 내 패밀리가 될래?"

"절대로 안 해."

밀레디는 정색하고 즉각 답했다. 메일은 어깨를 으쓱이고 한 번 더 권해 보았다.

"그럼 너희가 안디카를 함락해서 나한테 주지 않을래? 그러면 분명 언니도 『해방자』를 무시하진 않을 텐데?"

"오 군, 나즈. 밀레디 씨는 이제 지쳤어. 이제 어떻게 해야 할지 모르겠어."

이번에는 다른 의미로 울먹이는 『해방자』의 리더.

설마 협력 조건으로 『도시 함락』을 제시할 줄이야…….

해적이다, 이 인간은 진짜 해적이다, 라며 오스카와 나이즈도 안색이 굳었다.

그런 해방자 멤버를 보고 메일은 차분하고 포근한 미소를 지으며 또 터무니없는 소리를 꺼냈다.

"그럼 어떻게 할래? 해방자 리더 아가씨. 메일 언니한테 안디카 줄 거니, 말 거니?"

그날 밤.

메르지네 호 감시대에는 밀레디와 메일의 모습이 있었다.

커다란 달님이 어슴푸레한 빛을 드리워 밤바다를 비추었다.

밀레디는 머리를 풀고 낙낙한 원피스를 입었다. 잠옷 차림
이었다.

메일이 자기 전에 잠깐 이야기나 하자고 불러내 나온 것이
었다.

두 사람의 손에는 술통 같이 생긴 목제 술잔이 들려 있었
다. 운치 있는 달구경이었다. 물론 밀레디는 술을 잘 못 마시
므로 주스를 왕창 담고 술은 몇 방울 섞었을 뿐이지만……

양손으로 술잔을 들고 찔끔찔끔 할짝거리는 모습은 애써
어른인 척하는 어린애 같았다. 메일의 입가에 저절로 흐뭇한
미소가 피었다.

"오해하지 마. 밀레디 씨는 어른이야. 오늘은 그냥 주스를
많이 타고 싶은 기분이라서 그래."

"그럼그럼. 밀레디는 어른이지. 언니도 다 알아."

메일은 왼손으로 머리를 쓰다듬고 오른손으로 술잔을 단숨
에 기울였다. 안에 든 것은 불을 붙이면 발화할 수준의 독한
술이었다.

창피함을 감추듯 불퉁해진 밀레디는 다시 술잔을 홀짝였다.

"그래서 할 이야기란 게 뭐니?"

"응. 우리가 지금까지 해 온 일을 메르 언니가 들어줬으면
해서."

"……그래?"

밀레디에게 과거의 상처를 재생하는 마법을 썼을 때가 떠올랐다.

아름다운 얼굴에 기품까지 흐르는데 해적인 자신들보다 끔찍한 상처였다.

왜 그렇게 되면서까지 세계와 싸우려고 하는가…….

"좋아. 들려줘, 밀레디. 네가 걸어온 길을."

"응!"

밀레디는 기쁘게 웃으며 그와는 상반되는 처절하기 그지없는 과거를 들려주었다.

달밤에 밝혀지는 밀레디라는 소녀의 반생…….

이윽고 모든 이야기를 들은 메일은 무심결에 죽이고 있던 숨을 토해 냈다.

가슴속에 쌓인 표현하기 어려운 커다란 감정을 그렇게라도 내보내지 않고는 견딜 수 없었다.

"고생이 많았구나……."

그런 말밖에 해주지 못하는 자신에게 자조적인 미소가 떠올랐다.

"음, 고생은 했지만, 그래도 덕분에 『해방자』 동료들, 오 군과 나즈와도 만났어. 멋진 여행이지?"

오스카와 나이즈도 지금쯤 남자들끼리 술판을 벌이면서 같은 이야기를 들려주고 있을 거라고 밀레디는 웃으며 말했다.

그리고 표정을 진지하게 바꾸고는 달을 비춰 빛나는 눈을 메일에게 돌려 절실한 소원을 빌었다.

"내 손을 잡아줘. 세계를 바꾸기 위해."

살며시 손을 뻗는다. 그러나 메일은 눈길도 주지 않았다.

"싫다니깐?"

"아하하, 안 되는구나."

실없이 웃은 밀레디는 바로 손을 뺐다.

"메르 언니. 이번에는 언니 이야기를 들려줘."

"크리스한테 들었잖아?"

"응. 그래도 메르 언니 입으로 듣고 싶어."

티 없이 맑게 웃으며 그런 소리를 하는 밀레디에게 메일은 「얘도 정말······」이라고 생각하고 속으로 힘없이 웃었다. 분명히 밀레디 같은 아이를 『매력 있는 사람』이라고 하는 거겠지.

"그래~. 그럼 하나 커밍아웃할까? 실은 메일 언니에게는 세상에, 흡혈귀족(族)의 피가 섞여 있답니다!"

"뭐어라고오~! 아니, 정말로 놀란 거야!"

흡혈귀족이라고 하면 대륙에서는 웬만해서 볼 수 없는 폐쇄적 종족의 대명사였다.

평소에는 【감벽의 대지】— 남쪽 대륙 최서단 일대를 뒤덮는 대습지 안쪽의 흡혈귀족 나라 【더스티아 왕국】에서 나오지 않는다. 마인족과 동등하거나 그 이상의 마법적 소질을 가진 종족이고 작지만 난공불락의 강국으로 알려졌다.

"메, 메르 언니도, 피를 빨아?"

"후후후."

메일 누님이 밀레디의 목을 보면서 입맛을 다셨다. 힉 비명을 흘리며 움츠러드는 밀레디에게 참으로 즐거워 보이는 표정을 지었다.

"돌아가신 어머니가 말하기로 아버지가 흡혈귀였다나 봐. 이어받은 건 마법 재능과 이 붉은 눈뿐이야."

그녀에게 흡혈 능력은 없었다. 하지만 신대 마법을 쓸 수 있는 점을 포함해 해인족이면서도 비범한 마법 재능을 가진 이유는 이해했다.

"그 아버지는 지금……?"

"자세한 이야기는 어머니가 알려주지 않아서 모르지만, 자기 나라로 돌아갔다고 해."

"무, 무책임해……."

"사실 어머니가 아버지를 두고 사라졌다나 봐."

"어머니가?! 왜?! 그렇게 싫었어?!"

밀레디의 경악에 메일은 피식 웃었다. 메일의 아버지는 흡혈귀 중에서도 고귀한 신분을 가진 사람이었다고 한다. 그는 자국으로 돌아갔을 때 소동이 벌어질 것을 각오하고 어머니—리쥬와 당시 아직 배 속에 있던 메일을 자국으로 데리고 갈 작정이었다.

그러나 우여곡절 끝에 그에게 갈 피해와 메일의 인생을 생각해 리쥬는 스스로 몸을 빼기로 결단하고 바다 끝에 있는 안디카까지 온 것이었다.

"어머니, 대단한 분이시네."

"그렇지……. 마음이 강한 분이었어. 그리고 다정하셨지."

그렇지만 그런 어머니도 메일이 여덟 살이 됐을 때 사라지고 말았다.

"그 후로는 슬럼에서 살아갔어. 다행히 나는 마법에 재능이 있었고 크리스와 동료들을 만나서 힘들어도 살아갈 순 있었어."

"그런데도 해적이 됐어?"

"응. 바하르의 통치에 불만이 있었어. 그 인간의 방식은 약육강식이야. 다쳐도, 죽어도, 속아도, 있을 곳을 잃어도 전부 약하기 때문에……. 자기랑은 상관없고 알 바도 아니라 이거지."

모든 것은 자기 책임. 그것이 안디카의 규칙. 틀렸다고는 생각하지 않았다.

그러나 혼자 남은 메일이 만난 사람, 그리고 가족이 되어준 사람은 그런 자기 책임이라는 이름 아래 강자에게 다치고, 속고, 쫓겨난 사람들이었다.

"그렇다면 힘을 가진 내가 그들에게 안주할 땅을 주자. 강하든 약하든 모든 걸 받아들이고 지키는 통치를 하자. 자유의 도시를 다스리는 보스라면 그 정도는 해야지 않겠어?"

당당하게 웃으며 그렇게 말하는 메일에게 밀레디는 졌다고 말하듯 쓴웃음 지었다.

정말로 포섭은 어려울지도 모르겠다.

그렇지만 포기할 마음은 들지 않았다. 이유는 없지만 어떤 느낌이 들었다.

"약자를 위한 안주의 땅이라……. 그렇지만 메르 언니, 그게 다가 아니지?"

"……? 무슨 소리야? 아, 권력과 재력? 그야 물론 가지고 싶지. 메일 언니는 해적이야. 사리사욕도—."

"아니. 그게 아니라 좀 더 다른, 이루고 싶은 소원이 있지 않아?"

"……당연한 거 아니니? 소원이야 다 셀 수도 없지. 내가 괜히 해적이겠니?"

메일은 간신히 그렇게 대답했다. 스스로도 잘 얼버무렸는지 자신이 없었다.

투명한 눈으로 빤히 바라보는 밀레디에게서 눈을 돌렸다.

가끔 있다. 이렇게 아무 근거도 없이 마음 깊은 곳을 들여다보는 사람이…….

세계와 싸우는 소녀는 역시 다르다고, 메일은 내심 식은땀을 흘렸다.

믿음이 가지 않는 것은 아니었다. 하지만 『해방자』라는 밀레디의 입장을 생각하면 만에 하나의 가능성을 생각하게 되어서…….

"그렇구나."

생각에 빠진 사이, 밀레디는 헤벌쭉 웃고 있었다.

왠지 모르지만 알 수 있었다. 자신이 직접 이야기해줄 때까지 기다리겠다는 그녀의 생각을…….

'힘들다. 힘들어…….'

우연히도 방금 밀레디와 똑같은 쓴웃음이 메일의 얼굴에

떠올랐다.

그 후에도 두 사람은 여러 이야기를 나눴다.

달빛을 받으며 어깨를 맞대고 이야기하는 두 사람은 마치 친자매 같았다.

그 날, 웬일로 디네는 궁전에 있는 바하르의 집무실에 있었다.

이유는 식사를 하기 위해서였다.

사실 오늘은 에이스의 생일이었고 바하르와 켈빈을 포함한 고참 멤버만 모인 축하연이 준비되어 있었다. 그런 단출한 파티에는 대개 디네도 참가하기에 이렇게 집무실에서 바하르가 일을 끝내길 기다리는 것이었다.

창틀에 손을 대고 발꿈치를 살짝 들어 멍하게 밖을 보는 디네의 모습은 몹시 애교가 있었다. 방에 있는 에이스나 부하들도 흐뭇한 표정이었다.

"그나저나 최근 이상 현상이 부쩍 줄었군요. 근해 마물의 움직임도 많이 정상화됐다는 보고가 올라왔습니다, 보스."

에이스가 말하자 바하르는 담배에 불을 붙이며 고개를 끄덕였다.

"역시 유적과 관계가 있었나 보군. 지금은 완전히 부서진 상태다. 병기 운용은 아쉽지만, 만에 하나 봉인이 약해졌을 때를 생각하면……. 대책을 세우기 위해 조사는 계속하더라도 신중하게 진행해야겠지."

디네를 힐끔 보자 미묘한 표정으로 시선을 외면하고 있었다. 만약의 상황에 대비해 필요하다는 것은 알지만, 역시 『안디카의 재앙』에 연관되는 것은 마음고생이 심했다.

아무 일도 없으니까 가만히 두고 싶다. 심지어 병기로 운용하겠다니……. 그런 생각이 훤히 보였다.

"뭐냐? 불만이라도 있나?"

"아, 아뇨. 그럴 리가요……."

바하르의 눈빛에 디네는 움찔하고 고개를 푹 숙였다.

평소처럼 혀를 찬 바하르는 작업을 재개했다. 그 후로 잠시 어색한 분위기 속에서 시간은 흘렀고 머지않아 누군가의 배에서 꼬르륵 소리가 나서야 겨우 모두 고개를 들었다.

그리고 슬슬 축하연을 시작할까, 하며 얼굴을 마주 보는데…… 그 순간, 생뚱맞은 목소리가 들렸다.

"네가 바하르 데볼트인가?"

"……?!"

아무런 전조도 없었다. 언제부터 그곳에 있었는지도 모른다. 그냥 그 남자는 그곳에 있었다. 방문 앞에 조용히 서 있었다.

"너, 뭐 하는 자식이야?"

검은 정장을 입은 부하들이 보스의 목소리에 정신을 차리고 일제히 그자를 에워쌌다. 디네는 갑작스러운 사태에 굳어 있었다.

"백광 기사단 단장 라우스 번이다."

"뭐라고?"

그 이름을 듣고 바하르는 식은땀이 쫙 번지는 것을 느꼈다.

순간적으로 온갖 의문이 밀려들었다. 무심코 디네에게 돌아갈 뻔한 시선을 의지를 총동원해 막았다.

그렇게 동요하는 바하르와 아연실색해 굳은 부하들에게 개의치 않고 라우스는 자기 소임을 다했다.

"안디카에 대적하는 이단자— 해적들을 소탕하겠다."

"……놈들 말인가. 괜한 수고를 끼치는군. 무능해서 미안하게 됐어."

안디카 측이 대처할 수 없다고 판단해 신국이 움직였다. 그 사실을 깨닫고 바하르는 비아냥거리며 말했다. 그러나 라우스는 눈썹 하나 까딱하지 않았다.

"그 소리를 하러 일부러 왔나?"

"사단 규모다. 며칠 내로 끝날 거다. 토벌 후 연락 겸 재차 방문하겠다. 그때까지 다시 한 번 교회에 대한 믿음에 거짓이 없음을 행동으로 증명해라."

"무슨 소리를……."

"교황 성하의 말씀이시다. —『보고할 사항이 있지 않은가?』"

"……짐작 가는 바는 없지만, 성하의 말씀이니 다음에 올 때까지 떠올릴 수 있도록 노력하지."

"그러길 빈다."

라우스의 시선이 슥 미끄러졌다. 그 시선 끝에는…….

모두의 시선이 그쪽으로 덩달아 돌아갔다. 그리고 아차 하고 눈길을 되돌렸을 때, 이미 라우스가 사라지고 없었다.

"아, 아버지……."

디네의 목소리는 떨리고 있었다. 돌아보자 새파랗게 질린 얼굴로 초조함을 고스란히 드러내고 있었다.

"해적단이란 건 고스트 쉽 말인가요?"

"뭐? 당연하지."

바하르는 무심코 눈살을 찌푸렸다. 디네는 겁먹은 것처럼 물러났지만 느낌이 묘했다. 보통은 『보고할 사항』— 즉, 디네 본인에 관해 확인하는 게 먼저 아닌가?

하지만 지금은 사소한 의문에 신경 쓸 여유가 없었다.

"디네. 넌 방으로 돌아가라."

"네……."

역시 어딘가 이상한 초조함을 보이넌 디네는 검은 정장들에게 호위받으며 집무실을 나왔다.

뒤쪽에서 분주하게 떠드는 소리가 들리지 않는 것처럼 디네는 빠르게 복도를 걸었다. 그리고 가슴을 작은 손으로 꽉 잡은 채 아무에게도 들리지 않을 목소리로 중얼거렸다.

"……언니. 무사하셔야 해요."

밀레디 일행이 배섬에 오고 약 한 달이 지났다.

이미 메르지네 해적단 사람들과 처음부터 함께했던 것처럼 친해졌다.

특히 밀레디가 그랬다. 메일에게 유난히 놀림받고 캐티가 유난히 돌봐주고 아주머니들이 유난히 신경 써주는 등…… 아무튼 밀레디는 메르지네 해적단에서 일종의 아이돌로 자리매

김했다.

한편, 오스카와 나이즈도 해적단에 녹아들어 있었다.

오스카는 이따금 메일과 단둘이 방에 들어가곤 해서 해적단에서는 「선장이 안경 미남에게 넘어갔어?!」라며 수군거렸지만 아주머니들은 「메일에게도 드디어 봄날이 왔다!」, 「성격이 괴팍해서 남자가 다가오지도 않았는데 이제 안심이다!」라며 남몰래 환영하는 판국이었다.

누구도 구체적으로 뭘 하는지 묻지 않는 이유는 따뜻하게 지켜봐 주자는 불필요한 배려 때문이었다. 그것이 오히려 오해에 박차를 가했다.

하지만 실제로는 재생 마법을 부여한 아티팩트 제작에 협력할 뿐이었다. 메일을 대륙으로 부를 수 없을 경우 딜런과 케티를 구하기 위한 차선책이었다.

일단 메일에게는 발신기도 건네 뒀다. 만약 재생 마법 아티팩트로 구할 수 없어도 동생들을 메일 앞으로 데리고 오면 된다. 나이즈의 전이라면 어디에 있든 반드시 쫓아올 수 있었다.

참고로 「오 군, 밤중에 메르 언니랑 둘이서 뭐 하는 거야!」라며 난입한 밀레디 덕분에(?) 방 안에서 무슨 짓을 하는지 밝혀져 이미 오해는 풀린 상태였다. 남자들이 안도하고 아주머니들이 낙담한 것은 굳이 설명할 필요도 없으리라.

또한, 다른 해적단을 습격할 기회도 몇 번 있었는데 그때 지원해서 동행한 오스카와 나이즈의 싸움 실력도 그들이 받아들여진 요인이었다.

특히 납치된 사람들에 대한 횡포를 보았을 때 오스카가 날뛴 모습은 가히 가관이었다.

안경에서 섬광이 튀어나오고 마검이 날아다니더니 금속 실이 돛대를 몽땅 썰어 버렸고, 검은 우산에서 번개나 화염이 나와 배에 구멍을 뚫는 등 홀로 적 해적단의 갤리온 급 선박을 세 척이나 침몰시켰을 때는 우레 같은 갈채가 쏟아졌다.

무릇 해적은 강한 사람에게 끌리게 마련이었다. 메르지네 해적단의 젊은이 중에서는 오스카를 『형님』이라고 부르며 따르는 이가 차근차근 늘어나는 중이었다.

상황은 나이즈도 다르지 않았다. 갤리온 급 해적선을 공간째 폭발시키거나 적 선단에 메르지네 호를 전이해 배후를 찌르는 등 그 힘을 아낌없이 과시한 덕분에 오스카에게 지지 않을 만큼 존경을 모았다.

그렇지만 사교성이 있어 사람과 어울릴 줄 아는 오스카와 달리 거의 언제나 냉정하고 과묵한 나이즈는 젊은이보다 연장자에게, 그것도 여성들에게 큰 인기를 얻었다. 옆구리 시린 누님들이 최근 추파를 던져 대는 통에 곤혹스럽기도 했다.

다음에 수샤가 보낼 편지가 두렵다…….

"한 달이 다 되어 가는군……."

배 난간에서 느긋하게 낚싯줄을 드리운 나이즈가 문득 중얼거렸다.

"그게 왜?"

옆에서 함께 낚시하던 오스카가 물었다.

"아니. 너무 느긋하게 지내는 게 아닌가 해서."

그때 오스카의 낚싯대에 반응이 왔다. 확 당기자 예상대로 줄이 팽팽하게 당겨졌다. 오스카는 줄을 감으며 나이즈에게 대답했다.

"뭐, 그건 그래. 이미 당초 목적은 달성했다고 봐도 되니까 제자리걸음 중인 감은 있지."

올라온 물고기는 작았다. 오스카는 어깨를 으쓱이고 고기에서 바늘을 뺐다.

"메일의 목적은 들었어. 끈기와 가치관, 메일이라는 여성의 사고방식도 알았어. 크리스를 포함한 해적단에 관해서도."

"그래. 해적이라기보다는 그냥 유쾌한 자들이야."

한 달을 함께 생활하고 메르지네 해적단에 관해서도 대강 파악했다.

해적은 바다의 악당들이란 이미지가 좋은 쪽으로 부서졌다.

"그렇지만 아직 부족해. 밀레디는 아직 납득하지 못했어. 모든 것을 알았다고 생각하지 않는 거야."

"그러게."

두 사람은 바다 쪽으로 슬쩍 눈길을 돌렸다.

그곳에는 아이들과 시끌벅적하게 헤엄쳐 노는 밀레디가 있었다. 술래잡기라도 하나 보다. 밀레디 외의 아이들이 모두 술래 같은데, 치사하게 마법을 써 가며 도망치니 좀처럼 잡히지 않았다. 메일의 수류 조작 이동을 조금이지만 흉내 내는 것 같았다.

그런 밀레디와 아이들의 모습을 보며 오스카는 부드럽게 미소 지었다.

"마음 편한 곳이니까 리더가 만족할 때까지 느긋하게 기다리자. 나이즈 너는 얼마 전까지 힘겨운 삶을 살았으니까 잠깐의 바다 바캉스를 즐긴다고 생각해."

"바캉스라…… 그래. 모든 건 리더 마음에 달렸다고 해 두지."

리더가 납득할 때까지 끝까지 어울려주자며 서로 고개를 끄덕이고 다시 느긋하게 낚시에 집중했다. 슬슬 대물을 낚아 최근 한 달의 기록을 경신하고 싶었다.

그러던 중 아래쪽이 조금 소란스러워졌다.

무슨 일인가 하고 시선을 떨어뜨리자, 아무래도 밀레디의 상태가 이상했다. 조금 전까지 경쾌하게 아이들에게서 도망치더니 갑자기 수영을 못 하게 된 것처럼 어푸어푸 허우적댔다.

다리에 쥐라도 났나? 고개를 갸웃거리는 오스카와 나이즈였지만, 자세히 보고 곧 그게 아니란 것을 알았다. 밀레디 주위에만 부자연스럽게 바다가 소용돌이치고 있었다.

그것을 깨달은 직후―.

"으아아아아아아악?!"

"어? 잠깐, 밀레디?!"

마치 물기둥이 치솟은 것처럼 물줄기에 탄 밀레디가 눈을 팽글팽글 돌리며 날아왔다. 오스카와 나이즈 쪽으로…….

오스카는 냉큼 뒤로 굴러 피하려고 했지만 문득 옆에서 인기척이 사라져 무심결에 눈을 돌리고 말았다.

옆에는 아무도 없었다. 나이즈가 혼자만 전이로 도망친 것이었다.

그 사실에 조금 어이가 없어진 오스카는 도망칠 타이밍을 완전히 놓치고 말았다.

"우왁?!"

밀레디 포탄이 직격했다. 대량의 바닷물과 함께 오스카가 뒤로 튕겨 날아가 갑판을 미끄러졌다.

"아야야……. 나이즈, 친구를 버리고 도망가? 너무하잖아……."

하늘을 보고 누운 오스카는 고민도 하지 않고 자신을 버린 나이즈에게 불평을 쏟았다.

그러나 젖어서 달라붙는 셔츠 너머로 느껴지는 굉장히 부드러운 감촉에 금방 정신이 돌아왔다.

"으으, 메르 언니, 또 이런 장난을~!"

"……."

배 위에 있던 밀레디가 느릿느릿 몸을 일으켰다.

불만을 늘어놓으며 일어난 그녀는 당연히 조금 전까지 바다에서 놀던 수영복 차림이었다.

붉은 비키니 수영복은 메일이 준비해준 물건이었다. 노출이 많아 처음에는 입기를 꺼리던 밀레디는, 말로는 이러니저러니 하면서도 내심 마음에 들었는지 요즘은 곧잘 입고 다녔다.

첫날 메일이 밀레디의 가슴을 만진 이유는 이것을 만들어주기 위해 치수를 재려는 목적도 있었다고 한다.

물론 지금은 상의만 어디로 가고 없었지만……

"밀레디!"

"응?! 오, 오오, 오 군?! 뭐, 뭐야?! 이런 대낮부터 짐승이 되려고?!"

일어나 머리를 쓸어 올리려는 순간 오스카가 자신을 끌어안아 가슴을 밀착하는 바람에 밀레디가 동요해서 외쳤다.

모르는 사람이 보면 마치 자신이 오스카를 넘어뜨리고 꼭 안긴 것처럼 보일 테니까 그 수치심은 더 강했다.

"절대로 아니야! 일어나지 마! 보여!"

"보여?"

오스카의 다소 다급한 목소리에 밀레디는 냉정함을 되찾았다.

그리고 이상하게 직접적으로 느껴지는 가슴 쪽 감촉에 순간 낯빛이 바뀌었다. 마치 폭발할 것처럼 새빨갛게……

"왜?! 왜애애애애?! 없어, 없다고, 오 군! 가슴이! 아, 오해하지 마?! 내 가슴이 없다는 말이 아니라 가슴이 다 보인다는 뜻이야!"

"그런 변명은 됐어! 나이즈~! 밀레디의 수영복을 찾아줘!"

"이미 확보했어."

나이즈가 슝하고 나타났다. 시선을 가급적 다른 방향으로 돌리고 살며시 밀레디에게 수영복을 건넸다.

"우우, 나즈, 고마워어."

"그래. 수샤와 윤파에게는 말하지 마."

요즘 들어 당부하는 일이 많아졌다.

"얼씨구? 뭐야, 밀레디 아가씨. 서비스 타임이냐? 좋아, 내가 제대로— 부헥?!"

실실 웃으며 다가온 크리스의 뒤통수에 하늘에서 날아온 검은 우산이 직격했다.

갑판에 안면 박치기를 한 부선장은 본체만체, 오스카는 날아갔던 검은 우산을 되돌리고 펼쳐서 밀레디를 가렸다.

"자, 밀레디. 다른 사람이 오기 전에 입어."

"고마워어, 오 군."

오스카의 몸과 검은 우산으로 완벽히 가려진 밀레디는 수치심으로 글썽거리면서도 급히 수영복을 입었다. 물론 오스카는 고개를 최대한 뒤로 돌려 보지 않으려고 했다.

"……오 군."

"왜 그래?"

"왠지 심장 소리가 엄청 잘 들리는데?"

"……우산은 이제 치워도 되지?"

오스카가 검은 우산을 다시 접자 밀레디는 황급히 차림새를 정리했다. 다만, 오스카를 보는 표정은 평소처럼 능글맞았다.

"밀레디, 미안. 점심시간이라고 알려주려다가 힘 조절을 잘못해서 날려 버렸지 뭐니."

"점심을 알리는데 힘 조절이 왜 필요해! 메르 언니, 진짜 싫어!"

밀레디 수영복 탈의 사건의 범인이 미안한 기색도 없이 포근하게 웃으며 다가왔다. 밀레디가 바락바락 화내고 팔짱을 낀 채 고개를 홱 돌렸다.

"어머나. 오늘 밀레디가 좋아하는 특제 조개찜을 만들었는데. 안 먹을 거야?"

"먹을래♪"

음식에 낚여 단박에 기분을 푼 밀레디가 통통 튀는 발걸음으로 메일에게 달려갔다. 메일도 「난 밀레디의 그런 단순한 점이 좋더라」라고 꽤 심한 말을 하며 반겨줬다.

"흠. 제법 나쁘지 않군. 그렇게 생각하지 않아? 오스카, 나이즈."

어느새 부활한 크리스가 턱을 만지면서 변태 아저씨 같은 표정으로 그렇게 물었다.

시선이 향한 곳은 당연히 수영복을 입은 메일과 밀레디였다. 흉악한 두 가슴이 당장에라도 흘러넘칠 것 같았다. 그녀의 예술적인 몸매가 수영복으로 한층 강조되었다.

과연 크리스의 익살스러울 만큼 음흉한 얼굴은 정말로 흑심이 있어서일까?

눈빛에서 재미있어하는 감정이 엿보여 『마치 자매 같지 않나?』라고 묻는 것처럼도 들렸다.

오스카는 안경을 올려 쓰고 이렇게만 말했다.

"눈 호강. 난 여기까지만 말하지."

최근 한 달의 해적 생활로 자연스럽게 본성(?)이 나오게 된 오스카였다.

사실 「한 번만, 한 번만 더!」라며 밀레디에게 마니아 컬렉션의 메이드복을 입어 달라고 들이닥친 적이 있을 정도로 이성의 끈을 살짝 놓은 상태였다.

"오오! 오스카는 솔직한데! 그래야 남자지! 그럼 나이즈, 너는 어때?"

"노코멘트."

"이 숙맥 자식."

언급을 피해서? 아니, 분명히 소녀 자매에게 들킬 것을 두려워한 탓이었다.

"오 군~! 나즈~! 뭐 해! 점심 먹자!"

밀레디가 팔을 붕붕 저으며 재촉하고 있었다.

"크리스~. 안 오고 뭐 해~? 죽인다~."

메일이 물 채찍을 붕붕 휘두르고 있었다. 음흉한 얼굴을 그녀도 본 모양이었다.

크리스가 아뿔싸, 라고 중얼거리며 도망치려는 옆에서 오스카와 나이즈는 확실히 자매 같다고 서로 고개를 주억거렸다. 그리고 살짝 웃은 뒤 그녀들에게로 걸어갔다.

저녁.

서쪽 바다로 메일의 마력광과 흡사한 색을 내는 해가 저물어 갔다.

해수면에 반사되어 수평선으로부터 빛나는 오렌지 로드가 뻗어 있었다. 최근 한 달 동안 계속 봐 왔던 광경이지만 봐도 봐도 질리지 않았다.

그 아름다운 광경을 메르지네 호 감시대 위에서 다리를 내밀고 바라보는 세 사람이 있었다. 밀레디와 오스카, 나이즈였다.

밀레디를 중앙에 끼고 사이좋게 앉아 있었다. 그러나 일몰을 감상하는 것 치고는 밀레디의 표정이 어두워 보였다.

일몰은 사람에게 쓸쓸함을 안겨주는 법이라지만 그 이상으로 외롭고 수심에 잠긴 석연치 않은 표정이었다.

그런 밀레디가 문득 입을 열었다.

"한번 안디카로 돌아갈까?"

오스카와 나이즈가 밀레디의 작은 머리 위로 시선을 교차했다.

오스카가 안경을 올려 쓰고 물었다.

"만족했어?"

"안 했어. 전혀, 조금도, 손톱 때만큼도."

그러니까 돌아가겠다고 한다.

"많이 친해졌어. 그리고 많은 걸 알았어. 그래도 메르 언니는 마지막 선을 넘게 해주지 않아."

밀레디는 역시 메일이 말하는 목적 말고도 다른 속내가 있다고 생각하는 모양이었다.

"……안주의 땅을 바란다는 목적이 나에게는 거짓말로 들리지 않았다만?"

"응. 나도 사실이라고 생각해. 그래도 아마 그게 전부가 아니야."

"근거는?"

"없어. 없지만……."

알아야 할 것을 알고도 내민 손을 거절한다면…… 그렇다면 물러날 수밖에 없다.

메일은 혼자가 아니다. 많은 동료, 패밀리가 있다. 보호가 필요하지도 않고 설령 무엇을 숨기고 있더라도 그것을 말할지 말지는 전적으로 메일의 의사에 맡겨야 한다.

해적단도 그랬다. 한 달 동안 누구 한 명 『해방자』에 들어오 겠다고 말한 사람이 없었다. 모두와 교류하고 대화했으나 그 래도 그들은 자신이 메르지네 패밀리라고 분명히 의사를 전 달했다.

따라서 이 이상의 권유는 『자유로운 의사』를 무시한 행위일 것이다.

그래서 오스카는 물을 수밖에 없었다.

"메일에게 엄청 따르던데, 혹시 생각나서 그래?"

"──."

밀레디가 놀란 것처럼 오스카를 봤다. 그리고 조금 동요해 상기된 목소리로 되물었다.

"따른다고? 놀림받는 거 못 봤어? 게다가 생각나다니, 뭘─."

"밀레디. 나와 나이즈에게 숨길 필요 없어. 전부는 어렵더라 도 네 마음을 조금은 안다고 생각해. 너는 그렇게 마음을 열 고 우리에게 부딪혔으니까."

"오 군……."

밀레디가 곤란한 표정으로 오스카를 봤다. 오스카의 표정 은 햇빛이 비쳐 확실히 보이지 않았지만 부드러운 표정이란 것은 알았다.

나이즈를 보자 이쪽은 확실히 밀레디를 보고 미소 짓고 있었다.

두 사람의 분위기는 밀레디가 어떤 모습이나 생각을 드러내도 절대로 한심하게 생각하거나 실망하지 않을 거라고 확신하게 했다.

밀레디는 생각을 들켜 포기한 것처럼, 하지만 어쩐지 기쁜 표정으로 감시대 밖으로 내밀었던 다리를 집어넣고 무릎을 끌어안았다. 그 무릎 위에 턱을 올리고 아주 먼 곳, 혹은 과거를 보는 듯 아련한 눈빛이 되었다.

"처음 말을 나눴을 때부터 왠지 닮았다고 생각했었어. 그 사람— 벨이랑."

벨— 벨타 리에브르. 밀레디를 『라이센의 어린 처형인』에서 『인간 소녀』로 되돌린, 모든 일의 시초가 된 여성.

밀레디가 언니처럼 따르고 지금의 밀레디를 만들어준 친가족보다 가족 같던 사람.

메일과는 모습도 분위기도 전혀 닮지 않았다.

그래도 항상 웃는 얼굴로 남의 사정이나 심정 따위 아랑곳하지 않고 사람을 휘두르며, 심술을 부리면서 자신을 보는 눈은 무척 다정한 점…….

자기도 모르게 진심으로 화내거나, 화풀이하거나, 사소한 일로 고집을 피우거나, 별 이유도 없이 삐치는 점…….

밀레디는 분명히 기대고 있었다. 메일에게서 벨의 모습을 겹쳐 보고 있었다.

있었을지도 모를 벨과의 시간.

살아 있었다면 이런 식으로 지내지 않았을까…….

"……해방자의 리더면서, 세계와 싸우기로 결의했으면서 환상을 좇고 과거의 미련을 떨쳐 버리지 못한다니……. 내가 생각해도 한심해……."

"과거의 미련을 못 버리는 건 내가 훨씬 선배지. 10년도 넘게 고민하고 있으니까."

"나즈……."

자학적인 말 속에서 「그러니까 신경 쓰지 마라」라는 배려가 느껴졌다.

밀레디는 표정을 풀고 배시시 웃었다.

"밀레디. 너도 사람이야. 이제 10대 중반인 어린애야. 제자리걸음을 해도, 옆길로 세도 우리는 비난하지 않아. 네가 있는 곳에 우리는 함께 있어. 그리고 네가 걷기 시작하면 또 함께 걸어갈 거야."

"응."

밀레디는 얼굴을 무릎에 묻고 잠시 움직이지 않았다.

오스카도 나이즈도 재촉하지 않고 일몰을 바라보며 기다렸다.

저물어 가는 해처럼 시간은 천천히 흘러갔다.

이윽고 불타는 빛이 수평선 뒤로 사라질 무렵, 밀레디는 조용히 얼굴을 들었다.

"고마워, 오 군, 나즈. 확실히 알았어. 메르 언니는 벨이 아니야. 떨어지고 싶지 않아서 빙빙 맴돌았지만, 이게 마지막이야. 마지막으로 메르 언니의 진짜 소원, 아니, 다른 하나의 소원을 확인하고 싶어. 안디카에, 메르 언니가 바라는 그곳에 그게 있을 것 같아."

"만약 가르쳐준 게 전부라면? 만약 『그것』이 있다 하더라도 메일의 생각이 바뀌지 않는다면?"

"포기! 메르 언니의 삶을 응원한다! 메르지네 해적단의 자유로운 의사를 나는 절대로 방해하지 않아!"

밀레디는 전부 떨쳐낸 것처럼 자신의 볼을 찰싹 때리고 일어섰다.

그리고 생기가 돌아온 창궁색 눈동자로 오스카와 나이즈에게 호령했다.

"그런고로 오 군! 나즈! 내일은 아침 일찍 출발이야!"

"알았어, 리더."

"알겠다."

이번 일을 매듭짓기 위해 일행은 다시 움직이기 시작했다.

다음 날.

밀레디 일행이 한번 안디카로 돌아가겠다고 전하자 메일은 딱히 고민도 없이 허가했다.

어쩌면 배섬의 위치가 안디카에 전해질지도 모른다고 우려하는 사람이 있을 줄 알았는데 그런 일은 전혀 없었다.

밀레디 일행이 한 달 동안 메르지네 해적단을 이해했듯 메르지네 해적단도 『해방자』와 밀레디 일행을 이해하고 있었다. 서로에 대한 신뢰를 충분히 쌓은 결과였다. 오히려 보물고가 있다는 이유로 수많은 심부름을 부탁받았을 정도였다.

"역시 해적이야. 사양할 줄을 몰라……."

안디카 외곽구 【아로건 지구】의 항구를 걸으며 오스카가 손에 든 메모장을 막막하게 바라봤다.

"아하하, 어쩌겠어, 오 군. 해적에게 약탈하는 것 말고 조미료나 생활필수품은 가끔 인력으로 옮길 수 있는 양밖에 못 구하니까."

밤 몰래 안디카나 대륙의 항구에 소수 인원으로 침입하여 눈에 띄지 않게 물건을 구한 후 다시 밤중에 몰래 돌아간다.

절대로 쉬운 일은 아니었다. 해산물은 풍부하고 배 몇 척에 흙을 실어 농작물도 키웠다. 그래도 역시 조미료나 의복, 생활용품 따위는 구하기가 어려웠다.

"장은 나중에 보고…… 우선 완다 여관부터 가자!"

밀레디가 재촉하듯 총총걸음으로 앞으로 나갔다.

지금 가는 곳은 밀레디가 말한 대로 완다 여관이었다.

결국 그 습격 후 밀레디 일행은 곧바로 메르지네 해적단을 따라가 버려 키아라와는 그날 이후로 만나지 못했다.

키아라가 어떻게 지내는지도 궁금했고 방을 잡는다면 역시 그 숙소가 좋았다.

"오, 보인다, 보여. 영업하고 있어~."

조금 안심하며 밀레디를 선두에 두고 숙소의 문을 열었다.

"어서 오세요. 마음에 드는 자리에—."

"안녕~, 키아! 잘 지내는 것 같아 다행이야"

밀레디를 본 순간 키아라가 토끼 귀를 곤두세우고 경직했다. 그런 키아라에게 밀레디는 가볍기 그지없는 인사를 건넸다.

마커스와 벨라, 그리고 단골들도 굳어 있는 가운데, 곧 재기동한 키아라가 대포처럼 튀어 밀레디에게 뛰어들었다.

"미, 미미, 밀~레~디이~!"

"컥?!"

머리가 정확히 밀레디의 배에 꽂혔다. 두 사람이 함께 공중제비를 돌며 자빠지고 키아라는 곧 마운트 포지션을 잡았다. 그리고 이미 반쯤 흰자위를 드러낸 밀레디의 멱살을 잡고 격하게 흔들었다.

"이 바보 멍청이! 밀레디, 너 정말 생각이 있는 거야?! 지금까지 어디서 뭐 했어! 우리를 구하러 간 후로 돌아오지 않는다고 아버지가 말해서 난……. 으아아아앙, 다행이야! 걱정했잖아, 이 바보야!"

흔들 때마다 밀레디의 뒤통수가 바닥을 쿵쿵쿵 강타했다.

밀레디의 눈은 이미 완전히 흰자위만 드러난 상태였다. 『신의 사도』에게서조차 도망친 『해방자』의 리더가 여관 토끼 귀 소녀에게 죽어가고 있었다.

그 후 키아라를 가까스로 달랬더니 난데없이 가게 내부에서 환성이 터졌다. 당시 나이즈가 소화 활동과 치료를 위해 동분서주한 것은 누구나 기억하고 있었고 밀레디와 오스카가 마커스를 구하고 해적을 쫓아 바다로 나가는 모습도 목격되었다. 사람들은 은인이 귀환했다며 그야말로 잔치 분위기였다.

거의 대낮인데도 술판이 벌어지고 결국 술자리는 그날 밤까지 이어졌다.

한편, 키아라를 비롯해 납치됐던 사람들은 잡혀간 후의 일은 성녀 소문대로 어렴풋하게밖에 기억하지 못하는 모양이었지만…… 왠지 「밀레디, 너 혹시 밀레디 킥이라는 필살기 가지고 있진 않지?」라고 묻는 일이 있었다.

그 자리에 밀레디 일행이 있었다는 사실이 들통나면 성녀의 정체를 알고 싶어 하는 사람이 몰려올지도 몰라 일단 얼버무렸지만, 키아라는 자꾸만 이상한 얼굴로 「왜 밀레디 킥이라는 말이 머리에서 떨어지지 않지?」라며 토끼 귀를 갸웃거렸다.

아무튼 이러니저러니 하면서도 무사히 거점을 구한 일행은 다시 조사에 나섰다.

"메르 언니에게 다른 목적이 있다면 그건 안디카 자체가 아니라 안디카의, 그것도 중앙에 있는 『무언가』라고 생각해."

조사를 개시하고 수일. 다시 한 번 신경 쓰이는 소문이나 전설이 없는지 외곽구를 수소문했지만 결과는 허탕이었다.

그럼 중앙구까지 진출해야겠으나…… 그러려면 마음의 준비가 조금 필요했다. 카지노에서 소동을 일으킨 이후 한 달이 지난 지금까지도 검은 정장들이 그들을 찾아다니기 때문이었다.

듣기로는 중앙구에서 『괴도 신사 귀축 안경』이라는 도시 전설이 유행하며 『안경을 보면 신고하십시오. 절대로 말을 걸지 마십시오. 옷을 벗기려고 합니다』라는 경고문이 여기저기에 나붙어 있다고 했다.

오스카가 형용하기 어려운 표정으로 「대체 왜……」라고 중얼거린 것은 굳이 설명할 필요도 없었다.

어쨌든 그런 이유로 지금은 중앙구 바로 목전, 중구 끝자락에 있는 낡은 술집에서 작전 회의 중이었다.

"중앙구에서 수소문하는 건 너무 위험한데……."

고민하는 오스카를 보고 나이즈도 복잡한 표정으로 대답했다.

"반대로 카지노에 들어가면 눈에 띄지 않을 가능성도 있어. 거긴 워낙 붐비니까."

"그만큼 검은 정장들의 감시가 심하겠지. 변장이라도 할래?"

어떻게 정보를 수집할지 고민하는 두 사람과는 별개로 무슨 생각에 빠져 있던 밀레디가 마침내 말문을 열었다.

"예로부터 중요한 건 지하 깊은 곳에 있게 마련이야. 미궁이나 다름없다고 하니까 뭔가를 숨기기에는 안성맞춤일 거야."

"그건 그렇지. 밀레디, 설마……."

"응. 큰맘 먹고 지하에 침입해 보지 않을래?"

분명히 중앙에서 탐문하는 것보다 훨씬 큰 정보가 숨어 있을 것 같았다. 문제는 방법인데…….

"가 본 적 없는 곳에, 지하 같은 폐쇄 공간이라면 내 전이를 사용하기는 너무 위험해."

행여 벽 속으로 전이했다가는 상상만 해도 끔찍한 참사가 벌어진다.

"응. 그거 말인데, 섬의 특성상 지하 공간에는 해수가 침입하지 못한다고 하잖아? 바닷속으로 난 구멍은 창살로 막혀 있다지만……."

즉, 바다로 들어가서 지하공간으로 이어진 구멍을 찾아 그곳에서 연성이나 전이를 사용해 침입하자는 것이었다.

"흠. 현재 할 수 있는 일을 할 수밖에 없지. 나는 좋다고 본다."

"호랑이를 잡으려면 호랑이굴에 들어가야지. 좋아, 하자."

세 사람은 고개를 마주 끄덕이고 이 섬의 중심부로 침입할 것을 결의했다.

그날 밤.

밀레디 일행은 차가운 달빛이 쏟아지는 바닷속에 있었다.

세 사람은 물속에서 몸을 붙여 함께 우산 안에 들어가 있었다. 검은 우산 10식 『성절』을 잠수함처럼 사용한 결과였다. 추진력은 메일이 직접 전수한 밀레디의 수류 조작이었다.

"으음, 메르 언니처럼은 잘 안 되네."

"그건 이미 신들린 수준이고. 네 수류 조작도 이미 일류야."

"밀레디 씨는 메르 언니에게 뒤지는 건 뭐든 분하다고."

밀레디는 끙 소리를 흘리면서도 능숙하게 『성절』을 밀어 바닷속을 전진했다.

나이즈가 마법으로 빛의 구슬을 만들어 암벽을 비췄다.

"응? 모두 저걸 봐."

나이즈가 빛을 집중시켜 암벽 일부를 비췄다. 그러자 그물

망 형태의 격자가 끼워진 구멍이 보였다. 가까이 다가가자 듣던 대로 물이 벽처럼 되어 구멍 안쪽으로는 들어가지 않았고, 그 안으로는 침수되지 않은 어두컴컴한 지하 통로가 이어져 있었다.

나이즈가 두 사람의 손에 접촉하고 즉시 전이를 사용했다.

"오오, 이상한 느낌이야……."

밀레디가 호기심을 숨기지 않고 안쪽에서 물 벽을 콕콕 찔렀다. 오스카가 그런 밀레디의 목덜미를 덥석 잡아당겼다.

"잠깐, 오 군! 아프잖―."

"쉿. 사람이 와!"

돌아보자 오스카의 안경 렌즈가 희미하게 빛났다. 열원 감지 모드로 통로 모퉁이를 돌아 나오는 사람을 발견한 듯했다.

"어떻게 하지? 숨을 장소가 없는데."

"내가 알아서 할게. 나이즈도 이쪽으로 붙어."

한쪽 무릎을 꿇은 오스카는 검은 우산을 폈다. 그가 시키는 대로 밀레디와 나이즈도 그 안쪽으로 들어갔다.

"―검은 우산 12식 『곡광(曲光)』."

그 순간 우산 천 바깥쪽이 투명해졌다. ……아니, 그렇게 보일 뿐이고 실제로는 뒤쪽 광원이 표면부에 투사된 것이었다.

"한 달 동안 조금씩 나이즈의 협력을 받아 완성한 검은 우산의 신기능이야. 공간을 왜곡해 우산 천 뒤쪽 배경을―."

"오 군. 알기 쉽게 한마디로 요약해줘!"

"……광학 위장이라 밖에서는 안 보여."

"오오! 대단해, 오 군!"

오스카는 설명을 단축당해 약간 불만스러운 표정이었지만 마침 사람이 접근했기 때문에 입을 다물었다.

"응~? 지금 사람 목소리가 들린 것 같은데……."

일행이 있는 막다른 통로를 들여다본 검은 정장 사내가 어리둥절하며 말했다.

사실 불과 5미터 앞에 있지만 그에게는 보이지 않았다.

검은 정장은 어깨를 으쓱이더니 그대로 떠났다. 순찰하러 돌아간 모양이었다.

"역시 어느 정도 경비하는가 보네."

신중하게 가기로 합의하고 일행은 미궁처럼 꼬인 지하 통로를 나아갔다.

잠시 『곡광』을 활용해 숨거나 중력 마법으로 천장에 달라붙으며 순찰 중인 경비를 피해 탐색을 계속했다.

지하 미궁은 상상 이상으로 복잡했다. 게다가 몇 층이나 있는지 좀체 탐색에 진전이 없었다. 도중에 발견한 수상한 방을 몇 개 들어가 보기도 했지만 대단한 것은 발견하지 못했다.

"난감한걸. 몇 시간 안에 탐색할 수 있는 넓이가 아니야."

"평범하게 생각하면 중요한 건 가장 아래에 있을 것 같은데, 으음……."

상당히 아래층으로 내려와 제법 외진 통로를 걸으면서 무심코 침음을 흘렸다. 아무리 그래도 너무 무계획했다.

그때, 커브를 돈 통로 앞에서 인기척을 느끼고 재빨리 벽에 몸을 붙였다. 또 순찰인가 하며 밀레디가 살며시 상황을 살폈다.

"……오 군. 나즈. 뭘 찾은 것 같아."

통로 앞을 엿보던 밀레디가 얼굴을 도로 넣고 히죽 웃었다. 무슨 말이냐고 눈빛으로 묻자 밀레디가 통로 앞쪽에 문이 있고 그 앞에 검은 정장 두 명이 경비를 서고 있다고 알려줬다.

"순찰이 아니라 경비…… 수상해."

"그렇지? 나즈. 저 방 뒤쪽은 통로였던 걸로 기억하는데, 벽 하나 정도는 보지 않고도 전이로 넘어갈 수 없어?"

"물론 되지."

세 사람은 다시 고개를 끄덕이고 방 뒤쪽 통로로 돌아갔다. 그리고 바로 그곳에서 방 안으로 전이했다.

"아."

"어."

딱 눈이 맞았다. 방 안에 있던 소녀와……. 밀레디와 소녀가 동시에 소리를 흘렸다.

방문에 등을 돌리고 선 소녀는 얼떨떨한 눈치였다.

그렇지만 그것도 잠시뿐. 소녀가 숨을 훅 들이켰다. 절규, 1초 전.

"안 돼!"

나이즈가 전이! 소녀를 배후에서 제압하고 입을 손으로 막는다! 확인 사살로 귀로 입을 가져가 속삭인다.

"소리 내지 마. 얌전히 있어."

"……?!"

위기는 모면했지만, 척 보기에 완전히 범죄 현장이었다.

오스카가 뻣뻣해진 표정으로 소녀를 진정시키려고 시도했다.

"내 말을 들어 봐. 우리는 절대로 수상한 사람이…… 아니, 엄청나게 수상하고 불법 침입자니까 변명할 여지가 없지만…… 아, 아무튼 너를 해칠 생각은 없어. 비명을 지르지 말고 잠깐 우리 이야기를 들어주지 않을래?"

"미안~. 무서웠지?"

소녀는 나이즈에게 입을 틀어 막힌 채로 눈물을 글썽거리며 빤히 오스카를 바라봤다.

그리고 미안한 표정을 짓는 밀레디를 보고 한 번 더 오스카를 본 뒤 끄덕 고갯짓했다.

나이즈가 신중하게 손을 놓았다. 소녀는…… 소리 지르지 않았다.

대신 자기 몸을 끌어안고 꼼지락대면서 말했다.

"괴도 신사 귀축 안경님…… 제발 옷은 벗기지 마세요……."

털썩 소리가 났다. 오 군이 네 발로 엎드려 있었다.

10대 초반으로 보이는 소녀에게 처음으로 들은 말이 너무 가혹했나 보다.

"저, 저기, 오 군은 그런 짓 안 하니까 괜찮아."

보다 못한 밀레디도 열심히 변호해 봤다.

"하지만 귀축 안경님이 그…… 아버지 부하분들을…… 벗기는 모습을 봤는걸요……. 어떻게 그 한순간에……."

소녀는 볼을 물들이고 귀축 안경님을 힐끔힐끔 봤다.

"아닙니다. 불가항력이었습니다. 절대로 좋아서 한 일이 아닙니다. 믿어주세요. 부탁드립니다. 그리고 귀축 안경님이라고 하지 마세요."

"어, 아, 네."

오 군이 상상도 하지 못한 큰절을 시전했다.

연상 남성이 주저 없이 엎드려 애원하자 소녀는 기세에 밀려 고분고분 고개를 끄덕였다.

그런데 밀레디가 소녀의 말에서 무언가를 깨달았다.

이런 지하 깊은 곳에 있는 방에서 경비를 달고 사는 소녀.

그리고 부하를 가진 아버지가 있다…….

"혹시 너, 바하르의 딸이야?"

"아…… 네. 디네, 라고 해요."

디네라는 소녀는 새삼스럽게 자기 방에 모르는 남녀 삼인조가 있는 이 상황에 당혹감과 약간의 공포, 그리고 경계심을 보였다.

밀레디도 다시 디네를 자세히 바라봤다. 그리고 왠지 모를 기시감을 느꼈다.

에메랄드그린에 바닥까지 닿을 것 같은 풍성하고 볼륨 있는 머리. 어딘지 모르게 차분한 분위기. 그리고— 부채 모양 귀.

밀레디의 관찰하는 눈길에 디네는 당황한 것처럼 몸을 꼬았다.

"저, 저기, 당신들은 대체……. 아버지에게 들키면 큰일 날 텐데……."

보통은 자기를 어떻게 할 생각이냐고 물을 텐데 디네의 입에서 나온 것은 오히려 밀레디 일행을 걱정하는 말이었다.

그것만으로 무법 도시를 주무르는 자의 딸이 이 도시에 전혀 어울리지 않을 만큼 상냥한 성격임을 알 수 있었다.

"아, 갑자기 들이닥쳐서 미안. 우리는…… 음, 뭐라고 설명해야 하지?"

솔직히 이름을 댈 수도 없는 노릇이었다. 고민하는 밀레디 대신 정신을 어느 정도 추스른 오스카가 짧게 말했다.

"해적이야."

골치 아픈 건 해적 탓으로 돌리면 된다. 이런 부분이 『귀축안경』이라고 불리게 된 까닭이지 않을까.

그러나 그것도 메일이 바라는 안디카의 『무언가』를 찾기 위한 거짓말이었다. 해적이 비보나 비밀을 찾아다니는 것은 자연스러우니까.

해적이라는 소개에 어린 디네가 겁먹지 않도록 밀레디가 바로 「우린 좋은 해적이야~. 안 무서워~」라고 변명하려고 했다. 하지만 그 전에ㅡ

"해적! 그, 그럼! 『해적 잡는 고스트 쉽』을 아시나요?! 연락할 방법을 모르시나요?!"

디네가 달려들다시피 밀레디에게 바짝 다가왔다.

갑작스러운 반응과 너무나도 절실한 태도에 아무도 순간적으로 반응하지 못했다. 얌전한 아이라고 생각한 디네의 변모에 일행은 눈을 동그랗게 떴다.

"이봐, 뭐야! 왜 갑자기 소리를 쳐?!"

밖에서 경비를 서던 남자의 고함이 들렸다. 안쪽에서 잠겼는지 바로 들어오지는 못했지만 열쇠를 가지고 오라고 소리치는 것을 보면 문이 열리는 것도 시간문제일 듯했다.

"아……."

새파랗게 질린 디네를 보면 고의가 아닌 것은 분명했다.

밀레디 일행은 눈짓을 교환해 방에 들어오는 바하르의 부하를 쓰러뜨리고 이야기를 계속 듣기로 했다.

하지만 밀레디 일행이 얼마나 강한지 모르는 디네는 시간이 없다고 생각한 모양이다. 초조함에 떠밀려 밀레디 일행의 판단을 뒤엎고 소란을 피운 이유를 떠벌렸다.

"도망치세요! 그리고 어떻게든 고스트 쉽 해적들에게 전해주세요! 위험이 다가온다고!"

"잠깐, 진정해. 위험이라니―."

"백광 기사단이 움직였어요! 이제 언제 도착해도 이상할 게 없다구요!"

"……!"

그 이름을 모르는 사람은 없었다.

교회의 위엄을 나타내는 상징 중 하나. 신국 최강 병력인 삼광 기사단의 한 축.

"답례라면 뭐든 할게요! 그러니까 전해주세요! 도망치라고, 살아남으라고!"

철컥철컥 열쇠를 돌리는 소리가 들렸다.

의문은 있었다. 묻고 싶은 말이 산더미처럼 있었다.

하지만 발등에 떨어진 불이 밀레디에게 결단을 촉구했다.

그래서 필요한 말만을 전했다.

"괜찮아! 전할게. 메르지네 해적단에! 메르 언니에게!"

"아…… 당신은……."

씩 웃으며 밀레디는 호령했다.

"돌아가자, 오 군, 나즈!"

"알겠어! 둘 다 꽉 잡아!"

절묘한 호흡으로 밀레디와 오스카가 나이즈에게 접촉했다.

그 후, 세 사람의 모습은 사라지고 동시에 문으로 검은 정장이 밀려 들어왔다.

그들이 뭐라고 소리쳤으나 디네의 귀에는 들리지 않았다.

그저 멍하게, 하지만 어쩌면 이 아슬아슬한 타이밍에 희망의 끈을 붙잡았는지도 모른다고 생각해서—.

"언니……."

작게, 아무에게도 들리지 않을 목소리로 기도하듯 중얼거렸다.

순식간에 항구로 전이한 밀레디 일행은 오스카가 만든 소형선 2세에 올라탔고, 나이즈가 그 배와 함께 일행을 전이시켰다. 망망대해 한가운데 착수하기가 무섭게 나이즈가 마력 회복약을 복용하고 마력이 회복되자마자 다시 전이했다.

회복하는 사이 오스카가 확인차 밀레디에게 물었다.

"백광 기사단…… 밀레디, 너는 전에 총본산을 조사하러 갔다고 했지? 사도에게 쫓겨 간신히 도망쳤다던 이야기 말이야. 그때 실제로 기사단을 봤어?"

"싸우기도 했어. 우연히 이단 사냥을 나온 소대 규모의 부대였지만. ……강해. 틀림없이."

신국에는 크게 나눠 두 개의 군사 집단이 있다. 하나는 신군. 이는 타국에도 있는 국군과 같다. 그리고 또 하나는 신전 기사단. 교회 직할 병력인 이들은 개인이 최소 신군 병사 다섯 명에 버금가는 전투력을 가진 자들의 집단이며 대장급은 누구나 홀로 소대를 상대할 수 있는 실력자다.

그런 신전 기사단에는 더 상위 부대가 존재한다.

그것이 교황 직할 부대, 『삼광 기사단』이라고 불리는 신국 최강 병력이다.

하나는 『호광(護光) 기사단』— 소위, 근위 기사단이다. 교황의 수호를 임무로 하는 그들은 개개인이 일기당천이다. 인원은 가장 적지만 신대 마법에 필적하는 특수하고 강력한 고유 마법을 소유했다고 전해진다.

또 하나는 『수광(獸光) 기사단』— 강력한 성수(聖獸)를 조종하는 기사단이다. 삼광 기사단의 탈 것을 육성, 배출, 관리하기도 한다. 전투력은 삼광 기사단 중 가장 떨어진다고 알려지지만 범용성은 특출하다.

그리고 마지막이 대외 전력으로는 실질적 최강의 전투 집단인 『백광 기사단』이다.

단장부터 신의 기적— 신대 마법 사용자이고 구성원 전원이 고유 마법을 가진 『신의 권속』이라는 상식을 초월한 병력이다.

총원을 소집하면 300명 가까운 『신의 권속』이 모인다.

백광 기사단이 움직인다함은 신의 의지가 발현된다는 것과 같은 뜻이었다.

그들은 신벌의 구현이자 『신적 멸살』의 체현자라 할 수 있었다.

"어느 정도 병력이 오는지는 몰라. 백광 기사단이 총병력으로 움직이는 일은 거의 없으니까. 대대급이라면 메르 언니가 있으면 어떻게든 돼. 우리가 있으면 여단급도 상대할 수 있어. 그 이상이라면…… 전부 지키기는 어려울 서야."

삼광 기사단의 부대 편제 인원수는 특수했다. 개개인이 너무 강력해서 본래 편제에 비교할 수 없을 정도로 인원이 적었다. 소대라면 4~6명, 중대라면 12명 전후, 대대는 25명 전후, 여단은 50명, 사단이 100명, 그렇게 총원 300명으로 구성되어 있었다.

밀레디가 기도하듯 손을 맞잡았다. 평소에 볼 수 없는 그 모습만으로 백광 기사단이 강력하다는 사실을 실감하게 했다.

불로 마음을 서서히 지지는 것 같은 초조함이 감도는 가운데, 마침내 나이즈의 마력이 회복됐다. 이번 전이로 한 번에 배섬까지 전이할 수 있었다.

"나즈. 만약을 위해 하늘로 부탁해."

만에 하나의 사태에 대비해 전체를 내려다볼 수 있는 곳으로 전이하자는 이야기였다. 나이즈는 밀레디의 부탁에 수긍했다.

"그러지. 둘 다 준비는 됐어?"

고개를 끄덕여 답한 두 사람을 잡고 나이즈가 전이했다.

그리고 세 사람은 봤다.

불타며 무너져 내리는 배섬을…….

쓰러진 해적단 사람들을…….

무력한 자들을 포위해 몰아세우는 기사단을…….

그리고 흰 법의 위에 부분 갑옷을 장비하고 사람만 한 메이스를 치켜든 거한과 그 앞에 만신창이로 무릎 꿇은— 메일을…….

"—아."

뇌리를 스치는 피투성이가 된 언니의 모습. 영원한, 이별.

"—교회에에에에에에!"

밀레디 안에서 이성의 끈이 끊겼다.

메르지네 해적단의 배섬에서 밀레디 일행이 나가고 며칠 후.

배섬은 여느 때처럼 소란스러웠지만 어쩐지 뭔가 빠진 것 같은 분위기였다.

특히 그것이 현저한 것은 아이들이었다.

눈높이를 맞춰 놀아주던 밀레디가 없고, 신기한 도구를 계속 꺼내서 보여주던 오스카도 없고, 순식간에 이곳저곳으로 이동시켜주는 나이즈도 없다.

많은 것이 부족했다.

저녁 바다에서 헤엄치면서도 아이들은 심심해 보였다. 오늘은 하필 날씨도 흐려 마음도 우중충했다. 태풍이 올 것 같은 하늘은 마치 아이들의 심정을 보여주는 것 같았다.

"이거 참, 그 녀석들이 온 지 이제 겨우 한 달밖에 안 지났는데 패밀리의 일원이 다 됐군."

배 난간에서 턱을 괴고 아이들을 바라보던 크리스가 씁쓸하게 웃으며 말했다.

바로 옆에서 똑같이 아이들을 바라보던 메일이 평소처럼 포근한 웃음을 짓고 그러게, 하고 대답했다.

딱히 감정이 실리지 않은, 단순한 맞장구에 가까운 대답이었다.

하지만 오래 그녀와 알고 지낸 크리스에게 메일의 속마음을 읽는 것쯤은 일도 아니었다.

"너도 그 꼬마 아가씨가 귀여워 죽으려고 하더니."

"그러게. 밀레디는 귀엽지."

"꼭 동생처럼?"

"……."

불리해지면 말없이 웃어넘겨 버린다.

어릴 적부터 고치지 못하는 나쁜 버릇이었다. 크리스의 쓴웃음이 짙어졌다.

"걔도 너한테 다른 사람을 투영하던 모양이야. 벨타, 라고 했었나? 뭐, 그 이전에 아가씨가 『그 라이센』이란 사실에 심장이 철렁했었어."

"크리스는 옛날에 제국에 있었지? 나는 라이센 백작가라고 들어도 잘 와닿지 않는데, 크리스는 얼마 동안 밀레디 눈치를 보고 다니더라?"

"그, 그 얘기는 꺼내지 마. 나도 창피하다고."

크리스는 원래 제국군에 속해 있었다. 하지만 그것도 이미 30년 가까이 된 옛날 이야기였다.

결국 강요받는 신앙에 진저리가 나서 스스로 나라를 나왔고 대륙을 방랑한 끝에 약 20년 전 안디카에 정착했다.

그래서 처형인 일족에 대한 인식은 『두려움』으로 뿌리박혀 있었다.

그 유명한 라이센 백작가가 설마 집안의 말녀에게 멸문당하고, 지금은 그 소녀가 이단자 조직의 리더가 되었다니…….

밀레디가 이름을 말했을 때부터 걸리기는 했지만, 다시 자세한 이야기를 들었을 때는 항상 능청맞은 태도를 유지하던 크리스조차 당분간 밀레디에게 벌벌 떨었을 정도였다. 그 일로 얼마나 놀림받았는지 모른다.

크리스는 헛기침하고 화제를 바꿨다.

"그 녀석들이 안디카에 간 건 아직 너를, 아니, 우리를 포기하지 않아서야. 너도 알지?"

"내 대답은 변하지 않아."

"아가씨의 대답은 변할지도 모르지."

"……찾을 수 있을 거라고 봐?"

"찾겠지. 메르지네 해적단의 메일 선장이 노리는 비보를, 틀림없이."

메일은 잠깐 생각에 빠졌다.

『그 아이』와 밀레디가 만났을 때, 두 사람은 어떤 대화를 할까.

소중한 『그 아이』와, 한 달 사이 스스로도 놀랄 만큼 마음을 허락한 아우는…….

자신을 언니처럼 따르는 밀레디.

천진난만하고 온 힘을 다해 희로애락을 표현하며 어떤 때라도 정면으로 부딪히는 시원시원할 정도로 올곧은 소녀.

메일은 짧은 기간이라도 자신을 사랑해준 어머니를 기억했다. 아버지를 몰라도 아버지의 역할을 대신해준 사람이 있었다. 슬럼 여성은 모두 제2의 어머니이자 언니였고 많은 오빠와 많은 동생이 있었다. 그리고 친구들도…….

같은 나이일 때, 밀레디는 사람을 처형하고 있었다고 했다.

부서질 것 같은 마음을 필사적으로 꾸미고 스스로 자기 마음을 죽이면서…….

그래도 기적 같은 만남을 겪고 사람의 따스함을 배웠다.

그리고 그 기적은 짓밟혔다. 짓밟은 것은 그녀의 가족이었다.

그래서 그녀는 자신의 의지로 길을 정했다. 진짜 가족과도 싸우고 세계와도 싸우는 길을 선택했다.

―내 손을 잡아줘. 세계를 바꾸기 위해.

밤늦게까지 서로에 대해 이야기한 날, 밀레디는 그렇게 말하며 손을 내밀었다.

메일은 당연히 거절했다.

밀레디는 그래도 웃으며 그렇구나, 라고 중얼거렸다.

그렇지만 알고 있었다. 희미하게 쓸쓸함이 번지는 표정과 아직 포기할 수 없다고 호소하는 눈빛. 그것을 메일은 좀처럼 잊을 수 없었다.

오스카 식으로 말하면『마음을 빼앗겼다』고 해야 할까?

"솔직히 말하고 협력받는 건 어때? 신대 마법 사용자, 그것도 세 명이야."

생각의 늪에서 크리스의 목소리를 듣고 귀환했다.

메일은 고개를 저었다.

"무슨 소리야? 그 애들은『해방자』야."

앞으로 교회에 대적할 조직에게 안디카 점령을 돕게 할 수는 없었다. 안디카 헌상을 조건으로 내걸기는 했지만, 그 경우 실제로는 헌상이라도 대외적으로는『탈환』이어야 했다.

이단자 조직에게서 자유의 도시 안디카를 되찾은 공적으로 자신이 통치자가 된다.

절대로 협력해 점령하지는 않는다. 해방자와 손을 잡을 수는 없었다. 동료의 안전을 위해서라도. 소중한 존재와의 약속을 위해서라도……

"그 아이들과 우리의 길은 결코 겹칠 수 없어."

"……그래? 팍팍한 세상이군."

더는 대화를 거부하듯 메일은 입을 다물었다.

크리스는 어떻게 해야 할지 모르겠다는 표정으로 한숨 쉬었다.

그때, 감시대 위에서 경계를 서던 부하가 소리쳤다.

"선장님! 동쪽 하늘에 뭐가 보입니다! 뭐야, 저거? 아무튼 엄청 큽니다!"

바다라면 알겠지만, 하늘? 메일이 고개를 까딱 기울였다. 비행형 마물이라면 해적단에게도 익숙하니 처음부터 그렇게 보고할 것이다.

놀란 사람은 크리스 쪽이었다. 크리스는 얼른 신체 강화를 걸고 돛대를 수직으로 달려 올라갔다. 놀라운 균형 감각과 뛰어난 신체 강화 마법이 이루어 내는 기술이었다.

눈 깜짝할 사이에 감시대까지 올라간 크리스는 부하가 가리키는 곳을 주시했다.

"……맙소사."

부하가 크리스를 보고 흠칫 놀랐다. 어떤 순간에도 능청맞은 태도를 잊지 않는 부선장이 낯빛이 새하얗게 질려 예사롭지 않은 식은땀을 흘리고 있었다.

왜 그러냐고 묻기도 전에 크리스가 절규했다.

"메일! 교회다!!"

그것만으로 깨달았다. 지금 교회의 신앙과 광기가 자신들에게 휘둘러지려고 한다는 것을…….

메일은 곧 수류 조작으로 바닷물을 하늘에 모아 세차게 파열시켰다.

꽝음과 함께 쏟아진 바닷물에 메르지네 해적단이 예민하게 반응했다.

"전원! 전투태세! 적이야!"

평소의 차분함은 사라지고 날카로운 목소리가 울려 퍼졌다.

그것이 사태의 긴박함을 오롯이 전해줬다. 해적단 전원이 신속하게 움직였다.

"메일! 비공선으로 이동하는 병력은 삼광 기사단밖에 없어! 비전투원을 피난시켜!"

"알아! 크리스! 전투원을 모아서 시간을 벌어!"

"교회 최강 병력을 상대로 무모한 소리를!"

억지로 대담하게 웃으며 크리스가 호령했다.

그 직후, 파도가 해적단을 덮쳤다.

바다의 파도가 아니었다.

밤의 어둠과 같은 색을 띤 파문이 하늘에 퍼지고 순식간에 메일 위를 지나쳤다.

몸의 근간을 뒤흔드는 듯한 충격이 의식을 흔들었다.

"—아."

예상하지 못한 기습에 메일이 휘청거렸다. 하지만 곧 다시 다리에 힘을 줬다.

대체 지금의 파문은 뭐였는가? 그것을 생각하기 전에 메일은 보고 말았다. 해적단 대부분이, 특히 비전투원이 줄줄이 혼절하는 광경을⋯⋯.

"큭—『절상』!"

이번에는 아침노을색 파문이 퍼졌다. 물을 매개로 하지 않은 광범위한 재생 마법 사용은 엄청난 마력을 소비한다. 하지만 무리한 보람은 있었다. 정신을 잃었던 자들이 곧 눈을 떴다.

"움직여!"

선장의 일갈에 멍하니 있던 자들은 정신을 되찾고 움직였다.

"메일!"

"크리스, 지금 그거 뭐야? 혹시 알아?"

"몰라. 하지만 힘이 약했다면 지금 일격으로 전멸이었어. 평범한 기사라면 이런 짓은 절대로—."

—이단자 전원에게 알린다. 나는 라우스 번. 백광 기사단을 이끄는 자다.

뇌내에 직접 울리는 듯한, 혹은 혼에 말을 거는 듯한 신비한 음성이 메르지네 해적단 전원에게 전해졌다.

자신들을 없애러 온 사신의 소개를 듣고 메일은 눈을 찌푸렸고, 크리스는 「최악의 사태군, 빌어먹을」이라며 신경질적으로 상소리를 뱉었다.

백광 기사단 단장이 직접 출진했다. 확실히 더없이 빌어먹을 상황이었다.

—신벌이 떨어졌다. 신앙을 버리고 교의에 거스르는 어리석은 자들이여.

급속히 다가오는 비공선의 형태가 마침내 뚜렷이 보이기 시작했다.

화려하고 웅장하게 하늘을 나는 배는 신의 위엄을 충분하고도 남을 만큼 전해주고 있었다.

그리고 신벌의 구현자, 그 필두가 선언했다.

—후회하고 참회하라. 그리고 멸하라.

개전을 알리는 신호탄이 올랐다. 하늘을 뒤덮을 것만 같은 염탄 소사(掃射)였다.

"―『파성벽(波城壁)』!"

메일이 경이적인 속도로 바다를 조종해 특대 크기 『물 돔』으로 배섬을 덮었다.

평범한 실력으로는 절대로 실현할 수 없는 초고속, 대규모 마법 운용이었다.

그러나 상대는 신국 최강 기사단. 단순한 탄막을 뿌렸을 리 없었다.

물 방벽에 첫 염탄이 막힌 것을 보자마자 후속하는 염탄이 공중에서 융합하고 모습도 창으로 변화했다.

메일의 『파성벽』은 관통력을 폭발적으로 올린 화염 창을 대부분 막았지만, 그래도 두 자릿수의 창이 관통해 들어오고 말았다.

배섬 바깥쪽, 가장 수비가 약한 곳이 폭염에 휩싸이고 인근에 있던 자들의 비명이 울려 퍼졌다. 화염은 생물처럼 춤추며 무시무시한 기세로 불길을 넓혀 갔다.

"한 방 먹었군."

메일 다음가는 마법 사용자인 마니아가 매섭게 타오르는 불길을 소규모 파도로 진화했다.

그와 동시에 신전 기사들이 호우처럼 떨어졌다.

"온다! 비전투원은 피난을 서둘러! 네드 부대와 마니아 부대는 비전투원을 보호! 그 외에는 요격해!"

메일의 호령이 퍼졌다.

그런 메일에게 허공에서 몇 줄기나 되는 낙뢰가 쏟아졌다. 창조한 증류수로 번개를 흘려보내고, 이어서 그 물을 창으로 바꿔 상공으로 던졌다. 낙하하는 기사들을 꿰뚫기 위해 메일의 물 창은 범상치 않은 예리함을 보였지만—.

"쉽게는 안 통하는걸."

기사들은 공중을 **밟고** 파문을 퍼뜨리며 산개해 버렸다.

삼광 기사단 표준 장비 중 하나, 장벽으로 공중에 발판을 만들어 하늘을 자유자재로 누비는 아티팩트, 철 신발의 능력이었다.

"신벌이다!"

"그래서 어쩌라고."

감시대 위에 있던 크리스에게로 기사 검을 쳐든 기사가 달려들었다.

크리스는 그것을 거합술 같은 자세로 든 장검으로 맞받았다.

기사가 사정권에 들어오자마자 내뻗는 날카로운 횡 베기.

까짓것 전부 찍어 뭉개겠다고 공격을 감행하는 기사.

그 결과는—.

"뭐……?!"

마치 가열한 나이프로 버터를 자르는 것처럼 막힘없이 들어간 크리스의 칼날이 기사를 검과 갑옷째로 양단했다.

동체 위아래가 생이별한 기사는 투구 바이저 너머로 크리스에게 믿기지 않는다는 눈길을 보내고 밧줄과 가로봉에 부딪쳐 가며 데굴데굴 떨어졌다.

―고유 마법 일섬.

아무리 무딘 칼이라도 크리스가 들면 공간을 가르는 마검으로 변한다.

그 공격은 방어 불가능한 절대 참격.

"고유 마법?! 해적 주제에 건방지게!"

새로운 기사가 공중을 달려 돌진해 왔다. 투구는 없었다. 뺨이 푹 들어간, 마르다 못해 핼쑥한 기사였다.

크리스의 검격을 보고도 그는 일말의 주저 없이 공격을 감행했다. 오히려 그 눈에 깃든 것은 상대를 압도할 광기였다.

신의 권속인 증거― 고유 마법을 해적 따위가 가졌다는 현실을 그는 받아들일 수 없는 듯했다.

크리스는 또 장비째로 절단해주겠다며 자세를 잡았지만, 그 찰나 오랜 경험이 그의 뇌에 경고를 보냈다.

"아차."

반사적으로 옆에 있던 부하를 발로 차 날리고 자신도 감시대에서 뛰어내렸다.

그 직후, 바로 직전까지 서 있던 공간이 도려낸 것처럼 사라졌다.

"같은 계열의 총인가!"

크리스가 전율과 함께 외쳤다. 그 말대로 그것은 공간을 도려내는 고유 마법 『성수의 이빨』.

백광 기사단 대대장 사이레오스 홀트의 기술이었다.

"신의 기적을 네놈의 잔재주 따위와 똑같이 취급해? 죽어 마땅하다!"

공간이 왜곡된다. 뛰어내리는 크리스를 바짝 추적해 보이지 않는 짐승이 아가리를 벌렸다.

요격하고자 크리스도 공중에서 발도했다.

과연 모든 것을 가르는 검과 모든 것을 먹어치우는 짐승은 어느 쪽이 위인가.

"크악!"

선혈이 허공에 튀었다. 고통에 소리친 자는 크리스 쪽이었다.

『일섬』은 분명히 『성수의 이빨』을 갈랐다. 그러나 면으로 감싸는 공격을 선 공격만으로 상쇄할 수는 없었다.

스친 이빨이 크리스의 두 팔다리와 어깨의 살점을 뜯었다.

크리스는 균형을 잃고 그대로 갑판에 추락할 뻔했지만 그곳으로 물줄기가 쏟아져 들어왔다. 물은 순식간에 크리스를 삼키고 이어서 사이레오스에게 채찍을 뻗었다.

돌아보자 메일이 사벌의 칼날 조각을 머금은 물—『물날 채찍』으로 여러 기사를 동시에 상대하면서 크리스 쪽으로 팔을 휘두르고 있었다. 그 와중에 엄호해준 모양이었다.

"귀찮게 구는군!"

『성수의 이빨』이 물 채찍을 먹어치웠다.

사이레오스의 막강한 공격은 멈추지 않았고 멈출 수 없었다.

사이레오스는 그대로 물줄기 반대쪽으로 보이는 그림자—크리스의 숨통을 끊고자 했고……

"—극대······『일섬』!"

"윽?!"

물을 가르고 눈에 보이지 않는 칼날이 날아들었다. 방금 일 격과는 비교도 되지 않는 거대하고 강력한 참격은, 이번에는 『성수의 이빨』을 절단하고 무산시켜 그대로 사이레오스를 덮쳤다.

그러나 역시 백광 기사단에서도 열두 명밖에 없는 대대장이 었다.

사이레오스는 극소규모 『성수의 이빨』을 전면에 펼쳐 『일섬』 과 충돌하는 충격을 이용해 몸을 젖혔다. 견갑과 머리카락 일 부가 잘렸으나 공격은 확실하게 피했다.

"네 이놈, 해적 주제에!"

충격과 함께 갑판에 착지한 사이레오스가 노성을 질렀다.

그리고 눈이 살짝 커졌다.

크리스에게 전혀 상처가 없기 때문이었다. 옷이 찢어진 흔 적조차 없었다.

"대답해라, 이단자! 무슨 술수를 부렸지?!"

"글쎄? 댁네 전지전능하신 신에게라도 물어보셔."

크리스는 검으로 어깨를 톡톡 치며 여유롭게 웃었다. 그러 나 관자놀이에는 숨길 수 없는 식은땀이 흐르고 있었다. 사 실은 지금 일격으로 결판을 낼 생각이었다.

백광 기사단······ 상상 이상의 저력을 가졌다. 전원 고유 마 법 사용자라고 들어서 어쩌면 그 강력한 능력에 의존해 싸우지 않을까 했는데, 역시 그렇게 녹록하지는 않았다.

허점이 생기지 않게 조심하며 전황을 힐끗 확인했다. 기사한 명한 명이 체술, 전술, 연계, 검술, 모든 점에 있어서 높은 기량을 자랑했다.

잇달아 동료들이 쓰러져 갔다.

"우리의 신을 모욕하는가…… 이단자, 네놈은 편하게 죽이지 않겠다."

분노를 드러내던 사이레오스가 문득 조용해졌다. 잘 보니 동공이 수축되었다. 온몸에서 광기가 흘러나왔다.

"이곳에 뼈를 묻어야 하나…… 제기랄."

작게 욕을 뱉고 크리스는 자세를 잡았다.

그리고 한시라도 빨리 동료를 지원하러 가기 위해 이번에는 스스로 돌격했다.

조금 떨어진 곳에서는 캐티도 여러 기사를 상대로 격렬한 공방을 펼치고 있었다.

"저, 저기, 제발 얌전히 신벌을 받아주세요!"

"아, 정말! 아까부터 짜증나게 구네!"

밤색 머리를 땋고 동그란 안경을 쓴 소심해 보이는 소녀였다. 나이는 10대 후반이거나 어쩌면 중반일지도 모르겠다.

전형적인 문학소녀 같은 그녀가 움찔움찔, 머뭇머뭇하면서 캐티에게「얌전히 죽어주세요!」라고 부탁해 왔다.

왠지 보통 기사 검이 아니라 대검을 짊어진 것이 부자연스러웠지만, 캐티가 고유 마법『가속』을 쓰면 단숨에 해치울 수 있을 것 같은 생김새였다.

그렇지만 그렇게 쉽지가 않았다.

지금도 뒤를 잡았으나 다른 기사가 몸을 던져 그녀— 백광 기사단 대대장 푸에르 애비를 지켰다.

항상 부하 기사가 진형을 유지해 사방을 둘러싸고 푸에르에게 손대지 못하게 했다.

캐티의 속도에는 따라오지 못해도 몸을 던져 방패 정도는 될 수 있었다. 죽음을 두려워하지 않는 그들의 방어는 철벽이었다. 그리고 죽지만 않으면—.

"—그 헌신에 보답을."

푸에르가 한 번 기도하기만 하면 눈 깜짝할 새에 치료되고 말았다.

심지어—.

"윽, 또!"

캐티가 신음했다. 갑자기 마력이 빠져 몸이 휘청거렸다.

고유 마법 『헌신』. 푸에르가 지정한 상대에게서 강제로 마력을 빼앗는 마법이었다. 이것을 사용해 캐티의 마력으로 캐티가 공격한 기사들이 치료되는 형국이었다.

시야 한쪽에서 또 동료 한 명이 칼에 맞아 쓰러지고 여러 사람이 번개를 맞고 날아갔다. 저절로 이가 갈렸다. 도우러 가고 싶지만 눈을 떼면 순식간에 당한다.

"저, 저기, 동료도 보다시피 다 죽어가는데 이제 포기하고 신의 뜻을 받아들이세요! 어차피 저항해도 소용없어요!"

"너, 누굴 바보로 알아?!"

푸에르의 말투에 캐티가 무심코 버럭 소리쳤다. 푸에르는 힉, 하며 비명을 지르고 위축됐다. 그 태도가 또 캐티의 비위를 건드렸다.

"포기할 리 없잖아! 신의 뜻? 하! 그딴 개똥보다 못한 걸 받아들이는 인간의 속을 모르겠어!"

잘만 하면 진형이 무너지지 않을까 해서 캐티는 짜증 섞어 도발했다.

그 순간, 분위기가 변했다.

"뭐? 망할 고양이. 너, 지금 뭐라고 했어?"

푸에르에게서 소심하고 안절부절못하던 분위기가 사라졌다. 동공이 수축하고 입가가 파르르 경련하고 있었다. 그 손이 조용히 등 뒤의 대검을 잡았다.

"뭐, 뭐야? 너—."

갑작스러운 변화에 캐티는 조금 물러서서 무슨 말을 하려고 했지만 푸에르의 고함이 말을 잘랐다.

"잡종 주제에……. 신의 뜻이, 뭐가 어쩌고 어째?!"

격앙. 그리고 격진.

푸에르가 광기에 물든 얼굴로 대검을 머리 위에서부터 내리쳤다.

왜소한 몸에서는 상상도 할 수 없는 완력으로 휘두른 대검은 갑판을 충격으로 날려 버렸고, 아울러 충격파가 바닥을 파괴하며 캐티에게 육박했다.

푸에르의 공격과 동시에 또 마력이 빠지는 감각을 느낀 캐티는 인상을 찌푸리고 옆으로 뛰어 피했지만, 그곳에는 이미 푸에르의 대검이—.

"죽어서 회개해라, 잡종!"

"—큭!"

옆으로 휘두른 대검이 무시무시한 파괴력을 실어 캐티를 포착했다. 순간적으로 교차시킨 나이프가 대검을 막는다. 쩌적, 하고 귀에 거슬리는 소리를 내는 나이프를 의식할 여유도 없이 무작정 후방으로 뛰었다.

가능한 한 충격을 줄일 생각이었지만 그래도 나이프는 깨지고 말았다. 게다가 양팔의 뼈가 부러진 것도 느껴졌다.

캐티는 비명도 지르지 못하고 쌓여 있는 나무통에 등을 부딪쳤다. 와르르 소리가 나며 부서진 나무통 파편이 날렸다.

고유 마법 『헌신』으로 빼앗은 마력을 그대로 신체 강화에 적용한 것이었다. 회복 마법보다 보조 마법에 천부적 재능을 가진 푸에르의 신체 강화 마법은 본디 무력한 그녀에게 상궤를 벗어난 괴력을 부여했다.

"참회해라. 잡종."

푸에르는 대검을 어깨에 짊어지고 분노와 모욕 섞인 말을 던졌다. 마치 이중인격 같았지만 주위 기사는 신경 쓰지도 않고 역시 대단하다며 찬사를 보냈다.

그러나 그 방심이 비교적 젊은 기사를 한 명 죽음으로 몰았다.

"—『가속』!"

"—응?"

푸에르 쪽을 보고 처음으로 찬사를 보내던 그의 작은 목소리. 그것이 그가 최후로 낸 소리였다. 그의 목덜미에 박힌 나이프가 치유로는 막을 수 없는 절대적인 죽음을 가져왔다.

"큭, 네 이놈. 어떻게!"

푸에르가 눈을 부릅떴다. 젊은 기사에게 일격필살의 공격을 가한 상대— 캐티가 상처 없이 서 있었기 때문이었다. 생채기는커녕 나이프까지 조금 전과 똑같은 것을 들고 있었다.

마치 조금 전 일이 없었던 것처럼…….

"하마터면 죽을 뻔했어."

캐티는 젊은 기사를 밀어 버린 뒤 턱을 타고 흐르는 식은땀을 닦았다.

그와 함께 조금 전까지 쓰러져 있던 해적들까지 줄줄이 일어나서 기사들에게 달려들었다.

"말도 안 돼…….."

푸에르가 당황하면서도 대검을 고쳐 쥐었다. 그리고 현실을 부정하는 것처럼 함성을 지르고 캐티에게 덤벼들었다.

"메일. 얼른 이 녀석들 우두머리를 쳐……."

스스로도 어려운 요구라고 생각해 쓴웃음이 났다. 그렇지만 곧 표정을 다잡고 나이프 두 자루와 가속만을 믿은 채 대검의 폭풍 같은 공격 속으로 뛰어들었다.

한편, 비전투원이 피난용 배에 올라타는 사이 방어를 맡은 네드와 마니아는 절체절명의 위기에 빠져 있었다.

"쳇. 좋은 장비를 가졌군!"

"승리하면 전부 벗겨 먹어주지."

농담처럼 말했지만 네드도 마니아도 이미 만신창이였다.

다른 해적들도 중상인 자가 열 손가락으로 다 셀 수 없었고 지금도 계속해서 늘어나는 추세였다.

"참회하라!"

대머리 기사— 백광 기사단 중대장 바르토스 골디가 기사 검을 치켜들고 돌진해 왔다.

네드가 괴로운 표정을 지었다. 바르토스는 닿은 물질의 무게를 자유롭게 바꾸는 고유 마법 『중책(重責)』을 가졌다. 부여하는 마력량에 비례하므로 전투 중이라면 조금씩밖에 무게를 늘릴 수 없는 모양이지만, 이게 근접 격투 전문인 네드와는 상성이 나빴다. 네드는 건틀릿을 차고 있었으나 이미 벗어 던진 지 오래였다.

네드를 엄호하고자 마니아가 관통에 특화한 불꽃 창을 쐈다.

강궁의 화살에 비견될 속도였다. 바르토스는 피하지 못하고 가슴에 직격을 받아 튕겨 날아갔다. 그러나 낙법을 구사해 곧 일어섰다. 충격으로 기침을 했지만, 그뿐이었다.

"관통력을 올려도 안 되나?"

마니아의 표정이 떨떠름했다.

원인은 삼광 기사단의 표준 장비 중 하나 『무법 흉갑』이었다. 그것은 상시 마법 장벽을 두르는 브레스트 플레이트였다.

그밖에도 삼광 기사단 단원은 『무법 비갑』, 『무법 방패』를 장비했고 모두 마법 장벽을 두르는 효과를 가졌다.

철벽같은 방어력에 더해 그들은 기사 검, 대검, 창, 활의 네 종류 무기 중 하나를 장비한 경우가 대부분이지만, 어느 무기든 신체 능력을 끌어올리고 빛 속성에 높은 적성을 부여하는 능력이 깃들어 있어서 엄청난 살상력을 보유했다.

"한눈팔 여유가 있나?"

거구가 대포처럼 날아들었다.

인간족답지 않은 3미터에 가까운 거구. 흡사 벽과 같은 어깨너비. 극한까지 키운 군살 없는 근육 갑옷. 손에 든 타워 실드는 사람의 신장을 가볍게 뛰어넘었고 그에게는 평범한 검이라도 보통 사람에게는 대검이었다.

마니아가 맞받아치고자 번개 포격— 번개 속성 상급 마법 『뇌람(雷嵐)』을 쐈다. 이유도 없이 한눈을 판 것은 아니었다. 입을 열지 않아도 주문을 욀 수 있는 마니아의 기술을 위해서였다.

언뜻 무영창처럼 보이지만 분명히 영창을 거친 그 마법은 보통 사람이라면 증발해 뼛조각도 남지 않을 파괴력을 가졌다. 그러나—.

"흡!"

"……?!"

직격하기 직전에 거인 같은 기사의 전신이 마력광에 둘러싸였다. 그것은 곧 타워 실드에도 전해져 장비를 포함한 모든 것이 빛났다.

백광 기사단 여단장 보티스 반. 가진 고유 마법은 『성새(城塞)』. 초인적 체력을 자랑하는 육체와 고유 마법으로 만든 마력 방벽, 그리고 장비를 통한 방어가 합쳐지면 그는 『불굴의 기사』가 된다.

그 이름을 증명하듯 보티스는 정면으로 『뇌람』을 받아냈다. 발은 멈췄지만 단 한 발자국도 물러나지 않았다.

그리고 『뇌람』이 허공으로 녹듯이 사라진 순간, 다시 돌진했다.

빠르게 다가오는 타워 실드는 그야말로 벽이었다.

얼이 빠진 마니아는 반응이 늦었다. 그래도 직격하기 전 아슬아슬하게 장벽을 펼친 것은 그가 마법에 특출한 재능을 가진 마인족, 그중에서도 천직 『마법사』를 가진 마법의 천재이기 때문이었다.

그러나 그것으로 막을 수 있을 만큼 여단장의 무위는 만만하지 않았다.

"크악!"

파성퇴라도 부딪친 것 같은 충격에 마니아는 장벽과 함께 속수무책으로 날아가 돛대에 격돌했다. 그리고 그대로 돌진해 온 보티스의 타워 실드에 강타당했다. 마니아의 장벽에 순식간에 촘촘한 금이 갔다. 돛대와 방패 사이에 끼어 도망칠 수도 없었다.

궁지에 빠진 마니아를 구하고자 부하 해적들이 일제히 보티스에게 달려들었지만—.

"똑똑히 봐라, 이것이 신앙의 힘이다!"

그 직후, 보티스가 폭발했다. 그렇게 착각할 정도의 충격이 보티스에게서 터져 나왔다. 장비에 두른 마법 장벽을 순간적으로 팽창, 확대한 것이었다. 비유하자면 전방위 실드 배시라고 해야 할까?

마니아의 부하가 일거에 나가떨어져 바다에 빠지거나 배 난간에 충돌해 쓰러졌다.

그리고 부서진 돛대와 함께 날아간 마니아는 대량의 토혈을 쏟고 무릎 꿇었다.

"컥, 쿨럭."

죽지는 않은 것 같지만 전투를 이어가기는 어려운 중상이었다.

"마니아!"

똑같이 충격으로 날아갔던 네드가 낯빛을 바꾸며 달려가려고 했다.

"의미 없어."

소름 끼칠 만큼 가까운 곳에서 감정이 실리지 않은 여자의 목소리가 들렸다.

폭이 좁은 기사 검이 옆구리를 찌르고 들어왔다. 네드는 필사적으로 피하려고 했으나 폭이 좁은 검은 마치 그가 어디로 피할지 아는 것처럼 궤도를 틀어 네트의 옆구리를 기어코 관통했다.

"큭, 이젠 내 차례다."

"의미 없어."

같은 말이었다. 칼을 찌른 장본인은 안경 쓴 예리한 눈매의 미녀였다.

네드는 근육을 조여 검을 고정하고 주먹을 휘둘렀다. 고유 마법이 없는 네드라도 우직하게 단련하고 신체 강화를 더한 주먹은 어지간한 금속 갑옷을 찌그러뜨리고 내부에 충격을 전달한다.

살을 주고 뼈를 깎는 작전이었지만 그 의도는 빗겨 나갔다.

여자는 알고 있었던 것처럼 미끄러지듯 주먹을 피했다. 그리고 단검을 뽑아 들어 회전하며 반대쪽 옆구리를 찔렀다.

격통에 네드는 그만 힘을 빼고 말았다. 그 틈에 여자는 세 검을 뽑아 선혈이 꼬리를 끄는 날카로운 찌르기를 네드의 안면으로 뻗었다.

"제기랄!"

네드가 머리를 틀어 피하고 동시에 한쪽 다리를 올려 찼다.

"다 의미 없어."

역시나 알고 있었던 것처럼 피하고 역으로 네드의 다리를 단검으로 찢었다.

여자는 더욱 거리를 좁혔다. 네드는 기합을 넣음과 동시에 있는 힘껏 숨을 들이켰다. 가슴이 확 부풀고, 그 직후—.

"크아아아아아아아악!"

"—윽."

단순한 고함이었다. 그러나 네드가 진심을 다해 지르는 고함은 이미 포효였다. 가까운 거리라면 잠시 고막이 마비될 수준이었다.

여자는 순간적으로 귀를 막아 피해는 없는 것 같았지만 그래도 발은 묶었다.

"헤, 헤헷. 미꾸라지처럼 괴상하게 움직이는 언니군. 표정도 없고 말이야. 얼굴은 예쁜데 아쉬워."

고통을 참기 위한 허세인지, 네드가 우스갯소리를 지껄였다. 그러나 양 옆구리의 상처는 틀림없는 중상이었다.

실제로 쓰러지지 않으려고 버티느라 다리가 부들부들 떨렸다. 도저히 육탄전을 벌일 상태로는 보이지 않았다.

여자는 그런 네드를 안경 렌즈 너머로 차갑게 바라봤다.

"허세를 부려도 의미 없어. 난 알아. 네가 죽을 거란 것을."

고유 마법 『천계』. 그때그때 최선의 행동을 알 수 있는 마법이었다. 직감 마법이라고 불러야 할까? 감각적으로 『이렇게 하는 편이 좋다』라는 생각이 불현듯 떠오른다.

"내 최선은 너의 죽음. 너는 죽음에서 벗어날 수 없어."

언제나 상대의 죽음으로 이어지는 최선의 수를 두는 여기사― 백광 기사단 대대장 에이프리 이로포스는 세검과 단검을 들고 거친 숨을 토하는 네드에게 죽음을 선고했다.

그런 네드의 시야에 마침내 궁지에 몰려 배 난간에 기대 움직이지 못하는 마니아의 모습이 비쳤다. 그의 시선이 향한 곳에는 대검을 높이 드는 보티스가 있었다.

말 그대로 절체절명이었다.

그런 그때, 갑판 바닥을 따라 쪼르르 물이 흘러왔다.

기사들이 눈치채지 못하는 사이 다친 네드와 마니아, 이미 쓰러진 해적들의 몸을 타고 올라 스며드는 그것은—.

"그런데 웬걸. 우리 메르지네 해적단은 조금 끈질겨."

"……헛소리."

못 들어주겠다는 양 에이프리는 바람처럼 파고들었다.

서 있는 것도 고작이던 네드에게 마지막 일격을 가하는 것 쯤이야 일도 아니라는 듯이…….

"홍."

"아니?!"

세검에 충격이 퍼졌다. 두 주먹 사이에 적의 검을 끼워 부러 뜨리는 네드의 기술이 에이프리의 세검을 중간에서 뚝 부러뜨려 버렸다.

그리고 다친 몸 같지 않은 날카로운 킥이 에이프리를 덮쳤다. 그녀가 순간적인 슬라이딩으로 킥 아래를 빠져나갔다.

"역시 쉽지 않군."

"뭐가, 어떻게 된 거야……."

에이프리는 당혹감을 숨기지 못했다. 그도 그럴 수밖에. 네드에게 있던 상처가 모조리 사라졌으니까.

네드의 부하들도 연이어 일어나 꺾이지 않은 전의를 기사들에게 표출했다.

게다가 대기가 비틀리는 듯한 소리와 함께 뜨겁게 빛나는 커다란 불덩이가 출현했다. 아무래도 마니아가 순간의 틈을 찔러 보티스 위에 만들어 낸 것 같았다.

직격시키지도 못할 불덩이를 왜 만들었나 보티스는 의문을 품었지만 그 직후 목을 움켜잡고 고통에 얼굴을 찌푸렸다. 전 방위 실드 배시로 불덩이를 흩어뜨리고 필사적으로 후퇴했다.

꼴사납게도 무릎을 꿇은 보티스가 가쁜 숨을 몰아쉬었다.

마니아가 한 일은 단순했다. 불로 산소 결핍을 유도한 것이었다.

보티스의 대응이 조금만 늦었어도 기절시킬 수 있었겠지만 역시 백광 기사단에서도 여섯 명밖에 없는 여단장 중 한 명이었다.

네드가 슬금슬금 이동해 마니아 곁으로 갔다.

불가사의한 현상을 경계하는지 에이프리는 간격을 유지했고 구태여 네드의 움직임을 막으려 들지 않았다.

"여, 마니아. 해치울 수 있겠냐?"

"어림도 없어."

"야, 고민하는 척이라도 해 봐!"

"지금 일격이 내 비장의 무기였어. 그걸로 무릎만 꿇고 끝이라니, 나 눈물 나려고 해."

기사들의 기량은 상상을 초월했다.

"하하. 우는소리 해 봤자 소용없지. 적어도 꼬마들만이라도 보내야 해."

"물론이다. 목숨과 맞바꿔서라도, 반드시."

두 사람은 주먹을 마주치고 각오를 다진 흔들림 없는 표정이 됐다.

인간족과 마인족이 죽음을 각오하고 전장에서 어깨를 맞댄다.

그 광경 앞에서 보티스는 소름 끼치는 것을 봤다는 눈길을 보내고, 에이프리도 토할 것 같은 표정을 지었다.

"네놈들은 대체 얼마나 모독적인 생물인 거냐."

"같이 공기를 마시는 것만으로도 역겨워."

보티스와 에이프리의 말을 들은 네드와 마니아, 그리고 기사들과 대치한 해적들은 하나같이 코웃음 치고 스스로 사지로 뛰어들었다.

그렇게 각지에서 해적단이 싸우는 무렵, 메일도 기사들과 처절한 전투를 펼치고 있었다.

다만 메일을 둘러싼 기사의 수는 다른 동료와 비교가 되지 않았다. 사단의 3할. 무려 서른 명 가까운 기사들을 상대하고 있었다.

"역시 네놈이냐. 하지만 이건 이미……."

백광 기사단 사단장 아라임 오크맨이 씁쓸한 표정으로 중얼거렸다.

그의 시선은 치명상을 입혔을 해적들이 차례차례 멀쩡한 상태로 일어나는 광경에 가 있었다. 기존 마법에 있을 수 없는 비정상적인 회복 마법이었다.

그렇다면 필연적으로 그것은 신의 권속이란 증거— 고유 마법이 틀림없다고 추측했지만 그것만으로는 설명하기 부족한 파격적인 효과였다.

그렇게 깨달은 순간, 아라임의 표정이 형용하기 어렵게 일그러졌다. 도저히 인정할 수 없는 현실 앞에 증오와 분노, 그리고 광기가 얼굴에 드러났다.

"말도 안 된다. 말도 안 돼. 해적 따위가, 이단자 따위가 신의 힘을 행사하다니, 결코 있어서는 안 될 일이다!"

그의 착 가라앉은 눈이 원흉을 똑바로 주시했다.

세 명의 기사가 시체가 된 원 가운데에서, 기사들에게 포위됐다고는 믿을 수 없을 정도로 차분하게 미소 짓는 메일에게…….

"큭. 얌전히 정화를 받아라. —『성염(聖炎)』!"

흰 불꽃이 소용돌이쳤다. 엄청난 열량이 대기를 지글지글 태웠다. 한순간에 창 모양을 이룬 백염의 수는 총 100개. 그것이 일제히 메일에게 쇄도했다.

고유 마법 『성염』. 아라임이 백광 기사단에 단 세 명밖에 존재하지 않는 사단장에 있는 이유였다. 그는 불 속성 마법에 관해 타의 추종을 불허하는 압도적 적성을 보유했다.

시작은 불비였다. 그것을 아라임이 오직 홀로 했다고 하면 그의 대단함이 전해지리라.

초급 마법을 쓰는 것처럼 가볍게, 하지만 위력은 상급 마법에 필적하는 백염의 창들을 앞에 두고 메일은 태연하게 말했다.

"악수를 뒀구나?"

물줄기가 벽을 만들었다.

충돌하는 백염의 창들과 압도적 질량의 바닷물. 증발한 바닷물로 순간 짙은 안개가 발생했다. 백염의 창 몇 개는 그 물줄기 벽을 뚫고 메일에게 날아들었지만, 그때는 이미 메일이 물을 타고 이동한 뒤였다.

기사들이 실수를 깨달았을 때는 늦었다. 기사 한 명이 정면에서 날아온 물줄기를 타워 실드로 막은 순간 등 뒤에서 나온 사벌이 그의 뒷목을 갈랐다.

다른 기사가 쓴 바람 마법이 짙은 안개를 걷어 냈다.

동시에 그 기사가 갑자기 발밑에서 치솟은 바닷물에 삼켜졌다. 배 위에 있으면서 바다에 빠진 것 같은 사태에 기사는 철 신발로 도약해 탈출을 시도했다.

그것을 바닷물이 휘감아 움직임을 방해하고, 이어서 격류가 코를 통해 체내로 침입했다.

"꾸륵?!"

아무리 신체를 단련하고 어떤 사태에도 냉정하게 대처할 수 있는 신전 기사라도 대량의 바닷물이 코로 들어가면 버틸 재간이 없었다.

안개가 완전히 걷혔을 때 그곳에는 이미 두 명의 기사가 시체가 되어 굴러다녔다.

"이곳은 대해의 한가운데. 나의 영역. 네 불꽃은 너무 미적지근해."

"듣자 듣자 하니까!"

"그보다 자신의 실수로 부하가 두 명이나 죽었는데? 거기에 관해 뭐 할 말은 없어?"

메일은 싱긋이 웃고 마음을 후비는 말을 던졌다. 참으로 도발적이고 여유 넘치는 자태였다. 그러나 실제로 그렇게까지 여유는 없었다.

아라임의 『성염』은 위협적이었다. 대수롭지 않게 발사된 한 방 한 방을 메일은 완전히 방어하지 못했다. 배에 착탄하면 순식간에 옮겨붙어 그의 의지로 끄지 않는 한 다소의 물로는 진화되지 않았다.

대량의 물로 밀어내는 수준이 아니면 순식간에 배섬은 화마에 휩싸이고 만다. 그래서 도발했다. 조금이라도 정신을 뒤흔들기 위해서……

그렇지만 역시 이곳에 있는 자들은 평범하지 않았다.

"이단자 따위에게 허를 찔리다니, 부끄러운 줄 알아야지. 하지만 순교다. 그들도 바라던 바겠지."

"……역시 교회야. 철두철미하네."

부하가 죽었는데도 특별한 감흥이 없는 듯했다.

"물론이다. 우리의 신앙은 철두철미하다!"

아라임이 다시 정신이 아득해질 수의 백염을 출현시켰다.

거기에 주의를 빼앗긴 순간, 바람 가르는 소리가 메일의 귀를 찔렀다. 반사적으로 몸을 기울이자 머리 바로 옆으로 섬광 같은 화살이 스쳐 지나갔다.

놀랍게도 그 화살은 도중에 궤도를 크게 꺾어 다시 메일을 노리고 날아들었다.

"이단자를 반드시 꿰뚫는 신벌의 화살. 그 몸으로 느껴라."

그것을 쏜 사람은 백광 기사단 여단장 레라이에 애거슨. 그녀가 가진 고유 마법 『속죄의 화살』은 한 번 노린 적을 어디까지고 쫓아간다.

두 발, 세 발, 유도하는 화살에 이어서 기사들이 메일에게 달려들었다. 메일은 물로 된 베일을 둘렀다.

물 벽 너머로 보이는 메일에게 기사 검과 화살이 연달아 박혔다.

동시에 전혀 다른 곳에 있던 기사의 몸이 한순간에 물에 휩싸였다.

"꾸륵—?!"

"땡. 그건 과거의 나야."

기사들이 깜짝 놀라 돌아봤다. 그곳에는 물 감옥에 자유를 빼앗기고 등을 찔린 사벌이 목으로 튀어나온 기사가 있었다.

메일은 가차 없이 사벌을 휘두르고 물줄기 조작으로 혈액을 단숨에 뽑아 절명시켰다. 휘둘러 뽑은 사벌은 그 후 도신이 조각나서 무수한 파편이 됐다.

그러나 흩어지지는 않았다. 물줄기 채찍에 들어간 파편이 새로운 흉기—『물날 채찍』이 되어 다른 기사에게 날아들었다.

그런 메일을 화살과 백염이 강습했다.

그러나 메일은 피하는 시늉도 하지 않았다. 그보다 『물날 채찍』으로 기사를 공격하길 우선했다. 그 결과—.

"윽."

메일의 가슴에 화살이 꽂히고 사벌의 자루를 잡은 반대쪽 팔이 불타 사라졌다.

그 대가로 『물날 채찍』은 정확하게 표적인 기사의 두 눈을 베는 데 성공했다.

지체 없이 추가타로 물 창이 발사됐다. 격통에 몸부림치는 기사가 섬광 같은 그것을 피할 방법은 없었다. 갑옷 사이를 파고든 물 창은 기사의 체내에서 파열해 내장을 짓이겼다.

쓰러지는 기사에게는 눈길도 주지 않고 메일은 격통을 참으며 물줄기에 올라 공격들을 피했다. 그 와중에 아라임과 다른 기사에게 댐이 터진 것 같은 격류를 퍼부었다.

그들이 방어 행동에 나선 사이에 아무 일도 없었던 것처럼 깨끗한 상태가 된 메일이 레라이에게 달려들었다. 사벌도 이미 원래 형태로 돌아와 있었다.

"왜! 이유가 뭐야! 그 정도의 신비를 하사받았으면서 왜 신앙을 저 버렸어! 너는 신의 권속이 될 자격이 있었거늘!"

레라이에는 궁수면서도 메일의 노도 같은 참격을 활과 화살로 튕겨 내는 경이로운 기교를 보이며 저주스럽게 외쳤다.

메일은 무기를 맞댄 상태로 포근하게 웃고 언어의 화살을 돌려줬다.

"너처럼 되기 싫어서."

"이 자식이!"

격앙한 레라이에는 힘겨루기를 벌이던 활의 각도를 바꿔 그대로 화살을 메기더니 근접거리에서 발사했다. 메일은 얼굴을 기울여 피했지만 화살은 바로 유턴해 돌아왔다.

그것을 예상했던 것처럼 메일은 접근해 오던 기사 한 명을 물줄기로 삼켜 자신과 화살 사이의 사선에 넣었다.

"표적에 필중한다는 네 화살. 그 잘난 갑옷으로 막아질까?"

답은 바로 나왔다. 기사의 갑옷에 명중한 화살은 속도는 줄었으나 멈출 줄 몰랐고, 파고들다시피 관통해 계속해서 메일을 노리고 날아왔다.

메일이 무기를 맞댄 상태에서 뒤로 빠져 몸을 비스듬히 틀었다. 화살은 허무하게 메일을 스쳐 지나가 기세를 죽이지 못하고 주인인 레라이에에게 육박했다.

"―윽!"

레라이에는 숨을 삼켰지만 엄청난 반응 속도로 화살을 잡아 도로 활에 메겼다.

그렇지만 그 화살이 발사되는 것보다 메일의 손이 레라이에의 손목을 잡는 속도가 빨랐다.

"―『괴각』."

"으아아아아!"

레라이에가 전신에서 피를 뿜었다. 과거의 상처를 되살리는 메일의 비밀 병기 중 하나였다.

교회의 엘리트를 상대로 얼마나 통할지 시험해 봤는데, 아무래도 전투보다는 혹독한 훈련으로 입은 상처가 많았는지 충분한 효과가 있었다.

레라이에가 무릎을 꿇었다. 그 목을 향해 메일이 사벌의 날을 돌렸다.

그 순간.

"——『충혼(衝魂)』."

쏟아졌다. 모든 보호를 무시하고 혼을 직접 때리는 듯한 충격이……

"크, 아?!"

목소리가 되지 못한 비명. 몸, 아니, 정신의 가장 깊은 곳을 뒤흔드는 듯한 충격에 메일의 의식이 끊길 뻔했으나…… 찰나에 입술을 찢은 통증으로 의식의 끈을 부여잡았다.

바로 자신에게 재생 마법을 쓰며 상황도 파악하지 않고 전력으로 뒤로 뛰었다.

그 본능에 가까운 회피 행동이 메일의 목숨을 구했다.

그 후 찾아온 것은 굉음과 충격이었다.

은근슬쩍 배섬에서 분리해 싸움터로 삼던 배가 격진으로 비명을 질렀다.

원인은 하나. 하늘을 나는 비공선에서 운석처럼 낙하한 남자의 자기 키보다 큰 메이스였다.

납색 추의 지름은 1미터에 다다랐고, 그곳에서 어린아이의 팔만 한 자루가 뻗어 있었다. 도저히 인간이 다룰 수 없을 것 같은 초중량급 무기를 자유 낙하에 맡겨 내려친 것이었다.

결과는 하나. 배가 중앙을 기점으로 부러지고 선수와 선미가 솟구쳤다.

두 동강 난 것이다. 메이스의 단 일격에!

"단장님!"

"라우스 님!"

레라이에와 아라임이 기울어 침몰하는 배 위에서 소리쳤다.

"이 이상 단원을 잃을 수는 없다. 내가 상대하마."

가볍게 휘두른 메이스는 무거운 바람 소리를 내며 충격파를 퍼뜨렸다.

해적 토벌 따위에 백광 기사단 최강자가 나설 필요는 없다는 부하들의 진언을 받아 하늘에서 전황을 내려다보던 자. 그가 바로 백광 기사단 단장 라우스 번이었다.

아라임을 비롯한 단원들이 아직도 이단자 따위는 우리가 처단하겠다며 주장했지만 라우스는 눈빛 하나로 그들의 입을 다물게 했다.

그리고 이런 상황에서도 어머나, 하며 포근하게 미소 짓는 메일에게 그 눈을 돌렸다.

"신대 마법급 회복술가……. 마법에도 비범한 재능을 가진 듯하군. 대장들을 동시에 상대하고 동료를 끊임없이 치료하는 와중에 비전투원이 탄 배에 결계까지 쳤군……."

라우스가 험악한 표정을 더 험악하게 구기고 감탄이 배어나는 목소리로 중얼거렸다.

사실 메일은 배섬 전체에 흘러든 물을 매개로 다친 동료를 계속 재생했고 비전투원들이 탄 배 수 척 전부에 결계까지 쳤다.

전투원 중에는 일격에 죽은 자도 있어서 피해가 아예 없을 수는 없었다. 그래도 비전투원은 모두 무사했다.

출항은 못 하지만 죽지 않는 한 몇 번이고 부활하는 해적들을 상대로 기사들도 비전투원에게까지 손을 댈 여력은 없었다. 메일 혼자서 전황을 지탱하는 것이나 다름없는 상황이었다. 가히 신들린 능력이었다.

"어머나, 고명하신 백광 기사단 단장님이 칭찬을 다 해주시네? 영광이야."

"마음에도 없는 소리를."

"후후. 단장님. 칭찬하는 김에 한번 물러나 주지 않을래? 단장님까지 나오면 아무리 나라도 진심을 다해야 해. 내 말, 무슨 뜻인지 알지?"

기사단의 피해가 더 늘어날 거라는 뜻이었다.

사실 이미 쓰러진 기사의 수는 두 자릿수에 달하기 직전이었다.

백광 기사단이 최근 수십 년 동안 겪지 못한 막심한 피해였다. 단순한 이단자 집단이라고 생각했는데 고유 마법 사용자가 두 명에 신대 마법 사용자까지 있었다. 오산도 이런 오산이 없었다.

일시적 후퇴…… 충분히 선택의 여지가 있을 것이다.

그러나 그런 메일의 제안에—.

"일고의 가치도 없다."

"……왜?"

메일의 웃는 얼굴에 살짝 그늘이 졌다.

라우스는 무표정을 유지하고 대답했다.

"이 정도는 역경이라 할 수 없다. 역경이라도 물러날 이유라 할 수 없다. 사명은 충분히 수행 가능하다. 진심을 다하겠다고 했나? 상관없다. 어디 한 번 해 봐라. 전력으로 저항해 봐라!"

저릿저릿하게 공기가 떨리는 노성이었다.

메일의 눈이 슥 가늘어졌다.

"신대 마법이라도 무한하게 쓸 수 있지는 않지. 메르지네 해적단 선장 메일. ……너는 언제까지 저항할 수 있을까?"

말이 끝나기 무섭게 라우스가 돌진했다. 두 동강 난 배는 이미 거의 수직으로 기울었다. 그래서 마치 벽을 차서 수평으로 날아오는 자세였다.

다른 기사들이 공중을 차서 다른 배로 이동하는 가운데, 물줄기를 탄 메일을 향해 라우스가 메이스를 휘둘렀다.

"물론 언제까지든."

메일은 식은땀과 가슴속의 초조함을 숨기고 대담하게 웃으며 응수에 나섰다.

개전으로부터 한 시간은 지났을까?

흐린 하늘엔 먹구름이 끼고 마침내 세찬 비와 바람이 불어제쳤다.

점점 더 거칠어지는 바다 위에서 배섬을 태우는 불길이 어두운 세계를 밝게 비추었다.

"헉, 헉……."

배가 불타는 소리 사이사이로 피로가 느껴지는 가쁜 숨소리가 들렸다.

사벌을 한 손에 들고 만신창이가 된 메일이었다.

"슬슬 한계인가."

단지 사실을 말했을 뿐인 것 같은 감정 없는 음성이었다.

나름대로 상처를 입었음에도 라우스는 여전히 건재했다.

반면, 메일은 라우스의 단정적인 말을 받아칠 여유가 없었다. 이를 악물고 당장 꺾일 것처럼 떨리는 다리를 채찍질하는 것만으로도 벅찼다.

그의 말대로 메일은 한계에 달해 있었다.

흐릿해지는 시야 한쪽으로 쓰러진 동료들이 보였다. 캐티가 무릎을 꿇었고, 네드가 배 난간에 몸을 걸치고 꿈쩍도 하지 않았으며, 마니아도 바닥에 쓰러져 있었다.

그리고 지금—.

"악?!"

크리스가 패했다. 한쪽 팔이 뜯어 먹힌 것처럼 사라졌고 지근거리에서 백염을 압축한 폭탄이 터져 날아갔다. 그리고 그대로 움직이지 않게 됐다.

"고개를 숙일 의향은 없나?"

"……무슨 소리?"

명령이 아니라 질문이었다. 이상하다고 생각한 메일은 의아하게 물었다.

"아까운 재능이다. 신대 마법만을 두고 하는 말이 아니다. 개심하고 신에게 거짓 없는 신앙을 보인다면 내가 첨언해줄 수도 있다."

주위 기사들이 웅성거렸다. 사단장인 아라임이 이단자에게 그게 무슨 소리냐고 소리쳤지만 잘 생각해 보면 확실히 회복 계열 신대 마법은 버리기 아까웠다.

이단자의 절대적 죽음을 기치로 내건 기사들이 무심코 반론의 말을 삼키게 할 정도로 메일은 대단했다.

가만히 감정하는 시선을 보내는 라우스에게 메일은 물었다.

"내 동료는 어떻게 돼?"

"신벌이 떨어진다. 자신이 특별하다는 사실을 자각해라."

고려의 여지는 없는 듯했다.

그렇다면 생각할 가치가 없다. 메일은 그 뜻을 태도로 보여 줬다. 라우스에게 침을 뱉는다는 행위로…… . 기사들이 분노한 표정을 지었다.

"신명을 받고도 살길을 제시해주신 라우스 님께 감히! 라우스 님! 역시 이단자는 이단자일 뿐입니다! 짐승이나 다를 바 없습니다! 처분하는 것이 옳습니다!"

라우스는 아라임의 주장을 한 손으로 제지했다.

"네 눈에서 빛이 사라지지 않는 건…… 도망치게 했다고 생각해서인가?"

이런 상황에서도 무너지지 않던 메일의 차분한 얼굴에 균열이 일었다.

라우스가 한 손을 흔들어 신호했다. 그러자—.

"—으."

"바다로 원정을 오면서 물 속성 능력에 뛰어난 자를 대동하지 않았을 줄 알았나?"

바닷속에서 올라온 것은 메르지네 해적단의 아이들이었다.

물 감옥에 갇힌 아이들이 기사들에게 끌려 갑판으로 올라왔다.

아이들만이 아니었다. 다른 비전투원들도 옆 배의 갑판으로 끌려 올라왔다.

"잠수정……. 이런 것까지 준비하다니, 역시 바다의 민족이군."

사실 탈출한 배는 더미였다. 비전투원은 탈출용 배에 들어가 결계를 펼쳐 출항하지 못하는 척하면서, 사실은 뱃바닥에 준비된 잠수정을 타고 몰래 이 해역을 이탈할 예정이었다.

계획대로라면 그 후 짙은 안개를 발생시켜 틈을 봐서 전투원도 뿔뿔이 도주할 작정이었다. 결국 기사단이 너무 강하고 수도 많아 전투원은 도망갈 기회조차 잡지 못했지만…….

그리고 물속으로 도망친 비전투원마저 붙잡힐 줄은 몰랐다.

"어떻게……."

어떻게 알았냐고 메일은 초조함을 그대로 드러내며 물었다.

"어디에 있건 혼은 그곳에 있다. 나에게서 도망칠 수는 없다."

기척이 아니라 혼백을 느끼는 라우스에게 물속은 아무런 위장도 되지 못했다.

"너에게 희망은 없다. 사느냐 죽느냐, 둘 중 하나다."

온몸으로 벌레가 기어 다니는 것 같은 오한이 퍼졌다. 깨달았기 때문이었다. 비전투원을 붙잡아 데리고 온 목적은 이들을 살려주는 대가로 복종시키려는 것이 아니라고…….

아직 살아 있는 전투원들의 목숨을 끊지 않는 것도, 비전투원을 메일이 보이는 곳으로 끌고 온 것도 몹시 단순한 이유에서였다.

메르지네 해적단 선장, 메일의 마음을 부순다.

그리고 교회의 권위를 공고히 하는 본보기로 삼는다.

지금 이곳의 광경을 다른 장소, 다른 시각에 재생하는 고유마법 사용자가 비공선에 타고 있었다. 교회가 이단자를 섬멸해 교회의 권위를 높이는 사건을 아무도 보는 이 없는 바다한가운데서 소리소문 없이 끝낼 수는 없었다.

그렇기에 지금부터 시작되는 것은 신벌의 집행이자 처형이었다.

거기에 이단자 집단의 리더, 그것도 신대 마법 사용자가 개심한다는 장면이 보태지면 금상첨화였다. 신명을 보류하기에는 충분한 이유가 된다. 어차피 과거 영상은 마법 사용자가 편집할 수 있으므로 무슨 장면이 찍히든 불리하게 작용할 우려도 없었다.

"순종인가, 몰살인가. 네 대답은 무엇이냐."

"너희는, 썩었어."

사실상의 거절에 말없이 『충혼』이 날아들었다. 메일은 혼백을 때리는 충격을 막을 수 없었다. 그녀가 작은 비명을 지르고 무릎 꿇었다. 손에 든 사벌도 땅에 떨어졌다.

기사 두 명이 메일의 양팔을 붙잡아 구속했다.

몽롱한 의식 속에서 아이들을 가둔 물 감옥이 풀리는 것을 보았다. 겁먹어 벌벌 떠는 아이들을 기사들이 둘러싸 기사 검을 가슴 앞으로 들었다.

"하지 마, 부탁할게! 아직 어린애들이야!"

마침내 메일의 웃음이 사라졌다. 여유라고는 느껴지지 않는 간절한 애원이 울려 퍼졌다.

아라임을 필두로 한 기사들의 표정이 비웃음으로 일그러졌다. 이단자가 드디어 마음이 꺾여 굴복했다는 희열을 느끼고 있으리라.

"나는 말했다. 이는 신벌이라고."

라우스가 앞으로 나왔다. 메이스를 어깨에 올렸다. 메일을 내려다보는 눈은 감정을 잃은 것처럼 어둡고 차가웠다.

한 기사가 메일의 팔을 비틀어 올리고 어깨를 눌렀다. 자연스럽게 머리를 내미는 자세가 되었다.

이런 곳에서 죽을 순 없다는 격정이 치솟았다.

동료를 지키지 못했다는 후회가 흘러넘쳤다.

그렇지만 자기 안에 있는 냉정함이, 더 손쓸 방법이 없다고 분명히 말하고 있었다.

"······다들, 미안해. 미안해·········· 디네."

아무에게도 들리지 않을 작은 중얼거림. 동료와 소중한 아이를 생각한 말.

그리고— 뇌리를 스치는 귀여운 아우. 천진난만한 세계의 반역자.

자연히 입매가 느슨해졌다.

메일은 얼굴을 들었다. 더없이 차분한 웃음을 머금고······.

기사들이 무의식적으로 뒷걸음쳤고 라우스는 눈을 가늘게 떴다.

"언젠가."

아무런 저항도 못할 터인 여해적의 조용한 말에 기사들은 닥치라는 말조차 하지 못했다. 죽음을 기다릴 뿐인 이단자가 발하는 의지의 찬란함에 그들은 압도되었다.

"너희는 목격할 거야. 인간의 참된 광채를."

태양 같은 그 아이를. 그녀의 동료를. 그 말은 마음속으로 만……

"각오해. 너희에게는 분명 견디기 어려울 만큼 눈부실 테니까."

후후후, 하며 죽음을 앞두고 즐겁게 웃는 메일에게 기사들은 이해할 수 없는 괴물을 보는 눈길을 보냈다.

라우스는 잠시 동안 말없이 메일을 내려다봤다.

"그래도…… 교회는, 신은— 절대적이다."

거대한 메이스가 하늘을 가리켰다.

그 순간이었다.

"교회에에에에에에에에!"

퍼뜩 머리 위를 봤지만, 늦었다.

갑판에 있던 모든 기사가, 최강자인 라우스까지도 일제히 바닥에 짓눌렸다.

비명을 지를 새도 없었다.

더불어 거듭된 전투로 약해졌다고는 하나, 갑판의 바닥이 순간의 저항도 없이 꺼지며 모든 기사가 배 바닥에 처박혔다.

갑판에서 기사의 모습이 모조리 사라졌다. 해적단을 피해 핀 포인트로 조정한 초중력장이었기에 갑판에는 흡사 두더지 잡기 같은 구멍들이 뚫려 있었다.

메일조차도 눈을 휘둥그렇게 뜨는 가운데, 그녀 앞으로 내려온 것은—.

"밀레디?"

"메르 언니! 아아, 다행이야. 안 늦었어. 이번에는, 안 늦었어."

울음을 터뜨릴 것 같은 얼굴로 아니, 실제로 눈물을 흘리면서 자신에게 안기는 밀레디를 메일은 신기한 눈으로 바라보다가…… 인식이 현실을 따라잡은 순간, 무의식적으로 꼭 껴안았다. 강하게, 다시는 놓지 않겠다는 것처럼…….

"메르 언니, 괜찮아? 메르 언니!"

"괜찮아. 나 괜찮아, 밀레디."

포옹을 푼 메일과 밀레디는 서로를 바라봤다.

구해준 것은 자신이면서 자기가 구원받은 것처럼 우는 밀레디에게 메일은 꾸밈없이 자애로운 미소를 보이며 한 번 더 그녀를 살포시 안아줬다.

그때, 상공에 뜬 비공선이 폭음을 내면서 기울었다. 선미에서 연기가 오르며 조금 떨어진 곳으로 완만하게 추락해 갔다.

아무래도 오스카와 나이즈가 만약을 위해 비공선을 격추한 모양이었다.

밀레디는 하늘을 향해 소리쳤다.

"나즈! 게이트!"

"알겠다. 던져 넣어!"

배섬으로부터 조금 떨어진 하늘에서 낙하한 나이즈가 공중에 특대 사이즈의 게이트를 열었다.

"메르 언니! 여기는 나한테 맡겨! 사람들을 치료해줘!"

"밀레디. 그렇지만 고작 세 명으로는—."

메일의 말을 다 듣기도 전에 일어선 밀레디는 눈물 자국이 남은 얼굴에 자신만만하고 천진난만한 웃음을 지었다. 그리고 가슴을 펴고 단언했다.

"괜찮아!"

그 직후, 메일과 해적단의 몸이 두둥실 떠올랐다. 메르지네 해적단 전원이 중력의 굴레에서 벗어나고, 이어서 거구가……메르지네 호의 선체까지도 떠올랐다.

놀라서 눈이 커진 메일에게 밀레디가 씩 웃었다.

하늘을 나는 메르지네 호로 옮겨지던 메일은 이를 갈았다. 웃으면서 전장에 남는 아우에게 가슴이 죄어오며 강하고 뜨거운 감정이 솟아오르건만, 그것을 말로 잘 표현할 수 없었다.

마치 물속에서 춤추는 나뭇잎처럼 종잡기 어려운 마음을 어떻게든 말로 만들어 쥐어짰다.

"……죽으면 안 돼, 밀레디."

그런 흔한 말에도 밀레디는 기쁘게 웃었고—.

"밀레디는 불사신이야!"

힘차게 엄지를 들어 보였다. 메일의 표정이 조금 풀어졌다.

그 직후 혼백을 뒤흔드는 충격과 함께 밀레디가 딛고 선 바닥이 날아갔다.

밀레디는 살짝 얼굴을 찡그리면서도 하늘로 자유 낙하했다.

밀레디의 중력 공격은 기사들을 배 바닥이나 그 아래 바다까지 떨어뜨렸을지언정 치명상은 주지 못했다. 땅이 없는 장소는 역시 밀레디와 상성이 좋지 않았다.

그것을 알려주듯 백염의 해일이 배 절반을 잿더미로 만들며 메르지네 호로 다가왔다. 수십 대의 화살이, 번개가, 바람 포격이, 천상섬의 참격이, 메일을 노리고 쇄도했다.

"방해하지 마라."

나이즈가 팔을 한 번 휘두르자 그것만으로 공간에 격진이 일었다.

모든 공격이 고작 그 일격에 무마되었다.

"안 놓친다!"

눈에 핏발을 세운 『헌신』의 여기사— 푸에르가 선박 외벽을 박살 내고 공중을 내달렸다. 포탄 같은 기세로 단숨에 메르지네 호에 접근했다.

그곳으로 하늘에서 떨어진 그림자가 끼어들었다.

"아니. 놓아줘야겠어."

"비켜!"

문학소녀 같은 푸에르의 외모에서는 상상도 하지 못할 대검 횡 베기가 그림자— 오스카를 덮쳤다.

"—2식 『충벽』."

검은 우산의 폭발 반응 장갑 같은 충격을 통한 방어와, 들고만 있어도 발동하는 신체 강화가 대검을 완벽하게 막아냈다. 이어서 오스카는 허공에 『작은 마검 폭발식』을 열 자루 불러내 근접거리에서 푸에르에게 투척했다.

"뭐야? 지금 어디에서—."

갑자기 허공에 출현한 단검에 의아해하면서 살짝 후퇴해 튕겨 내려고 한 푸에르는 마검을 일회용으로 쓰고 버린다는 말도 안 되는 공격— 대폭발에 휘말려 바다로 추락했다.

"같은 안경을 쓴 사람에게 질 수는 없거든."

그리고는 안경을 올려 쓰는 오스카.

나이즈가 옆에 서고 함께 메르지네 호 뒤쪽에서 칼날 같은 눈으로 아래를 봤다. 그리고 오스카는 동시에 보물고에서 대량의 회복약을 넣은 주머니를 꺼내 메일에게 던졌다.

메르지네 호가 절반 가까이 게이트로 들어간 상황에서 주머니를 받은 메일은 선미로 몸을 내밀어 외쳤다.

"오스카랑 나이즈도! 죽으면 안 돼! 회복이 끝나는 대로 돌아올게!"

두 사람은 아래에서 시선을 떼지 않고 그저 한 손을 들어 엄지를 세웠다.

배섬에서 기사들이 기어 나왔다. 하늘을 노려보며 배를 쫓으려고 했다. 그러나 이미 늦었다. 그들이 보는 앞에서 메르지네 호는 마침내 게이트 안쪽— 수평선 너머로 전이했다.

묘한 정적이 찾아온 전장에 신전 기사가 약 80명.

그에 대항하는 것은 단 세 명. 그러나 파격적인 전력이었다.

"……여기에 신대 마법 사용자가 세 명 더 나타나? 너희는 대체 누구냐?"

도저히 해적단으로는 보이지 않았다. 그렇지만 그들을 구하러 온 것은 명백한 사실이었다.

냉정을 잃지 않던 라우스도 당혹감을 숨기지 못했다.

그런 라우스의 질문에 밀레디는 오스카와 나이즈 사이에 서서 자신만만하게 웃으며 대답했다.

"방금 신은 절대적이라고 했지? 우리는 그 신이란 것도, 절대적이란 말도, 토 나오게 싫어하는 흔한 이단자다!"

둥, 이라는 효과음이 들릴 것 같은 당당한 선언이었다.

인정받을 필요도 없다. 내가, 우리가, 너희의 적이다! 그런 뜻의 선전포고였다.

라우스가 눈을 가늘게 떴다.

"교회에 거스르는가?"

"그래. 감히 내 친구를 다치게 해? 각오해, 신의 개들. 밀레디는 조금 강할 거야!"

밀레디는 중지를 세워 대담하게 웃었다. 정면으로 분노를 부딪치는 밀레디 앞에서 라우스가 잠시 눈을 감았다.

그러나 곧 냉정한 안광으로 밀레디를 쏘아봤다.

"바라는 바다. 이단자에게는 신벌을."

"하! 할 수 있으면 해 보시든가!"

라우스가 뛰어오르는데 맞춰 밀레디도 다시 뛰어올랐다.

전에 없이 호전적인 밀레디에게 오스카와 나이즈는 쓴웃음을 지었다.

그러나 그 눈동자에 깃든 빛은 밀레디와 비교해도 손색이 없는 분노. 메르지네 해적단이라는 친구를 다치게 만든 자들을 향한 격렬한 분노였다.

"최강의 기사단이라고? 신의 사도랑 어느 쪽이 골치 아픈지 볼까?"

"어차피 언젠가 싸워야 했어. 지금 시험해 보도록 하지."

오스카와 나이즈도 자신 있게 웃고는 행동을 개시한 기사단을 향해 다시 뛰어올랐다.

선공은 나이즈였다.

공간 전이로 모습이 훅 사라진다. 너무나도 가볍게 이루어진 이상 사태에 기사들이 눈을 크게 떴는데, 나이즈가 출현한 곳은 원거리 공격 고유 마법을 가진 후방 기사들의 등 뒤였다.

"—『진천』."

단말마 비명도 나오지 않았다. 배후에서 닥쳐온 막대한 충격에 기사 네 명이 허리가 꺾여 날아갔다.

"이놈이 감히!"

사이레오스가 『성수의 이빨』을 발동, 합을 맞춰 보티스가 대검을 수직으로 내리쳤다.

그러나 눈에 보이지 않는 짐승의 입도, 초인적인 대검의 일격도 나이즈의 손앞에서 우뚝 멈춰 버렸다.

"재미있는 마법이군. ……이렇게 하는 건가?"

"무슨?!"

사이레오스가 흠칫했다. 그는 환각을 보았다. 자신에게 닥쳐오는 백수의 왕과 같이 거대한 짐승의 아가리를……. 그에 비해 자신의 짐승은 이 얼마나 왜소한가.

"사이레오스! 정신 놓지 마!"

보티스가 질타와 함께 타워 실드에서 충격파를 날려 사이레오스를 튕겨 냈다. 사이레오스가 방금까지 있던 곳이 갑판째로 큼직하게 뜯겨 나갔다.

"엄호해! 사방에서 친다!"

대장 격인 두 사람을 엄호하고자 부하 기사들이 포위진을 쳤다. 보티스는 눈을 가늘게 뜬 나이즈를 보고 얼른 소리쳤다.

"안 돼! 함부로 다가가지 마!"

그러나 기사들의 돌진력은 대단했고, 그것이 도리어 해가 되었다.

달려들던 기사 네 명이 명령에 따라 물러나려고 했을 때는 이미 나이즈의 절단 결계 속으로 뛰어든 뒤였다.

"—『천단』."

그 순간, 기사들이 일제히— **어긋났다**. 피를 흩뿌리며 이별한 몸이 땅으로 떨어졌다.

공간 마법 『천단』. 공간을 어긋나게 해서 만물을 절단하는, 대 사도용으로 획득한 새로운 마법이었다.

무자비한 단두대 같은 마법을 서슴없이 사용한 나이즈의 시선이 보티스와 사이레오스에게 향했다. 두 사람은 본능적으로 알았다. 이대로 가면 죽는다.

"음?"

그 순간, 해일 같은 백염이 나이즈에게로 밀어닥쳤다. 나이즈가 그보다 먼저 전이했다.

"아라임 사단장님!"

"무게를 조종하는 저 이단자 여자는 라우스 님께서 처치한다고 하신다! 우리가 전이 남자에게 신벌을 내린다!"

돌아보니 하늘에서 격렬한 마력 충돌이 발생하고 있었다.

검은 흉성이 어지럽게 날릴 때마다 유사한 밤의 색깔을 띤 파문이 도처에서 퍼졌다. 평범한 인간이라면 그곳에 담긴 마력의 여파만으로 졸도할 압력이었다.

그것을 보고 기사들의 표정은 전율에 빠졌다. 그들의 단장인 라우스는 백광 기사단 최강자이자 교회 최강자 톱3 중 한 명이었다.

그런 자와 호각으로 싸우는 이단자 소녀는 그들에게는 그야말로 악몽이었다.

아라임은 동요하는 그들을 질타하고 백염 해일로 공격성 방어 결계를 펼쳤다. 그와 동시에 전이한 나이즈의 행방을 찾으며 지시를 내리려고 했다.

"신대 마법 사용자라고 해도 상대는— 크아?!"

"흠. 역시 백광 기사단 방어구는 단단하군."

불현듯 등 뒤에서 나타난 나이즈가 만든 『짐승의 입』이 아라임을 공중에 고정했다.

그대로 상반신을 물어 찢을 예정이었지만 갑옷이 가까스로 막고 있었다. 거의 깨지기 직전이었으나 아라임 본인은 중상 수준에 머물렀다. 회복 마법으로 충분히 치료할 수 있을 것이다.

"쿨럭, 이놈! 이단자!"

"귀찮군."

아라임이 자신을 중심으로 백염을 폭발적으로 솟구치게 했다. 나이즈는 또 전이했다.

다른 기사가 달려와 아라임에게 빛나는 손을 대고 치유하는 것을 내려다보면서 나이즈는 미간에 주름을 잡았다.

아무래도 새로운 공간 마법 『도려내기』는 『절단』에 비해 조금 느린 것 같았다.

검에 비유한다면 힘으로 끊느냐 예리하게 베느냐의 차이였다. 전자라면 마력을 쏟아 갑옷의 마력 장벽 기능을 강화하는 한순간의 여유를 주므로 어느 정도 방어의 여지가 있는 것 같았다.

"조금 더 수련이 필요하겠어……. 지금은 안 쓰는 게 낫겠군."

나이즈는 마구잡이로 날아드는 마법 폭풍을 공간 차단 장벽으로 막고 다시 새로운 마법을 시전했다.

"一『섬인(閃刃)』."

손날을 휘두르자 그에 맞춰 보이지 않는 칼날이 날았다. 갑판 위에서 극대화 번개 포격을 쏘려고 한 기사가 두 동강 나서 쓰러졌다.

"역시 절삭력이 있어야 해."

기사들이 2인 1조로 공중을 달려왔다. 한 번 더 발사형 공간 절단 『섬인』을 날렸다.

그러나 이번에는 회피당했다.

어쩔 수 없이 『천단』으로 한꺼번에 정리하려고 했지만, 그 순간 백염 해일이 밀려왔다.

전이로 회피하고 적당한 기사를 처치하려고 해도 2인 1조로 사각을 커버해 즉각 맞대응해 왔다.

날아든 『천상섬』을 피하고 『진천』을 발동했다. 기사는 그 순간 몸을 웅크려 방어 자세를 취해 충격에 거스르지 않고 날아갔다.

상당히 피해를 입은 것 같지만 치명상은 되지 못했다.

"쳇. 괜히 최강 기사단이 아니군. 대응이 빨라!"

쓰러뜨리려면 조금 시간이 걸릴지도 모르겠다. 나이즈는 험악한 표정을 지었다. 그리고 오스카는 괜찮을까 싶어 시선을 돌렸다.

그렇게 찾은 오스카는…….

대체 몇 개일까? 하늘의 별 만큼이라는 표현이 어울리는 마점으로 지금 막 유성우를 쏟아부은 참이었다.

『헌신』의 푸에르, 『천계』의 에이프리, 『중책』의 바르토스가 공중에서 가까스로 버티고 있으나, 그 세 명에게로 더 많은 유성우가 집중됐다.

오스카 본인은 보물고에서 소환한 『작은 마검 시리즈』를 무표정으로 줄기차게 쏟아붓고 있었다.

더불어 『일회용 마검』이라는 광기 어린 물건에 더해 검은 우산에서 강력한 마법을 날리거나 저격 기능으로 정확하게 안면을 노리는 등 무자비한 공격을 퍼붓기도 했다.

기사들이 버티지 못하고 배섬의 선박 뒤나 선실로 숨으려고 했으나 폭파당하고, 방어구마저 용해되고, 빙결되고, 감전되고, 석화되어 결국에는 비명을 지르기 시작했다.

높은 방어 능력 덕분에 치명상은 받지 않은 모양이지만, 물량 공세에 밀려 하늘에서 안경을 올려 쓰는 오스카에게는 접근조차 하지 못하는 실정이었다.

대장급은 몰라도, 몇 명 움직이지 못하는 걸 보면 이미 처치한 기사도 있는 모양이었다.

대체 어느새 수백, 수천 개의 마검을 만들었단 말인가…….

그때, 푸에르가 공격을 몸으로 받아가면서 『헌신』으로 오스카에게 빼앗은 마력을 치유 마법에 할당하며 돌진해 왔다.

"기어오르지 마라아아아아아! 이단자노옴!"

전장 전체에 울려 퍼지는 절규를 지르고 순식간에 공중을 달린 푸에르는 핏발 선 눈으로 오스카에게 달려들었다.

그러나 그 순간, 오스카의 안경이 빛났다! 안경 빔이다!

"큭?! 눈, 눈이?!"

실명할지도 모를 섬광을 맞은 푸에르가 두 눈을 누르며 비틀거렸다.

오스카가 검은 우산을 양손으로 들고 날아오는 공을 치는 것 같은 타격 자세를 잡았다.

그 공은 분명 푸에르의 머리다.

한쪽 발을 들고 몸을 비틀어 검은 부츠의 힘으로 힘껏 내디딘다!

임팩트.

아무리 광기적이라지만 여자의 안면을 총중량 15킬로에 달하는 금속 우산으로 힘껏 후려 버렸다.

코와 함께 안경이 박살 난 푸에르가 피를 뿌리면서 아름다운 포물선을 그렸다.

오스카는 어깨에 검은 우산을 짊어지고 안경을 올려 썼다.

너와 나는 안경의 격이 다르다⋯⋯ 그렇게 말하는 것처럼 보였다.

"⋯⋯저 녀석을 걱정해서 뭐 하겠어."

싸우면서 오스카의 상황을 살피던 나이즈는 어처구니없는 표정이 되어 자기 앞의 적에게 집중하기로 했다.

그렇게 오스카와 나이즈가 기사들을 상대하는 무렵, 밀레디는—

"잘도 메르 언니를 괴롭혔겠다, 이 대머리!"

"⋯⋯."

중력 마법 『흑옥』. 압축된 초중력장 포탄이 라우스에게 쇄도했다.

본래대로라면 파성퇴급 위력을 자랑하는 그것을 한 방이라

도 맞으면 갑옷을 입었건 말건 혼절은 피할 수 없었다. 지금은 특별히 힘을 쏟았으므로 인체가 산산 조각날 가능성조차 있었다. 그런데도 불구하고 라우스는 그것을 메이스로 튕겨 내고 말았다.

『성퇴(聖鎚)』라고 불리는 이 메이스는 극한의 신체 강화, 마법 반사 능력, 중량 변화에 더해 마력을 충격으로 변환하는 무지막지한 성능을 자랑하는 교회 굴지의 아티팩트였다.

"단장인지 탈모인지 모르지만! 얼른 떨어져, 대머리!"

"⋯⋯."

위쪽에서 초중력이 덮친다.

라우스가 압력으로 빠르게 낙하했지만 바로 메이스를 한 차례 휘둘러 혼백을 흔드는 충격파를 발생시켰다. 그것을 맞은 밀레디는 무심결에 마법을 취소해 버렸다.

"크으으. 성가시게 하지 마, 대머리 아저씨!"

"⋯⋯대머리가 아니다."

응? 밀레디는 생각했다. 딱히 도발은 아니었다. 해적단을 해쳐 흥분한 마음의 열을 식히기 위한 매도였다. 다소 냉각하지 않으면 냉정을 잃어 무슨 실수를 할지 모르기 때문이었다.

그러나 무시당할 거라고 생각한 유치한 매도에 뜻밖에도 반응을 넘어선 반론이 돌아왔다. 사실은 신경 쓰는 것일까?

밀레디는 해죽이 웃었다.

"야아, 반들반들하네! 앞쪽이 벌써 많이 빠졌어! 으응? 혹시 신경 썼어? 미안~! 밀레디가 솔직한 미소녀라 미안! 그래도 괜찮아! 오십 살 넘으면 보통 다 빠져!"

밀레디는 라우스가 30대란 사실을 대충 예상하고 있었다.

라우스가 엄청난 속도로 마법을 연발했다. 하나하나가 상급 수준인 모든 속성 마력탄이었다. 그것만으로 갤리온 급 선박 다섯 척은 침몰시킬 수 있으리라.

밀레디는 거기에 중력 마법 『절화』를 발동했다. 검은 흥성을 만들어 마법을 삼키고 압축해 그대로 되돌려주려고 했지만─.

"끄으응."

빨아들인 마력이 너무 비대했다. 상당히 자신 있는 반격기였던 『절화』가 허용량을 초과해 불길하게 맥동 쳤다.

"아차."

밀레디가 수평으로 자유 낙하해서 그곳을 이탈한 직후, 『절화』가 폭발했다.

나이즈의 공간 폭쇄도 저리 가라 할 충격과 마력이 파문을 퍼뜨려 확산됐다. 해수면까지 20미터는 되는 높이인데 잠시 충격으로 인해 해수면에 크레이터가 생겼다.

충격에 밀리는 물과 크레이터 부분에 쏟아지는 물로 바다가 사납게 요동쳤다.

"나는 아직 서른둘이다."

"앗?!"

어느샌가 라우스가 머리 위에 있었다. 밀레디의 머리를 깨버릴 것처럼 메이스가 떨어졌다.

간발의 차로 뒤로 떨어져 회피했지만 메이스의 궤도에 따라 충격이 나와서 밀레디를 추격했다.

특대 사이즈『흑옥』으로 반격. 다시 공중에 충격파가 터졌다.

"우습게 보지 말라고—『괴겁』!"

"—『충혼』."

다시 라우스 위로 초중력장이 발생했다.

혼백에 충격을 주어 저지하려고 했지만—.

"몇 번이나 같은 수에 당할까 봐?! 밀레디는 천재 마법사야!"

밀레디는 이를 악물며 마법을 취소하지 않고 끝내 버텨 냈다.

"어떻게 이 단기간에⋯⋯!"

밀레디가 한 일은 단순했다. 마력을 생성해 체내에 순환시켜 마법 내성을 끌어올렸을 뿐이었다.

하지만 그것은 장벽이나 방어구를 투과해 혼백에 영향을 주는 『충혼』을 방어하는, 유일하다고 해도 과언이 아닌 대응책이었다.

무의식적으로 상대의 마법 특성을 파악하고 거기에 맞는 마법을 사용한다⋯⋯ 천재라고 자부할 만한 재능이었다.

라우스는 광범위 중력장에 사로잡혀 도망칠 방법도 없이 바다에 처박혔다.

"허억허억, 역시 실력이 제법이네. 뭐, 그래도 밀레디가 더 세지만!"

밀레디가 당당하게 웃었다. 그 후, 바로 목소리가 들렸다.

—혼백 해방. 제1 한계⋯⋯ 돌파.

밤의 색을 띤 마력이 해수면에 폭발을 일으키고 그곳에서 라우스가 튀어나왔다. 조금 전보다 확연히 빠르다!

『흑─』.

─뒤쪽이다.

목소리가 울렸다. 등 뒤에서 인기척. 등줄기가 오싹해진 밀레디가 반사적으로 뒤를 확 돌아보았지만…… 아무도 없었다.

혼백 마법 『환령(幻靈)』. 모조 혼백을 만들어 기척을 내서 적을 교란하는 마법이었다.

"한눈팔 때인가?"

"앗─."

메이스가 밀레디를 향해 올려쳐졌다. 바로 다중 장벽을 쳤지만 순식간에 깨지고 날아가 버렸다.

하지만 그냥 가지는 않았다. 최근 겨우 성공하기 시작한 중력 마법과 속성 마법을 복합한 새로운 마법을 선물했다.

"─『휘도는 창궁의 별』."

중력 마법으로 압축한 불 속성 최상급 마법이 추격하려고 하는 라우스의 눈앞에서 해방됐다. 태어나는 것은 태양과 같은 폭발이었다.

또 충격으로 바다가 요동치고 배섬이 뒤흔들렸다. 오스카나 나이즈와 싸우던 기사들 중 몇 명이 충격에 떠밀려 넘어졌다.

갑옷의 방어력을 넘어서 충격과 화염이 라우스에게 확실한 타격을 입혔다. 늑골에 약한 금이 간 감촉이 들었다. 폐도 조금 화상을 입은 듯했다.

"설마 이 정도일 줄이야. 하는 수 없군. ─혼백 해방 제2 한계…… 돌파."

라우스의 움직임이 더 빨라졌다.

밀레디도 늑골에 느껴지는 통증에 이를 악물고, 아직 완벽히 익히지 못한 마력 소비가 막심한 중력, 속성 복합 마법을 연발했다.

하늘이 뒤틀리고 대기가 전율하며 바다가 갈라졌다. 창궁과 밤의 마력이 몇 겹으로 물결쳤다.

천재지변이나 다름없는 신대의 격투였다.

"……왜냐. 왜 저항하나."

최근 수십 년 동안 겪지 못한 전투로 피폐해져 거친 숨을 내쉬는 라우스가 메이스를 내리치면서 문득 물었다.

"성공하지 못할 저항이란 걸 알 터이다. 왜 복종하고 조용히 살아가는 길을 선택하지 않나! 왜 살고자 하지 않나!"

어딘지 모르게 비명처럼 들리는 질문이었다. 똑같이 숨을 헐떡이며 피로를 드러내는 밀레디는 메이스를 피하고 『흑옥』을 난사하면서 의아한 표정을 지었다.

교회의 인간이라면, 그것도 고위층이라면 이런 상황에서 광신과 신적의 죽음을 소리칠 것이다. 사실 싸움 도중에도 밀레디는 계속 이상하게 생각했다. 라우스에게서는 왠지 교회 특유의 광기를 느낄 수 없었다.

그래서일까? 라우스의 질문에 밀레디도 진지하게 대답을 돌려줬다.

"인간이니까."

"뭐라고?"

되묻는 라우스에게 밀레디는 부르짖었다.

"산다는 건 그런 게 아니잖아? 사람이 산다는 건, 그런 게 아니잖아!"

밀레디가 정면으로 외치는 소리에 라우스는 기에 눌린 것처럼 입을 다물었다.

"산다는 건 스스로 정한다는 거야! 뭘 믿을지, 뭘 선택할지. 모두, 중요한 건 스스로 정해! 그게 산다는 거 아니야?! 그게 인간 아니냐고?!"

피를 흘리며 피폐해지고도 창궁색 빛을 두른 밀레디는 최대한의 힘을 담은 『흑옥』을 날리면서 포효하듯 소리쳤다.

"자유로운 의사마저 가지지 못하면, 그게 무슨 인생이야!"

"자유로운, 의사……라고?"

라우스의 움직임이 갑자기 멈췄다. 눈을 크게 뜨고 믿어지지 않는 것을 본 듯한 표정을 내비쳤다.

―언젠가 사람이 자유로운 의사를 가지고 살아갈 수 있다면…….

뇌리에 떠오르는 『그녀』의 말.

말 자체는 어디에서나 들을 법한 상투적인 것이었다.

그러니까 우연이다. 우연일 것이다.

그런데 왜…… 왜 눈앞의 이글거리는 눈동자를 지닌 소녀에게 『그녀』의 모습이 겹쳐 보이는가…….

퍼뜩 정신이 돌아왔을 때는 『흑옥』이 배에 박혀 있었다.

"쿨럭!"

세계 최고 수준의 방어구를 입어도 간과할 수 없는 대미지를 주는 범상치 않은 마법. 그것은 마치 눈앞에 선 소녀의 강하고 굳은 의지 그 자체 같았다.

바다로 튕겨 날아간 라우스는 물수제비처럼 해수면에 튕겨 배 측면에 격돌했다.

"라우스 님, 무사하십니까?!"

달려온 것은 사단장 아라임이었다. 그는 갑옷이 으스러지고 한쪽 팔까지 잃었다.

"문제없다. 너야말로 중상이구나."

"팔 하나 정도로 제 신앙은 시험받지 않습니다. 그보다……."

그 뒷내용은 말로 하지 않아도 알고 있었다.

하늘에 밀레디와 오스카, 그리고 나이즈가 나란히 섰다. 세 사람 모두 최강의 기사단을 상대로 힘을 소모했고 피해도 입었지만 그래도 아직 건재했다. 그야말로 괴물이었다.

분노와 증오로 끓어오르는 아라임이 감정을 죽인 목소리로 보고했다.

"이미 부대 손실이 30퍼센트를 넘었습니다. 푸에르와 사이레오스, 바르토스도 순교했습니다. 죄송합니다."

"신대 마법 사용자가 상대다. 부득이한 결과겠지."

라우스가 뛰어올라 배 난간에 착지했다. 기사들이 그의 주위에 집결했다.

라우스는 똑바로 밀레디를 올려다봤다.

우려하는 듯, 고민하는 듯…… 싸움이 시작됐을 당시의 냉혹한 눈이 지금은 흔들리고 있있다.

"라우스 님?"

"아무것도 아니다."

그렇다면 이곳에서 순교를 각오하고 신적을 척살하자고, 아라임을 필두로 한 기사들이 목청 높여 외쳤다.

이단자를 앞에 둔 기사에게 후퇴는 있을 수 없다. 전멸할 때까지 싸워 마땅하다.

왜냐면 그것이 신명이니까.

라우스 또한 잠시 눈을 감은 후 그 말을 입에 담고자 하였으나—

"음? 이건……."

비바람이 더 격해지고 마침내 폭풍으로 발전하는 가운데, 그것이 보였다.

"잠깐, 정말로? 이 타이밍에?"

"……아니, 오히려 필연 아닐까? 조금 지나치게 날뛴 모양이야."

밀레디가 아연실색하고 오스카는 볼을 실룩거렸다.

거대한 파도가 몰려오고 있었다. 부자연스러운 큰 파도. 바다의 괴물— 악식이라는 거대 파도가!

기운을 더듬어 보자 바닷속에 숨은 마물들도 단숨에 부상하는 중이었다. 셀 엄두도 나지 않는 대군이건만 거친 바다와 전투에 집중하느라 알아채지 못했다.

신대 마법 사용자들이 총력을 쏟은 전투의 여파가 폭풍과 몬스터 퍼레이드를 불러왔다.

"……아라임. 비공선의 비행 능력은 어떻게 됐지?"

"헉. 네? 앗. 그거라면 수리를 완료해 항행에 지장이 없다고 합니다만……. 라우스 님! 설마 아니시겠죠. 이건 신명입니다! 저희에게 후퇴라는 두 글자는 없습니다! 문제없습니다. 놈들도 힘을 소모했습니다! 이제 당장에라도 놈들의 목을 쳐 보이겠습니다!"

아라임이 흥분해 물고 늘어졌지만 거기서 전황을 흔들어 놓을 또 하나의 요소가 난입했다.

"어머~? 그건 좀 힘들지 않을까?"

"메르 언니!"

거친 바다 일부가 물줄기로 아치를 만들었다. 인어처럼 바닷속에서 튀어 오른 메일이 그 꼭대기에 섰다.

"하필 10킬로미터나 떨어진 곳으로 전이할 게 뭐니? 언니가 돌아오느라 얼마나 고생했는데."

태평하게 얘기하지만 숨이 조금 거칠었다. 바로 마력 회복약도 복용했다. 어지간히 급하게 돌아온 모양이었다.

라우스는 광기에 빠져 신적을 섬멸하겠다고 벼르는 기사들에게 고했다.

"철수한다. 전원 비공선에 탑승하라."

"라우스 님?!"

"들어라. 대폭풍 속에서 무시할 수 없는 마물들과 신대 마법 사용자 네 명을 상대해야 한다. 신명은 받들어 마땅하나,

여기서 전멸해 완수하지 못하면 그 또한 용서받지 못할 일이다. 아라임, 기사들이여. 신명을 완수하는 것과 순교의 길을 걷는 것, 어느 쪽이 중요한가?"

당연히 신명의 완수였다.

"그렇다면 지금은 물러서라. 확실하게, 완벽하게 놈들을 토벌하기 위해서."

"……예. 알겠습니다!"

잠깐 고민한 아라임은 광기의 눈으로 신적들을 바라보면서도 경례로 답했다.

라우스가 밀레디 일행에게 날카로운 안광을 쐈다.

"아니면 여기서 사생결단을 낼 텐가?"

밀레디가 꿀릴 게 없다는 듯 씩 웃었다.

그리고 「아저씨, 지금 기분 어때? 이단자에게 된통 당한 신전 기사는 어떤 기분이 들어? 응? 응? 알려주라~. 막 부들부들 떨리고 그래?」라고 말할 생각일 거라 확신한 오스카가 뒤에서 그녀를 붙들고 입을 틀어막은 채 짧게 라우스에게 답했다.

"얼른 꺼져."

라우스는 읍읍 소리만 내는 밀레디를 가만히 바라본 후, 기사단을 이끌고 비공선에 올라탔다. 동력로를 수리한 비공선이 다시 날아올랐다.

그것이 떠나는 모습을 바라보다가 나이즈가 게이트를 열었다.

점점 격해지는 폭풍과 바다 위로 보였다 말았다 하는 어마어마한 수의 마물, 그리고 이제 저만치 앞으로 다가온 거대한 파도를 뒤로하고 일행은 메르지네 호로 돌아갔다.

　메르지네 호는 전체 길이 50미터를 넘는 대형 갤리온 급 선박이었다.

　그래서 조금 무리해 배섬 인원을 500명 가까이 수용할 수 있었다.

　그러나 쾌적함과는 거리가 멀었다. 마법으로 바람을 보내지 않으면 배 아래에선 금방 공기가 탁해졌다. 식량도 선내에 있는 분량만으로는 턱없이 부족했다.

　"메르 언니…… 못 구한 사람, 얼마나 돼?"

　메르지네 호에 돌아오고 얼마 지나지 않아 폭풍도 잠잠해져 밀레디 일행은 키 앞에 모였다. 크리스를 비롯한 해적단 멤버도 모인 곳에서 밀레디가 던진 첫 질문은 그것이었다.

　"……쉰일곱 명이야."

　그 숫자는 모두 전투원의 수였다. 200명을 넘는 전투원 중 3할 가까이가 재생 마법으로도 이미 늦은 상태…… 즉, 이미 죽었다는 뜻이었다.

　"미안, 메르 언니. 더 일찍, 우리가 돌아왔으면—."

　울음을 터뜨릴 것 같은 밀레디의 입술에 메일이 검지를 딱 붙여 말을 막았다. 그녀는 미소 짓고 살며시 고개를 저었다.

　"너희에게 우리를 구할 의무는 없어. 그런데도 돌아와 줬어. 목숨 걸고 싸워줬어. 은인이 사과하면 우리가 뭐가 되니."

　"메르 언니……."

메일은 코를 훌쩍인 밀레디의 머리를 어루만졌다.

"그래. 너흰 은인이야. 무슨 보답을 해줘야겠지."

"그런 건…… 아니, 그럼 알려줘. 메르 언니의, 진짜 목적은 뭐야?"

"……그런 건 보답이 안 되잖아."

밀레디는 고개를 설레설레 저었다. 그리고 힘이 깃든 눈빛을 보냈다.

"나에게 가장 중요한 일이야. 나는 그만큼 언니가 필요했어. 언니와 해적단 사람들이 함께 같은 길을 걸어주길 바랐어. 우린 바다의 보물을 찾으러 온 거야. 그리고 나는 찾았어. 메르 언니와 메르지네 해적단이라는 보물을."

그래서 메일의 『이유』야말로 가장 바라는 보답이라고 밀레디는 말했다.

메일은, 그리고 묵묵히 이야기를 듣던 해적단원은 하나같이 낯간지러운 표정으로 눈길을 돌려 버렸다. 캐티는 지금 당장 밀레디에게 달려들어 마음껏 쓰다듬어 주고 싶어 좀이 쑤시는 듯했다.

"그런 정열적인 말은 처음 들었어. 오스카랑 나이즈도 이런 모습에 넘어간 걸까?"

"아, 응. 아니라고는 못 하겠어."

"그래. 난감하지?"

쓴웃음을 지으며 긍정한 오스카와 나이즈는 「우리 리더, 사람 홀리는 재주가 있지?」라고 말하는 눈으로 메일을 봤다.

메일도 피식 웃은 뒤 동의했다.

"……왠지 또 밀레디만 빼놓고 다 같이 친해질 것 같은 예감이 드는데."

눈빛으로 대화하는 메일과 오스카, 나이즈를 보고 밀레디는 무심코 뚱하게 말했다.

메일은 분위기를 전환하듯 배 난간에 몸을 기댔다. 그리고 달을 바라보며 천천히 우수에 젖은 목소리로 이야기를 풀어 놓았다.

"동생이 있어."

열 살 정도 나이 차가 나는 이부형제라고 했다.

"어릴 때 어머니가 돌아가셨다는 이야기 했었지?"

"응. 메르 언니가 여덟 살 때 말이지? 그래서 그때부터 슬럼에서 살았다고……."

"그래, 맞아. 그렇지만 정확하게 따지면 조금 달라. 어머니가 돌아가시긴 했지만, 그건 내가 여덟 살 때가 아니야. 그보다 훨씬 후. 사실 어머니는 끌려가서 동생을 낳았고, 몇 년 뒤에 돌아가셨어."

"끌려가?"

"그래. 안디카를 거머쥔 인간— 바하르 데볼트가 한눈에 반해서."

차분한 얼굴이 기본인 메일이 인상을 일그러뜨리고 이를 갈았다.

괴로운 기억이었다.

이웃의 목격담을 나중에 들었지만 메일이 놀러간 사이에 어머니— 리쥬는 우연히 바하르의 눈에 들고 말았다.

원하는 것은 반드시 손에 넣는 자였다. 탐욕스럽고 무자비해 안디카에서 가장 두려움을 사는 남자이자 최대의 권력자였다. 어떻게 도망칠 수 있으랴. 리쥬는 봐 달라고 애원했지만 그는 들어주지 않았다.

리쥬는 의지가 강한 여성이었다. 본래는 자신의 의지를 무시하는 상대에게 고분고분하게 따를 사람이 아니었다. 그렇지만 그녀에게는 지켜야 할 것이 있었다.

바로 사랑하는 딸, 메일이었다.

당시 메일에게서는 이미 재생 마법의 징조가 보이고 있었다. 바하르에게 알려지면 새장 속에 갇힐 것은 불 보듯 뻔했다. 계속해서 이용당하는 인생을 살게 될 테고, 그러면 교회의 눈에 들어 죽을 때까지 교회를 위해서만 살아갈 것이다.

그것만은 용납할 수 없었다. 그래서 리쥬는 즉시 판단했다. 메일이 집으로 돌아오기 전에 끌려가기로……. 다행히 그에게는 아직 메일의 존재를 들키지 않았으니까.

아무도 없는 집을 보고 이웃 사람들이 무슨 일이 있었냐고 물었지만 메일은 당분간 정신을 가누지 못했다.

유일한 가족이 사라졌다. 기댈 곳 없이 슬럼을 방황했지만 어머니를 찾고 싶다는 일심으로 살아남은 메일은 6년 전, 크리스 등 동료의 조력을 얻어 어머니의 상황을 알았다.

이미 세상을 떠났다는 것.

그리고 동생이 있다는 것.

"디네라고 해. 처음에는 미웠어……. 어머니는 디네를 낳았을 때 건강을 해쳐 돌아가셨고, 나에게서 어머니를 빼앗은 그 남자의 딸이니까."

그렇지만—.

"한 번 그 낯짝을 봐야겠다고 생각해서 중앙에 침입한 적이 있어."

그것이 모든 일의 시작이었다.

—언니, 인가요?

처음으로 그 지하 방에서 대면했을 때, 메일이 뭐라고 말하기 전에 디네는 동그랗게 눈을 뜨고 그렇게 말했다.

"어머니에게 들었어. 나라는 언니가 있단 걸. 언젠가 반드시 만날 날이 올 거라고. 후훗, 네 언니는 아무도 못 말리는 말괄량이라서 디네가 있는 곳까지 쳐들어올지도 모른다고."

창 너머로 작은 손을 힘껏 뻗어 「언니, 언니! 드디어 만났어!」라며 눈물을 흘리는 어린 디네를 보고 메일은 모든 것을 깨달았다.

디네가 권력자의 딸이라도 충분한 애정을 받지 못했다는 것을…….

깊은 지하 방에서 고독하게 자랐다는 것을…….

어머니를 생각하며 외로움을 견디고 언젠가 만날 언니를 마음의 버팀목으로 삼아왔다는 것을…….

자신에게 손을 뻗는 디네를 봤을 때 든 감정을 어떻게 표현해야 할까.

아직도 메일은 그 말을 찾지 못했다.

사랑스럽다는 생각만 들었다. 까닭도 없이 이 아이는 내가 지켜야 할 아이라고 생각했다.

그래서—

"약속했어. 언젠가 함께 살자고."

하지만 현실은 언제나 비정했다.

디네가 단순한 딸이었다면 바하르도 쉽게 놓아줬을 것이다.

"디네는 고유 마법을 쓸 수 있었어. 제한이 있지만, 나와 같은 복원하는 힘을."

바하르가 놓아줄 리 없었다.

"무법자의 도시니까 바하르를 노리는 자는 차고 넘쳐. 자기가 그 지위를 차지하기 위해서 말이야. 당연히 항쟁은 수시로 일어났고 그럴 때 디네의 고유 마법이 있으면……."

회복 마법을 넘어선 궁극의 치유였다. 그 유용함을 포기할 자가 과연 있을까.

치명상을 치료받은 데볼트 패밀리 멤버에게 『성녀』라고 불렸을 정도였다.

"뭐? 그럼 『서쪽 바다의 성녀』는 원래 디네를 말하는 거였어?"

밀레디의 말에 메일은 어색하게 웃으며 고개를 저었다.

"『성녀』라는 명칭 자체는 원래 디네를 말해. 그래도 『서쪽 바다의 성녀』는 틀림없이 나야. 만에 하나 성녀의 소문이 교회 귀에 들어가더라도 그 아이를 찾지 못하도록 일부러 소문을 냈어."

당시에는 디네를 데리고 나와도 바하르에게서도, 교회에게서도 지켜낼 힘이 없었다. 오히려 바하르의 힘이야말로 교회에게서 디네를 숨기기 위해 필요했다.

가끔 데볼트 패밀리가 바다에 나왔을 때 몰래 과거를 보는 마법으로 디네의 상황을 살피며 교회에 들키지 않았는지 확인하곤 했다.

그러던 어느 날, 디네가 일부에서 『성녀』라고 불린다는 사실을 알게 되었고, 그것을 계기로 『서쪽 바다의 성녀』 전설을 만든 것이었다.

"그랬구나……. 그럼 메르 언니의 목적은 디네를 바하르에게서 되찾는 거야? 응? 하지만 그러면 왜 안디카까지 원하는 거야?"

"이유는 간단해. 그리고 그것이 바로 너와 손을 잡을 수 없는 이유야."

고개를 갸웃하는 밀레디에게 메일은 말했다.

"바하르는 교회와 유착되어 있어."

"봐주고 있다, 가 아니라?"

"그래. 카지노 수익의 상당액을 교회에 상납하고 있어. 다시 말해 안디카에는 타산지석이나 감옥이라는 역할 외에도 교회의 중요한 자금원이라는 역할이 있어."

그것은 바꿔 말하면 안디카를 다스리는 입장이 되면 본래 교회에 데려가 자유를 잃을 고유 마법 사용자나 메일 본인이 **교회에 인지된 상태에서** 어느 정도 자유롭게 살 수 있다는 뜻이었다.

"이 세계에 교회와 협력 관계를 맺을 수 있는 세력은 안디카밖에 없어. 안디카를 손에 넣어 내가 바하르의 지위를 차지하면 나나 다른 해적단원도, 그리고 디네도 자유롭게 살 수 있어."

그리고─.

"두 번 다시 어머니나 『약한 게 잘못이다』라는 한마디로 버림받는 슬럼가 주민 같은 사람들을 낳지 않아도 돼. 모든 사람의 『안주의 땅』을 얻을 거야."

그래서 해방자에는 들어갈 수 없다. 교회와 적대하는 조직에는 들어갈 수 없다.

아첨하고, 가치를 보여주고, 공생관계가 되어 어느 정도 자유를 보장받는다는 선택을 내린 것이다.

"신대 마법 사용자인 나를 미끼로 삼아 교섭하려고 해."

메일의 눈빛이 똑바로 밀레디에게 꽂혔다. 그 눈동자가 메일의 결론을 정확하게 보여줬다.

밀레디는 하늘을 올려다봤다. 눈을 감고 깊이 숨을 들이켰다. 마치 모든 것을 받아들이려는 것처럼……

한 호흡 후, 메일과 똑같은 눈빛을 돌려준 밀레디가 한마디를 꺼냈다.

"알았어, 메르 언니."

단지 그것뿐이었다. 그 또한 백 마디 말보다 정확하게 그녀의 의사를 보여주는 대답이었다.

두 사람 사이에 흐르는 공기는 바람 불지 않는 바다처럼 잔잔했고, 당분간 그저 서로를 가만히 바라만 보고 있었다.

그 후, 그날 밤이 되어 메일은 행동을 일으켰다.

그녀는 지금 달이 빛나는 바다를 홀로 떠다녔다. 하늘을 바라보며 파도에 몸을 맡기고 흔들거렸다. 눈을 감으면 지금까지 봤던 정경이 떠올랐다.

오늘 밤은 틀림없이 전환점이 될 것이다. 잘 될 거라고 자신의 마음을 타일렀다. 그리고 분명히 괜찮을 거라고 말해주고 결별한 아우를 생각했다.

"……미안해, 밀레디."

파도에 쓸려갈 것 같은 작은 목소리로 중얼거렸다. 그 직후, 다가오는 인기척을 느꼈다.

메일은 물로 작은 아치를 만들어 앉아 기다리던 사람을 맞이했다.

"안녕, 단장님. 와줘서 기뻐."

찾아온 자는 라우스였다. 멀리 비공선이 보였다.

"……어떻게 이곳을 알아냈지?"

"나에게는 과거를 보는 마법이 있어. 그걸로 쫓아왔을 뿐이야."

"……그렇군. 치유가 아니라 재생에 가까운 힘인가."

이해했다는 식으로 고개를 끄덕인 라우스는 눈을 가늘게 떴다.

"투항인가? 동료의 목숨을 구걸하러 왔나? 그렇다면 포기해라."

"어머나, 성격도 급하셔라. 둘 다 아니야. ⋯⋯교섭하러 왔어."

"논할 가치가 없다."

라우스는 논의의 여지조차 주지 않았다. 홀로, 재주도 좋게 자신에게만 알 수 있도록 마력을 보내는 터라, 기사단을 함정에 빠뜨릴 생각인지 확인하고자 혼자 와 봤더니 상상 이상으로 하찮은 내용이었다. 라우스의 전의가 부풀어 올랐다.

"안디카의 두목을 나로 갈아치울 생각은 없어?"

"⋯⋯뭣이?"

상상하던 것과는 다른 교섭 내용에 라우스는 무심코 되물었다.

메일은 자신을 두목으로 삼을 경우의 이득을 차근차근 덧붙여 설명했다. 하나는 신대 마법 사용자가 자신의 의지로 협력관계가 된다는 점. 재생의 힘이 가져다주는 이득. 이번에 바하르가 메르지네 해적단에 대처하지 못한 사태도 무마된다 등등.

당연히 조건으로 동료의 목숨을 보장하는 것도 첨가했다.

그리고 마지막으로 자신 넘치게 싱긋 웃으며 말했다.

"어때? 원래 안디카를 위협하니까 우리를 노린 거지? 그럼 내가 바하르를 대신하면 아무 문제도 없잖아? 오히려 바하르 같은 평범한 인간보다 훨씬 유익한 거래 상대가 되지 않겠어?"

"⋯⋯신명은 뒤집을 수 없다."

"어머, 복종할 기회를 준 사람은 다름 아닌 당신인데? 나에게 그만한 가치가 있다고 생각한 거지? 그럼 신국에 물어볼 수는 있지 않아? 분명 알아줄 거야. 나는 동료의 목숨을 구하고, 교회는 필요할 때 내 힘을 쓸 수 있어. 이런 게 윈윈 관계 아닐까? 나쁠 게 하나도 없는걸."

"……."

"아, 그리고 물어볼 때는 꼭 이 말도 덧붙여줘. 만약 이 교섭이 결렬되면 나는 마지막까지 싸울 거야. 방어를 포기한 나는 조금 흉악해."

부탁해도 되겠냐며 메일은 포근하게 미소 지었다.

라우스는 메일의 전투를 떠올렸다.

오후의 싸움에서 메일은 동료를 지키기 위해 힘의 태반을 썼다. 그러고도 그 전투력이었다. 몇 번 치명상을 쥐도, 몇 번 신체 결손을 당해도 불사신처럼 되살아났다.

그런 자가 죽음을 불사하고 전멸을 전제로 싸우면…… 기사단에게 그다지 바람직하지 않은 결과가 있으리라.

라우스는 잠시 고민한 후 가장 궁금한 점을 물었다.

"이야기를 듣고 있자니 신대 마법 사용자를 너 혼자처럼 말하는데, 그 세 사람은 어떻지?"

"그 세 사람은 해적이 아니야."

"뭐라고? 그럼 왜 구하러 왔지?"

"그 애들은 나를 동료로 영입하고 싶었을 뿐이야. 이미 연을 끊었어. 자세한 사정은 몰라도 무슨 조직이라나 봐. 교회는 대충 알 거라고 하던데?"

"······신대 마법 사용자를 세 명이나 가진 조직?"

라우스의 표정이 험악해졌다. 메일은 그 반응을 눈을 살며시 찌푸리고 바라봤다.

밀레디 일행에 관한 정보는 본인들에게 어느 정도 이야기해도 좋다고 들었다. 다만, 『해방자』라는 조직명만은 숨기라는 조건이 붙었다.

『신의 사도』와 싸운 이상 그들의 존재는 교회에 알려졌을 터였다. 그 사실을 아는 기사단은 어떤 반응을 보일까. 메일이 교섭하며 그들의 이야기를 물으면 확인해 달라고 부탁받은 사항이었다.

그러나 라우스의 반응을 보면 의외로 아직 파악하지 못한 것처럼 보였다. 지위로 보아 알아도 이상하지 않을 텐데······.

"그래서? 단장님의 대답은?"

"······."

라우스는 낮게 신음했다. 턱에 손을 대고 잠시 생각에 빠졌다.

"······좋다. 어차피 내일 아침 모두 보고할 예정이었다."

"어머, 다행이야. 좋은 대답을 기대할게."

메일은 싱긋 웃었지만 이젠 다짜고짜 공격해 오진 않겠다며 내심 안도했다.

첫 번째 관문은 돌파했다고 봐도 되리라. 남은 건 결과를 기다릴 뿐. 그러나 이 고비를 넘기면 요구는 받아들여질 것이라고 생각했다. 신대 마법 사용자에게는 그만한 가치가 있을 테니까.

"그럼 내일 해가 수평선 위로 올랐을 무렵, 다시 이곳에 올게."

그렇게 말하고 메일은 물줄기 아치에서 바다로 뛰어들려고 했다. 그러나 그때, 의외로 라우스가 그녀를 불러 세웠다.

"잠깐. 하나 묻고 싶다."

"어머? 뭐야?"

묘하게 머뭇거리는 모습을 보인 라우스는 의아해하는 메일에게 물었다.

"그 밀레디라는 소녀에 관해 달리 뭔가 아는 바는 없는가?"

메일의 의문이 더더욱 깊어졌다. 신대 마법 사용자의 정보를 더 자세히 알고 싶다면 밀레디뿐 아니라 나머지 두 사람에 관해서도 궁금할 것이었다.

왜 밀레디만 집어서 신경 쓰는 것일까?

"예를 들면…… 그밖에도 동료가 있진 않은가? 여성 동료가."

"여성? ……아니, 짐작 가는 게 없어. 내가 아는 건 그 세 사람뿐이야."

"……그런가. 아니, 모른다면 됐다. 내일 아침 이곳으로 와라."

그렇게 말하고 라우스도 발길을 돌렸다. 허공을 밟고 비공선으로 돌아갔다.

그 뒷모습을 바라보면서 메일은 신기한 사람이라고 생각했다. 그에게서는 어째선지 교회 특유의 광기가 느껴지지 않았다. 이렇게 교섭할 수 있었던 것도 그가 상대이기에 가능했다.

"……뭐 어때. 아무튼 한번 돌아가자."

메일은 물을 조종해 그 자리를 떴다.

다음 날 아침.

교회와의 교섭 결과를 듣기 위해 동이 트기 전에 나와 있던 메일은 해가 뜨고 몇 시간 후 배섬으로 돌아왔다.

교섭이 성공한다고 반쯤 확신하던 해적단과 밀레디 일행은 분명 웃는 얼굴로 돌아올 메일을 마중했고…… 할 말을 잃었다.

메일의 낯빛이 창백했다…….

"메일, 진정됐어?"

"응. 고마워, 크리스."

크리스에게 따뜻한 마실 것을 받아 낯빛이 제법 회복된 메일 주위로 사람들이 전원 집합했다.

"메르 언니. 무슨 일이 있었어? 교섭이 잘 안 풀렸어?"

밀레디가 염려하는 표정으로 묻자 메일은 숨을 크게 내쉬고서 입을 열었다.

"교섭 자체는 성립됐어. 교회와 안디카의 유착을 공공연히 드러내지 않기 위해 교회는 쿠데타에 일절 관여하지 않겠대. 감시하에 메르지네 해적단만으로 바하르를 몰아낸다면 안디카의 집권 세력을 데볼트 패밀리에서 메르지네 해적단으로, 아니, 메르지네 패밀리로 교체하는 걸 용인한다고 해."

"그럼 대체 뭐가 문제야?"

"……교회는 디네의 존재를 파악하고 있었어. 그 능력까지."

"그, 그건……."

밀레디뿐 아니라 오스카와 나이즈도, 해적단원들도 모두 숨을 멈췄다.

메일은 울 것 같은, 혹은 고통을 참는 것 같은 굳은 미소를 짓고 고개를 끄덕였다.

"디네는『회수』한다고 해. 안디카에 비슷한 힘을 가진 사람이 두 명이나 필요하진 않다고."

쿠데타에 말려들어 죽으면 곤란하므로 근시일 내에 라우스 쪽에서 먼저 디네를 데리고 갈 예정이라고 했다. 쿠데타는 회수 완료 연락이 온 후여야만 한다. 그것이 교회에서 내건 조건이었다.

교회는 딱히 메일과 디네의 관계를 알고 이 조건을 걸지는 않았다.

교회에서 보면 메일은 대단히 욕심나는 인재였다.

교섭이 결렬될 경우 메일은 철저하게 항전할 것이다. 막대한 대가를 치러 그녀를 포박하고, 재생의 힘이 끊어질 때까지 세뇌해 경건한 신도로 만드는 데 드는 시간과, 그러고도 계속 반항할 가능성이 있는 위험 부담을 질 바에야 거래 관계를 맺는 편이 훨씬 유익했다.

그렇기에 그녀를 시험할 이유가 없었다. 디네에 관한 건은 정말로 전해 들은 이유가 전부였다.

그러나 이래서는…… 메일 개인의 가장 큰 소원은 이룰 수 없었다. 이런 주객전도가 어디 있는가.

"디네를 넘기지 않는다를 교섭 내용에 추가하면…… 아니,

그럼 오히려 불리한가?"

오스카가 험악한 표정으로 제안했지만 곧 스스로 번복했다.

"그래. 관계를 밝히면 약점이 돼. 나에게 목줄을 채우려고 할 거야. 그럼 거래 관계로서『자유』를 얻을 수 없어. 주객전도야."

그렇다고 관계를 밝히지 않고 하위 호환 고유 마법 사용자를 넘기지 않겠다면 의문을 품는 것은 필연이었다. 관계가 알려지는 것도 시간문제였다.

즉, 여기에 와서 메일의 선택지는 두 가지로 좁혀지고 말았다.

하나. 디네라는 약점을 파악당하고 목줄 찬 자유로 타협한다.

둘. 디네를 빼앗고 자유롭지만 언제 죽을지 모를 도피 생활을 한다.

하지만 실질적으로 선택지는 하나뿐이었다.

그래서 메일은 고뇌했다. 후자를 선택하면 동료의 소원을 저버리는 셈이었다.

"그럼 할 일은 하나뿐이군. 어떻게 디네를 빼앗지?"

크리스의 생뚱맞은 말에 메일은 놀란 얼굴을 퍼뜩 들었다.

"데볼트 패밀리의 병력이 어땠더라?"

"네드, 까먹지 좀 마. 정예 100명, 잡졸 포함 300명이 중앙에 포진했어."

"그리고 고유 마법을 쓰는 녀석도 있었지? 몸 일부가 짐승으로 변하는……."

크리스와 단원들이 아주 자연스럽게, 당연한 것처럼 디네를 빼돌려 도망칠 계획을 세우기 시작했다. 다른 해적들도 「공주님을 뺏어서 도망친다니, 재밌겠는데!」라며 흥분해 있었다.

메일이 눈을 동그랗게 뜨고 말을 꺼냈다.

"너희…… 알면서 하는 소리야? 안주할 땅을 잃는다고. 앞으로 쭉 바다 위에서 도주 생활을 하게 된다고. 디네 한 사람을 위해서."

"알다마다. 한 사람을 위해 모든 사람이 목숨을 건다. 그게 우리 메르지네 해적단이잖아?"

네가 지금까지 해 온 일이다. 그렇게 크리스가 씩 웃으며 대답했다.

안주할 땅이 있으면 좋다. 교회나 강자를 두려워하지 않고 살고 싶다.

그렇지만 그게 패밀리 보스인 메일과 메일이 무엇보다 생각하는 동생의 자유를 빼앗아 성립한다면?

엿이나 먹어라.

"교회가 너를 복종시키기 위해 디네를 이용하지 않을 리가 없잖아? 어떤 수단을 쓸지는 몰라도 보나 마나 저열한 수작을 부리겠지. 너희 자매가 불행해지는 미래밖에 안 보여."

"알아들었지? 그러니까 메일, 이의도 반박도 듣지 않아. 디네를 데리고 바다 끝까지 도망치는 거야!"

"이렇게 된 거 신대륙을 찾아 여행이라도 떠날까! 해적에서 모험가로 직종 변경이다!"

"나쁘진 않군."

부하들의 망설임 없는 말에 메일은 고개를 하늘로 들었다. 그러지 않으면 아래에서 올라온 감정이 눈물이 되어 흘러 떨어질 것 같았다. 그 모습은 해적단 선장으로서 차마 보여줄 수 없지 않겠는가.

그때, 무척 즐겁게 웃는 소리가 들렸다.

"아하, 아하하하. 역시 메르지네 해적단은 멋져! 아하하하하!"

"밀레디……."

즐겁게 기쁘게 깔깔 웃는데도, 밀레디가 그들을 보는 눈은 무척 부드럽고 상냥했다.

밀레디는 자신의 가슴을 톡 치며 선언했다.

"그 이야기, 나도 끼워줘! 기뻐해라, 해적들! 이 천재 미소녀 마법사랑 유쾌한 동료들이 협력해주겠어!"

고작 세 명으로 기사단을 몰아낸 밀레디의 참전 선언에 해적들의 기세는 더욱 올라갔다.

어차피 교회에 대항한다면 『해방자』와의 연결 고리를 신경 써 봤자 무의미했다.

실제로 전력이 줄어든 해적단으로는 백광 기사단을 꺾기 어려웠다. 신대 마법 사용자 세 명의 조력은 이 순간 최고의 희소식이었다.

환성에 휩싸인 배 위에서 오스카와 나이즈가 못 이기는 척 어깨를 으쓱했다.

그러나 그 표정을 보면 처음부터 가만히 둘 생각이 전혀 없었다는 것은 자명했다.

"밀레디…… 왜? 나는 네 손을 뿌리쳤는데."

"그게 뭐? 내가 말했지? 메르 언니."

"응?"

"나는, 우리는 『해방자』라고. 사로잡힌 공주님을 풀어준다
는 이야기를 듣고 가만히 있을 순 없지!"

"그, 그렇지만……. 디네를 찾는다고 해도 나는……."

디네와 동료를 『해방자』에 들어가게 할 수는 없었다. 도움을
받아도 그 후 인생까지 세계와 싸우는 조직에 몸담을 수는
없었다.

가슴 답답함에 말문이 막혔다. 그러나 밀레디는 그녀에게
말했다.

"그런 건 아무 상관 없어!"

같은 길을 걸을 수 없다. 아쉬운 것은 사실이다. 그러나 그런
사소한 일이 밀레디가 삶의 방식을 굽힐 이유는 되지 못했다.

그래서 밀레디는 목청을 높였다. 만면에 웃음을 띠고—.

"자유로운 의사를 가지고 결단한 메르 언니에게 축복이 있
기를! 메르지네 해적단에게 천하무적의 행운을!"

와아아아아! 해적단이 환호했다. 밀레디가 양손을 들고 포
효했다.

"밀레디……."

그야말로 천의무봉이라는 표현이 어울렸다. 누구에게도 얽
매이지 않고 누구도 얽매지 않는 자유의 체현자가 그곳에 있
었다.

메일은 빛나는 웃음으로 해적단을 고무하는 밀레디를 마냥 멍하게 바라봤다.

패밀리에게 보내는 것과는 또 다른, 하지만 그 이상의 감정이 솟아올랐다.

그것은 분명 밀레디를 바라보고 미소 짓는 두 동료와 같은 감정…….

메일은 그 감정을 마음속 서랍에 넣어 두었다. 그리고 조용히 일어서서 물 아치를 만들어 배 전체를 내다볼 수 있는 높이로 이동했다.

포근한 미소를 지으며 말을 이었다.

"주목, 내 사랑스런 해적들. 우리 패밀리는 디네를 되찾을 거야. 분명 이게 마지막 해적질이겠지. 시작하면 안주의 땅은 두 번 다시 얻을 수 없고, 우리는 기댈 곳 없는 망망대해를 나아가야 해."

바람 마법으로 선창까지 들리고 있을 선장의 말에 모두가 숨을 숨이고 귀를 기울였다.

"못 하겠다 싶은 사람은 지금 나와. 지금까지 일한 보답으로 충분한 자금을 주고 안디카로 보내줄게."

약자는 가차 없이 버림받는 그 섬에서 한 번 더 강자로 기어 올라갈 기회를 얻을 수 있다. 하지만 그 말을 들어도 눈빛을 바꾸는 이는 아무도 없었다.

그저 가만히 자신들의 선장을 쳐다보거나 귀를 기울였다.

마치 그 말을 듣고 싶은 게 아니라고 말하듯이…….

이의 있는 사람이 나오지 않는 것을 확인한 메일은 살짝 난처한 표정을 지으면서도 한 호흡을 흘린 후 이해했다며 고개를 끄덕였다.

그리고 사벌을 뽑았다. 스릉, 하고 맑은 소리가 울리더니 칼날이 아침 해를 반사해 찬란히 빛났다. 그 빛이 메일의 당당한 표정을 아름답게 덧댔다.

"좋아! 내 사랑스러운 바보들! 마지막 순간까지 나를, 너희의 선장을! 따라와!"

오오오오오오! 메르지네 호 전체를 흔드는 함성이 터졌다.

밀레디가 함께 「우오오오~!」 하고 소리치고 있었다. 그것을 오스카와 나이즈가 싱겁게 웃으며 바라보다가 곧 자기들도 함성을 보탰다.

하늘 높이 오르는 태양이 해적단을 비췄다.

그 모습은 마치 찬란한 의지를 보인 인간에게 세계가 지어 보이는 미소 같았다.

호화찬란하고 욕망이 소용돌이치는 중앙 카지노에 오스카의 모습이 있었다.

단, 이번에는 웨이터 모습으로…….

욕망과 지방으로 꽉 찬 남자가 오스카의 쟁반에서 샴페인을 가져갔다. 가볍게 인사한 오스카를 신경 쓰는 기색도 없었다. 그것은 카지노 안을 경비하는 검은 정장들도 마찬가지였다.

"이해를 못 하겠어……."

혼자 중얼거린 오스카는 무의식적으로 안경을 올려…… 쓰려고 하다가 평소의 감촉이 없다는 것에 낮게 않는 소리를 냈다. 딱히 변장하지도 않고 안경을 벗었을 뿐인데 보안요원들조차 눈치채지 못했다…….

"아하하~, 역시 오 군은 안경이 본체였어."

근처로 다가온 밀레디가 스낵이 담긴 쟁반을 한 손에 들고 웃었다.

하지만 평소라면 즉각 반박할 오스카는 입을 다문 채 빤히 밀레디를 바라봤다. 그렇다. 웨이터 오스카와 똑같이 카지노에 잠입하기 위해 변장한 메이드 복장 밀레디를…….

"밀레디. 역시 너는 메이드복이 잘 어울려. 정말 멋져."

"……오 군. 드레스 입었을 때보다 좋아하는 거 아니야?"

"그건 그거고 이건 이거야. 전에 왔을 때 이곳 메이드복은 너에게 반드시 어울릴 거라고 생각했지만, 역시 난 틀리지 않았어. 밀레디, 너 아주 근사해. 변장용 검은 가빌도 멋져. 평생 그 모습으로 있어 주지 않을래?"

"……오 군. 난 네가 좀 무서워."

기겁한 것처럼 밀레디가 슬금슬금 물러났다. 오스카가 슬금슬금 다가갔다.

"야, 너희. 잠입이 뭔지 몰라? 눈에 띄지 마."

두 사람을 중재(?)하러 온 사람은 캐티였다. 그녀도 메이드복 차림이었다.

사실대로 말하자면 카지노 스태프나 손님으로 위장해 메르지네 해적단원이 다수 잠입한 상태였다.

디네 탈환 작전의 골자는 극히 단순했다. 나이즈가 메일과 함께 전에 디네와 만난 방으로 전이. 거기서 다시 전이로 탈출. 쥐도 새도 모르게 먼바다에 정박한 메르지네 호에 타서 그대로 복원한 선단에 나눠 탄 메르지네 패밀리에게 배째로 또 전이. 그 후에는 가능한 한 전이를 반복해 설령 비공선이라도 쉽게 쫓지 못할 정도로 멀리 선단 전체를 끌고 도망친다.

다만, 바하르의 강한 경계심으로 판단하건대 디네가 같은 장소에 없을 가능성도 있었다.

그 경우 메일의 과거시(過去視) 마법으로 디네의 종적을 쫓겠지만 안다카의 지하는 거의 미궁이었다. 아무에게도 들키지 않고 도착할 수 있다고 생각하는 것은 지나친 낙관일 것이다.

그래서 나온 아이디어가 양동이었다. 나이즈에게서 연락을 받으면 지상 팀이 난동을 피워 혼돈을 야기하고, 메일 쪽으로 갈 적을 줄이는 것이다.

참고로 어떻게 스태프나 손님으로 위장했냐면 단순히 돈의 힘이었다.

원래 카지노의 딜러나 경비는 데볼트 패밀리의 엄격한 심사에 합격하지 않으면 될 수 없는 직업이지만, 손님은 말할 것도 없고 종업원 정도라면 쉽사리 들어올 수 있었다.

그런 고로 밀레디와 같은 메이드 차림을 한 캐티는 잠입 장소에서 노닥거리는(?) 것처럼 보인 두 사람에게 불만을 토하러 왔지만…….

"캐티. 너도 멋져. 고양이 귀와 메이드복이 최고로 잘 어울려."

"어? 나, 나, 난데없이 뭐래! 마음에도 없는 소리 하지 마!"

"빈말이 아니야. 가능하다면 쭉 보고 싶을 정도야."

"뭣?!"

고양이 귀가 팔락팔락팔락. 꼬리가 쭈욱. 얼굴에 모이는 열로 분화 직전이었다.

오스카가 이어서 고양이 귀 메이드의 훌륭함을 역설하려고 입을 열었지만ㅡ.

"오 군. 적당히 안 하면 나 화낸다?"

"앗, 네. 죄송합니다."

일인칭이 『나』가 된 점만 봐도 폭발 일보 직전이었다. 웃는 얼굴로 이마에 핏줄을 세우는 밀레디의 박력에 오스카는 제정신으로 돌아왔다.

그런 그때, 아무래도 지나치게 떠들긴 했는지 한 중년 남성이 걸음을 멈췄다. 그리고 눈을 번쩍 뜨고 밀레디를 응시하는가 싶더니 갑자기 씨익 엉큼하고 끈적한 눈길을 보냈다.

"어허, 이게 누구야! 너는 그때 그 아가씨 아닌가! 후하하, 설마 이런 곳에서 재회할 줄이야! 그런 복장으로 대체 뭘 하는 겐가!"

밀레디는 짐작 가는 바가 없는지 고개를 까딱 기울이며 아름다운 동작으로 인사했다.

"……죄송합니다. 누구신지 여쭈어도 될까요?"

잠입 중이라서 말투도 태도도 바꿔 대답했다. 하지만 그 기품 있으면서도 다소곳한 태도가 남성을 더욱 흥분시킨 모양이었다.

"머리색을 바꿔도 소용없어. 그 눈동자와 기품 느껴지는 얼굴은 어떻게 잊으려고. 후후후, 대충 감이 오는군. 저번 빚으로 패가망신하고 몰래 일하는 모양이지? 그렇지만 빚을 떼먹으면 쓰나."

밀레디는 살짝 얼굴을 찌푸렸다. 「이 인간, 진짜 누구? 왜 이렇게 치근대, 재수 없게……」라는 생각을 눈동자에 담아 오스카를 봤다.

오스카는 몰래 「전에 너한테 사기 친 아저씨야」라고 귀띔했다.

그동안에도 남자는 혀에 기름을 칠한 것처럼 쉴 새 없이 떠들어 댔다. 아무래도 밀레디에게 상당히 집착이 강한 모양이었다. 사실 그는 밀레디가 빚을 떼먹고 도망칠 줄은 생각하지 못해 사적인 돈까지 써 가며 탐색에 협력한 인물이었다.

"그러나 이제 안심하거라. 내가 네 뒤를 봐주마. 나는 얼굴이 넓지. 너를 사들이는 정도는 문제도 아니야. 후후후."

"아니, 다른 분이랑 착각하신 것 같습니다."

남자는 거리낌 없이 밀레디의 머리로 손을 뻗었다. 아마 가발을 벗길 생각이었겠지. 물론 밀레디는 냉큼 피했다.

남자의 눈이 험악하게 가늘어졌다.

"지금 여기서 경비원을 불러도 좋다만? 넌 이미 카지노를 적으로 돌렸어. 그냥 넘어갈 수 있을 줄 아냐? 그것을 내가 한마디해서 보호해주겠다는 이야기다. 내 호의를 너무 무시하지 않는 게 좋아."

그렇게는 말하지만 남자의 욕망으로 불타는 눈을 보면 밀레디를 어떻게 하고 싶은지는 일목요연했다.

일단 오스카가 품속에 손을 넣었다. 속내와 똑같이 작열하는 마검이 뽑히기 일보 직전이었다. 캐티가 바로 그 손을 확 잡았다.

나이즈와 메일이 구출에 성공하면 바로 뜨면 그만이므로 지금만 참으면 된다. 캐티는 마음속으로 그렇게 되뇌고 시간을 벌고자 앞으로 나섰다.

"손님. 직원도 곤란한 모양입니다. 이곳이 여의치 않다면 안쪽 방으로 이동하시는 게 어떨까요?"

캐티가 의외로 정중한 말투를 쓰며 그렇게 제안했다. 남자는 그제야 처음으로 그녀를 깨달은 것처럼 헉하고 눈을 돌렸다. 그리고 아첨하는 웃음을 짓는 백발의 고양이 귀 메이드를 응시하더니 후헷, 하고 해괴한 웃음소리를 흘렸다.

"너, 너도 제법 아담한 가슴을 가졌군. 나이는 조금 많아 보이지만…… 거 나쁘지는 않아."

"".......""

남자가 밀레디에게 집착하는 이유가 판명됐다. 『가슴이 작은 소녀』가 목적인 듯했다.

밀레디의 동공이 수축했다. 캐티의 동공도 수축했다. 오스카는 마검에서 손을 떼고 슬며시 거리를 뒀다.

"그, 그럼 그 안쪽 방으로 가 볼까? 후힛."

남자가 기분 나쁜 웃음을 짓고 밀레디와 캐티에게 손을 뻗었다.

그때, 오스카가 모두에게 마련한 통신용 아티팩트가 수신을 알렸다.

(여기는 나이즈. 방에 디네가 보이지 않는다. 적에게 들켰다. 양동 작전을 부탁한다!)

오스카는 옳다구나 하고 남자가 추근거리는 밀레디를 향해 환하게 웃으며 엄지를 척 들었다.

"밀레디. 참을 필요 없어."

그것이 신호였다.

"자, 무서워할 필요 없어. 나에게 전부 맡기—."

"죽어, 변태."

밀레디의 중력 마법 『흑옥』이 남자의 고간에 날아들었다.

파성퇴급 위력을 자랑하는 포탄이 남자의 고간에 박히고 빠직!! 하는 끔찍한 소리가 났다.

"—!"

『흑옥』에 자신의 구슬을 강타당한 남자는 비명조차 지르지 못했다. 고간을 붙잡고 산소 결핍인 물고기처럼 입을 뻐끔뻐끔했고 그런 직후 눈이 홱 돌아가서 쓰러졌다.

털썩 소리에 주위 사람들이 무슨 일인가 하고 주목했다.

밀레디는 흥, 하고 콧김을 뿜고 가발을 던져 버렸다. 확 펼쳐진 꿈결 같은 금발을 잽싸게 포니테일로 묶었다. 그 후 숨을 훅 들이키고는 통신기를 들고 침묵이 깔린 홀 전체에 울려 퍼지도록 외쳤다.

"전원! 작전 개시다아아!"

""""우오오오오오오오!""""

갑자기 허공에 대량의 무기가 출현했다. 오스카가 『보물고』에서 소환한 그것들을 밀레디가 중력 마법으로 홀 전체에 뿌렸다.

잠입 중이던 해적들은 자신의 무기를 잡았다. 갑갑한 옷을 벗어 던지고 가뿐해지자 함성을 지르며 일제히 가까이 있는 검은 정장에게 달려들었다.

홀이 아비규환에 휩싸였다. 중앙구 부자들이 패닉에 빠졌다. 그런 가운데—.

"너는, 그때 그!"

"놈이 주범이다! 잡아!"

호령을 내린 밀레디를 향해 검은 정장들이 쇄도했다.

"오 군! 부탁해!"

"오케이."

오스카가 밀레디와 캐티의 어깨에 손을 댔다. 그 순간, 두 사람은 메이드복 아래에 입었던 평소 복장으로 바뀌었다. 『보물고』로 메이드복만 회수한 것이었다.

동시에 오스카도 품속에서 꺼낸 안경을 썼다. 그러자―.

"저건, 귀축 안경?! 어느새 들어와 있었지?!"

"괴도 신사 자식, 이런 감쪽같은 변장을!"

"또, 또 내 옷을 벗기려고?! 부, 부탁이야. 적어도 속옷만은!"

돌진해 오던 검은 정장들이 일제히 두려움에 사로잡힌 것처럼 발을 멈췄다.

아무래도 안경을 쓰고 처음으로 오스카를 『그때 본 귀축 안경』이라고 인식한 모양이었다. 오스카의 눈빛에 체념이 서렸다.

"……밀레디. 농담 빼고 말해줘. 나는 안경이야?"

"저, 저기, 오 군은 사람이야. 괜찮아. 알았지?"

웬일로 밀레디는 진심으로 무슨 말을 해야 할지 모르겠다는 듯 헤맸다. 캐티가 두 사람에게 진지하게 하라고 눈치를 줬다.

"에잇, 겁먹지 마. 남자잖아! 옷 좀 벗겨지는 게 대수냐! 그러면 알몸으로 붙잡으면 되지! 전원! 안경에게 돌격하라!"

"그, 그렇지. 데볼트 패밀리를 얕보지 마, 안경잡이!"

왠지 모두가 표적을 밀레디에서 오스카로 변경해 달려들었다.

"알몸 남자들이 들러붙어? 꿈에 나올까 무섭다."

오스카는 『보물고』에서 허공으로 검은 우산을 소환해 붙잡고 그대로 풀 스윙을 때렸다. 총중량 15킬로그램에 달하는 쇠몽둥이가 눈에 흐릿하게 보일 속도로 휘둘러졌다.

결과는 두말할 것도 없었다. 선두에 서서 달려온 남자가 고통스러운 소리를 내고 아름다운 포물선을 그렸다. 오스카는 그대로 검은 우산을 좌측으로 돌려 펼쳤다. 팡 소리를 내며 펼쳐진 검은 우산은 2식 『충벽』 동시 사용으로 검은 정장 몇 명을 한꺼번에 날렸다.

그리고 즉석에서 검은 우산을 도로 접어 빙글 회전시킨 뒤 반대쪽에서 나이프를 뻗어 온 남자의 발목에 U자 손잡이를 걸고 들어 올렸다.

공중에 뜬 경비병이 우왁, 하고 비명을 지르자마자, 공중에서 뒤집어져 무방비한 그 등에 오스카의 돌려차기가 작렬했다. 검은 부츠의 『반광벽』을 통한 반발력으로 그 또한 아름다운 포물선을 그려야 했다.

"젠장, 저것들 너무 강해! 귀축 안경 일당은 위험해."

"입 놀릴 여유가 있으면 주문이나 얼른 외워!"

돌아보자 오스카에게 다가오던 경비병 대부분은 밀레디에 의해 바닥에 내동댕이쳐져 흰자위만 드러내고 있었다. 조금도 닿지 못한 채 전율하는 검은 정장들은 악착같이 번개 속성 마법을 썼다. 춤추듯 불규칙하게 공간을 튀는 공격 마법 『뇌사(雷蛇)』였다.

회피 곤란한 그 공격에 오스카는 밀레디와 캐티 앞으로 나와 검은 우산을 폈다.

"—10식 『성절』 최대 전개."

구형으로 전개된 최상급 방어 마법이 춤추는 번개의 뱀을 완전히 막았다. 그리고—.

"—6식 『대람』."

우산 천 부분에서 폭풍이 발생했다. 주문을 외는 검은 정장이 속수무책으로 날아가고 그대로 벽에 격돌해 의식이 끊겼다.

"……너희 너무 강하잖아. 그 우산은 너무 편리하고. 내가 할 일이 없는데……."

멋지게 나이프 두 자루를 역수로 쥐고 경계하던 캐티는 오스카와 밀레디에게 눈을 새치름하게 뜨고 무심코 툴툴거렸다.

"그건 곤란하지. 가급적 광범위하게 날뛰어서 사람을 분산시킬 필요가 있으니까."

"그래그래. 자, 캐티! 고양이 귀 메이드의 실력을 보여줘!"

"고양이 귀 메이드라고 부르지 마! 밀레디 바보야!"

도발에 무지하게 약한 고양이 귀 아가씨는 얼굴을 새빨갛게 물들이고 엄청난 속도로 달려 나갔다. 일단 시작으로 검은 정장과 부자 같은 아저씨들의 안면에 날아차기를 먹이거나 나이프로 아킬레스건을 뚝뚝 끊고 다녔다.

"그래도 안디카의 통치 능력을 완전히 망가뜨릴 순 없지. 오군, 적당히 조절해야 한다~?"

"그건 내가 할 말이야, 밀레디. 너나 바닥에 핏자국을 양산하지 마."

오스카는 훗 웃고, 밀레디는 히죽이 웃으며 평소처럼 등을 맞댔다.

그때, 다시 통신기에서 연락이 들어왔다.

『여기는 나이즈. 돌발 상황 발생. 백광 기사단 단장이 눈앞에 있다.』

통신을 받은 전원이 순간 경직했다.

기사단이 그날 바로 행동에 나설 것은 예상한 바였다. 상대할 각오도 했었다. 그러나 교회 측은 유착이 공공연히 드러나는 것을 피하고 싶을 테니까, 기사단이 비공선으로 안디카에 직접 찾아오는 등 신속한 행동은 절대로 취할 수 없다고 예상했다. 해적단은 충분히 일찍 선수를 쳤다고 생각했다.

실제로 작전 개시 시에는 근해를 포함해 기사단의 모습은 아직 보이지 않았다. 가령 작전 중에 들이닥쳐도 감시병이 바로 눈치챌 것이다. 이제는 지상에서 밀레디 별동대가 발을 묶을 예정이었다.

설마 이미 침입해 있었고 심지어 단장이 단신으로 와 있었다니…….

지하는 미궁이나 다름없는데 정확하게 나이즈 앞에 나타나는 점도 포함해 경악하지 않을 수 없었다.

나이즈가 대화가 들리도록 통신기 수신 감도를 높였다.

잠시 메일과 라우스의 대화가 이어지고—

『해적단 및 거기에 편드는 모든 자를 신적으로 단정한다! 사력을 다해 섬멸하겠다!』

그 말이 전해진 순간 밀레디는 소리쳤다.

"나즈!"

그 짧은 부름만으로 밀레디 앞에 게이트가 펼쳐졌다.

"오 군, 여기는 맡길게!"

"좋아."

이쪽도 역시 이심전심이었다.

밀레디에게 뛰어들던 검은 정장을 『연쇄』로 천장에 매달고, 반대쪽에서 마법을 쓰려던 경비에게 안경 빔을 쏴 발을 묶는다.

그 틈에 밀레디는 게이트로 뛰어들었다.

밀레디 쪽에서 검은 정장들과 싸우기 시작했을 무렵.

전에 디네와 만난 방에서 나온 메일과 나이즈는 어두컴컴한 통로를 따라갔다.

눈앞에는 희미하게 뒤가 비치는 영상이 현실에 겹쳐지듯 떠 있었다.

그곳에 있는 것은 검은 정장 두 명 사이에 끼여 터덜터덜 걷는 어린 소녀— 디네였다.

"......"

메일은 자신과 같은 풍성한 에메랄드그린 머리를 뚫어지게 바라봤다.

데리러 오겠다고 맹세한 그날부터 벌써 6년이 지났다.

드물게 밖에서 노는 간부를 노려 과거시를 사용해 디네의 상황을 살필 때도 있었지만, 바하르의 은닉 솜씨는 우수해서 정말로 디네를 보게 되는 일은 드물었다.

마지막으로 과거시를 통해 본 것은 1년도 전이었다. 또 조금 자란 것 같았다.

메일의 가슴이 꽉 조였다. 지금 당장 이 가슴에 안아주고 싶었다.

"……괜찮아. 반드시 잘 풀릴 거다."

작은 목소리였다. 하지만 확신에 찬 힘 있는 목소리였다.

"나이즈……. 그래, 그렇지. 후후, 누가 뭐래도 신대 마법 사용자가 세 명이나 내 편인걸."

"그래. 해방자란 이름은 장식이 아니지."

무의식중에 몸에 지나치게 힘이 들어갔다는 것을 깨달은 메일은 웬일로 농담 섞어 말하는 나이즈에게 평소의 포근한 웃음을 보여줬다. 그러나 곧 어딘가 그늘이 지고 말았다.

"미안해. 이 작전이 잘 풀려도…… 너희에게 나는 보답할 수 없어. 다 갚을 수 없는 은혜를 지는데, 오히려 짐만 남기고 갈 거야."

"밀레디는 모두 알면서도 협력하기로 나섰어. 우리도 그래."

"응, 그랬지. 하지만, 그래서 더……."

과거의 동생을 쫓음과 동시에 메일의 마음에는 **아우**의 모습이 떠올랐다.

이번 작전으로 가령 메르지네 해적단이 도망치더라도 밀레디 일행은 대륙으로 돌아간다. 어쩌면 백광 기사단의 창부리가 해방자에게 놀아날지도 몰랐다.

밀레디는 「이미 신의 사도와도 붙었고 신대 마법 사용자란 사실도 들켰는데 뭘 이제 와서~」라며 그냥 예사롭게, 아무 문제도 없다는 양 말했지만…….

그래도 이만큼 도움받고 어떤 은혜도 갚지 못한 채 메일은 패밀리와 자기네만의 평화를 찾아 도망쳐야 한다.

평소의 차분한 얼굴을 유지하기가 어려울 정도로 마음이 죄여 왔다.

"걱정도 팔자군."

"나이즈……."

"착각하지 마. 우리가 너희를 돕는 이유는 그게 우리의 바람이자 삶의 방식이며 맹세이기 때문이다."

누구에게 강제당한 것도 아니었다. 자유로운 의사를 가지고 결의와 긍지를 관철하기 위해서였다. 말하자면 자신들을 위한 참견이었다.

눈앞에 구원을 바라는 자가 있다. 불합리함에 한탄하는 자가 있다. 그렇다면 악의와 적의, 그리고 빌어먹을 운명에서 해방한다. 그러기 위해 해방자가 존재했다.

"우리의 신념을 지키게 해줘."

"……그런 말투는, 비겁해."

메일이 난처하게 웃었다. 도와주지 못하는 쪽이 상처가 된다고 하면 기댈 수밖에 없지 않은가.

밀레디나 오스카나 나이즈나, 새롭게 만난 자신과 같은 힘을 가진 자들은 정말로…… 비겁하다. 아까와는 다르게 가슴이 죄어오는 느낌이 들 정도로…….

그때, 메일의 발이 뭔가를 밟았다.

"어머?"

"응?"

밟은 것은 가느다란 실이었다.

그러자 실 끝, 벽 일부가 붉게 빛났다. 침입자를 알리는 경보용 마법 도구가 발동한 듯했다. 메일이 아뿔싸 하는 표정을 지은 순간, 귀를 찢는 경보음이 울려 퍼졌다.

"……나이즈 잘못이네. 그러게 왜 나한테 말을 걸어?"

"적반하장도 유분수지!"

조금 전까지 미안함에 가슴 아파하던 그녀는 어디로 갔는가. 힘껏 눈길을 외면하는 메일을 힐끗 노려본 나이즈는 침입을 들켰을 때의 계획대로 통신기로 양동 작전 개시를 알렸다.

이것으로 카지노뿐 아니라 중앙구 전체, 그리고 각각의 대기소에서도 양동이 시작됐을 것이다. 이곳으로 올 적도 조금은 적어진다, 고 믿고 싶었다.

바로 전방 옆쪽 통로에서 튀어나온 검은 정장을 메일이 물채찍으로 후려쳤다.

"과거 영상을 좇는 이상은 전진할 수밖에 없어. 나는 전이를 위해 마력을 온존하고 싶으니까 격퇴는 메일, 너에게 맡기지."

"그래그래. 누나만 믿어."

"아니, 나이는 내가 더 많다만……."

혀를 쏙 내밀고 여러 가지를 얼버무리는 메일을 보고 나이 즈는 생각했다. 이 녀석, 역시 밀레디의 언니라고. 이 뻔뻔한 표정을 주먹으로 갈겨 버리고 싶다고…….

"바다가 아니어도 누나는 세단다."

"사람 말을 안 듣는군. ……뭐, 괜히 침울해지는 것보다는 낫지만."

물 채찍이 공기를 갈랐다. 연달아 나오는 검은 정장이 맞고 나가떨어지거나 묶여서 벽이나 천장에 부딪치거나 하며 기절해 갔다. 바로 근처 방에서 튀어나온 검은 정장도 사별에 당하거나 발차기로 고간을 강타당해 눈을 까뒤집었다.

참으로 야쿠자 같은 흉포한 스타일이었다. 포근하게 미소 짓는 모습과의 갭이 심했다.

"……그래도 죽이지는 않는군."

가능한 한 죽이지 않는 방침이라지만 메일에게는 동생을 감금해 오던 패밀리의 일원이었다. 어쩌면 개의치 않고 죽여 버릴 우려도 있었으나 메일은 제대로 힘 조절을 하고 있었다. ……고간 스매시가 힘 조절인지는 잘 모르겠지만…….

"너희가 하는 말도 이해하고, 나도 다스릴 생각도 없는데 통치자의 병력을 빼앗아서 안디카를 함부로 혼란에 빠뜨리기는 싫어. 게다가……."

"게다가?"

"디네에게 재회했을 때 『언니가 시산혈해를 만들며 데리러 왔단다!』라고 해 봐. 분위기가 좀 그렇잖아? 메일 언니는 동생에게는 존경심 듬뿍 담긴 시선을 받고 싶어."

밀레디에게 심술궂게 집착하는 것도 그렇고 역시 메일은 시스콤 기질이 있어 보였다.

"그, 그래? ……싱글벙글 남자의 고간을 뭉개는 시점에서 늦었다고 생각한다만……."

나이즈가 중얼거리며 메일에게서 살짝 거리를 뒀다.

양동 작전이 효과가 있었는지 『쇄도』라고 할 만큼의 적은 오지 않았다.

그리고 순조롭게 과거 디네의 발자취를 따라서 길을 따라가길 잠시…….

갑자기 밑에서 치고 올라오는 진동이 두 사람을 덮쳤다. 지진처럼 몸속으로 낮게 울리는 소리가 지하 공간에 메아리쳤다. 걸을 수가 없어서 벽에 손을 대고 멈춰 섰다.

잠시 기다리자 진동은 잠잠해지고 두 사람은 함께 안도의 숨을 뱉었다.

"지금 진동, 꽤 컸지?"

"그래. 심지어 이 타이밍…… 안 좋은 예감이 드는군. 서두르자."

"동감이야. 왠지 느낌이 안 좋아."

서로에게 고개를 끄덕이고 길을 서두르자 2분도 되지 않아 검은 정장이 디네를 데리고 어떤 방으로 들어가는 광경이 보였다.

"저기에!"

메일이 달려갔다. 문을 쾅 열이 방으로 들이닥쳤다.

"없어……."

"더 이동했나……. 메일, 뒷내용을 보자."

낙담을 감추지 못하던 메일은 고개를 끄덕하고 과거시를 진행시켰다.

그러자 당분간 방에서 책을 읽던 디네 곁으로 바하르가 부랴부랴 들어왔다. 측근을 대동해 긴박한 분위기로 디네에게 척척 다가왔다.

『지금 당장 이동한다. 따라와.』

『네? 아버지? 대체 무슨 일…….』

『설명할 시간 없어! 잔말 말고 와!』

『앗.』

강압적으로 팔을 잡아당겨 디네는 아파서 얼굴이 일그러졌다. 그리고 반쯤 끌려가다시피 문 쪽으로 갔다.

"저 인간이."

"진정해, 메일."

바하르의 난폭한 행동에 메일은 눈을 치켜떴다. 이것을 보면 디네는 바하르와 함께 있는 듯했다. 한발 늦었다.

"내가 경보에 걸리지만 않았으면……."

메일이 분하게 입술을 깨물었다.

그러나 메일만의 탓도 아니었다. 양동 작전이 개시된 후 아직 10분도 되지 않았다. 바하르의 대처가 너무 빨랐다. 마치 단걸음에 이곳까지 달려온 것처럼…….

"후회해 봤자 끝이 없어. 그보다 지금은 해야 할 일이 있지 않나?"

"그랬지. 미안."

메일은 쭉 되찾고 싶었던 동생을 눈앞에 두고 자꾸만 냉정함을 잃는 자신을 다시 타일렀다. 그리고 바하르와 디네의 행방을 쫓아 달려가려는데—.

"여기서 뭘 하지?"

"……?! 너, 어느 틈에!"

막고 있었다. 문 앞을. 아무런 전조도 없이, 백광 기사단 단장 라우스 번이…….

메일과 나이즈가 함께 경악해 눈을 번쩍 떴지만 라우스는 무표정하게 물었다.

"뭘 하느냐고 물었다."

"그건……."

메일은 말문이 막혔다. 라우스는 과거 영상에 비친 디네를 힐끔 보고 날카로운 눈빛을 메일에게 보냈다.

"말했을 텐데. 복원의 힘을 가진 소녀를 확보하는 대로 연락하겠다고. 쿠데타는 그 후에 벌일 예정이 아니었나?"

"……."

"처음부터 목적은 소녀 쪽이었나 보군?"

확신에 찬 단정의 말이었다. 아마도 그는 보고 있었다. 메일이 쓰러뜨려야 할 바하르가 아니라 디네를 쫓는 모습을. 예사롭지 않은 감정을 품고…….

"그런가…… 그 머리색. 같은 계통의 힘. 종족. 눈치챘어야 했어. 네 가족인가?"

"그러면 뭐가 어때서?"

"질문은 하나다. 교섭 내용을 이행할 생각은 있나?"

이쪽도 대답을 확신한 질문이었다. 시선이 나이즈에게 돌아가 있었다. 인연을 끊었을 터인 신대 마법 사용자들이 소동에 가담했다. 처음부터 교섭 내용 따위 고려하지 않은 것이 분명했다. 변명의 여지도 없었다.

그래서 메일은 안하무인하게 웃고 대답을 제시했다.

"없어!"

교회와의 협력 관계 따위 필요 없다. 디네만은 절대로 넘기지 않는다.

당당하고 각오가 담긴 선전포고였다. 자유를 사랑하는 해적 여왕의 눈동자가 그 의지를 여실히 증명하고 있었다.

라우스는 미세하게 눈을 내리떴다. 그러나 그것도 잠깐이었다. 곧 무언가를 떨쳐 버린 것처럼 눈을 부릅떠 분노 어린 선언을 돌려줬다.

"해적단 및 거기에 가담하는 모든 자를 신적으로 단정한다! 사력을 다해 섬멸하겠다! 신앙과 교의의 강대함을 뼈에 새겨라. 그것이 바로 이 세계에서 벗어날 수 없는 『절대적』 진리다!"

라우스의 패기에 찬 냉철한 눈동자를 통해 메일과 나이즈는 뇌를 휘저은 것 같은 감각에 빠졌다. 위험하다. 두 사람이 당황한 직후—.

"그 말, 엄청 싫어해!"

라우스 뒤에 펼쳐진 게이트에서 밀레디가 튀어나왔다! 필살 밀레디 킥이 라우스의 뒤통수에 직격—.

"엥?!"

슥, 하고 밀레디의 몸이 라우스를 통과했다. 당황해 중력을 조작하여 고양이처럼 공중에서 자세를 바로잡아 착지했다.

"오호라, 실체가 아니었나? 그러니 접근을 눈치채지 못하지."

나이즈 말대로 이곳에 있는 것은 라우스의 본체가 아니었다.

그러나 단순한 환영도 아니었다. 존재감, 질감, 마력과 기척까지도 본체와 구분할 수 없고 자유자재로 은폐 가능. 암시 등 어둠 속성 마법까지 구사할 수 있는 마법.

—혼백 마법 유현(幽現).

말하자면 유체 이탈 같은 것이었다. 혼백을 몸에서 떼어내어 물리적 장애를 무시하고 어디든 침입할 수 있었다.

"흥, 여전히 쪼잔한 기술이 많네, 대머리! 그래도 대충 알았어. 그 모습을 보면 대단한 공격은 못 하겠지. 그래도 마력을 띤 공격이라면 그 상태로도 대미지가 있지 않을까~? 응? 응~?"

장난꾸러기처럼 히죽이 웃으며 밀레디는 라우스에게 손을 뻗었다.

"혜안이로군. 그럼 본체로 신벌을 내리지. 우선은 지상에서 날뛰는 해적들에게."

"앗, 야, 기다려!"

밀레디가 『흑옥』을 날렸지만 그 전에 라우스의 모습은 훅 사라져 버렸다.

"저 자식, 잡히기만 해 봐! 나즈! 게이트 열어줘! 아마 비공선에 있을 테니까 하늘 위로!"

나이즈가 고개를 끄덕이고 즉석에서 게이트를 열었다. 뛰어들려는 밀레디에게 메일은 자기도 모르게 말을 걸었다.

"밀레디!"

"괜찮아~! 밀레디는 세계 최강 천재 미소녀 마법사니까! 메르 언니는 디네 걱정이나 해!"

엄지를 척 올린 밀레디에게 메일은 또 솟아오르는 형용하기 힘든 기분을 억누르고 잠깐 뜸을 들였다. 그리고 살짝 미소 짓고는 곧 당당하게 웃으며 똑같이 엄지를 세워 답했다.

"저 대머리, 날려 버리고 와!"

"맡겨만 주셔!"

밀레디는 기쁘게 웃은 뒤 게이트로 사라졌다.

"자, 가자, 나이즈."

"그, 그래."

달려가는 메일을 나이즈도 뒤따랐다. 앞머리가 조금 뒤로 밀려났을 뿐인데 대머리 소리를 듣는 단장을 동정하면서 「나는 아직 괜찮겠지?」라고 자기 이마를 신경 쓰며……

그 무렵, 지상에서는 중앙구가 대혼란에 휩싸여 있었다.

궁전 주위에서 검은 정장들과 싸우는 해적만이 원인이 아니었다. 소란에 틈타 몰래 도둑질 따위를 벌이는 자들과, 중앙구 인간과 데볼트 패밀리가 마음에 들지 않아 「싸움이다, 싸움♪」 하며 다짜고짜 주먹질하는 외곽구 사람들로 거의 축제 분위기였다.

일이 잘못됐을 때 전부 해적이 한 짓이라고 주장하면 그만이라고 생각하는 걸까?

그 소음이 들려 중구도 떠들썩해졌고 무슨 일이 생겼나 하고 사람들이 죄다 밖으로 나왔다.

어수선한 분위기가 밀려오는 파도처럼 섬 전체로 퍼지고 있었다.

그런 파도의 중심은 중앙구만이 아니었다. 주요 항만을 가진 북쪽 외곽구 【아비드 지구】도 소동의 중심지가 되어 있었다.

"야! 단 한 놈도 중앙으로 보내지 마!"

"""""아이아이! 부선장님!"""""

중앙구 외에 데볼트 패밀리가 가장 많은 항구 대기소. 데볼트 선단의 정비나 경비 말고도 외곽구를 향한 위압과 감시를 목적으로 많은 사병이 있었다.

그것들이 중앙으로 지원하러 가지 못하게 크리스 부대는 전투에 힘쓰고 있었다.

"이 자식들이 데볼트 패밀리에 손을 대고 살아 돌아갈—."

"—『극대 일섬』!"

"어어?! 배가 두 쪽으로?!"

갤리온보다 훨씬 작은 캐러벨급 선박이라지만 일격으로 두 동강 낸 크리스를 보고 검은 정장이 뭉크의 절규 같은 포즈를 했다.

먼바다에 정박한 메르지네 호를 공격하려고 재빠르게 출항 준비를 하던 소형선이 어처구니없이 침몰했다. 선수와 선미를 하늘로 향한 채 가라앉는 배에서 승무원들이 와악 비명을 지르며 바다로 텀벙텀벙 뛰어내렸다.

이어서 틈을 보고 중앙으로 가려던 분대를 전기를 띤 거대 늑대가 집어삼켰다.

괴성을 지르며 건장한 남자들이 줄줄이 쓰러졌다.

"부선장! 이제 카지노로 가도 되겠는가?! 내 인내심이 한계에 달했어!"

"가면 칼 맞을 줄 알아라. 할 일은 똑바로 해~."

"왜냐! 바로 저기에, 손을 뻗으면 닿을 곳에 내 이상향이, 메이드복 밀레디와 캐티가 있거늘! 원망하겠다, 부선장!"

"아니, 작전 개시 신호가 떨어진 시점에 두 사람 다 벗었겠지."

"어떻게, 그럴 수가……."

분풀이로 쏜 뇌격이 조직원 수십 명을 한꺼번에 날려 버렸다. 마니아는 마음속으로 오스카 동지에게 빌었다. 제발, 제발 이 세계의 유토피아를 사진으로 남겨와 달라고…….

그때, 근처에서 조직원 한 명에게 자이언트 스윙을 쓰던 네드가 큰 소리로 외쳤다.

"부선자아아아아앙! 서쪽 하늘이다!"

"엉? 쳇. 벌써 떴어?"

서쪽 하늘에 보인 것은 하늘 나는 배. 백광 기사단의 비공선이었다.

그것을 알아차린 안디카 주민이 하늘을 보며 웅성거리기 시작했다. 이 도시에는 교회의 권세에서 도망쳐 온 사람들이 대부분이었다. 그래서 하늘 나는 배의 정체가 저절로 떠올랐다.

실제 목적은 달라도 마침내 교회가 신벌을 집행하러 움직인 게 아닌가, 하고 믿어지지 않는 마음으로, 혹은 절망한 표정으로 하늘을 바라봤다.

그 직후, 격심한 진동이 섬 전체를 덮쳤다.

"우왁!"

신들린 균형 감각의 소유자 크리스마저 몸을 가누지 못하고 한쪽 무릎을 꿇었을 정도의 격진이었다. 너울이 커지고 정박 중인 배가 부두에 부딪쳐 부서지는 소리가 울렸다.

마치 거대한 짐승이 으르렁거리는 것 같은 땅울림에 섞여 사람들의 공포에 찬 비명이 퍼졌다. 교회 최강 병력의 등장에 맞춰 마치 세계의 종말이라도 선고받은 느낌이리라.

"젠장. 대체 뭐야!"

진동이 수그러들자 크리스가 욕을 뱉었다. 하지만 곧 정신을 가다듬고 네드와 마니아에게 버럭 소리쳤다.

"네드! 마니아! 너희 따라와! 기사단을 막으러 가자!"

"막을 수 있긴 하냐?!"

"다 끝나면 나는, 밀레디와 캐티, 그리고 선장과 디네의 메이드복 차림을 볼 거야……."

죽은 눈으로 사지로 향하려는 마니아를 보고 어이없이 웃은 크리스가 서쪽 하늘을 노려본 직후였다.

『오 군 눈이 무서우니까 메이드복은 두 번 다시 안 입을 거네요~! 대신 저것들은 이 밀레디가 상대해주겠어! 다른 사람들은 모두 그대로 작전 속행이야!』

밀레디의 전체 통신이 들려왔다.

마니아의 비탄을 무시하고 크리스가 하늘을 올려다보자 그곳에는 게이트에서 막 튀어나온 밀레디가 있었다.

동시에 비공선에서도 라우스가 이끄는 기사들이 뛰쳐나왔다.

"아니, 혼자서 괜찮은 거야?"

『밀레디에게 불가능은 없어!』

크리스의 물음에 밀레디는 자신만만하게 답했다.

기사단의 앞길을 혈혈단신으로 막아서는 그 당당한 모습은 하늘을 주목하던 많은 안디카 주민에게도 목격됐다.

"……밀레디, 야?"

그렇게 중얼거린 사람은 토끼 귀 소녀 키아라였다. 그녀는 마커스와 벨라에게 안겨 하늘을 올려다보고 있었다. 주위에서 단골들도 모두 눈을 크게 뜨고 그곳을 주목했다.

그런 가운데 완전 무장으로 정면에 선 라우스가, 염화 비슷한 것이라도 썼는지, 안디카에 있는 인간 모두의 머리에 올리는 목소리로 선포했다.

"우리는 삼광 기사단 중 일각, 백광 기사단이다. 이단자 집단 메르지네 해적단에게 신벌을 내리겠다. 가담하는 자는 일절 예외 없이 토벌 대상으로 지정한다! 목숨이 아깝거든 저항하지 마라!"

그것은 반대로 말하면 메르지네 해적단에 편들지 않으면 이번에는 신벌의 대상이 되지 않는다는 선언이었다. 그리고 공포에 빠진 이들이 결속해 방해하지 않도록 하기 위한 선언이기도 했다.

밀레디는 라우스에게 이보다 더 짜증 날 수 없다는 표정을 지어 보이며 상스럽게 가운데손가락을 올리고 그것을 입에 담았다.

"귓구멍 열고 잘 들어! 나는 밀레디. 밀레디 라이센! 모든 이가 자유로운 의사를 가지고 살아가기 위하여 세계의 변혁을 지향하는 반교회 조직—『해방자』의 리더다!"

술렁. 기사단뿐 아니라 안디카 주민들도 웅성거렸다.

모두 이단자이자 무법자. 하지만 동시에 모두 도망쳐 온 자.

그렇기에 이해할 수 없었다. 믿을 수 없었다. 지금까지 단 한 번도 듣도 보도 못 했으니까.

세계 그 자체에 정면으로 싸움을 거는 소녀의 모습이라니!

"내가 바로 너희의 적! 망할 신에게 이 목숨 다할 때까지 언제까지고 저항하는 자!"

너무나도 눈부셨다. 안디카 사람에게는……. 교회 최강 병력을 상대로 당당히 선언하는 소녀의 모습은, 마치 중천에 걸린 태양처럼 차마 직시하기도 어려울 만큼 눈부셨다.

천진난만한 모습밖에 모르는 키아라와 단골들, 밀레디와

알게 된 다른 안디카 사람들은 그녀가 보인 압도적인 패기에 숨을 쉬는 것을 잊었다.

"덤벼, 신의 꼭두각시들. 나 밀레디가 인간이 뭔지 알려주지."

한손을 앞으로 들고 손가락을 까딱까딱했다. 이보다 더 대담할 수 없는 웃음을 곁들이고.

라우스의 얼어붙을 것 같은 눈이 가늘어졌다. 거대한 메이스를 한 번 휘두르고 그가 말했다.

"······그렇다면 증명해 봐라. 나의, 백광 기사단 단장 라우스번의 시체 위에, 신에게도 저항할 수 있다는 인간의 힘이란 것을."

그 직후, 사람들이 지켜보는 가운데 거대한 두 힘의 격류가 안디카 상공에서 충돌했다.

시간을 조금 거슬러 올라 양동 작전이 개시될 무렵. 그 소음은 집무실에 있던 바하르의 귀에 금방 들어왔다.

"이 소란은 뭐냐!"

고함치며 보고를 촉구하자 카지노에 설치된 원영석 감시 영상을 확인하던 부하 중 한 명이 당황한 표정으로 해적이 습격했다고 전했다.

"이 타이밍에 해적이라고? ······큭. 우라질 것들."

갑자기 격앙한 바하르는 뭐가 뭔지 모르겠다는 분위기의 부하에게 인원을 총동원해 진압하도록 명령하고 자신도 사벌을 장비한 뒤 달려 나갔다.

"켈빈하고, 다섯 명 더 따라와! 그리고 에이스는 어딨어!"

"에이스는 조금 전에 지하로 가서 아직 돌아오지 않았어. 그보다 보스, 어디 가려고?"

"디네한테 간다."

켈빈의 질문에 바하르는 벌레라도 씹은 표정으로 대답했다. 그러고는 아무나 에이스를 불러오라고 버럭 소리치며 보기 드문 초조함을 보였다.

그 서슬에 예삿일은 아니라고 생각한 켈빈과 부하들도 묵묵히 그를 따라갔다.

바하르는 지름길도 이용하여 똑바로 디네의 방에 도착했다. 노크도 없이 문을 부술 기세로 걷어차 열었다.

깜짝 놀라는 디네에게 아무 설명도 없이 다짜고짜 팔을 잡고 지하 통로를 걸었다.

"켈빈, 너는 디네를 데리고 섬을 나가라. 긴급 탈출용 배를 써. 사태가 진정될 때까지 가능한 한 멀리, 서쪽으로 도망가라. 안디카는 물론이고 대륙에는 절대로 다가가지 말고. 너희도 켈빈을 따라가."

"그건 알겠는데…… 보스, 해적 상대로 너무 호들갑 떠는 거 아냐?"

켈빈은 명령에 응하면서도 당혹감을 내비쳤다. 그것도 당연한 것이 긴급 탈출용 배는 지하 통로 한쪽에서 직접 바닷속으로 나간 후 마법으로 수면까지 부상하는 비장의 고속정이었다.

그걸 지금 사용하면 바하르에게 무슨 일이 있을 때 탈출할 수단이 없었다.

그러나 켈빈의 질문에 바하르는 대답하지 않고 다른 지시를 내리기 시작했다.

긴박한 상황에 제지를 건 사람은 의외로 디네였다.

"아버지, 제발 설명해주세요! 대체 무슨 일이 일어난 건가요?!"

"넌 닥치고 있어! 얌전히 하는 말이나 들어!"

평소라면 사과와 함께 몸을 움츠릴 디네였지만 이번에는 달랐다.

"싫어요!"

디네는 힘껏 바하르의 손을 뿌리쳤다. 디네의 처음이나 다름없는 강한 거절과, 잘못 봤나 싶을 정도로 강한 빛을 띤 눈동자에 바하르는 무심코 걸음을 멈췄다.

그것은 켈빈과 부하들도 마찬가지였다. 얌전하고 자기주장을 하지 않는 소녀의 생각도 하지 못한 빛에 눈을 둥글게 떴다.

"설명해주실 때까지 저는 아무 데도 안 가요!"

"야, 대들지 말고 말 들어!"

짝! 디네가 뺨을 맞았다. 원래 몸집이 작고 연약한 디네였다. 보통은 그대로 쓰러졌겠지만…… 디네는 비틀거리면서도 다리에 꾹 힘을 줘서 버텼다.

곧 눈을 부릅뜨는 소리가 들릴 정도로 강한 눈빛을 바하르에게 되쐈다.

자기도 모르게 바하르는 놀란 숨을 들이켰다.

"설명해주세요, 아버지. 안 그러면 설령 억지로 배에 태우시더라도 저는 뛰어내려 헤엄쳐 돌아올 거예요."

"……젠장. 왜 이럴 때만 그 녀석 성격이 튀어나오냐고."

작게 흘러나온 말에 디네는 의아한 표정을 지었다. 그래도 물러날 생각은 없었다.

디네는 여기서 기다려야만 했다. 언젠가 언니가 데리러 와주기를…….

함부로 섬을 떠날 수는 없는 노릇이었다.

물러서지 않겠다는 고집 어린 눈빛을 본 바하르는 다시 혀를 차고 디네의 손을 잡았다. 디네는 무심결에 뿌리치려고 했지만 그 전에 바하르가 말을 꺼냈다.

"설명해주마. 하지만 지금은 시간이 없다. 걸으면서 들어."

"에, 아, 네."

디네는 열심히 걸음을 맞추며 바하르가 자신의 말을 들어줬다는 사실에 놀라고 있었다. 부하들의 심경도 같은 모양이었다. 디네의 반항 이상으로 놀라 눈이 한층 커져 있었다.

바하르는 그런 시선들을 무시하고 입을 열었다.

"지금 위에서 해적들이 날뛰고 있다. 고스트 쉽 패거리야."

무의식중에 놀라서 소리 지를 뻔한 디네를 무시하고 바하르는 말을 이었다.

"기사단 놈들이 아직 소탕하지 않았어. 그리고 이 타이밍에 해적들이 우리를 노렸지. 백광 기사단이, 단장이 직접 이끄는 사단이 나섰는데 그것들을 놓쳤고 습격까지 허락해? 말도 안 되는 소리지. 그딴 일이 있을 턱이 있냐!"

격정이 실린 바하르의 말에 켈빈이 무거운 표정으로 물었다.

"그 말은 우리가 교회에게 버려졌다는 거야?"

"그게 아니면 뭐겠어? 해적단에게 어떤 가치가 있는지는 모르겠지만, 놈들을 우두머리로 앉히는 게 좋다고 판단했겠지."

"그렇지만 보스, 그렇다면 나도 해적들을 죽이러 가는 게 좋지 않아? 쉽게 말해 그냥 패권 싸움이잖아? 지금까지 해왔던 대로 죽여 버리면 끝일 텐데."

켈빈이 의아해하자 바하르는 고개를 저었다.

"분명히 우리가 살아남으려면 그것 말고는 방법이 없지. 해적단보다 우리가 더 쓸 만하다고 증명하지 않으면 끝장이야. 하지만 이기든 지든 하나 확실하게 잃는 것이 있어."

바하르의 시선이 옆에서 보폭을 맞추느라 애쓰며 귀를 기울이던 디네에게 향했다.

"교회는 어떻게 해서든 이 녀석을 빼앗을 생각이다."

"저를⋯⋯."

그랬다. 교회는 디네의 존재를 눈치채고 있었다. 바하르에게 복종을 증명하라는 의미로 자진해서 내놓으라고 암시해 왔지만 이 상황을 보건대 이미 그 생각도 바뀐 것 같았다. 교회 측도 디네는 가지고 싶을 터였다. 해적의 습격을 허락하고 그 과정에서 디네가 죽도록 방치하는 멍청한 짓을 할 리가 없었다.

즉, 해적의 손이 이곳까지 뻗치기 전에 반드시 탈취하러 온다.

'그런 것치고는 일 처리가 어설픈데……. 습격에 맞춰 이미 디네에게 도착해 있을 거라고 생각했건만…….'

그것이 바하르가 초조해하던 이유였으나 다행히 디네를 먼저 확보할 수 있었다.

교회의 감시, 혹은 내통자를 우려해 디네를 탈출시키기보다 지하 미궁에 숨기는 편이 그나마 속여 넘길 가능성은 있다고 생각했지만 여기까지 오면 이제 이판사판 혼란에 틈타 섬 밖으로 탈출시킬 수밖에 없었다.

"켈빈, 부탁한다. 뒤도 보지 말고 도망쳐. 도망칠 수 있을지는 모르지만…… 어쩌면 내 마지막 부탁이다. 들어다오."

"보스…… 부정 탈 소리는 하지 마. 나만 믿어. 교회에게 아가씨를 넘기진 않을 테니까."

바하르가 꺼낸 마지막이라는 말에 디네는 퍼뜩 고개를 들었다.

어느새 넓은 공간으로 나와 있었다. 돔 형태의 공간에는 중앙에 물이 있고 작고 날렵하게 생긴 배가 떠 있었다. 정면은 섬의 특성대로 바닷물이 벽을 만들고 있었다.

그때, 격진이 동굴을 뒤흔들었다. 천장이 갈라지고 작은 돌이 떨어져 모두 무릎을 꿇은 뒤 머리를 감쌌다.

그리고 디네는 놀라서 눈을 휘둥그렇게 떴다.

"아, 아버지?"

"입 다물어."

바하르가 자신을 위에서 덮고 있었다. 마치 천장에서 떨어진 돌에서 디네를 지키는 것처럼…….

진동이 잠잠해졌다. 멍하게 자신을 바라보는 디네에게 바하르는 눈을 맞췄다.

"……잘 들어. 너도 똑같아. 죽자 살자 도망쳐. 마지막까지 포기하지 마. 절대로 교회의 허수아비가 되지 마. 아무리 불편해도, 아무리 비참해도 의지만은 빼앗기지 마라. 너는 그 녀석, 리쥬의 딸이다. 안디카에서 태어난, 강한 여자의 자랑스러운 딸이다. 방금 보인 기백을 잊지 마! 알겠어?"

"어, 아, 알겠, 어요. 그, 그렇지만, 아버지…… 아버지는……."

혹시 나를 사랑했었나요…… 어머니를, 사랑했었나요…….

그 말이 나오기 전에 바하르는 디네를 일으켜 배로 걸어갔다.

디네는 혼란 속에 있었다. 언니가 바로 코앞까지 와 있을지도 몰랐다. 그렇다면 여기서 탈출해서는 안 되었다. 바하르에게서 도망쳐 지하 미궁으로 돌아가야 할지도 몰랐다. 그렇지만 방금 바하르가 보인 모습이 디네에게 망설임을 낳았다.

켈빈과 부하들이 서둘러 출항 준비를 하는 것을 보면서 기다려 달라고, 부탁이니까 조금만 더 기다려 달라고, 디네는 마음속으로 중얼거렸다. 지금은 그들의 손재주가 원망스러웠다.

그리 오랜 시간이 걸리지 않고 출항 준비가 끝났다. 디네는 바하르에게 손을 잡힌 채 배로 다가갔다.

혼란스러운 마음과 언니와의 약속. 모든 것이 디네 속에서 소용돌이쳤다.

그런 디네의 마음은 예상 밖의 사태로 이루어졌다.

"오래 기다리셨습니다."

말을 건 사람은 어느새 찾아온 에이스였다.

"에이스! 늦었잖아! 너도 함께 보낼 거다."

"그렇습니까."

어딘지 모르게 태도가 이상했다. 에이스는 무표정하고 바하르의 질문에도 담담하게 대답할 뿐이었다. 걸음도 멈추지 않고 왠지 바하르와 디네 앞으로 나와 선박용 다리를 막아섰다.

"야, 에이스. 뭐 하냐? 얼른 타."

보스에게 충성을 바치던 그는 허공을 바라본 채로 반응조차 없었다.

"야, 에이스! 정신 어디 팔고 있어!"

바하르가 고함쳤다. 에이스는 뭐라고 작게 중얼거렸다. 디네에게는 그것이 「받들겠습니다」라고 중얼거린 듯 보였다. 오한이 디네의 등을 타고 퍼졌다. 무의식중에 바하르와 맞잡은 손에 힘이 들어갔다.

바하르는 거기에 움찔 놀라고 살짝 경계하는 눈으로 에이스를 봤다. 최고참이자 가장 신뢰하는 참모였다. 의심할 필요도 없다고 이성이 주장했지만 무뢰배를 통솔해 온 무법 도시의 왕인 바하르의 감이 격렬하게 경종을 때렸다.

"……에이스. 한 번만 더 말하겠다. 얼른—."

"보스. 제안이 있습니다만, 아가씨는 유적으로 보내시는 게 어떻습니까?"

"무슨, 소리냐?"

"봉인을 풀자는 겁니다. 안디카의 재앙만 해방한다면 해적은 물론이거니와 교회까지 힘으로 배제할 수 있을지도 모릅니다."

"장난치냐? 제어도 못 하는 괴물을 깨워 봤자 자멸밖에 더 해? 너 『재앙』이 무슨 뜻인지 모르냐?"

"그렇습니까……. 그러면 곤란한데."

"……어이, 에이스. 너 뭐 잘못 먹었냐?"

명백히 어딘가 이상한 에이스의 태도에 바하르는 디네를 등 뒤에 숨기고 조심스럽게 뒤로 물러났다. 다른 부하들도 당황하면서도 불길한 기운을 감지했는지 배에서 뛰어내려 바하르 앞에 섰다.

에이스는 그런 동료들에게 아주 당연한 일인 양 그 말을 입에 담았다.

"저는 신의 바람에 응했을 뿐입니다."

"큭, 켈빈―."

바하르는 털이 곤두서서 켈빈에게 명령했다. 에이스를 죽이라고…….

순식간에 깨달았다. 디네를 교회에 밀고한 내통자의 정체를. 그리고 에이스가 어느샌가 교회 측에 붙었다는 사실을…….

켈빈이 움직― 이기 전에 바하르는 배에 충격을 느꼈다.

"어?"

목소리를 흘린 사람은 뒤에 있던 디네였다. 눈이 커졌다. 순간적으로 이해할 수 없었다.

왜, 어째서 아버지 등으로 새빨간 손이 나와 있는 걸까?

"쿨럭."

손이 빠져나감과 동시에 바하르는 피를 토하고 무릎을 꿇었다. 수도로 바하르의 배를 관통한 것은 에이스였다.

"에이스, 이 자시이이이익!"

켈빈이 소리치며 고유 마법 『백조』를 발동했다. 순식간에 두 손이 사람의 몸통 정도 되는 흰 곰의 팔로 변화했다. 30센티미터는 되는 세 개의 손톱이 에이스를 덮친다.

에이스는 그것을 대충 휘두른 수도로 쉽사리 절단해 버렸다.

경악할 틈도 없었다. 일제히 무기를 든 다섯 조직원은 잔상이 발생하는 속도로 움직인 에이스의 수도로 인해 모두 배에 구멍이 뚫리거나 목이 떨어져 쓰러졌다.

"보, 스…… 미안해."

양팔을 잃고 배에 바람구멍이 난 켈빈도 마지막으로 그렇게 말하고 눈에서 빛을 꺼뜨렸다.

"빌어먹을!"

바하르가 이를 갈면서 엉덩방아를 찧고 떨고 있는 디네를 봤다. 그 의도를 짐작한 디네는 퍼뜩 정신을 차리고 켈빈과 바하르에게 고유 마법 『복원』을 발동하려고 했다. 그러나―.

"역시 저는 봉인을 완전히 풀 수 없겠더군요. 당신의 힘이 필요합니다. 불필요하게 힘을 낭비하지 마십시오."

에이스에게 팔을 붙잡히고 눈이 맞은 순간, 디네의 눈에서 빛이 사라지고 얌전해졌다. 에이스는 그대로 디네를 안아 지하 통로로 돌아갔다.

"기다……려……. 디네를, 내 딸을…… 놔라."

"그만두십시오. 무의미한 저항입니다."

"시끄러워."

배에 구멍이 뚫렸는데도 바하르는 사벌을 손에 들고 일어섰다. 그런 그에게 에이스는 차게 식은 눈길을 보냈다.

갑자기 뇌에 직접 술을 들이부은 것 같은 어지러움이 바하르를 덮쳤다.

"꼭두각시 왕. 꿈을 꾸면서 작은 왕국과 함께 사라지십시오."

바하르는 빛을 잃은 눈동자를 하고 털썩 앞으로 쓰러졌다. 에이스가 시선을 떼고 그대로 걸어 나가려는데…….

"으, 아, 아아아아아아아아아아아!"

절규가 터졌다. 에이스가 퍼뜩 돌아봤다. 그곳에는 피투성이가 되면서도 확고한 의지의 빛을 품은 안광으로 달려드는 바하르가 있었다.

"설마 제 매료에 저항할 줄은……."

에이스는 내리치는 사벌을 수도로 막았다. 도저히 맨살에 부딪쳤다고는 생각하기 힘든 충격음이 울려 퍼졌다. 힘겨루기를 하는 상태에서 배에 구멍이 난 것이 믿어지지 않는 패기와 힘으로 바하르는 울부짖었다.

"안디카는 넘어가지 않는다……. 자유의 도시는 네놈들 마음대로 되지 않을 거다. 디네를, 내 딸을, 돌려줘야겠어!"

불타는 눈동자가 에이스를 쏘아봤다. 에이스는 아주 잠깐 바하르의 눈을 들여다보고—.

"소용없습니다."

베었다. 바하르의 마음도, 그 몸도…….

사별과 함께 사선으로 베인 바하르는 이번에야말로 힘을 잃고 쓰러졌다.

"제, 기랄……."

피바다에 가라앉는 바하르에게 눈길을 힐끔 준 에이스는 아무 일도 없었던 것처럼 그 자리를 뒤로했다.

그로부터 얼마 후.

바하르의 의식이 안개 너머로 사라지려던 그때, 발소리가 들렸다.

"—으."

작게 숨을 삼키는 소리가 들렸다. 바하르는 눈만 굴려봤다. 그리고 도리어 숨을 삼켰다.

"……으…… 리, 쥬?"

한 번 더 숨을 삼키는 소리. 그것은 바하르의 흐릿한 시선 끝— 메일에게서 난 소리였다.

정말 닮았다. 저세상에서 데리러 왔다고 생각했을 정도로…….

하지만 곧 생각을 고쳤다. 불행하게 만든 여자가 자신을 마중 나와 줄 리 없었다.

그래서 깨달았다. 그리고 모두 알게 됐다. 리쥬가 마지막까지 말해주지 않은 비밀이 무엇이었는지…….

"그렇게, 된 거였나……."

강한 빛을 담은 눈동자로 똑바로 자신을 바라보다가, 마지막에는 못 말리는 사람이라며 웃어준 여자는 분명 자신을 믿고 있었다.

그러나 끝내 『신뢰』까지는 얻지 못했다. 그래서 그녀는 보물을 숨겼겠지. 책망할 권리가 어디에 있으랴. 자신이 약했을 뿐이었다. 다 자업자득. 자연스럽게 자조의 미소가 떠올랐다.

"너…… 이름, 은?"

몸이 차가웠다. 길어봤자 몇 분일까? 바하르는 기력을 총동원해 최후의 말을 꺼냈다.

메일이 증오와 분노, 약간의 당혹감을 표정에 실어 다가갔다.

"메일. 너에게, 어머니를 빼앗긴 여자야."

"……그 녀석과…… 빼닮았어."

메일 안에 형용하기 힘든 감정이 밀려 올라왔다. 그 입으로 어머니를 논하지 말라고, 죽을 것을 알면서도 사벌을 내리쳐 숨통을 끊고 싶어진다.

"맘대로, 해. 죽여……. 너에게라면, 이 목숨을…… 주마."

"웃기지 마. 너한테 받을 건 아무것도 없어!"

메일이 감정에 북받쳐 외쳤다. 뒤에서 기다리던 나이즈가 어깨에 손을 올리고 달랬다.

"들어…… 에이스를, 조심해라. 유적이다……. 디네를…… 부탁하마."

"그 입 좀 다물어!"

마치 디네를 소중히 여기는 것 같은, 메일을 걱정하는 것 같은 그 말에 메일은 거부 반응을 보였다. 메일에게 바하르는 증오의 대상이자 악의 상징이었다. 죽기 전에 선한 척하다니 참지 못하고 사벌을 들었다.

그 사벌을 멈춘 것은 아직 발동 중인 과거시였다.

"……뭐야, 이건."

바하르가 낙석에서 디네를 감싼다. 그녀를 도망치게 하려다가 배신한 에이스에게서 딸을 되찾으려고 사력을 다해 싸운다. 그런 모습들이 그곳에 있었다.

"……당신은, 내게서 어머니를 빼앗았어."

한 번 더 말했다.

"당신은 탐욕스럽고 잔인하고 폭력으로 모든 것을 지배하는 최악의 인간이잖아?! 짐승이나 다름없는 악당이잖아?! 이제 와서 인간다운 마음이 있다니, 어머니를 사랑했다니, 디네를 소중히 생각했다니─ 이런 법이 어딨어!"

동굴 안에 메일의 고함이 메아리쳤다. 그것은 그날, 어머니를 빼앗긴 날부터 쭉 마음에 품어 왔던 증오와 분노 어린 외침이었다.

"그건 그렇지……."

바하르는 부정하지 않았다. 눈을 감고 기력이 다한 몸으로, 이제는 자신이 뭐라고 말하는지도 잘 알 수 없는 상태로, 그저 떠오르는 말을 입 밖으로 내보냈다.

"다르게…… 사는 법 따위…… 몰라."

사랑받은 적이 없기에 사랑하는 법을 모른다. 폭력의 세계에서 살아왔기에 폭력으로 다스리는 법밖에 모른다.

유일하게 아는 것은—.

"가장 원하던…… 보물에는…… 손이, 닿지 않아."

리쥬의 모든 것을 손에 넣지 못했다. 딸에게 불행밖에 주지 못했다.

악인? 그렇게 고상한 것도 아니다. 그냥 골목대장이었지. 그렇게 자신을 비웃었다.

"내 패밀리…… 내 백성…… 내 딸…… 전부, 가져가라. ……리쥬를 빼앗아서, 미안했다."

맥동이, 사라져 간다. 힘이, 빠져 간다. 생기가, 눈에 보이도록 옅어져 간다…….

—아버지?

메일의 머리에 과거시로 본 디네의 당황한 표정과 음성이 떠올랐다.

입술을 질근 깨물었다. 나긋나긋한 얼굴은 온데간데없고 감내하기 어려운 고통을 받는 것처럼 표정이 일그러졌다. 꽉 쥔 주먹에 손톱이 파고들어 피가 떨어졌다.

증오하는 이의 죽음을 목도하며 가슴에 몰아치는 갈등이 메일을 헤집었다.

"죽으면 끝이야. 아무것도 안 남아."

"나이즈?"

문득 말은 건 사람은 쭉 입을 다물고 방관하던 나이즈였다.

메일이 뒤로 시선을 돌리자 나이즈는 몹시 진지한 눈빛으로 똑바로 바라보고 있었다.

"그래도, 되겠어?"

"—나는……"

바하르의 고동이, 지금 멈춰—

"나는…… 아아아아, 몰라! —『절상』!"

절규하고 뭔가를 떨쳐내며 신대의 마법, 만상을 재생하는 힘이 발동했다. 심장이 완전히 멈추지 않는 한 죽음의 늪에서도 끌어올리는 최고의 치료.

신성하기까지 한 아침노을 빛이 동굴 안을 찬란히 비췄다.

"으, 아? ……이건…… 너……"

의식이 돌아온 바하르가 역재생처럼 사라지는 상처와 활력을 되찾은 몸을 넋을 놓고 바라봤다. 그러나 곧 그 기적의 행사자가 메일임을 깨닫고 경악으로 눈을 크게 떴다. 그것은 디네를 뛰어넘는 복원의 힘을 가져서가 아니라 그 이상으로 메일이 자신을 도왔다는 사실 때문이었다.

"나는, 당신을 용서 안 해."

"……"

"그래도…… 디네는 용서하고 싶은지도 몰라. 그 아이가 바랄지도 모르는 미래를 나는 지킬 거야. 다르게 사는 법을 몰라? 투정 부리지 마. 살아서 한 번 더 디네와 마주해."

아침노을 빛이 허공에 녹아들고 침묵의 시간이 깔렸다.

내려다보는 메일과 올려다보는 바하르의 시선이 부딪친다.

먼저 눈을 돌린 사람은 바하르였다. 작은 웃음이 입가에 떠올랐다.

"정말로, 그 녀석이랑 판박이군……."

"죽기 싫으면 닥쳐."

어머니를 닮았다는 말은 기쁘지만 그것이 바하르 입에서 나오자 살의가 치밀었다.

메일의 직설적인 말에 바하르는 쓴웃음을 지었다.

바하르는 일어나서 켈빈과 부하들에게 다가갔다. 맥이 없는 것을 확인하고 메일을 보았지만 그녀는 머리를 저었다. 고개를 살짝 끄덕이고는 그들의 크게 열린 눈을 살며시 감겨줬다.

"너희들, 수고 많았다. 먼저 가 있어라."

그런 바하르의 뒷모습에 메일은 복잡한 표정을 보였다.

바하르가 일어났다. 그리고 유적으로 안내하겠다는 말을 막 꺼내려던 순간…….

─우오오오오오오오오옹!

쩌렁쩌렁한 포효가 울려 퍼졌다. 땅속에서 분화라도 하는 것처럼 울리는 그 소리는 원한과 증오, 그리고 분노를 직접적으로 전해왔다. 어쩌면 지금 포효만으로 심신이 약한 자는 의식을 잃지 않을까.

"윽, 메일, 괜찮아?"

"그, 그래. 그렇지만 지금 그건……."

예사롭지 않은 짐승의 포효에 나이즈와 메일이 당황하며 머리를 흔드는데, 바하르가 눈을 크게 뜨고 말했다.

"……설마, 안디카의 재앙인가?"

메일과 나이즈가 그것이 무슨 말인지 캐물으려고 한 순간,

무언가가 섬을 밀어 올렸다.

그런 착각이 들 정도의 충격이 먼 바다 아래에서 전해졌다. 격진이 지속적으로 발생하며 땅울림 사이사이로 포효가 이어졌다. 떨리는 대기는 마치 섬 자체가 겁을 먹은 것 같았다.

"바하르! 이게 뭔지 알아?!"

상황이 심상치 않자 메일의 목소리가 커졌다.

"따라와! 가면서 설명한다! 디네도 거기 있어!"

바하르는 말을 끝내기가 무섭게 달려갔다. 메일과 나이즈도 서로를 보며 고개를 끄덕인 후 그 뒤를 쫓았다.

그 도중에 우연히 발견한 유적과 신수의 존재, 봉인에 관해 들었다.

그러는 사이 세 사람은 유적에 도착했다.

바하르가 문을 걷어차 열고 일제히 뛰어들자 그곳에는 복원된 벽화와 제단, 그 아래에 쓰러진 디네, 그리고 제단 위에 서서 일행에게 등을 보이고 선 에이스가 있었다.

"디네!"

메일이 뛰쳐나갔다. 쓰러진 디네를 끌어안아 상태를 확인했다. 아무래도 마력 고갈로 기절한 것뿐인 듯했다.

그러나 디네의 마력만으로는 유적 전체를 복원할 수 없었다. 아마도 에이스가 무슨 짓을 한 모양이지만 얼마나 무리를 시켰는지 안색이 파랗다 못해 흙빛이 되어 있었다.

메일은 급히 재생 마법을 썼다. 다행히 큰 문제 없이 디네의 안색은 돌아왔다.

"응……."

"디네!"

속눈썹이 떨리며 디네가 눈을 떴다. 메일을 보고 그 눈이 커지더니 현실인지 아닌지 확인하려는 것처럼 손을 언니의 볼에 댔다. 메일은 그 손을 꽉 잡아주며 디네를 껴안았다. 그러자 겨우 디네는 현실이라고 확신했다.

"언니! 언니!!"

디네는 만감이 교차해 매달리다시피 안겼다. 메일도 강하게, 오랜 세월의 감정을 모두 실어 강하게 끌어안았다.

"재생 마법 사용자가 살렸나 보군요."

아무런 감개도, 심지어는 감정조차 전해지지 않는 목소리가 울렸다.

헉하고 메일의 몸에 긴장이 퍼졌다. 디네를 안은 상태로 그녀는 단상에 선 에이스를 노려봤다.

그와 동시에 바하르가 소리쳤다.

"지금은 너하고 놀아줄 시간 없어. 야, 너희, 이 방을 부숴! 아직 재봉인될 가능성이 있어!"

즉각 반응을 보인 것은 나이즈였다. 공간 폭쇄로 벽화를 파괴하려고 했다.

그러나 손을 앞으로 내민 순간, 코앞에 에이스가 나타났다.

"뭐— 컥!"

명치에 수도가 박힌 나이즈는 거의 일직선으로 날아가 벽에 격돌해 숨이 턱 멎었다. 가까스로 전개한 장벽이 없었다면 배가 뚫렸을지도 모른다.

"나이즈!"

"가만히 있으시죠."

메일이 물 채찍을 휘둘렀을 때는 이미 등 뒤에서 발차기가 날아오고 있었다. 반사적으로 디네를 안아서 감쌌지만 두 사람 모두 충격으로 의식이 거의 끊어질 뻔했다.

날아온 메일과 그녀가 안은 디네를 함께 받아낸 것은 바하르였다. 덕분에 메일이 벽에 격돌해 기절하는 사태는 피했으나 감싼 바하르의 갈비뼈에서 불길한 소리가 났다.

"저항하는 자들. 거짓된 낙원의 주민들. 바다를 방황하는 자들. 그리고 그들을 없애려는 자들. 다양한 진영이 한자리에 모였을 때, 재앙은 눈을 뜬다."

펄럭. 어디선가 꺼낸 검은 로브와 후드를 쓰며 에이스는 제단으로 이동했다.

예상하지 못한 실력과 충격으로 일동은 바로 움직이지 못했다. 그들에게 등을 보인 채 에이스는 고개만 돌려 뒤를 돌아봤다.

"때가 왔습니다. 안디카의 재앙. 아득히 먼 옛날, 이 섬을 쐐기로 하여 봉인한 태고의 괴물. 바다의 왕— 신수 리바이어던이 부활합니다."

그 순간, 지금까지와는 비교도 되지 않는 포효가 울렸다. 충격이 섬 전체를 흔들었다.

지하에 있어도 알 수 있었다. 지금, 재앙이 완전히 눈을 떴다는 것을…….

"안디카는 신수의 봉인이고 동시에 신수가 안디카를 떠 있게 하는 버팀대. 봉인이 풀린 지금, 섬은 바다 아래로 돌아갑니다."

진동하는 섬이 에이스의 발언을 뒷받침했다.

안디카는 지금 종말을 향해 가라앉고 있었다.

"자, 인간이여. 대항하는 자들이여. 멸망해 가는 작은 세계에서 추하게 발버둥 쳐 보아라."

에이스의 오른손에 어마어마한 양의 마력이 집중됐다.

"어디서!"

"안 놓쳐!"

나이즈가 공간 폭쇄를, 메일이 물의 창을 날렸다. 그러나 그것들은 에이스를 둘러싸며 펼쳐진 장벽에 막히고 말았다. 보통 장벽과는 다른 **은색으로 빛나는** 장벽에…….

"윽, 그 마력광…… 너는!"

"모든 것은 주인님의 바람대로."

눈을 크게 뜬 나이즈를 무시하고 에이스의 오른팔에서 빛이 날아들었다. 은색 빛은 벽화가 있는 벽에 사람 한 명이 통과할 정도의 구멍을 쉽사리 뚫어 버렸다.

바깥 바닷속까지 단번에 관통된 구멍은 무슨 영문인지 섬의 특성을 무시하고 막대한 해수의 침입을 허락했다. 둑이 터진 것처럼 바닷물이 쏟아져 들었다.

에이스는 수압도 개의치 않고 그대로 탁류 속으로 사라졌다.

"아무튼 지상으로 나가자!"

너무나도 이질적인 에이스의 존재에 바하르와 메일이 할 말을 잃은 가운데, 나이즈는 그들에게 달려가 전원을 데리고 지상으로 전이했다.

지상에서는 라우스가 이끄는 기사단과 밀레디가 아직 격전을 펼치고 있었다.

전장은 조금 이동하여 동쪽 해안선 부근 상공으로 옮겨졌다.

전에는 라우스와 호각으로 싸우던 밀레디가 상대지만 기사단은 이미 간과할 수 없는 피해를 입은 상태였다.

이유는 간단했다. 이곳이 육지 위이기 때문이었다. 바다 위와는 달리 이곳에서는 밀레디 최대의 공격 수단인 초중력장이 최대한의 효과를 발휘한다. 그리고 그 이상으로─.

"……무서운 재능이다."

공중에서 대치한 라우스가 문득 중얼거렸다. 입으로 내지 않을 수 없었다.

라우스의 주특기인 『충혼』도, 모조 혼백을 날려 본체와 같은 기적을 발생시키는 『환령』도 이미 밀레디에게는 통하지 않았고 특기인 어둠 속성 마법도 모조리 반대 마법으로 저항했다.

마법에 대한 분석력, 전황에 따른 마법 선택, 그 구축과 시전 속도는 초인적인 영역이었다.

"이, 괴물이!"

라우스 옆에서 아라임이 거친 숨을 토하며 욕했다. 그 기분은 분명 기사단 모두와 같은 것이었다.

머릿수만 따지면 80대 1의 싸움이었다. 그 상황에서 이미 근 열 명의 기사를 추락시키고 해적단 토벌에 별동대를 보낼 여유조차 주지 않았다.

"허억허억…… 괴물은 말이 심하잖아! 이렇게 프리티한 괴물이 어디 있겠어? 그보다 기사님들~? 지금 기분이 어때? 섬멸한다~, 하고 큰소리치더니 여자애 한 명한테 깨지는 최강 기사님들~. 지금 기분이 어때? 밀레디한테 알려줄래~? 응? 응? 지금 기분 어때?"

"네 이노오오오오옴!"

"멍청한 것! 멈춰!"

밀레디의 더없이 짜증나고 속을 벅벅 긁는 표정과 도발에 젊은 기사가 격분해 뛰쳐나갔다. 라우스의 만류도 들리지 않는지, 공중을 달려간 그는…… 반전 중력장에 걸려 하늘로 추락했다. 그곳에 소름 끼치게 예리한 바람의 칼날이 단두대가 되어 떨어졌다.

갑자기 중력 방향이 뒤집혀 뇌가 혼란에 빠진 기사는 제대로 움직이지도 못하고 목이 떨어져 사망했다.

너무나도 노련한 마법 사용법이었다. 기사들이 벌레 씹은 표정으로 공격을 망설였다.

"진정해라. 언젠가 마력이 바닥난다. 회피와 방어를 중시하고 수로 농락하여 피로를 축적해라."

라우스의 적절한 지시에 밀레디는 속으로 혀를 찼다.

그런데 그때, 밀레디의 뺨에 물방울이 톡 떨어졌다.

"……비?"

전투에 집중한 탓에 눈치채지 못했지만 쾌청하던 하늘에 어느샌가 먹구름이 껴 있었다. 거무칙칙한 구름이 부자연스러울 정도로 급속히 섬 상공을 뒤덮어 갔다.

느닷없는 태풍이 지금 이 타이밍에 발생한 사실에 안 좋은 예감을 느낀 밀레디가 인상을 찌푸린 직후, 이번에는 대기가 비명을 지르는 듯한 굉음과 격진이 전해졌다.

"으아아, 뭐, 뭐야?!"

밀레디가 얼떨결에 허둥대는 소리를 낸 직후 우렁찬 포효가 울려 퍼졌다.

정신을 뒤흔드는 것 같은 포효는 어쩐지 라우스의 『충혼』을 닮았다.

그러자 그 포효에 호응한 것처럼 기후가 단숨에 변화했다. 먹구름에서 뇌광이 터지고 폭풍이 휘몰아치며 바다가 격렬하게 요동쳤다. 굵은 빗방울은 마치 총알 같이 느껴졌다.

그것만이 아니었다. 해안선을 내려다본 밀레디는 그것을 깨달았다.

"응? 수위가 올랐어?"

아니다. 라우스가 눈을 크게 뜨고 정정했다.

"아니. 이건…… 섬이 가라앉고 있다!"

"가, 갑자기 왜?!"

밀레디는 대체 무슨 일이 벌어지는지 몰라 서둘러 동료에게 연락을 취하려고 했다.

그 찰나, 섬이 가라앉는 원인이 스스로 모습을 드러냈다.

—오오오오오오오오옹!

절규와 함께 바닷속에서 무언가가 꿈틀거렸다. 처음으로 보인 것은 침봉 같은 등지느러미.

나지막한 언덕 정도는 될 것 같은 그것이 해수면 위로 올라오고 가라앉기를 반복했다.

그것은 생물이었다. 그러나 생물이라고는 생각되지 않았다. 거친 바닷속에서 꿈틀대는 그것은 생물이라고 하기에는 너무나도 거대했다.

"저, 저게 뭐야……."

"어떻게 된 거지? 이게 무슨 일인가……."

밀레디도 라우스도 싸움을 잊고 우두커니 바다를 바라봤다.

끝을 알 수 없었다. 적어도 서쪽 해안선 끝부터 끝까지 침봉은 꿈틀거렸다. 전체 길이는 최소 1,000미터 이상이지 않을까. 조금 보인 동체는 갤리온 선박보다도 두꺼웠다.

모두 아연실색해서 그 모습을 바라보는 가운데, 놈은— 신수는 고개를 쳐들었다.

마치 바다에서 산이 출현한 것 같았다. 바닷물이 거대한 폭포처럼 쏟아졌다.

모습을 드러낸 신수의 머리는 해수면에서 300미터는 치솟아 있었다.

온몸이 금속 질감의 검은 비늘에 뒤덮인 뱀. 비늘 하나하나가 타워 실드 같은 크기이고 입에 주르륵 박힌 이빨은 두 겹. 온몸에 희미한 검붉은 오라를 둘렀으며 한 쌍의 용안(龍眼) 또한 지옥의 악귀처럼 검붉었다.

그 용안에는 깃든 것은 압도적인 증오와 분노, 자신을 봉인해 온 안디카에 대한 절대적인 적의였다.

—우오오오오오오오옹!

다시 한 맺힌 포효가 울렸다. 단, 이번에는 검붉은 오라가 폭발하듯 퍼졌다.

불길한 오라가 안디카 전체를 퍼져 나가는 광경을 보고 밀레디는 모골이 송연해졌다.

그러나 의외로 사람들에게 악영향은 없는 듯했다. 모두 혼란에 빠지거나 멍하니 거대 생물을 바라보고, 혹은 진동하는 섬 자체에 겁먹었을 뿐이었다.

그렇게 생각한 다음, 더 최악의 사태가 발생했다.

엄청난 지진과 함께 눈에 보이는 속도로 섬이 가라앉았다.

바다가 이빨을 드러냈다. 바다가 섬을 집어삼킨다…….

"안 돼…… 안 된다고…… 이건, 안 돼애애애애애!"

섬의 소멸. 수많은 사람의 죽음.

그것이 뇌리를 지난 순간, 밀레디는 여유도 뭣도 없이 그저 현실을 부정하고자 절규하고 날아갔다. 라우스가 뭐라고 소리쳤지만 그런 게 지금 밀레디의 귀에 들어올 리 없었다.

오직 하나. 구해야 한다는 의지만이 밀레디를 움직였다.

지금껏 보인 적 없는 수준으로 마력을 짜내어서 중심을 향해 자유 낙하를 했다.

창궁의 마력을 두르고 눈동자까지 창궁색으로 빛내며 혜성처럼 하늘을 가로지른 밀레디는 광범위하게, 자유자재로 중력장을 만들어 내는 마법을 발동했다.

"—『괴겁』!"

지금까지는 광범위하긴 해도 한 방향으로밖에 만들 수 없던 중력장이었지만 지금 밀레디는 아래로 반전 중력장을, 수평 전방위로 쏘는 중력장을 발생시켰다.

창궁의 마력이 구형으로 섬을 휘감았다.

"아, 으, 아아, 으아아아아아아아아아아아아!"

절규가 터졌다. 두 손을 수평으로 뻗고 두 다리로 버티고 서서 전심전력을 쏟았다. 검붉은 공 모양 물체가 밀레디를 중심으로 발생하고 창궁의 마력이 천지를 이었다. 밀레디라는 소녀의 빛이 암운마저도 날려 버리고 하늘에 구멍을 뚫었다.

눈에 핏발이 서고 관자놀이에 혈관이 불거지며 악문 이가 깨지는 소리가 들렸다.

사력을 다한다.

그렇게 표현할 수밖에 없는 처절한 모습이었다.

섬 하나를 지탱하는 것이다. 대해의 위협을 정면에서 받아 내는 것이다.

말도 안 된다. 불가능하다. 인간이 할 수 있는 범위를 넘어섰다.

뒤를 쫓아온 라우스와 기사단은 그렇게 생각했다. 그러나—.

"말도 안 돼……. 침몰 속도가, 떨어졌어?"

몇 분 내에 바다에 삼켜질 것 같던 섬의 침몰 속도가 확연히 떨어졌다.

"라우스 님! 바다가……."

공포에 빠진 듯 떨리는 아라임의 목소리에 라우스도 눈을 크게 떴다.

바다의 벽이 섬을 둘러싸고 있었다. 보이지 않는 벽에 막힌 것처럼…….

그 이상 침입을 허용하지 않는다. 안디카 사람들을 그 누구든 단 한 명이라도 집어삼킬 수 없다.

그 의지가, 처절하기까지 한 의지가 비현실적인 광경이 되어 나타났다.

"이게 무슨……."

할 말을 잃는다는 것은 그야말로 이런 상황이었다. 라우스는 무의식적으로 자신의 가슴을 쥐었다.

그것이 어떤 감정에서 오는 행동인지, 분명 본인도 알지 못했다.

그저 얼어붙었던 마음에 어떤 불이 밝혀진 것 같은…….

"라우스 님! 기회입니다! 지금이라면 저 괴물에게 신벌을 내릴 수 있습니다!"

"뭐라고?"

아라임의 진언을 듣고 라우스는 무심결에 되물었다.

그러나 곧 정신을 차렸다. 그것이 교회 기사로서 올바른 생각임을. 그 증거로 뒤를 돌아보자 광기로 눈을 빛내는 부하들이 있었다.

"그래, 그렇지. 그 말이 맞다."

라우스는 사고가 정지했다. 감정도 정지시켰다. 메이스를 들고 밀레디를 보았다.

밀레디의 눈은 초점을 알 수 없었다. 현실의 인식이 떨어질 정도로 집중했다는 증거였다.

목숨을 거두는 것쯤이야 일도 아니었다. 어차피 이런 기적은 아주 잠깐일 뿐이다. 곧 밀레디의 마력은 고갈되고 안디카는 사라진다.

그렇게 자신을 설득한 라우스는 뛰어들었다. 메이스가 안디카의 미래와 함께 밀레디를 짓뭉개고자 떨어졌다.

"그렇겐 안 돼."

검은 그림자가— 오스카가 간발의 차로 사이에 끼어들었다.

검은 우산을 들고 메이스의 일격을 막았다. 동시에 『작은 마검』을 소환해 지근거리에서 라우스에게 던졌다. 라우스는 그것을 백스텝으로 피했다.

"너희 제정신이야?! 이 상황에서 뭐 하는 거야?!"

오스카가 고함쳤다. 밀레디를 등 뒤에 숨기고 분노에 찬 눈빛을 기사단에게 보냈다.

그러나 돌아오는 것은 예상을 벗어나지 않는 말이었다.

"신명을 완수한다. 뭐가 이상하다는 거냐."

"원래 안디카는 이단자를 수용하는 감옥에 불과하다. 멸망한들 그게 무슨 상관인가?"

인명을 잡초와 같은 선상에 두는 자의 말이었다.

그때, 다시 포효가 울렸다. 대기가 찌릿찌릿하고 진동했다.

깜짝 놀라 신수 쪽을 보니 섬이 생각대로 가라앉지 않자 속이 끓었는지 커다란 턱을 벌리려고 했다.

"위험해!"

"총원, 회피—."

검붉은 오라가 한층 밝게 빛난 직후, 눈으로 볼 수 없는 속도로 물줄기가 날아들었다. 거대한 아가리에서 나온 것치고 너무나도 가늘었다. 그것은 흡사 물로 만든 레이저였다. 초압축 물줄기는 밀레디가 있는 고도를 횡렬로 훑었다.

오스카가 검은 우산으로 『성절』을 전개했다. 챙강, 하고 유리가 깨지는 듯한 소리와 함께 검은 우산을 가진 손에 엄청난 충격이 느껴졌다.

"윽— 일격으로 성절 극소 전개를 깨?!"

검은 우산이 세계 최고의 내구성을 자랑하는 아잔티움이 아니었다면 오스카는 지금쯤 두 동강 나 있었을지도 모른다. 안디카의 상징이라고도 할 수 있는 세 갈래 첨탑이 비스듬히 기울어 붕괴하는 모습을 시야에 담으며 오스카의 표정은 굳어 갔다.

"이럴 수가…… 갑옷이 종잇장처럼……."

기사단도 심각한 피해를 입었다. 지금 일격으로 기사단의 3분의 1이 양단되고 만 것이다.

"오…… 구…… 다들…… 피, 난……."

"밀레디!"

밀레디의 입에서 쥐어짠 것 같은 목소리가 흘러나왔다. 안디카 사람들을 피난시켜라. 그렇게 말하는 것은 알았다. 밀레디도 이미 한계에 달했다. 그러나 이 상황에서는…….

신수가 제2격을 준비했다. 오스카는 다시 더 많은 마력을 담아 『성절』을 펼쳤다.

"비공선을 물려라! 다중 장벽 전개!"

라우스의 고함이 퍼졌다. 기사들도 역시 숙련된 속도로 2중, 3중으로 방어 장벽을 구축해 방어 태세에 들어갔다.

그 직후, 조금 전과 같은 물 브레스가 발사됐다. 심지어 이번에는 연속이었다. 죽을 때까지 쏘겠다는 것처럼 끊이지 않는 물 레이저가 허공을 갈랐다.

"크윽. 이대로 가면!"

오스카가 이를 악물고 필사적으로 밀레디를 감쌌다. 밀레디의 눈에서 끝내 빛이 사라지기 시작했다. 마력 고갈로 의식이 끊기려고 한다!

"밀레디!"

그런 아우의 궁지에 언니가 달려왔다. 호우를 모아 만든 물줄기로 메일이 올라온 것이었다.

"메, 르……."

"말 안 해도 돼! 그대로 마법 유지해! —『각영(刻永)』!"

밀레디를 감싸던 검붉은 구체 바깥쪽을 아침노을색 마력이 감쌌다.

1초마다 1초 전 상태로 재생하는 마법이었다.

"이거면 조금은 버틸 거야."

그렇게 말한 메일은 밀레디의 팔을 잡아 검은 구체에서 꺼내 가슴으로 끌어안았다. 의식이 몽롱한지 밀레디는 저항이 없었다. 곧 메일이 재생 마법을 써서 그녀를 회복했다.

"으윽. 메르 언니! 피난……!"

"그것도 괜찮아!"

그 말을 증명하려는 것처럼 안디카 전체에서 목소리가 들렸다. 바하르의 목소리였다.

『바하르 데볼트가 모든 안디카 주민에게 알린다! 안디카는 이제 곧 침몰한다. 시간이 없어! 죽기 싫으면 궁전 앞 광장이나 가장 가까운 항구로 달려! 근처에 빛나는 타원형 막이 있으면 뛰어들어라! 알아들었겠지? 지금 당장 움직여!』

마법 도구로 섬 전체에 바하르의 지시가 퍼졌다.

동시에 북쪽 주요 항만에 빛나는 거대한 막— 게이트가 잇달아 출현했다.

나이즈는 지금 온 섬을 전이하며 항구로 이어지는 게이트를 설치하는 중이었다.

전이로 안디카 주민을 배에 태우고 그 배를 통째로 『바다의 벽』 위로 전이해 섬에서 탈출시킨다는 작전이었다. 섬 각지에 있는 데볼트 패밀리 대기소의 책임자들에게도 이미 통신기를 통해 피난 유도를 지시해 놓았다.

하늘은 먹구름에 닫혀 격렬한 비바람이 몰아치고 천둥이 울리며 신수의 포효가 대기를 떨리게 했다. 대양에는 구멍이 뚫려 섬은 점차 그 안으로 가라앉아 갔다. 우뚝 솟은 바다의 벽은 절망의 상징이나 다름없었다. 마치 세상의 종말 같은 광경이었다.

그러나 사람들은 발버둥 치고 있었다. 발버둥 칠 수 있었다. 지시를 듣자마자 무법자의 도시에 사는 자들이면서 옆 사람에게 손을 내밀고 노인과 아이, 거동할 수 없는 자를 업어 남겨지는 사람이 없도록 가옥 안에까지 말을 걸고 다녔다.

왜인가.

하늘을 나는 소녀의 절규. 퍼져 나간 창궁의 파문. 천지를 잇는 선명한 빛.

이유도 없이, 한 명 예외도 없이 안디카 주민은 느끼고 있었다.

그녀는 자신들을 보호했다. 살아 달라고 바랐다.

지금도 하늘에 떠서 검게 소용돌이치는 별. 잇달아 출현하는 불가사의한 빛나는 문. 데볼트 패밀리의 필사적인 호소. 그 모든 것이 자신들을 구하려 하고 있었다. 세상에서 버려진 자신들을, 이 바다 끝으로 쫓겨난 자신들을 구하려 하고 있었다!

그럼 어떻게 발버둥 치지 않으랴. 어떻게 포기할 수 있으랴. 절망에 빠져 있을 수 있을쏘냐!

이 태풍 속에서도 태양처럼 빛나던 소녀처럼!

그 충동이 안디카 주민을 움직이게 했다.

"아아……"

그 광경을 보고 밀레디 안에서 말로 하지 못할 감정이 넘쳐 나왔다.

그러나 감상에 젖는 것도 거기서 끝이었다.

"으악!"

오스카가 고통에 비명 지르고 날아가 버렸기 때문이었다.

"오 군!"

밀레디와 메일이 함께 오스카를 몸으로 받았다.

아무래도 신수의 브레스를 간신히 막아 낸 모양이었다. 그 대가로 검은 우산이 일자로 쭉 찢어지고 오스카의 가슴에도 깊은 선이 새겨지고 말았다. 검은 코트의 방어력이 없었다면 두 동강으로 갈라졌을지도 몰랐다.

메일이 즉석에서 재생 마법을 행사했다.

"덕분에 살았어, 메일. 디네는?"

"괜찮아. 고마워, 오스카. 그보다 지금은—."

메일의 시선이 날벌레를 떨어뜨리려고 포효하며 짜증을 드러내는 신수에게 향해 있었다. 밀레디와 오스카도 그쪽을 보고 밀레디가 말꼬리를 이었다.

"저 무식하게 큰 뱀을 날려 버려야지."

"괴수 퇴치는 전문 분야가 아니야. 나는 저들을 상대할게."

오스카가 검은 우산을 연성으로 수복하고 라우스 및 기사 단에게 눈길을 돌렸다.

이 상황에서도, 아니, 이런 상황이니까 기회라며 기사들은 전의로 불타고 있었다.

브레스 연격으로 더 수가 줄어들어 30명 정도밖에 남지 않았는데도 불구하고 말이다.

이게 광기가 아니면 뭐란 말인가. 신명이 모든 것이고 순교는 영광이라는 뜻이리라.

"가, 밀레디! 메일!"

"응! 오 군, 부탁할게!"

"오스카. 너한테 맡길게."

밀레디와 메일이 신수에게로 갔다. 기사들이 뒤를 쫓으려고 했지만, 그 전에 오스카가 막아섰다.

"이 앞은 통행금지야."

"너도 『해방자』인가?"

라우스의 질문에 오스카는 가슴을 펴고 이름을 댔다.

"그래. 나는 오스카. 『해방자』 오스카 오르크스. 평범한 연성사야."

그렇게 말하다가 스스로 「아니」라고 말을 번복했다. 안경을 올려 쓴 뒤 당당하게 웃으며 고쳐 말했다.

"최강의 기사단보다 강한 연성사야."

"그렇다면 증명해 보여라."

"물론 그래야지. 너희의 패배로 증명하겠어. —덤벼."

손가락을 까딱까딱 굽혀 도발했다. 그 모습이 밀레디를 닮았다.

선제공격은 라우스의 『충혼』이었다. 눈에 보이지 않는 침투 충격이 오스카를 덮친다.

"미안하지만, 대책은 끝났어."

충격을 받은 오스카는 살짝 얼굴을 찡그렸지만, 의식을 잃지도 않고 타이밍을 맞춰 온 아라임의 『성염』을 10식 『성절』로 방어했다.

배섬의 전투를 치른 뒤 밀레디에게 이야기를 듣고 검은 코트의 내성을 높여 뒀다.

『성염』이 걷힌 순간, 눈앞에 라우스가 출현해 『성절』째로 오스카를 날려 버리려고 메이스를 휘둘렀다. 그것을 막아 낸 것은—

"아니?"

허공에 갑자기 출현한 전신 검은 갑주를 입은 거한의 타워 실드였다.

라우스라도 놀라지 않을 수 없었다. 전신 갑주가 가진 대검 카운터 공격을 후퇴로 회피했다.

우회했던 보티스도 출현한 다른 전신 갑주에게 카운터를 먹어 튕겨 날아갔다. 고유 마법 『성새』로 부상은 없는 것 같았지만 동요는 감추지 못했다.

"골렘인가!"

"잘 맞췄어."

오스카가 왼손에 낀 검은 장갑— 원래 금속 실을 다루는 아티팩트에서 태양빛을 띤 실이 전신 갑주에게 뻗어 있었다.

—아티팩트 검은 기사.

금속 실을 매개로 마력 직접 조작을 통해 자유자재로 움직이는 전투용 골렘이었다. 아잔티움 장갑(裝甲)에는 검은 우산과 견주어도 손색이 없는 마법들을 넣어 뒀다.

검은 기사 두 기가 주인을 지키려는 것처럼 검은 부츠와 같은 원리로 공중을 단단히 밟고 섰다.

그 방어의 틈을 파고들어 어마어마한 수량의 화살이 쇄도했다.

"수에는 수로. 유도 따위에 당하지는 않을 거야."

허공에 출현한 것은 무수한 『작은 마검』이었다. 그것이 탄막이 되어 화살을 요격했다.

"다 보이는걸."

"나도야."

미끄러지듯 접근해 온 에이프리가 고유 마법 『천계』─ 직감적 예측으로 세검을 휘둘렀지만 검은 코트의 옷자락이 뱀처럼 움직여서 방어했다.

"보여도 무의미해."

그리고 검은 장갑의 금속 실이 한순간에 그물처럼 펼쳐졌다. 붙잡히기 바로 직전에 회피에 들어간 에이프리였으나, 그 회피 장소를 검은 우산의 전격이 덮쳤다.

"멍청한 것! 방심하지 마라!"

"단장님! 죄송합니다!"

간발의 차로 라우스가 끼어들어 메이스의 능력으로 전격을 무산시켰다.

포위해 접근하는 자. 고유 마법으로 공격하는 자. 오스카를 무시하고 밀레디와 메일을 쫓는 자. 기사들이 일제히 행동을 개시했다.

검은 기사가 대부분의 공격을 막고, 검은 우산이 강력한 공격을 날리며, 금속 실이 접근을 허락하지 않았다. 『작은 마검』이 밀레디와 메일을 쫓으려던 기사들에게 몰려가 그들의 추적을 봉쇄했다. 이어서―.

"활 쏘는 너. 귀찮아."

"아, 잠깐!"

여단장 레라이에가 활을 겨는 채로 질겁했다. 그녀답지 않은 동요의 원인은 오스카의 머리 위에 나타난 검들이었다. 작은 마검? 아니다. 그것은 모두 대검이며 마검.

―아티팩트 큰 마검.

필연적으로 『작은 마검』과 비견할 수 없는 파괴력을 가진 그것들이 일제히 칼끝을 레라이에를 향해 돌렸다. 그 직후, 일제 발사.

"피해라! 레라이에!"

라우스의 경고가 날아들었지만 『작은 마검』조차 무서운 파괴력을 자랑했다.

그것의 열 배 이상의 크기라면……

"어딜!"

보티스가 사선에 뛰어들어 고유 마법 『성새』를 발동했다. 온갖 공격을 방어해 온 여단장의 철벽 방어에 『큰 마검』들이 직격했다.

충격과 굉음. 굵직한 빗방울이 방사선으로 비산하고 폭염이 칙칙한 먹구름 아래를 화려하게 수놓았다.

"칵……."

태풍이 거두어 간 폭염 속에서 흰자위를 드러낸 보티스가 나타났다.

타워 실드와 갑옷이 박살 나고 온몸이 피로 물들었다. 그의 방어로도 막지 못한 『큰 마검』의 위력에 전율해야 할까, 아니면 대 사도용으로 마련한 공격을 맞고도 살아 있는 그의 방어력을 칭찬해야 할까.

"아직 개량의 여지가 있겠어."

푸쉭, 하는 소리가 났다. 검은 우산 물미를 보티스에게 겨눈 오스카가 저격용 화살을 쏘는 소리였다. 화살은 정확하게 보티스의 심장에 꽂히고 아예 쐐기를 박듯 전격 능력을 해방했다. 심장이 저항의 여지 없이 정지했다. 보티스는 힘을 잃고 땅으로 추락했다.

"전원에게 전달한다! 오스카 오르크스를 밀레디 라이센과 동등한 난적으로 생각하라!"

라우스의 경고가 울려 퍼졌다.

밀레디 같은 강력한 신대 마법이나 천재적 마법 재능이 없어도 눈앞에 있는 남자는 그 손에서 태어난 것으로 최강을 뛰어넘었다.

종류는 다르지만 오스카 오르크스 또한 엄연히 괴물 중 한 명이었다.

"지금부터가 고비겠어……."

그에 반해 오스카는 여유로운 태도를 보이면서도 내심 식은 땀을 흘렸다.

밀레디와 싸운 뒤라서 생긴 허점을 찔러 여단장을 처치한 것은 행운이었다. 그러나 실은 소유한 『큰 마검』은 그것이 전부. 이미 바닥났다. 『작은 마검』도 배섬에서 전투하며 소비한 이후 보충하지 못해 수가 적었다. 게다가 검은 기사도 아직 시험 단계……

밀레디가 간단히 섬멸하지 못한 집단이었다. 조금이라도 긴장을 풀면 눈 깜짝할 사이에 숨통이 끊길 것이다. 오스카는 다시 긴장의 끈을 조이고 자신을 포위하는 기사들을 시선으로 훑었다.

그런데 그때—

"—『일섬』!"

"한 명 잡았어!"

호를 그린 검광이 호우를 가르며 비래했고 오스카 등 뒤에 선 기사 한 명이 목덜미를 베인 뒤 무너져 내렸다.

"크리스! 캐티!"

"나도 있어!"

공중을 달려온 것은 네드를 필두로 한 메르지네 해적단 정예들이었다.

만약을 위해 건네 둔 양산형 검은 부츠로 허공을 달려온 그들이 오스카 주위에 집결했다.

그 안에는 의외의 인물까지 있었다.

"너는……."

"네, 오스카 님. 디네라고 해요. 회복 마법은 맡겨주세요!"

해적 한 사람에게 신부처럼 안겨, 강한 눈빛으로 그렇게 말한 사람은 디네였다.

고유 마법만이 아니라 그녀는 회복 마법 사용자이기도 했다. 그래서 든든하기는 하지만…… 메일이 목숨을 걸고 지키려고 한 소녀를 전장에 세워도 될지 오스카는 망설였다.

"언니와 은인들이 싸우는데 앉아서 보고만 있을 수는 없어요!"

딱 잘라 말한 디네는 스스로 공중에 장벽을 펼쳐 그 위에 섰다.

어리지만 강한 의지가 느껴지는 눈동자는 색은 달라도 확실히 메일과 아주 닮았다.

"안심해라, 동지여. 디네에게는 메이드복을 입어 달라고 해야 한다. 내가 죽는 한이 있어도 지키마."

마니아가 씩 웃으며 말했다. 다른 해적들도 디네를 지키는 형태로 둘러싸듯 포진했다.

"답답한 고민은 나중에 해! 얼른 정리하고 메일을 지원하러 가야 해!"

"캐티 말이 맞아, 오스카. 걱정 마. 메일의 불벼락은 부선장인 내가 다 받을 테니까."

"나 참…… 알았어. 디네, 치유는 맡길게."

"네!"

든든한 아군이 늘어 오스카의 정신에도 여유가 생겼다.

반대로 기사들은 표정이 좋지 않았다. 포기하지 않고 저항하는 이단자들에게 광기와 증오의 눈길을 보냈다.

"문제없다. 전원 신벌에 처한다!"

말이 떨어지고 제2 라운드의 공이 울렸다.

천둥과 폭풍과 휘몰아치는 호우 속에서 격렬한 공중전이 펼쳐졌다.

해적단은 크리스 및 간부를 제외하면 제아무리 정예들이라도 기사를 상대하기에는 역부족이었다.

그러나 부상당해 쓰러질 뻔한 그들은 즉석에서 디네의 회복 마법으로 치료됐다. 메일처럼 압도적인 재생력은 아니지만, 그래도 초일류라 부르기에 부족함이 없는 치유사 능력은 해적들의 전장을 견고히 지탱하고 있었다.

그것으로도 모자라 「절 생포하는 게 신명이지요? 그런 공격을 맞으면 죽을 거예요」라고 말하듯, 생긋이 웃으며 당당히 자기 자신을 인질로 세우는 디네의 행동에 기사들은 마음대로 행동할 수 없었다. 정말로 많은 것을 훌훌 털어 버린 모양이었다.

라우스의 맹공을 도맡은 것은 오스카였다. 불시에 찾아온 짧은 시간에 그런 디네를 보고 오스카는 얼떨결에 중얼거렸다.

"그래. 그 언니에 그 동생이군……."

정말로 웃는 얼굴이 잘 어울리는, 멋진 성격의 소유자였다.

오스카가 그런 생각을 하고 있는데, 의외로 라우스가 말을 걸어왔다.

"하나 묻고 싶다."

오스카도 라우스도 서로 부상을 입고 장비가 부서져 거친 숨을 내쉬고 있었다.

서서히 가라앉는 섬 주위는 이미 높이 100미터 정도의 『바다의 벽』에 둘러싸여, 천둥과 폭풍 소리의 사이사이로 허겁지겁 배를 타고 도망치는 사람들의 아우성이 들려왔다.

그런 폐쇄적인 공간과 말소리를 지워 버리는 소음이 라우스의 가슴속에 있는 형용하기 힘든 감정을 입에 담게 한 것일까……

"―『자유로운 의사를 가지고』. 밀레디 라이센이 했던 그 말. 그건 그녀 본인의 말인가?"

오스카는 말문이 막혔다. 전혀 예상하지 못한 질문에 당혹감을 감추지 못했다.

다만, 왠지 이때 오스카는 생각했다. 얼버무리면 안 된다. 대답해야만 한다. 눈앞의 적에게, 쓰러뜨려야 할 교회의 전사에게 말해야만 한다고……

"……밀레디가 이어받은 말이야. 한때 그녀의 마음을 구한 언니나 다름없는 여성에게서."

"언니나 다름없다고? 이름은?! 그 여자의 이름은 뭐냐?!"

"벨타. 벨타 리에브르."

"……?!"

라우스가 눈을 번쩍 뜨고 멍해졌다. 몸에서 힘이 빠지고 들고 있던 메이스가 내려갔다. 오스카가 놀랄 정도의 변화였다.

"……이어받았다고 했나? 그 말은……."

"그래. 이미 세상에 없어."

"그래…… 그랬나……. 이어받았다고…… 그 소녀가……."

라우스에게서 빠르게 전의가 빠져나갔다.

그때, 격류 같은 마력이 하늘을 찔렀다. 창궁색으로 빛나는 그것을 어떻게 잘못 볼 수 있겠는가.

『오 군! 나즈! 조금 도와주면 고맙겠는데!』

통신기에서 밀레디의 목소리가 들렸다. 추가로 들린 내용에 오스카는 대담하게 웃었다. 우리 리더의 부탁이다. 거절할 리 만무하다.

밀레디의 부탁이라면 오스카는 반드시 응한다!

『나이즈! 부탁해!』

『알았어.』

긴말을 주고받을 것도 없이 다른 한 명의 파트너도 요청에 응했다.

"라우스 번! 만약 너에게 미래를 생각하는 마음이 있다면 이 한순간은 못 본 척해!"

오스카의 측면에 작은 게이트가 열렸다. 오스카는 라우스 앞에서 신경을 그쪽으로 돌렸다.

대답이 없더라도 라우스 번이 방해하지 않으리라는 확신이 있었기 때문에…….

시간을 조금 거슬러 오른다.

바다 한가운데 열린 거대한 구멍과 그 안으로 침몰하는 안디카. 그것을 힐끗 보며 거친 바다 위에서 싸우는 밀레디와 메일은 신수에게 고전을 면치 못하고 있었다.

"이게 정말—『창천창(蒼天槍)』!"

중력 마법으로 불 속성 최상급 공격 마법『창천』을 세 발 분량 압축하고 관통 특화한 창 형태로 쐈다.『창천창』은 노린 대로 정확히 머리 아랫부분에 직격했지만, 폭염이 걷히고 나타난 모습은 표면이 다소 깎인 정도에 불과했다.

그 직후, 포효와 동시에 벽력의 태풍이 닥쳐들었다.

"밀레디!"

메일이 증류수 장벽을 밀레디 위에 펼쳤고 낙뢰는 물을 타고 바다로 빠져나갔다.

"메르 언니! 어쩌지! 공격이 안 통해!"

"나이즈의『천단』이라도 있으면……."

부질없는 바람이었다. 가라앉는 섬에서 사람들을 탈출시키려면 나이즈의 전이가 가장 효율적이었다. 그리고 누군가 신수를 상대하지 않으면 신수는 자연과 섬을 표적으로 파괴를 일삼을 것이다.

우는소리를 하는 동안에도 신수가 아가리를 쩍 열었다. 주르륵 늘어선 이빨 안쪽으로 작열하는 빛이 보였다.

"위험해!"

"어머."

밀레디가 장벽을 전개했다. 그 직후, 세계가 진홍색으로 물들었다고 착각할 정도의 화염 브레스가 발사됐다. 빗물이 닿는 족족 증발해 갔다.

이 브레스는 밀레디가 순간적으로 발동한 『절화』 정도라면 몇 초도 안 돼 허용량을 넘겨 버릴 위력을 가졌다. 조금 전에도 공격당해 이미 확인한 바였다.

그래서 장벽을 전개하고 파괴당하기 직전에 메일이 재생하는 방식으로 버텼다.

"윽, 마력이……."

"그래그래, 그쪽도 재생해 달라고?"

선명한 아침노을색 마력이 밀레디의 마력을 체력과 함께 모두 회복시켰다.

"고마워, 메르 언니! 회복 담당이 함께 있으니까 마음이 너무 편해!"

"후후, 그렇다니 다행이네. 그렇지만 언니도 슬슬 힘들어."

브레스가 끊기는 것을 보고 메일은 마지막 마력 회복약을 비웠다.

그 후, 브레스가 완전히 사라짐과 동시에 머리 위 먹구름이 소용돌이처럼 감겼다. 그리고 폭풍우가 밀레디와 메일을 중심으로 한 회오리가 되어 바닷물을 끌어 올리고 맹렬한 바다회오리를 발생시켰다.

"그렇게는 안 돼."

메일이 수류 조작으로 질 수는 없다며 막 발생한 바다회오리를 없애려 들었다.

태풍의 눈 속에서 밀레디는 메일에게 목숨을 맡기고 이제 이것밖에 없다는 생각으로 비장의 수단을 꺼내려고 했다.

"풀게, 밀레디. 준비됐어?"

"……물론이지. 이걸로 끝내겠어! —『흑천궁(黑天穹)』!"

팡! 터지듯이 사라진 바다회오리.

그 직후 창궁의 오라를 두른 밀레디가 중력 마법의 비기를 해방했다.

—우오오오오오오오오옹!

신수의 머리를 검은 구체, 모든 것을 집어삼켜 소멸시키는 모조 블랙홀이 감쌌다.

울려 퍼지는 포효는 신수가 처음으로 지른 고통의 비명이었다. 안구가 터지고 머리의 비늘이 쩍쩍 갈라졌다.

"먹힌다!"

밀레디가 양동이를 뒤집어엎은 것처럼 빠져나가는 마력에 어금니를 악물며 승리를 확신했지만…….

—크롸아아아아아아!

바로 다음 순간, 검붉은 오라가 폭발했다. 구형으로 물리적인 충격마저 동반해 밀려온 막대한 마력이, 바다에 한순간 크레이터를 만들고 먹구름에 구멍을 냈다.

밀레디와 메일은 함께 비명을 지르면서 튕겨 날아갔다.

충격으로 내상을 입고 피를 토하는 두 사람을 즉석에서 발동한 재생 마법이 완치했지만 충격은 컸다.

"흑천궁을 힘으로 깨 버리다니…… 뭐 저런 게 다 있어?"

먹구름 사이에 난 구멍으로 햇빛 한 줄기가 비쳐들었다.

신수에게 바닷물이 기어 올라와 달라붙었다. 그러자 터졌던 눈도 부서진 비늘도 순식간에 회복되어 갔다.

—우오오오오오오오웅!

하늘을 향해 울부짖는 신수. 햇빛을 받으며 포효하는 위용은 과연 신화 세계의 괴물다웠다.

"……메르 언니. 과거의 상처를 재생하는 마법. 그거 통할 거라고 봐?"

"지금 대미지가 아니라 좀 더 전 상태라는 의미지? 못 해."

과거의 상처를 재생하는 마법은 거슬러 오르는 세월에 비례해 소비 마력이 늘어난다. 먼 옛날, 신화시대부터 봉인되어 온 괴물이 아닌가. 메일의 마력이 제아무리 방대해도 무리가 있었다.

"하긴, 그렇지? 봉인됐을 때는 상당히 약해져 있었겠지만, 그때로 돌릴 수 있었으면 이 고생도 안 했지. ……어떻게 해치우지?"

말하는 사이에도 먹구름은 원래대로 돌아왔고 신수는 무수한 낙뢰를 떨어뜨렸다. 그러면서 거대한 바다회오리를 몇 개나 일으켜 밀레디와 메일을 포위했다.

"으악! —『화천』!"

"『파성벽』!"

밀레디의 중력장이 바다회오리의 진로를 억지로 꺾고, 메일의 증류수 방벽이 번개를 흘려보냈다.

그곳으로 화염 브레스가 날아들었다. 장벽과 재생으로 막아 봤지만 그 자리에 꼼짝없이 발이 묶여 버렸다.

"괴물 퇴치 이야기는 배 속으로 들어가는 게 정석 아니니?"

"밀레디한테 먹히고 오란 말이야? 메르 언니, 너무해!"

절체절명의 상황인데 두 사람의 분위기는 어쩐지 장난스러웠다.

왜인가.

근거는 없어도 확신이 있기 때문이었다. 서로에게……

―이 사람이 옆에 있으니까 괜찮아.

―이 아이가 옆에 있으니까 괜찮아.

거기에는 말로는 다할 수 없는 우애가 있었다. 마치 친자매 같은 우애가……

메일이 상황에 맞지 않는 포근한 표정으로 고민스럽게 신음을 흘렸다.

"그렇지만 밀레디, 저 금속 비늘을 돌파해서 육체에 직접 피해를 주지 않으면…… 솔직히 우리가 말라 죽을걸?"

"나도 알아~. 으으, 이렇게 된 거 정말로 이판사판 입속으로 뛰어들어…… 응? 메르 언니, 지금 뭐라고 했어?"

"말랐다고? 밀레디 가슴이?"

"신경 꺼! 조금씩 커지고 있거든! 아, 그게 아니고! 말랐다는 말 안 했잖아!"

"어머, 미안. 실수했네. 말라 죽는다고 했었나?"

"아니, 그 전에!"

"금속 비늘을 돌파?"

"그래! 그거! 아, 나도 참, 왜 이렇게 간단한 걸 눈치채지 못했지!"

장벽 밖이 작열하는 브레스로 가득 찬 데다가 바다회오리에 포위당하고 하늘에서는 끊임없이 벼락이 떨어지는 현재, 드디어 밀레디도 맛이 갔나 싶어 메일이 불쌍하다는 눈길을 보냈다.

"왜 그렇게 쳐다봐, 메르 언니 바보야! 잊었어? 우리에게는 금속의 전문가가 있잖아!"

"⋯⋯어머나."

메일도 깨달은 것처럼 눈을 깜빡거렸다. 지금까지 금속 장갑을 두른 생물은 본 적이 없어서 차마 연상하지 못했던 것이었다.

"으흐흐. 두고 봐, 신수! 밀레디의 반격이 시작된다!"

"멋지고 아니꼬운 표정이야! 밀레디! 사랑스러워!"

"암, 암, 그렇지— 응?"

메일의 칭찬이 조금 마음에 걸렸지만 밀레디는 메일에게 작전을 전했다.

"가자, 메르 언니."

"그래, 밀레디."

자신만만하게 씩 웃은 밀레디에게 메일 또한 자신만만하게 씩 웃어 대답했다.

그 직후, 화염 브레스가 끊겼다. 밀레디는 하늘로 날아올랐고 메일은 바다로 뛰어들었다.

밀레디는 자유 낙하 속도로 하늘로 올라감과 동시에 지금 쓸 수 있는 최고의 『절화』를 만들어 냈다. 벼락이 집중포화를 퍼부었지만 그것들을 모두 『절화』로 받아 삼켰다.

신수가 물 브레스를 쐈다. 레이저 같은 물줄기가 연사되어 밀레디를 스쳤다.

방어할 여유도, 회피에 전념할 여유도 없었다. 모든 것은 이 『절화』에 달렸다.

마침내 몇 발의 브레스가 밀레디를 포착했다. 어깨와 옆구리, 허벅지를 관통해 비바람 휘몰아치는 하늘에 핏방울이 튀었다.

"내가 질 거 같아아아아아아아?!"

정신이 아득해지는 격통을 함성으로 찍어 누른 밀레디는 아랑곳하지 않고 하늘로 올랐다.

그리고 곧장 뇌운 속으로 파고들었다.

"으아아아아아아아!"

뇌운 속은 지옥이 따로 없었다. 빗발치는 전광이 밀레디를 덮치고, 그것을 『절화』로 죽기 살기로 흡수했다. 살을 때리는 빗물은 얼어붙을 것처럼 차가워서 폭풍과 함께 밀레디의 체력을 빠르게 앗아갔다. 흘러나오는 피는 점차 많아졌고 밀레디에게서 생기가 빠져 나갔다.

그러나 그럼에도 밀레디는 머리 위로 든 손을 내리지 않았다.

구해야 할 사람들을 구하기 위한 최종 수단. 스파크를 내며 당장에라도 파열할 것처럼 비대해진 『절화』를 절대로 놓치지 않았다.

"으, 윽, 으으으으윽!"

과거의 제어 한계를 가볍게 뛰어넘는 『절화』 사용에 밀레디가 꽉 깨문 이 사이에서 신음이 흘러나왔다.

그러나 만신창이가 되어서도 견뎌 낸 보람은 분명히 있었다.

몽롱한 눈과는 대조적으로 입가가 씩 찢어졌다.

밀레디가 오스카와 나이즈에게 통신을 연결했다.

"오 군! 나즈! 잠시 도와주면 고맙겠는데!"

자신의 상태가 조금도 전해지지 않는 어조로 해줬으면 하는 일을 간결하게 전했다.

그리고 응답을 받지도 않고 설사 어떤 상황이라도 즉시 응해 주리라는 확신 아래 부유를 위한 중력장을 풀었다.

그 순간, 밀레디는 별의 굴레에 사로잡혀 자유 낙하를 시작했다.

"메르 언니!"

척하면 착. 메일이 신수의 등에서 튀어나왔다. 물줄기를 타고 요정처럼 춤추며 천지가 뒤집힌 상태로 신수의 머리에 손을 댔다.

"—『괴각』!"

과거의 상처를 재생하는 마법이 발동, 다시 신수의 안구가 터지고 시야를 빼앗았다.

이에 신수는 비명을 지르며 몸부림쳤다.

"오 군! 나즈!"

신수를 뛰어넘어 바다로 떨어지는 메일과 교대하듯 신수의 머리 위에 게이트가 열렸다. 그곳에서 뻗어 나온 것은 희대의 연성사가 다루는 아티팩트, 『연쇄』.

그것이 금이 간 신수 머리에 감기자마자 태양빛 스파크가 튀었다.

금속이라면 설사 마력을 흩어 버리는 봉인용 광석이라도 어려움 없이 연성하는 최고의 연성 기술이 신수의 장갑을 벗겨냈다.

—오오오오오오오오오오옹!

신수가 바닷물을 퍼 올려 회복을 시도한다.

그러나 늦었다. 치명적일 만큼⋯⋯.

하늘에서 흑색 흉성이 창궁의 소녀와 함께 떨어졌다.

"—『천작(天灼)』!"

창궁의 마력이 하늘을 찔렀다. 소용돌이치는 마력의 격류가 별 무리 같은 전기 구슬을 만들고 그것 모두가 이어지며 거대한 번개의 별을 이루었다.

그곳으로 『절화』가 떨어졌다. 진짜 번개를 뇌운째로 흡수해 온 백뢰의 별이⋯⋯.

"이걸로 끝내겠어! 나는, 아무도, 빼앗기지 않아—『절화 해방』!"

전기 구슬로 둘러싸인 번개의 별 바로 위에서 극대 크기의 번개가 떨어졌다.

『절화』의 감옥에서 해방된 백뢰는 『천작』을 남김없이 먹어치우며 더욱 그 크기를 불렸다.

암운에 갇힌 어둑어둑한 세계가 대낮처럼 하얀 빛으로 물들었다.

온통 새하얗게 물든 세계에서는 소리마저 사라졌다.

배에서 『바다의 벽』 위로 피난을 마친 사람들도, 아직 안디카에 있는 사람들도 누구랄 것 없이 천지를 관통하는 순백색 번개를 목격했다.

모두가 그 신화와 같은 광경에 눈길을 사로잡혔다. 모두가 두려움에 몸을 떨었다.

현실에서 동떨어진 광경에서 모두가 느끼고 있었다. 그 번개가 자신들을 지키기 위해 떨어진 것임을. 누군가의 『반드시 지키겠다』는 의지의 발현임을…….

잠시 후 세계는 색과 소리를 되찾았고 거대 번개가 허공으로 녹아들면서 사라져 갔다. 먹구름이 원형으로 밀려 날아가고 폭풍우가 멎었다. 요동치던 바다가 평온을 되찾아 갔다.

그 중심에서 흰 연기를 뿜는 신수는…… 완만하게 쓰러져 갔다. 무너져 내리듯, 요란한 파도를 일으키며…….

그대로 바닷속으로 가라앉는다. 잠잠하고 투명한 바다는, 침몰하는 신수의 거구를 『바다의 벽』을 통해 사람들의 눈에 새겼다.

모두가 신의 체현이나 다름없는 괴물의 최후에 그저 멍해 있었다.

그것은 기사단도 마찬가지였다. 스무 명 남짓까지 줄어든 그들도 멍해 있었다.

단, 그들이 보는 것은 신수만이 아니었다.

그 신수를 굴복시킨 소녀— 하늘 위에 뜬 밀레디였다.

하늘에서 내려온 햇빛이 이번에는 그녀를 비췄다. 장엄하고, 어째선지 가슴으로 다가오는 광경이었다.

밀레디는 잠깐 동안 체공하더니 불현듯 힘을 잃고 떨어졌다.

"윽, 밀레디!"

똑같이 그 광경을 바라보던 오스카가 반사적으로 달려갈 뻔했다. 하지만 라우스와 기사단에게 등을 보일 수는 없어 이를 악물고 대치 상태를 유지했다.

크리스를 비롯한 해적단도 퍼뜩 정신을 차리고 긴장했다.

그러나 정작 기사단, 아니, 정확히는 단장인 라우스는 아직 멍하니 밀레디가 있던 하늘을 바라보고 있었다. 그것은 마치 오랜 세월 어둠에 갇혀 있던 죄인이 마침내 태양을 본 것 같은 표정이었다.

"……철수한다."

라우스에게서 믿을 수 없는 말이 나왔다. 당연히 기사단 면면은 동요했다.

"아니, 라우스 님?! 신명은?!"

"지금 상태로는 이미 그 뜻을 이룰 수 없다. 저 힘은 예상을 너무나도 벗어났어."

"순교가 두려우십니까?!"

"그렇지 않다. 저 힘은 간과할 수 없다. 성하에게 아뢰어 병력을 갖추고 확실하게 싹을 잘라야 한다. 그러기 위해 지금은 물러난다. 아니면 너는 순교를 위해 신명을 포기할 테냐?"

"저, 저는 그런 뜻이……."

라우스의 우려는 이해할 수 있었다. 하지만 상대는 지칠 대로 지쳐 지금이라면 승산이 컸다. 라우스의 말은 어딘지 모르게 변명처럼 들려 아라임은 솔직히 따르기가 꺼려졌다. 그것은 다른 기사들도 마찬가지라서 응답을 하지 못했다.

"……명령이다. 책임은 내가 진다. 철수하라."

"아, 알겠습니다."

기사들이 증오에 찬 눈으로 오스카나 밀레디를 바라보고 비공선으로 물러났다.

"쫓을 텐가?"

라우스가 오스카에게 물었다. 오스카는 잠시 라우스와 시선을 마주한 다음 조용히 고개를 흔들었다. 돌아서는 라우스에게 오스카는 무심결에 말을 걸었다.

"잠깐만! 당신은, 당신은 혹시……."

"백광 기사단 단장. 단순한…… 신의 종복이다."

오스카의 질문을 무마하듯 라우스는 돌아보지 않고 그렇게 말한 뒤 비공선으로 돌아갔다.

그 등을 잠시 바라본 오스카는 머리를 흔들었다. 그리고 해적단에게 피난 유도를 계속하도록 부탁하고 서둘러 밀레디 곁으로 달려갔다.

이미 200미터 가까운 높이인 『바다의 벽』을 달려 올라가 밀레디가 떨어진 곳 부근으로 향하자, 그곳에는 메일의 두 팔에 들린 밀레디가 있었다.

"밀레디!"

"안녕~, 오 군! 봤어?! 나 좀 대단했지?"

이 얼마나 가벼운 대답인가. 오스카는 얼떨결에 앞으로 고꾸라졌다.

"어머, 오스카도 참. 그렇게 밀레디가 걱정됐어? 괜찮아. 이 누나가 잘 치료하고 있어."

"밀레디, 치료받고 있습니다."

"치료받고 있습니다는 무슨……. 간 떨어지는 줄 알았다고."

오스카가 안경을 슥 올려 쓰고 탈력감에 한숨을 푹 쉬었다.

"에헤헤, 걱정해줘서 고마워. 그리고 지원도 절묘했어~. 역시 오 군이라니깐! 안경이야!"

"안경은 무슨 상관이야? 맞고 싶어?"

평소와 똑같은 대화를 나누는 사이에 완전히 치유된 밀레디는 둥실 떠올라 기사단은 어떻게 됐냐고 물었다.

"철수했어."

"……의왼데."

미심쩍게 여기는 밀레디에게 오스카는 망설임 섞인 말을 전했다.

"그 사람은…… 너를 신경 쓰는 것 같았어. 그…… 벨타에 관해서도 잘 아는 기색이었어. 너랑 관계가 있다고 하니까 엄청 동요하더라고."

"오 군, 그게 무슨……"

밀레디는 숨을 들이켰다. 눈을 찌푸리고 이미 하늘에 찍힌 점으로 보일 만큼 떨어진 비행선을 바라봤지만, 곧 고개를 저었다. 지금은 그것을 생각할 때가 아니었다.

이미 수백 척의 배가 『바다의 벽』 위로 피난했으나 아직 아래 남은 사람이 많았다. 밀레디는 진지한 표정으로 바다 한가운데 뚫린 거대한 구멍을 바라봤다.

"메르 언니, 앞으로 얼마나 더 버틸 수 있어?"

"……길어도 10분 정도야."

안다카의 침몰을 늦추고 『바다의 벽』을 유지하는 밀레디의 마법.

그것이 앞으로 10분이면 붕괴한다.

그런 대화 도중에 나이즈가 전이해 왔다. 나이즈 또한 거듭된 전이와 다수의 게이트 유지로 안면이 창백해질 만큼 힘을 소진한 상태였다.

"피난한 인원은 모든 주민의 약 60퍼센트야. 바다가 진정됐으니까 피난에 속도가 붙을 것 같지만…… 근본적인 문제로 배가 부족해."

이미 최대 승선 인원을 훨씬 초과해 배를 보냈거늘, 그래도 수가 부족했다.

나이즈는 심각한 표정을 지었지만 밀레디는 곧 씩 웃었다.

그리고 자신만만하게 말했다.

"여기에는 신대 마법 사용자가 네 명이나 있어. 불가능은 없어!"

그러고는—.

"그럼 오 군! 이거 어떡해야 돼?"

전부 떠넘겼다. 해답이 있다고 믿어 의심치 않는 절대적인 신뢰를 드러낸 표정으로……

오스카는 기대감이 부담스럽다고 생각하면서도 동시에 기쁜 마음이 드는 것을 보면 자기도 참 어지간하다고 생각했다. 포근하고 의미심장하게 미소 짓는 메일과 밀레디에게 동조해, 오스카에게 전부 떠넘기려는 나이즈에게서 표정을 감추고자 안경을 올려 쓴 오스카는 잠깐 고민한 다음 기대에 부응했다.

"메일은 폐선소로 가. 가서 해체된 배를 재생해. 나이즈, 넌 디네에게 가고. 지금 디네라면 네 마력을 회복해 줄 거야. 그걸로 메르지네 선단에 지원 요청을 보내. 거긴 아직 여유가 있을 테니까. 밀레디는 중력 마법으로 사람을 몽땅 바다 위로 올려. 지금은 제대로 된 배가 아니어도 좋아. 내가 최대한 뗏목을 만들 테니까 그걸 통째로 들어 옮겨줘."

"역시 오 군이야! 너무 안경이야!"

"대단해, 오스카. 안경의 힘은 위대하구나?"

"오스카, 믿고 있었어. 역시 안경은 장식이 아니군."

"너희 전부 진짜 죽여 버린다?"

핏줄이 선 오스카에게 세 사람은 웃음을 흘리고 마지막 싸움—『안디카 주민 구출』을 완수하기 위해 바다의 구멍으로 뛰어들었다.

서쪽 바다에서 귀환한 라우스는 처벌을 각오하고 교황에게 이번 사건을 보고했다.

해적단이 약정을 위반해 처음 받은 신명대로 소탕 작전에 나선 것.

신대 마법 사용자 네 명이 손을 잡은 까닭에 신명을 다하지 못했다는 것.

『해방자』라는 조직에 관한 것.

그리고 안디카가 가라앉고 신수가 부활했으나 다시 퇴치됐다는 것.

그러나 어느 것이고 예상을 벗어난 보고일 텐데도 교황은 큰 반응을 보이지 않았다.

그뿐 아니라 라우스에 대한 힐난도 없이 잠시 대기하라고 명할 뿐이었다.

귀환한 비공선을 본 신국 백성들은 당연히 기사들이 누구 한 명 죽지 않고 이단자들에게 신벌을 내렸다고 생각했을 것이다. 설마 출발 당시 인원의 5분의 1밖에 타지 않았으리라고는 생각도 못했을 게 틀림없었다.

그렇기에 이곳에서 대대적으로 라우스를 처벌하면 최강 기사단 중 일각이 신명을 이루지 못했다고 스스로 공표하는 꼴이었다. 라우스라고 그런 정치적 판단을 모르진 않았다.

그러나 처벌할 방법이야 얼마든지 있지 않은가…….

결국 물러나라고 명령받은 라우스는 복도를 걸으며 깊은 생각에 빠졌다.

그때, 누군가가 스쳐 지나갔다. 의문에 잠겨 허우적대던 라우스는 그대로 마음을 주지 않고 지나치려다가 퍼뜩 깨달았다.

"잠깐."

돌아보며 불러 세웠다. 그러나 그곳에는, 이곳에 있을 리 없는, 스쳐 지나갔다고 생각한 남자— 에이스의 모습이 없었다. 대신 로브에 달린 후드를 깊이 눌러 쓴 수녀가 아름다운 입매만을 보인 채 돌아보고 있었다.

"무슨 일이시죠?"

"아, 아니, 미안하오. 사람을 잘못 봤군."

뭔가 석연치 않은 느낌을 받으면서도 어울리지 않게 신경이 과민해졌나 싶어 고개를 흔들었다. 그리고 사과하면서 의문도 함께 입에 담았다.

"……못 보던 얼굴인데……."

"아하트라고 합니다."

"그, 그렇군."

쟁반에 구르는 옥처럼 아름다운 목소리인데도 어찌 이리 기계적인가. 무의식적으로 기가 눌려 라우스는 말을 잃었다. 무언으로 아직 볼일이 남았냐고 묻는 수녀에게 라우스는 재차 머리를 저었다.

수녀는 고개만 살짝 숙여 인사하고 그대로 복도를 걸어 떠났다.

그리고 문득 뭔가를 깨닫고 등줄기가 오싹했다. 당황해 얼른 돌아봤다.

수녀는 이미 없었다. 그렇지만 이것만은 잘못 봤을 리 없다고 확신했다. 지금 수녀에게서 혼의 존재를 전혀 느끼지 못했다.

순간적으로 온갖 생각이 라우스의 머리를 스쳤다.

왜 신명을 이루지 못했는데도 불구하고 힐책받지 않았는가.

왜 그 타이밍에 신수가 부활하고 안디카가 침몰했는가.

왜 안디카라는 시스템은 유용하다고 말하던 교황이 섬이 가라앉았다는 이야기에도 별다른 반응을 보이지 않았는가.

뻔했다. 교황보다 위에 있는 존재가 그것을 바랐기 때문이다.

타이밍은 라우스에게 신명이 떨어진 다음.

왜 그 타이밍이었는가. 왜 라우스에게는 아무것도 알리지 않았는가.

합리적인 이유가 떠오르지 않았다.

그렇다면 합리적인 이유 따위 없는 것이다. 지금까지 때때로 그런 신명이 내려오던 때와 마찬가지로……

모든 것은— 신이 그렇게 바랐으니까.

"정녕 우리는, 당신의 장난감이란 말입니까."

그 태양 같은 소녀에게 품은 것과는 아예 상반된, 무어라 형용하기 힘든 감정이 치밀었다.

태양 같은 소녀— 생각해 보면 이쪽도 그랬다. 백광 기사단 단장이라는 지위에 있으면서 왜 『해방자』를 알지 못했는가. 벨타와 밀레디의 연관성. 벨타가 죽은 이유.

사실의 파편이 확신에 가까운 추측을 보여줬다.

같은 이유다. 합리적인 이유 따위 없이, 그저 그가 그러기를 바랐기 때문이다.

라우스는 까득 이를 갈고 손을 꽉 쥐었다. 소리치고 싶은 기분이 턱밑까지 올라왔다. 감정이 당장에라도 넘쳐흐를 것 같았다.

그렇지만, 그럼에도 라우스 번이라는 인간은 『저항하지 않는 자』이기에…….

주먹에서 힘을 풀고 크게 숨을 내쉰 라우스는 지금까지 그랬던 것 이상으로 미간에 주름을 잡고 다시 걸음을 옮겼다.

─자유로운 의사를 가지고.

머릿속에 메아리치는 그 말을 애써 무시하면서…….

그런 모습을 부하 한 명이 가늘게 뜬 눈으로 지켜보고 있었지만 라우스는 눈치 채지 못했다.

안디카가 해저로 가라앉은 날로부터 약 한 달이 지났다.

안디카에 있었던 곳에는 배섬이 생겼고 밀레디 일행도 지금 그곳에 체재 중이었다.

그날, 게이트를 넘어 달려온 메르지네 선단과 대량의 뗏목에 나눠 타서 안디카 주민은 무사히 바다 위로 빠져나올 수 있었다.

그렇게 배 위에서 안디카의 종말을 말도 없이 계속 바라봤다.

고향이자 의지처였던 장소. 바다의 벽이 무너지고 섬이 아득한 해저 아래로 사라지는 모습은, 대소의 차이는 있을지언정 분명 모두가 잊지 못할 장엄한 광경이었다.

갈 곳 잃은 안디카 주민은 잠시 아무도 움직이지 못하고 그저 망연자실했다. 메르지네 호 위에서 서로를 끌어안은 메일과 디네도, 그 옆에 있는 바하르도, 그리고 섬에서 지낸 시간이 가장 짧은 밀레디 일행도, 한 명의 예외도 없이……

얼마나 그러고 있었을까.

처음으로 말문을 연 사람은 역시나 밀레디였다.

모두 무사히 구출하긴 했으나, 부상자나 몸이 약한 사람, 병자도 있는 상황에서 언제까지고 콩나물시루 같은 배에서 지낼 수는 없었다. 대륙까지 가기에도 이런 상태로는 사망자가 나올 우려가 있었다. 그래서 우선은 배섬처럼 배를 연결해 안정시키고 부상자 치료와 식량 배급을 시작했다.

그로부터 하루가 지나고 동이 틀 무렵.

밀레디는 안디카 주민에게 선택지를 제시했다.

요약하면 대륙으로 돌아간다, 이대로 배섬에서 산다, 이판사판으로 교회의 영향이 미치지 않는 신대륙을 찾아 모험을 떠난다, 였다.

대륙으로 돌아갈 경우 당연히 안디카 주민은 이단자로서 교회에게 사냥당할 가능성이 컸다. 그러므로 밀레디는 그들이 바란다면 『해방자』가 은신처로 마련한 마을에 살 것을 제안했다.

대부분은 바하르가 주도한다는 이유도 있어서 배섬을 형성해 사는 길을 선택했지만 그래도 제법 많은 사람이 『해방자』의 은신처로 가기를 희망했다.

거기에는 밀레디의 영향이 크게 작용했다.

오죽하면 제4의 선택을 하는 사람이 나올 정도였다.

그 선택이란 『해방자』의 은신처에서 몰래 숨어 살지 않고 『해방자』라는 조직에 들어가 밀레디 일행을 돕고 싶다고 말하는 이들이었다.

전날 기사단에게 주장을 굽히지 않고 안디카를 지탱하며 신수를 타도한 밀레디의 인상은 그만큼 강렬한 것이었다.

마음속에 밀레디 라이센이라는 소녀가 각인되어 버릴 정도로…….

그 후 교회가 안디카 주민을 토벌하러 오지 않을까 경계하고, 생활이 어느 정도 안정되도록 메일과 디네가 침몰한 배를 재생해 배섬을 확장하고, 식량을 확보하고, 『해방자』와 연락해 은신처 수용 준비를 하도록 전하고…….

그런 사정으로 당분간 배섬에 머물렀던 밀레디 일행도, 드디어 오늘 대륙으로 돌아간다.

"밀레디! 대륙으로 건너가면 바로 사막이 나오지? 바다로 치면 물이 전부 모래인 거야? 상상도 안 된다. 엄청 기대돼!"

그렇게 말하고 토끼 귀를 살랑살랑 흔들며 밀레디를 뒤에서 끌어안은 사람은 완다 여관의 키아라였다.

그녀가 바로 그 제4의 제안자였다. 가장 먼저 『해방자』에 들어오겠다고 희망한 사람. 그녀가 폴짝 튀어나와 「나 밀레디네 조직에 들어가고 싶어! 밀레디를 따라갈래!」라고 외친 것을 시작으로 지원자가 속출했다.

"키아는 안디카 출신이니까 본 적이 없구나? 맞아! 모래 바다는 힘든 일도 많지만 아름다워~. ……그렇지만 키아, 정말로 해방자에 들어오려고?"

최근 한 달 동안 지겹도록 물었던 질문을 출발 전에 다시 한 번 건넸다.

키아라는 뜻밖에 진지한 표정으로 묻는 밀레디에게서 떨어져 똑같이 진지한 표정으로 답했다.

"응. 들어가고 싶어. 나, 밀레디를 돕고 싶어. ……고향은 사라졌지만 나나 아버지, 어머니, 그리고 모든 사람이 무사한 건 너희 덕분이니까. 은혜를 갚고 싶어."

"은혜라고 생각할 거 없어. 나는 내 삶의 방식을 관철했을 뿐이니까. 하지만 해방자에 들어온다는 건 세계와 싸우는 일이야."

"몇 번이나 들었어. 각오가 됐냐고 묻는다면 나도 잘 모르겠지만……"

키아라는 살짝 눈을 내리깐 후 밀레디가 깜짝 놀랄 정도로 강한 눈빛을 보냈다.

"그렇지만 은혜 때문만은 아니야. 나는, 아니, 아버지와 어머니, 해방자에 들어가고 싶다고 손든 사람은 모~두 너한테 반했어! 너처럼 자기 신념을 관철하고 하고 싶은 말을 할 수 있는 세상에서 살아가고 싶다고 생각했어!"

언젠가부터 키아라와 마찬가지로 지원자들이 밀레디를 바라보고 있었다. 누구랄 것 없이 출발 준비를 마치고 강하게 빛나는 눈빛을 보냈다.

그것은 밀레디가 잘 아는 저항하는 자의 눈이었다.

"그래……."

그래서 밀레디는 그 말만 하고 입을 닫았다. 그들의 자유의 사가 자신과 같은 길을 택해줬다. 이렇게 기쁜 일이 또 있을까. 자연스럽게 해죽이 웃음이 흘러나왔다.

지원자 중 그 웃음이 보이는 위치에 있던 남자들이 줄줄이 심장에 직격타를 맞은 모양이었다. 다 같이 얼굴이 빨개졌다.

키아라도 조금 볼을 붉혔다.

"그리고…… 난 밀레디 친구잖아? 친구니까 돕고 싶은 거야. 나는 딱히 싸울 힘도 없고 대단한 일도 할 수 없지만 ……."

수줍수줍, 쭈뼛쭈뼛, 부끄러워하면서 그런 말을 했다. 거기에 대한 반응은─.

"키아 너무 귀여워!"

밀레디의 코피 분출이었다. 키아라가 화들짝 놀라 어쩔 줄을 몰랐다.

"밀레디?! 너 왜 그래?! 설마 싸움의 후유증?!"

"괘, 괜찮아. 우정이 코로 흘러넘쳤을 뿐이니까!"

"아니, 오히려 안 괜찮아 보이는데."

키아라는 지극히 상식적인 아이였다.

그런 그들 곁으로 바하르가 다가왔다. 디네와 메일도 함께였다.

"여, 밀레디. 준비는—."

"잠깐, 바하르. 밀레디를 함부로 부르지 말라고 몇 번을 말해야 알아들어? 죽고 싶어? 아니, 그냥 죽어."

인사만 한 바하르를 메일이 죽이려 들었다. 목에 닿은 사벌이 햇빛을 반사해 눈을 찔렀다.

"어, 언니! 아버지는 나쁜 뜻으로 한 게 아니에요! 그냥 좀 『거시기한 사람』일 뿐이지!"

"야, 디네. 너 뭐라고 했냐? 거시기해?"

바하르는 양팔을 들어 항복하고 딸의 말투에 볼이 실룩거렸다.

"어머, 목숨 건졌네? 디네가 천사인 걸 다행으로 여기고, 일단 엎드려 빌어. 눈물 뺄 때까지 밟아줄 테니까."

"내가 한 말이지만 취소한다. 넌 역시 리쥬랑 안 닮았어."

메일은 나긋나긋하고 근사한 웃음을 지어 보이며 「야, 빨리 머리 박아」라고 말하면서 사벌의 옆면으로 바하르의 볼을 탁탁 쳤다. 바하르는 아주 넌더리가 난다는 표정이었다.

디네가 언니도 그만하라며 팔을 끌어안고 중재에 들어갔다. 그제야 메일은 실없이 웃었고 마지못해 사벌을 거뒀다.

그런 식으로 바하르와 메일은 복잡하면서도 나쁘지 않은 관계로 굳어졌다. 사이에 디네가 있기 때문이기도 하겠지만 서로 죽고 죽이는 사이로 발전하지는 않을 듯했다.

그리고 변화는 디네와 바하르의 사이에도 있었다. 바하르가 행동으로 애정을 표현한 덕분에 부녀 관계를 조금씩 개선하는 데 성공한 것 같았다.

밀레디가 그것을 흐뭇하게 바라보는데 바하르가 다가와 겸 연쩍게 머리를 긁적였다.

"어, 그 뭐냐. 네 덕분에 살았다."

"그래? 빚 떼먹고 카지노를 습격한 범인인데?"

"그런 건 안디카 사람을 구해준 것만으로 청산이야, 청산. 배섬 구축에 부족한 물자 조달까지…… 오히려 이쪽이 크게 빚졌지."

어깨를 으쓱인 바하르는 어딘지 모르게 분위기가 부드러워 져 있었다. 심혈을 쏟아 오로지 힘의 논리만으로 지배를 유지해 온 그는 자신의 왕국을 잃고 조금 변한 것 같았다.

"빚? 그럼 이번에는 디네가 잘 알 수 있는 방식으로 사랑해 줘. 밀레디랑 약속!"

"글쎄, 그런 걸로 갚을 수 있는 게— 어휴, 알았다, 알았어. 디네뿐 아니라 앞으로는 약자도 지키도록 하지."

뒤에서 사벌 끝이 콕콕 닿으며 나긋나긋한 우후후 소리가 들리자 바하르는 도로 양팔을 들고 고쳐 말했다. 디네도 「아 버지, 멋져요!」를 외치고 바하르 옆구리에 들이댔던 손톱을 거두었다. 어째 딸에게 못 이기는 아버지 신세가 되어 있었다.

헛기침을 한 번 하고 바하르는 표정을 진지하게 바꿔 말했다.

"만약 에이스에게…… 아니, 사도라고 했었나? 그 녀석에게 만나면 안부 전해줘. 가능하다면 우리 몫까지 패줬으면 좋겠지만 말이야."

나이즈가 목격한 모습을 토대로 추측하면 아마 에이스는 이미 죽었고 『신의 사도』가 그 가죽을 뒤집어쓴 것으로 여겨졌다.

그 선명한 은색 빛을 어떻게 잘못 볼 수 있을까.

그리고 『신의 사도』가 봉인을 파괴한 동기는 『신의 장난』이라는 결론으로 일치됐다. 사도는 세계라는 판을 만들고 신의 무료함을 달래기 위해 존재하기 때문이다.

"응, 맡겨줘. 사도도 교회도, 신까지도 언젠가 이 천재 미소녀 마법사 밀레디와 유쾌한 동료들이 날려 버릴 테니까!"

"그래, 부탁하자. 이쪽은 아마 더 노리지 않을 거야. 자금원으로서 역할은 상실했지만, 아직 이 세상의 쓰레기장 역할을 해야 하니까."

"하긴, 이제는 힘들게 이런 바다 외딴곳까지 와서 없앨 필요도 없지."

지금의 배섬은 이단자를 모으는 장소로 기능할 뿐 교회가 수고를 쏟을 이유가 하나도 남지 않았다.

그 이유는 메르지네 해적단이 이제 배섬을 떠날 것이기 때문이었다. 당연히 디네도 마찬가지였다. 가끔 디네의 귀향과 생활 물자 운반 등 지원을 겸해 배섬에 들를 예정이긴 하지만, 기본은 정처 없이 계속 떠돌아다닐 생각이었다.

그것이 교회에 위치가 발각되지 않아 메일과 디네가 평화롭게 살아갈 수 있는 유일한 방법이라고 생각해서였다. 동시에 배섬에 피해가 미치지 않도록 하기 위한 방법이기도 했다.

"그렇지. 그러니까 이쪽은 알아서 잘할 거야. 그리고 너희가 실패해서 살길이 막막해지면 여기로 도망쳐 와. 그때까지 조금 더 나은 섬으로 만들어 둘 테니까."

"오, 그래도 돼?"

"섬은 없어졌어도 이곳은 자유의 도시야. 오는 사람 막지 않고 가는 사람 잡지 않지. 단, 교회 관계자만 제외하고."

"아하하. 고마워. 기억해 둘게!"

밀레디가 속없는 웃음으로 대답하자 바하르는 조금 쑥스럽게 머리를 긁었다. 그러고는 어깨를 으쓱이고 발길을 돌렸다.

"잘 가라. 어이없게 죽지 말고."

"밀레디 씨. 정말 여러모로 감사했어요."

디네도 그에 맞춰 답례하고 밀레디와 꼭 포옹을 나눈 후 바하르를 쫓아갔다.

하지만 떠나면서 메일을 힐끔 보고 미소 지었다. 분위기를 읽은 것이었다.

그 타이밍에 해적단원, 섬사람들과 작별 인사를 나눈 오스카와 나이즈가 귀환용으로 받은 배에 승선해 밀레디를 불렀다.

아무래도 출항 시간이 됐나 보다. 키아라를 필두로 함께 대륙으로 돌아갈 사람들도 족족 배에 올랐다.

혼자 남은 밀레디는 메일에게 웃어 보였다.

"그럼 갈게. 메르 언니."

"……그래. 밀레디."

메일도 평소의 나긋나긋한 웃음을 지어 보였다.

"여러 일이 있었지만, 즐거웠어."

"그러게. 나도 즐거웠어. 그리고…… 고마워. 도저히 말만으로는 다할 수 없을 만큼, 고마워."

"으흐흐. 메르 언니가 웬일이래? 오늘따라 솔직하네?"

밀레디는 히죽히죽 짜증스러운 얼굴로 놀렸다.

하지만 평소처럼 반격하지도 않고 메일은 밀레디를 안았다.

"메, 메르 언니?"

"……"

메일은 아무 대답도 하지 않았다. 그저 숨쉬기가 힘들 정도로 강하게 밀레디를 끌어안았다.

잠시 밀레디는 메일에게 몸을 맡겨 그 존재를 몸에 깊이 새기더니 눈을 감고 함께 껴안았다.

이윽고 누가 먼저랄 것 없이 몸을 떨어뜨렸다.

"……만약 오스카의 아티팩트로 동생들이 낫지 않으면 또 만나러 와. 그때는 분명 내가 어떻게든 할 테니까."

"응. 그럴게."

빤히 마주보다가 밀레디는 씩 웃고 돌아섰다.

"—아."

메일은 무의식적으로 손을 뻗을 뻔했으나, 곧 내렸다.

그리고 세계와 싸우는 아우의 가녀린 등을 말없이 바라만 봤다.

밀레디가 배에 타자 마침내 배가 출항했다. 섬 주민이 다 같이 환호하고 손을 흔들며 성대하게 배웅했다.

메일도 메르지네 호에 올라타고 단원들과 함께 갑판에서 가는 길을 전송했다. 모두 그들에게 손을 흔들며 감사의 말을 보내고 재회를 기다리겠다고 말해줬다.

그들이 등을 밀어준 것처럼 배는 조금씩 멀어져 갔다.

밀레디가 선미에서 폴짝폴짝 뛰며 활기차게 마주 손을 흔들고 있었다.

자기도 모르게 배 난간을 잡은 메일의 손은 힘이 너무 들어간 나머지 하얗게 변했다.

얼굴에서 웃음이 무너지고 굳고 일그러진 어색한 표정이 되었다.

—이거면 됐어. 기껏 디네와 살 수 있게 됐으니까.

—해방자라는 입지는 너무 위험해.

—내가 해방자가 되면 디네도, 패밀리도 지금보다 훨씬 위험해져.

—이거면…… 된 거야.

자신의 마음을 달래듯 몇 번이나 이거면 됐다, 라고 속으로 중얼거렸지만 문득 뇌리에 떠오르는 것은 엉망이 된 밀레디였다.

그 아이는 앞으로도 무리를 할 것이다.

다른 누군가를 위해. 자유를 위해. 부조리를 부조리라고 외치기 위해…….

—저 아이를 보는 것이 이게 마지막이라면…….

그렇게 생각하자 심장을 콱 붙잡힌 것 같은 공포를 느꼈다.

언제부터였을까? 디네와 같은 수준으로 밀레디에게 강한 감정이 싹튼 것이…….

겨우 두 달여의 만남이었는데…….

"언니."

"……왜? 디네."

미소 지으며 곁에 있는 사랑하는 동생에게 얼굴을 돌렸다. 디네의 표정은 보는 사람을 놀라게 할 정도로 상냥했다. 성모라는 말이 참으로 어울린다고 만인이 인정할 만큼 자애로 가득했다.

"언니, 가 보세요."

"응? 가라니, 어딜……."

"가고 싶으신 거죠? 저 사람들에게. 힘이 되어 주고 싶으신 거죠?"

디네가 뻣뻣한 메일의 손을 부드럽게 잡았다.

"언니가 도와주셔서 제게는 이렇게 많은 가족이 생겼어요."

돌아보자 어느샌가 해적단 멤버가 메일을 바라보고 있었다. 거기 모인 모두가 더없이 자상한 표정으로 메일을 보고 있었다.

"아버지에게 사랑받는다는 것도 알았어요. 이젠, 충분해요. 이보다 뭘 더 바랄 게 있을까요."

"디네……."

디네는 손가락을 슥 내밀었다. 그 끝에는 밀레디가 있었다.

"저는 가족들이 있으니까 살아갈 수 있어요. 하지만 밀레디 씨에게는 분명히 언니가 필요할 거예요."

그리고, 라며 디네는 말꼬리를 이었다. 상냥한 얼굴에는 어울리지 않는, 하지만 이상하게 그림이 되는 대담한 웃음을 짓고서……

"저, 교회가 싫어요. 고향을 빼앗겼잖아요. 아니지, 그 원인 중 하나에 이용당했을 뿐이지. 진짜 교회 그것들을 확……."

"디, 디네?"

"그러니까 언니. 교회에 대가를 치르게 해주세요!"

대단한 기백이었다.

그래. 디네는 틀림없이 무법자의 도시가 낳은 공주님이다.

메일은 하늘을 우러러봤다. 손을 뻗고 언니, 라며 자신을 찾아 울던 작은 동생은 진작 언니를 떠나보낼 만큼 강해져 있었다.

"메일, 가 봐."

그렇게 말한 것은 크리스였다.

"이미 늦었어."

"늦다니, 뭐가? 교회와 적대하는 것보단……."

"그게 아니야. 이미 그 녀석들도 패밀리가 된 지 옛날이다, 이 말이야. 패밀리는 패밀리를 버리지 않아. 그게 메르지네 해적단의 규율 아니었어?"

동의하듯 모두 강하게 고개를 끄덕였다.

"네가 진심으로 이곳에 머무르고 싶다면 그래도 좋아. 하지만 말이야, 그런 얼굴을 보면 우리 기분이 어떻겠어? 안 그러냐, 애들아!"

"아, 정말 구질구질하게 뭘 망설여? 너답지 않게! 메일, 이 답답아! 저 촐랑이의 언니잖아! 빨리 쫓아가 봐!"

"그래, 선장. 애초에 목적도 없이 바다를 떠도는 건 할 짓이 못돼. 그럴 바에야 세계를 상대로 싸움이라도 거는 게 백배 천배 낫지."

"밀레디의 메이드복 차림을 보기 위해서라도 이걸로 끝낼 수는 없지."

모두 입을 모아 해방자와 함께하자고 외쳤다.

"위험할 때는 바다에 도피처가 있는 게 좋지 않겠어? 우리는 그런 준비라도 해 둘게. 그러니까 메일, 너는 먼저 가서 저 녀석들이 어디서 훅 가지 않게 감시해줘."

메일은 천천히 한 손으로 눈가를 덮었다. 그리고 어떤 커다란 감정을 받아들이듯, 혹은 각오를 다지듯 크게 심호흡했다

한 호흡 후 손이 떨어지고 그곳에 있던 것은— 당당한 웃음이었다.

"내 패밀리에는 정말 바보들만 모였나 봐."

왁, 환성이 올랐다. 해적단의 새로운 목표— 세계에 싸움을 걸기 위해 메르지네 패밀리가 함성을 질렀다.

메일은 한쪽 무릎을 꿇고 미소 짓는 디네를 안았다.

"다녀올게, 디네. 이 바보들을 잘 부탁할게."

"네, 언니. 행운을 빌어요. 재회하는 날을 기다릴게요."

서로 고개를 끄덕이고 메일이 일어났다.

그리고 배 난간 위에 섰다.

"야, 메일."

크리스가 그녀를 불렀다. 아마 사전에 몰래 정해 놨었겠지.

돌아보는 메일에게 패밀리를 대표해 이별의 선물을 보냈다.

"배하고 우리와는 당분간 못 볼 테니까 적어도 이름을 가져가."

"후후. 그래. 그렇게 할게."

메일은 사랑하는 패밀리에게 최고의 웃음을 보이고는—

"메일 메르지네. 너희를 대표해 잠깐 세계와 싸우고 올게!"

그렇게 말하고 힘차게 바다로 뛰어들었다.

와아아아아악! 울려 퍼지는 요란한 환성을 등으로 받으며……

"……후우."

대륙으로 향하는 배 위에서 겨우 흔들던 팔을 멈춘 밀레디가 크게 한숨을 쉬었다.

어딘지 모르게 가라앉은 표정으로 선미에서 등을 돌렸다.

"……밀레디, 외로워?"

"딱히."

오스카의 물음을 부정하는 말에도 어쩐지 힘이 없었다.

오스카 옆으로 온 나이즈가 난감한 표정으로 격려의 말을 건넸다.

"영영 못 만나는 것도 아니야. 살아 있으면 또 만날 수 있어."

"나도 알아."

풀이 푹 죽었다.

출발할 때까지만 해도 열심히 웃는 모습을 보이려고 했지만 그것도 슬슬 한계가 왔나 보다.

그 정도로 밀레디에게 그녀의 존재는 커져 있었다는 뜻이리라.

오스카가 조금이라도 기운을 차리게 하기 위해서인지 농담 조로 말했다.

"하여간 너도 참 시스콤이야. 언니가 없다고 시무룩해지는 걸 보면."

"뭐?! 아니거든! 시스콤 아니거든!"

"밀레디는 어리광쟁이군. 그만 언니 치마폭에서 나오는 게 어때?"

"나즈까지?! 정말 안 외롭거든! 메르 언니가 없어도…… 없어도……."

포니테일이 힘없이 처졌다. 역시 증상이 심각해 보였다. 밀레디는 반론할 기운도 없어 터덜터덜 걸어갔다.

"어머, 어디 가?"

"방에 갈래. 지금은 혼자 있게 해줘."

"싫은데?"

"아, 귀찮게 왜 이래! 나도 혼자 있고 싶을 때가 있다고."

"그렇지. 이해해. 그래도 내가 알 게 뭐니?"

"좀! 나 진짜 화낸……."

오스카와 나이즈를 신경질적으로 노려본 밀레디는 그제야 문득 깨달았다. 오스카와 나이즈도 입을 벌리고 밀레디 뒤를 보고 있었다.

그 순간, 등 뒤에서 뻗은 두 팔이 밀레디의 부드러운 볼을 쭈욱 잡아 올렸다.

"아, 아프아! 워야?! 워야워야?! 메, 메르 언니?!"

"네~. 메일 언니예요. 어리광쟁이 시무룩 밀레디 어린이."

볼에서 손가락이 떨어지자 뒤를 돌아본 밀레디가 믿어지지 않는다는 표정을 보였다.

"왜, 왜?"

왜 여기 있어? 밀레디의 질문에 메일은 차분히 미소 짓고 대답했다.

"언니도 같이 가기로 했어. 잘 부탁해, 오스카, 나이즈. 그리고 볼살 말랑말랑 밀레디."

"저, 정말로? 같이? 그, 그렇지만, 왜……."

"그건 말이지……."

진지한 표정이 된 메일은 있는 대로 뜸을 들이고— 말했다.

"아직 밀레디를 덜 괴롭혔으니까!"

"돌아가! 바다 끝으로 돌아가아아아아! 메르 언니 바보!"

"어머! 그런 못된 말은 어디서 배웠니? 나쁜 아이에게는 벌로 볼살 말랑말랑을 하겠습니다."

"아, 또! 하뒤 뫄아아아아악!"

메일은 뒤에서 끌어안는 자세로 다시 밀레디의 볼을 가지고 놀았다.

꽥꽥 떠드는 소리가 나니 무슨 일인가 하고 시선이 모였고…… 모두 금방 흐뭇한 얼굴이 됐다.

싫어하는 밀레디도, 괴롭힘에서 희열을 느끼는 메일도, 둘 다 어딘지 모르게 즐겁고 기뻐 보였기 때문에. 장난치는 두 사람이 마치 우애 돈독한 자매처럼 보였기 때문에…….

"야~! 오 군이랑 나즈도 보지만 말고 구해줘~!"

오스카와 나이즈도 얼굴을 마주하고 웃음 지었다.

그리고 새로운 동료와, 기쁨이 얼굴에 번진 리더 곁으로 달려갔다.

이 책을 읽어주신 여러분, 정말로 감사합니다.

원작자인 중2를 좋아하는 시라코메 료입니다.

이번에는 하지메 파티를 물줄기로 바닷속에 대충 던져 버렸던 그 메르지네 해저 유적의 주인, 메일이 동료가 되는 이야기입니다.

현재와 과거의 차이점도 여러모로 넣어 보았습니다만, 재미있게 즐겨주셨나요?

1권 때와 마찬가지로 웹 버전에는 없는 완전 신작이므로 집필은 힘들었지만, 개인적으로는 대단히 즐겁게 써 내려간 이야기였습니다. 독자 여러분도 즐겨주셨다면 제게도 큰 기쁨일 것입니다.

실은 흥에 취한 나머지 처음에 약 520장을 쓰고 말아서 내용을 많이 줄였음에도 이런 두께가 되었습니다.

항상 장황해서 죄송합니다!

아, 그리고 만약을 위해 부연하자면 메르지네 해저 유적에서 하지메와 카오리가 본 과거의 전쟁은 밀레디의 시대보다 훨씬 전시대의 사건입니다. 배 묘지는 이미 그곳에 있었고 침몰한 배가 메르지네 해적단의 배섬으로 사용되는 것이지요.

그나저나 이건 또 다른 이야기지만 『이 시리즈 2권 표지를 장식하는 사람은 과다 노출이 된다 설』이 통용될 것 같군요. 1권 때처럼, 성격도 포함해 「메일이 이런 인간이었냐!」라고 소리치고 싶어지는 캐릭터가 됐다면 기쁘겠습니다.

각설하고, 죄송하지만 광고를 하자면 이번 권 발매와 동시에 「코믹스 제로 1권」이 발매됩니다.

카미치 아타루 선생님의 귀여운 밀레디(어릴 적 미니 밀레디 포함)나 멋있는 오스카를 볼 수 있는 멋진 작품입니다. 기회가 되신다면 꼭 읽어 봐주시기 바랍니다! 잘 부탁드리겠습니다!

마지막으로 감사의 말씀을 전하겠습니다.

이번에도 갓 일러스트를 그려주신 타카야Ki 선생님, 위에서도 소개한 제로 코믹스를 그려주신 카미치 아타루 선생님, 본편 코믹스를 담당하시는 RoGa 선생님, 스핀오프 만화 『일상』을 그려주시는 모리 미사키 선생님, 담당 편집자님, 교정 담당자님, 그 외 출판에 힘써주신 관계자 여러분.

그리고 「소설가가 되자」 유저 여러분과 서적판을 읽어주신 독자 여러분.

언제나 진심으로 감사합니다!

앞으로도 모쪼록 「흔해빠진」 시리즈를 잘 부탁드리겠습니다!

시라코메 료

흔해빠진 직업으로 세계최강 제로 2

초판 1쇄 발행 2019년 3월 10일

지은이_ Ryo Shirakome
일러스트_ Takaya-ki
옮긴이_ 김장준

발행인_ 신현호
편집국장_ 김은주
편집진행_ 최은진 · 김기준 · 김승신 · 원현선 · 권세라
편집디자인_ 양우연
국제업무_ 정아라
관리 · 영업_ 김민원 · 조인희

펴낸곳_ (주)디앤씨미디어
등록_ 2002년 4월 25일 제20-260호
주소_ 서울시 구로구 디지털로 26길 111 JnK디지털타워 503호
전화_ 02-333-2513(대표)
팩시밀리_ 02-333-2514
이메일_ lnovelpiya@naver.com
L노벨 공식 카페_ http://cafe.naver.com/lnovel11

ARIFURETA SHOKUGYOU DE SEKAISAIKYOU ZERO 2
ⓒ 2018 by Ryo Shirakome
First published in Japan in 2018 by OVERLAP, Inc.
Korean translation rights reserved by D&C MEDIA Co., Ltd.
Under the license from OVERLAP, Inc., Tokyo JAPAN

ISBN 979-11-278-4960-3 04830
ISBN 979-11-278-4615-2 (세트)

값 7,700원

*잘못된 책은 구매처에 문의하십시오.

© Taro Hitsuji, Kurone Mishima 2018
KADOKAWA CORPORATION

변변찮은 마술강사와 추상일지 1~3권

히츠지 타로 지음 | 미시마 쿠로네 일러스트 | 최승원 옮김

알자노 제국 마술학원에는 학생들도 기가 막혀 하는
한 변변찮은 마술강사가 있었다.
그의 이름은 글렌 레이더스.
수업에 뱀을 가져와서 여학생들이 무서워하는 모습을 감상하려다가
오히려 그 뱀에게 머리를 물리질 않나…….
도서관에서 실종된 여학생을 구하러 갔다가, 오히려 본인이 겁에 질려서
파괴 주문으로 도서관을 날려버리려고 하질 않나…….
수업 참관 일에는 웬일로 성실하게 수업을 하나 싶더니 곧 본색을 드러내고……
그런 마술학원에서 벌어지는 변변찮은 일상.
그리고— "……꺼져라, 꼬마, 죽고 싶지 않으면."
글렌의 스승이자 길러준 부모인 세리카 아르포네아와의
충격적인 만남이 수록된 『변변찮은』 시리즈 첫 단편집!

본편 TV애니메이션 방영 화제작!!

라이트노벨의 새로운 빛! ㄴ노벨의 신간은 매월 10일에 발매됩니다. http://cafe.naver.com/lnovel11

© Koushi Tachibana, Tsunako 2018
KADOKAWA CORPORATION

데이트 어 라이브 1~19권, 앙코르 1~8권, 머테리얼

타치바나 코우시 지음 | 츠나코 일러스트 | 이승원 옮김

4월 10일. 새 학기 첫 등교일.
이츠카 시도는 평소와 다름없는 일상을 보내고 있었다.
갑작스러운 충격파로 파괴된 마을 한가운데에서 소녀와 만나기 전까지는ᅳ

세계를 부수는 재앙, 정령을 막을 방법은 단 두가지.
섬멸, 혹은 대화

정령과 만나게 된 시도는,
세계의 멸망을 막기 위해 데이트로 정령을 꼬셔야하는 운명에 처하게 되는데!?

세계의 멸망을 막기 위한 데이트가 시작된다ᅳ!!

 ANIPLUS TV 애니메이션 방영 화제작!!

라이트노벨의 새로운 빛! L노벨의 신간은 매월 10일에 발매됩니다. http://cafe.naver.com/lnovel11